かまさん

榎本《えのもと》武揚《たけあき》と箱館共和国

門井慶喜

祥伝社文庫

かまさん

榎本《えのもと》武揚《たけあき》と箱館共和国

目次

アジア
横浜に到着（4月30日）
日本
日本そして富士山を確認する（4月29日）
インド
太平洋
アンボイナ到着（3月29日）
インド洋
帆ではなく、アンボイナまで
エンジンで航行する（3月22日）
オーストラリア
航海中に病人が続出する

開陽回航図 オランダ→日本
1866年12月1日 ～ 1867年4月30日
フリッシンゲンを出港（12月1日）
オランダ
ヨーロッパ
北アメリカ
大西洋
英国船クランスマン号と遭遇（12月26日）
アフリカ
南アメリカ
リオデジャネイロ到着（1月22日）

箱館戦争略図

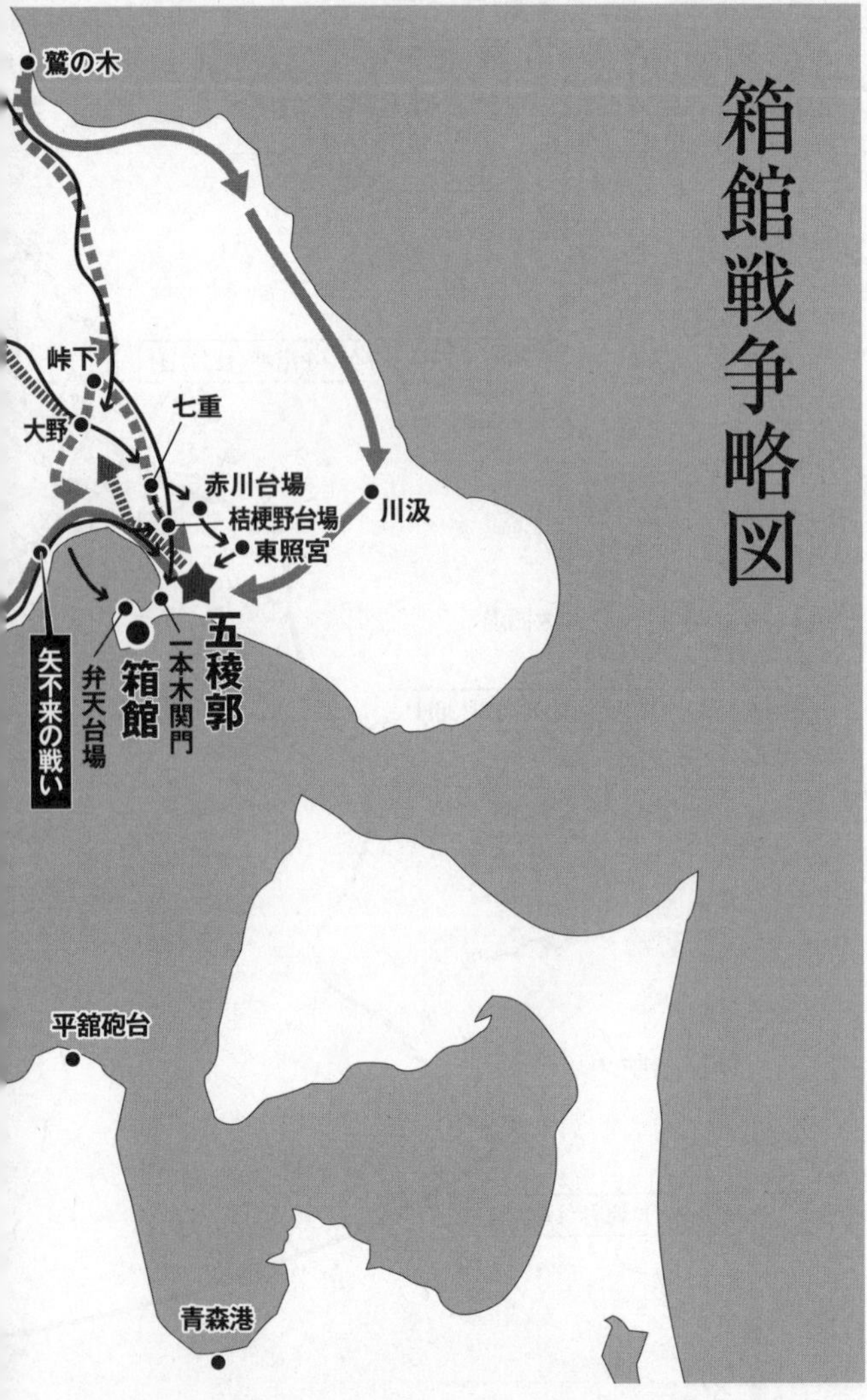

鷲の木
峠下
大野
七重
赤川台場
桔梗野台場
川汲
東照宮
五稜郭
一本木関門
箱館
弁天台場
矢不来の戦い
平舘砲台
青森港

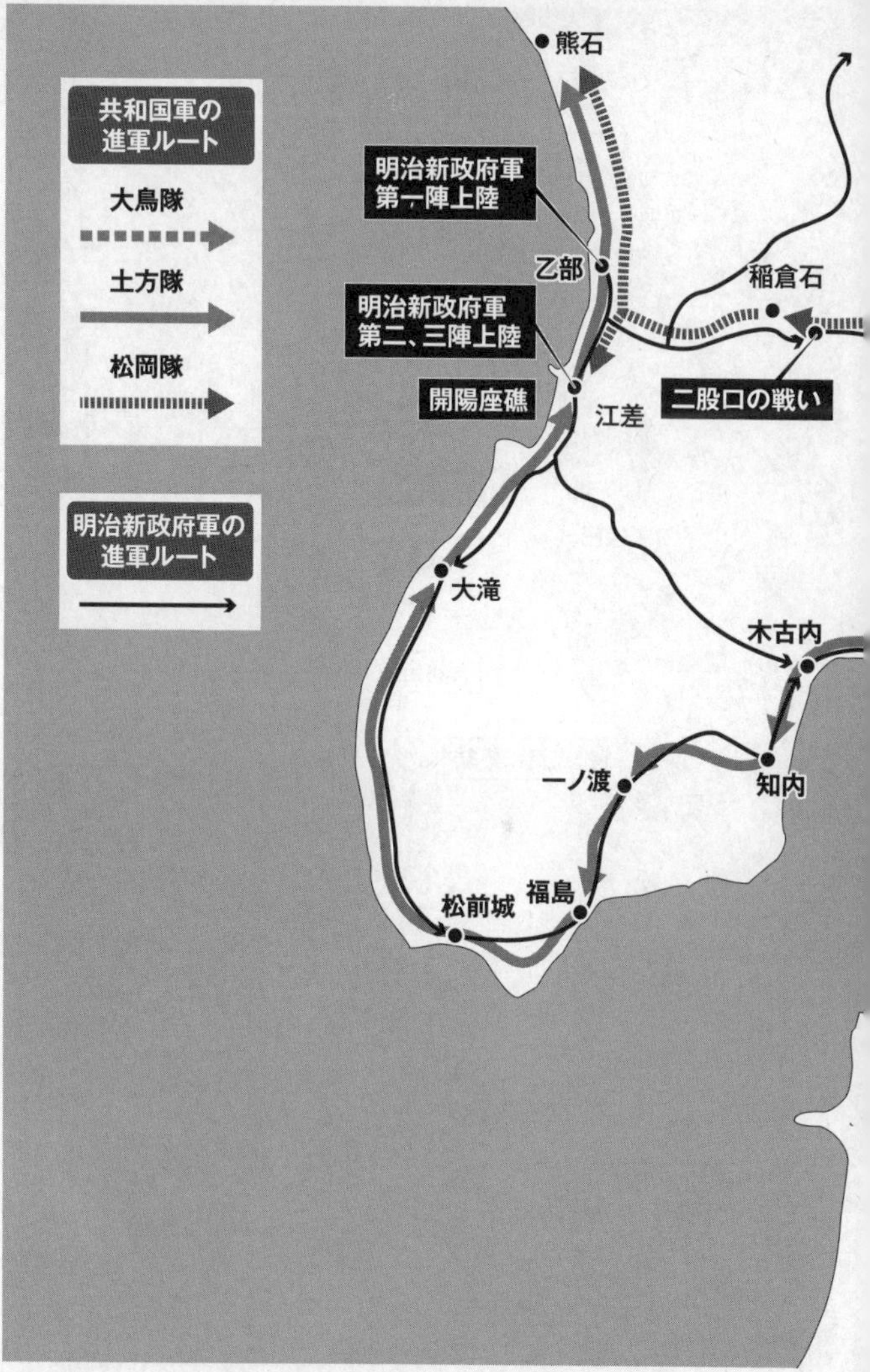
共和国軍の
進軍ルート
大鳥隊
土方隊
松岡隊
明治新政府軍の
進軍ルート
熊石
明治新政府軍
第一陣上陸
乙部
明治新政府軍
第二、三陣上陸
開陽座礁
江差
稲倉石
二股口の戦い
大滝
木古内
知内
一ノ渡
福島
松前城

共和国軍艦隊の北上ルート

箱館《はこだて》共和国軍の主な登場人物

榎本釜次郎《えのもとかまじろう》　総裁。開陽《かいよう》をはじめ艦隊を率いて品川《しながわ》を出航、箱館共和国建国を目指す。後の武揚《たけあき》。

松平太郎《まつだいらたろう》　副総裁。禄高《ろくだか》は低いが松平氏開祖直系。江戸っ子気質で兵士たちの人気を得る。

大鳥圭介《おおとりけいすけ》　陸軍奉行。伝習隊《でんしゅうたい》を率いて江戸を出発。ときに新政府軍を翻弄《ほんろう》する。

土方歳三《ひじかたとしぞう》　陸軍奉行並。新選組《しんせんぐみ》出身。宮古《みやこ》湾の甲鉄《こうてつ》奪還作戦、二股口《ふたまたぐち》の戦いなど激戦で活躍。一本木《いっぽんぎ》関門で戦死する。

永井尚志《ながいなおむね》　箱館奉行。江戸幕府では若年寄《わかどしより》を務めた。共和国では釜次郎の重要な理解者である。

中島三郎助《なかじまさぶろうすけ》　箱館奉行並。長崎海軍伝習所第一期生で品川出航時から榎本に同行。千代《ち》ヶ岡《おか》陣屋で息子ふたりとともに戦死した。

荒井郁之助《あらいいくのすけ》　海軍奉行。宮古湾海戦および箱館湾海戦にも参加した。

沢太郎左衛門《さわたろうざえもん》　開陽艦長。開拓奉行として室蘭《むろらん》に赴任し、五稜郭《ごりょうかく》開城の報を受ける。

人見勝太郎《ひとみかつたろう》　松前《まつまえ》奉行。遊撃隊に所属した。

高松凌雲《たかまつりょううん》　箱館病院長。フランスで医学をまなぶ。両軍の負傷者を平等に治療した。

ブリュネ　軍事補佐。フランス人。旧幕府陸軍教官ながら、脱走して榎本艦隊に参加する。

松岡四郎次郎《まつおかしろうじろう》　江差《えさし》奉行。弁天《べんてん》台場で降伏。

星恂太郎《ほしじゅんたろう》　歩兵頭並。仙台《せんだい》藩の額兵隊《がくへいたい》を再編して率いた。

伊庭八郎《いばはちろう》　歩兵頭並。隻腕《せきわん》の剣豪として知られる元将軍警護役の遊撃隊士。

甲賀源吾《こうがげんご》　回天《かいてん》艦長。宮古湾で甲鉄を相手に孤軍奮戦するが戦死した。

松岡磐吉《まつおかばんきち》　蟠龍《ばんりゅう》艦長。

古川節蔵《ふるかわせつぞう》　高尾《たかお》艦長。

森本弘策《もりもとこうさく》　千代田形《ちよだがた》艦長。

安富才助《やすとみさいすけ》　新選組隊士。土方歳三の最期を見届ける。

地図作成　三潮社

第一章　ふるさと日本

軍艦奉行《ぐんかんぶぎょう》・勝安房守《かつあわのかみ》は、小さな体でめいっぱい背のびをしつつ、かたわらの若い侍へしきりと念を押している。

「右か？　右だな？」

若い侍はそのつど生《き》まじめにうなずいて、

「右です」

と答えるのだが、勝は、

「わかった」

と言う舌の根もかわかぬうちに、またしてもそわそわと、

「左じゃねえんだな？　右なんだな？」

波止場（突堤《とってい》）のことだった。

道をそのまま海へ突き出したような波止場が、東西に二本ならんでいるのだ。どちらも幅がひろく、よく均《なら》されているし、その先の海には防護柵《さく》がわりの竹竿《たけざお》がみっしりと植えこまれている。開港してから十年も経《た》っていないというのに、慶応《けいおう》三（一八六七）年三月、もはや横浜《よこはま》の街はこんな高度な港湾施設をもつに至っていた。

まわりには日本人もいる。外国人もたくさんいる。

「ほんとに右かえ？」

と、勝はまだ疑わしそうに言っている。

「はい。右です」

「ほんとかえ。ちっとも人かげが見えねえがなあ。……あ！」

勝が大声をあげたのは、右の波止場にゆらゆらと鉄製の黒いボートが近づいてきたからだった。

接岸するや、ボートから四人の武士があがり、こちらへ歩いてくる。

みんな服装こそ紋付《もんつき》袴《はかま》だし、月代《さかやき》もあおあおと剃《そ》りあげているけれど、しかしその身ごなしはあきらかに日本人ばなれしている。とりわけ左から二番目の男など、足の出しかたひとつを見ても獣肉のにおいが立ちそうなほどヨーロッパ人そのものだった。

（立派になりやがって）

勝安房守は、鼻の奥がツンとした。もう居ても立ってもいられない。ぴょんと一跳《ひとは》ねして、

「かまさん！」

その首領格の男へ駆《か》け寄った。

男のほうは、三十がらみ。

いかにも街中《まちなか》のそだちらしい垢《あか》ぬけた顔だちだが、眉《まゆ》がふとく、頬骨《ほおぼね》がたくましい。どことなく在郷の無頼漢《ぶらいかん》を思わせる。無頼漢といえば、ふつうなら四年半ぶりの帰国なのだ、きょろきょろ風景を見まわしたり、胸いっぱいに空気を吸ったりしそうなものなのに、そういう旅行者然としたそぶりはまったく見せず、じっと正面を見すえている。その目がちかっと勝をみとめると、おどろきが顔じゅうにひろがって、

「麟《りん》さん！」

ふたりは、波止場のまんなかで立ちどまった。

と思うと、

「食らえっ」

勝はとつぜん殴《なぐ》りつけた。

かまさんと呼ばれた男はひょいと顔を横にずらし、こぶしを避《よ》けた。勝はさらに左手でも顔をねらう。男はこんどは身をかがめ、かがめざま猛烈な足払いをかけてきた。

勝はぱっと跳躍し、それをかわした。男もななめ後方へ跳《と》ぶ。男のかかとが海へはみ出し、じゃぼじゃぼと砂を落とす。

ふたりは、にらみあう。

身がまえたまま、少しずつ近づく。それから、

「わあっ」

歓声をあげて抱きあった。

頬をすりあわせ、背中を手でたたきあう。

「久しぶりだなあ、麟さん」

「いい身のこなしだったぜ、かまさん」

「そっちこそ。年のわりには」

「言いやがったな」

ようやく体がはなれると、かまさんは満面の笑みで、

「出むかえに来てくれたのはうれしいがなあ。麟さん」

「何だい？」

「公務のほうは、いいんですか。いくら何でも軍艦奉行・勝安房守ともあろうお方が、こんなところまで……」

「よせやい。役職なんか」

「しかし……」

かまさんが言いよどむ。勝は自分の鼻を指で突いて、

「あんたの前じゃあ、俺はただの勝麟太郎《りんたろう》さ。そうだろ、艦長殿」

「よしてくださいよ」

「いやいや、あんたは将来かならず艦長になるよ、かまさん。お城のお歴々もそのつもりさ。いまから呼んでもさしつかえは……」

「そうじゃねえって」

男は片目をつぶってみせると、自分の鼻先をちょんと指で突いて、

「俺もおなじさ。あんたの前じゃあ、ただの榎本釜次郎《えのもとかまじろう》」

「はっはっは。こりゃあいい」

勝はぴしゃっと相手の首すじを手で打つと、身をそらし、横浜の春雲《はるぐも》に爆笑をぶちこんだ。

のちに人から、
勝海舟《かいしゅう》
榎本武揚《たけあき》
と呼ばれるこのふたりは、もともと幕府が長崎《ながさき》に設《もう》けていた、

「海軍伝習所《かいぐんでんしゅうじょ》」

というオランダ式の訓練校における先輩後輩のあいだがらだった。勝のほうが入所ははやいし、年齢も十《とお》以上も上だけれど、ふたりともおなじ幕臣だったのは、というかおなじ生粋《きっすい》の江戸っ子だったためだろう出会うやいなや親友のようになった。ただし身分となると、かたや四十石の貧乏旗本《はたもと》の家の出、かたや将軍側近ともいえる父をもつ高名な家の出、はるかに榎本釜次郎のほうが上だったが。

勝はようやく笑いやめると、

「釜《かま》さん」

と、やや生まじめに呼びかけた。

「何です、麟さん」

勝は、沖のほうへあごをしゃくり、

「あの船で、オランダから帰ってきたんだな?」

「そうです」

「すげえもんだ」

勝は腕を組み、うっとりと目をかがやかせて、

「俺も七年前アメリカに行ったが、いやはや、あのときの咸臨《かんりん》よりも桁《けた》ちがいに大きいなあ。ひろい世界を見わたしてみても、あれほどの船はざらにないだろうよ」

沖には、一隻《せき》の軍艦が停泊している。

三本マストの単なる帆船《はんせん》に見えるけれども、じつは四〇〇馬力という高出力の蒸気機関を積んでおり、中央部にみじかい煙突が出ている。煙突から細い白煙《はくえん》がたちのぼっているのは、着いたばかりで罐《かま》の火がまだ落ちていないのだろう。石炭の焼けるにおいがこの岸にまでただよってきている。

「大砲の数は？」

勝が問うと、釜次郎は、ほかの武士たちとともに首をうしろへ向けて、

「二十六門」

「べらぼうだな」

勝はうめいた。たった一隻の船にそれだけ積むなど、それまでの日本の常識からしたら天文学的だ。釜次郎はくすっと笑って、

「うち十八門は、口径一六センチ、クルップ社製の施条砲《しじょうほう》です。十何年か前にペリーが浦賀《うらが》に来て日本中の泰平《たいへい》のねむりをさましたが、あのときの四はいの黒船は、いまなら束《たば》になってもあの艦一隻にかなわねえ」

「艦の名前は？」

「開陽《かいよう》」

釜次郎ははっきり答えると、仲間へちらっと目をやってから、照れくさそうに、

「私たち四人が、オランダ留学中に協議して決めたんです」

「開陽か」

（いい名だ）

勝はすなおにそう思った。漢籍《かんせき》にはちょっと見あたらない言葉だが、おそらくオランダ語の何かの言いまわしを漢語化したのだろう。開《ひら》く陽《ひ》という字づらは印象が鮮烈だ。水平線上にのぼりそめる太陽。じわじわ切り裂かれていく夜空。

「夜あけ前。まさにこの時代のこの国にふさわしい名だ」

しかし勝のこのほめことばを、釜次郎はやや別様《べつよう》にうけとったらしい。きゅうに顔を紅潮させて、

「麟さん」

「何だい」

「開陽が……あの艦があれば、俺たちは、大いに長州藩《ちょうしゅうはん》の連中を蹴《け》ちらしてやれる」

胸をどんと叩《たた》いてみせた。勝はかすかに眉をひそめ、

（まだ時間が埋まってねえ）

きびすを返すと、釜次郎の肩を抱き寄せて、

「ちがうよ、釜さん」

「え？」

陸《おか》のほうへ足をふみだしながら、

「長州じゃない。薩長だ」

「薩《さつ》、長……」

「ああ」

勝は、釜次郎の肩をいっそう強くひきつけ、その耳へ唇を寄せて、

「あんたは四年半も日本を留守《るす》にしてたんだから仕方ねえが、釜さん、薩摩《さつま》はもう、むかしの薩摩じゃねえんだよ。いまや公然と徳川《とくがわ》将軍への叛意《はんい》をあらわし、イギリスをうしろ盾《だて》にして、長州とともに幕府から天下をうばい取ろうとしてる」

波止場は、そろそろ尽きようとしている。

榎本釜次郎は海の先輩に肩を抱かれ、醬油《しょうゆ》くさい祖国の土をふみながら、

「ご時世は、変わりましたな」

いくらか呆然《ぼうぜん》としはじめている。

†

その薩との海戦の機会は、九か月後におとずれた。

きっかけは陸戦だった。

慶応四（一八六八）年一月三日にはじまった、世にいう、

「鳥羽伏見《とばふしみ》の戦い」

というやつだ。

前年十月に将軍・徳川慶喜《よしのぶ》による大政奉還《たいせいほうかん》がおこなわれ、日本の政権は京都朝廷の手に帰した。しかしながら慶喜を慕《した》って大坂《おおさか》城に集まった旧幕府軍の兵士たちは腹の虫がおさまらず、薩摩という天皇をたばかる悪臣を、

「とりのぞく」

という名目で大坂を発《た》ち、京都へ侵入しようとした。

ところが京都南方に位置する鳥羽および伏見の地に着いたところで薩長その他の藩兵に行く手をはばまれ、にらみあうことしばし。やがて鳥羽のほうで発砲がはじまり、全面戦争に突入したのだ。

釜次郎は、この陸戦には参加していない。

前年九月、それこそ大政奉還のおこなわれる前から軍艦開陽に乗り組んで大坂湾内に待機している。京都または大坂にある将軍慶喜を――厳密にはもう前将軍だが――いざというとき守護するためだった。

海戦は、陸戦よりも先に展開した。

鳥羽伏見の戦いの勃発《ぼっぱつ》する三日前、つまり慶応三年十二月晦日《みそか》には、薩摩の軍艦三隻もおなじ兵庫《ひょうご》港に入っていたのだ。薩摩ももはや武力衝突は避《さ》けられないと見て、この地

に戦力を集めたのだろう。

「やるか」

最初に口をひらいたのは、釜次郎だった。

艦長室の椅子《いす》にすわり、デスクに向かって頰杖《ほおづえ》をつき、天井を見ながら、

「やっちまうかなあ」

「何をやるんで？」

デスクの向こうの沢太郎左衛門《さわたろうざえもん》が、そう聞き返した。

沢はこのとき副艦長。釜次郎にとっては第一の部下というところだが、実際はむしろ部下というより、

「相棒」

としか思えない感じがある。何しろ四年半という長期にわたってオランダ留学をともにした仲なのだし、留学以前に、例の長崎の伝習所でもおなじ釜のめしを食っていたからだ。年齢もほぼおなじ――沢のほうが二つ年上――だったから、釜次郎としてはまず艦内でいちばん気ごころが知れた相手だった。

が。

その相棒ですら、このときばかりは、

「釜さん。いったい何をやるんです？」

当惑顔で首をかしげるのみ。釜次郎は、

（わかんねえかな）

おかしみを感じつつ、隣家へ米味噌《みそ》でも借りに行くみたいな口調で、

「決まってるじゃねえか。薩摩船を砲撃するのさ」

「うわっ」

と、立ったまま沢はのけぞってしまった。この温厚な、どちらかというと教育者肌の男には、こんな荒事《あらごと》はなかなか考えがおよばないのだろう。いや、およばないどころか、

「そりゃあまずい」

がっしりと釜次郎の両肩をつかんでゆすぶり、

「なるほど幕薩関係はいま一触即発の状態だ。いつ戦端《せんたん》がひらかれてもおかしくない。が、ともかくも現時点ではひらかれてないんだ。俺たちが軽率《けいそつ》な行動をとることは許されん。少なくとも、薩摩の真意がわかるまでは」

「薩摩の真意？」

「ほんとうに幕府と戦争する気があるのかどうか」

釜次郎は、けっと横を向いて、

「あるに決まってるじゃねえか、沢さん。この期《ご》におよんで、いまさら何を甘っちょろい
……」

「それは推測だよ、釜さん。ひょっとしたら薩摩の連中、ただ単にこっちを威嚇《いかく》してるだけかもしれない。それでもって朝議を有利に進めようとしているだけなのかもしれない。そんなところへ俺たちのほうから砲弾をぶちこんだりしたら、相手の思うつぼ。薩摩の背後のイギリスも黙っちゃいないだろう」

「お人よしだなあ、沢さんは」

釜次郎がくすくす笑いつつ、沢の両手をつかんで下ろすと、沢は不満そうに、

「視野がひろいと言ってほしい」

「よし」

釜次郎は椅子から立ちあがり、いたずらっ子のような笑みを見せて、

「それじゃあまず、その真意とやらを確かめることにしよう」

艦長室の内装は、西洋そのものだ。床《ゆか》にはグリーンのじゅうたんが敷《し》かれているし、デスクも椅子もみな脚《あし》のながいオランダ製。そのデスクに両手をついて沢太郎左衛門は、

「どうやって?」

「俺にひとつ考えがある」

釜次郎は両手につばを吐き、デスクの上の地球儀をくるくるまわしながら、

「乗組員全員に戦闘準備を命じるんだ、沢さん」

軍艦開陽に乗り組んでいるのは、蒸気方、測量方、公用方等々、ぜんぶで二〇〇人あま

り。

その二〇〇人あまりは命令を受けるやいなや迅速《じんそく》に散り、持ち場につき、それぞれの仕事をたしかめた。エンジンの罐にも火が入り、船はいつでも出航できる状態になった。

しかし釜次郎は、砲撃そのものの仕事は、

「蟠龍《ばんりゅう》」

という、おなじ湾内に停泊している別の幕府軍艦に命じることにした。

蟠龍は、開陽の半分ほどの大きさしかない。

蒸気機関のエンジンも小さいし、大砲の量と質はそれこそ開陽とはくらべものにならなかった。しかし釜次郎の見たかぎりでは、

(最初は、これでじゅうぶんさ)

開陽ももちろん参加するけれど、それはむしろ、

「乗組員の訓練だよ、沢さん」

「はあ」

「子供のけんかにわざわざ大人が出張《でば》ることはねえが、何ぶん開陽には経験を積ましてやりてえからな。わかるだろ、沢さん？」

「はあ」

沢はさっきから生《なま》返事をくりかえしている。やはり不安なのだろう。釜次郎はその胸を

ぽんぽんと手の甲でたたいてやって、

「ま、見ててみなよ。けっこう蟠龍もやるもんだぜ」

蟠龍は、やった。

翌日。

つまり慶応四年（のち改元されて明治《めいじ》元年）一月一日、

「平運《へいうん》」

という薩摩船が出帆《しゅっぱん》し、港外に出ようとしたのだ。これは軍事行動のためではない。藩士の家族を鹿児島《かごしま》へおくり届けるためだったのだが、開陽および蟠龍はこれをただちに追跡し、空砲を撃って、

「停船せよ」

の意をあきらかにした。

平運はこれにしたがわず、かえって速力をはやめた。

蟠龍は追いつつ実弾をはなつ。弾はわずかに船室をかすめただけだが、それでも船体そのものが大きくかしぎ、子供の悲鳴が雲にひびいた。平運はあたふたと船首をまわし、港内にもどる。それっきり沈黙してしまう。

「やったよ、釜さん！」

沢太郎左衛門がそう言いながら艦長室へとびこんできた。この好人物もさすがに興奮で

顔をまっ赤にしていたが、しかし釜次郎はべつだん得意そうな顔もせず、デスクに向かって静かにグラスを口にはこんでいる。

「お、沢さん」

釜次郎は入口のほうへ首を向けると、グラスを目の高さにかざし、

「飲むかい？」

グラスは口径が大きく、底があさく、脚がついている。沢は目をぱちぱちさせて、

「シャンパンか」

「忘れちゃいけねえよ、きょうは元日だ。あらたまの年のはじめには、酒がなくちゃあ恰《かっ》好《こう》がつかねえ」

釜次郎はそう巻き舌ぎみに言うと、椅子から立ちあがり、書類棚の前に立ち、そこからグラスをもう一脚《きゃく》もってきた。デスクの上に置き、なみなみと罎《びん》からつぐ。黄金色《こがねいろ》の液体のなかで無数のあわが縦線《たてせん》を描く。いい香りがする。

「乾杯」

「乾杯」

ふたりは立ったまま、かちっとグラスを打ち合わせた。沢はいっきに半分ばかり飲んでしまってから、手の甲でぐいっと口をぬぐい、

「屠蘇《とそ》が、戦勝祝いを兼《か》ねるとはね」

と、この男としては精いっぱいの軽口をたたいた。が、冗談ではむかしから釜次郎のほうが一枚も二枚も上だった。釜次郎はグラスの液体をじっと見ながら、

「これで薩摩の連中も、浮世のあわと消えにけり、さ」

沢はきょとんとした。

しゃれだということはわかる。シャンパンのあわに別のことばを掛けているのも推測できる。が、それ以上は、

「お手あげだよ、釜さん。どういう意味だい」

「わかんねえかい。阿波の国さ」

「ああ」

沢はやっと腑《ふ》に落ちたという表情になった。なるほど、相手の船は兵庫を出て鹿児島のほうへ向かったのだから、被弾したのは阿波《あわ》沖だと言えないこともない。

「うまいもんだ」

とつぶやくと、釜次郎ははじめて得意そうな顔になり、

「へっ」

手で鼻をこすった。戦争よりもしゃれの上手《うま》さをほめてもらいたい、そんな子供っぽいしぐさだった。

†

阿波沖での戦いは、これで終わりではなかった。

「ああして一発おどかしとけば、薩摩の真意はよくわかるよ。このまま港内にとどまって鳴りをひそめるなら、さしあたり俺たち（旧幕府軍）との全面戦争の意志はなし。だが、もし無理にでも港を出ようっていうんなら、それはもう野心ありあり、戦意ありありだ。こっちも遠慮はいらない。派手にやらかそう。ま、俺は港を出るほうに賭《か》けるがね」

釜次郎はそう予言したけれども、その予言の当たる前に、陸《おか》のほうで戦端がひらかれたのは前述のとおり。一月三日夕刻、あの鳥羽伏見の戦いだ。

「事態急変」

の報を受け、薩摩藩の三隻の汽船があわただしく出航した。船名および排水量はそれぞれ、

春日《かすが》（一〇一五トン）

翔鳳《しょうほう》（四六一トン）

平運（七五〇トン）

一月四日の未明だった。おそらく鳥羽での最初の銃声から十二時間も経っていなかった

だろう。こうなれば釜次郎も、

「俺の船のはたらき時だ」

抜錨《ばつびょう》を命じ、追跡を開始した。

開陽の排水量は、二五九〇トン。つまり開陽はそれだけで薩摩の三隻の大きさの合計を上まわることになるが、釜次郎はさらに例の蟠龍をも随伴《ずいはん》させ、応援させることにした。

薩摩の船は、二手にわかれた。

平運は前回と同様、瀬戸内海を西に向かったが、春日と翔鳳は南下して紀淡《きたん》海峡をこえ、正真正銘の阿波沖に出た。こちらのほうに兵の主力が集中していることは事前の監視でわかっていたから、釜次郎は平運を捨て、蟠龍とともにこちらを追うことにした。

追跡は、八〇キロメートルにおよんだ。伊島《いしま》付近、もうすぐ太平洋に出るというところで、

「敵艦の艦影をとらえましたっ」

見番《けんばん》方のそんな報告を受けるや、釜次郎は艦長室をとびだし、階段をかけあがった。

開陽の艦内は、四層構造になっている。

いわば四階建てのビルディングだ。その最上階にあたる上甲板《かんぱん》がいわゆる砲甲板になっていて、片舷につき十三門の大砲がずらっと砲身をならべている。釜次郎はその左舷側《げんそく》に来た。

天井は、ひくい。

ほとんど頭がつかえそうだった。おまけに砲一門につき四人から五人の兵士がついているため人口密度が異様にたかい。男どもの汗のにおいが饐《す》えたようにこもっている。

「うっ」

慣《な》れているとはいえ、釜次郎は一瞬、息がつまりそうになる。もちろん兵士たちのほうは平然たるもので、みな砲弾をみがいたり、四角い火薬缶をあけて中身の確認をしたりしつつ、ちらちらと釜次郎をうかがっている。どいつもこいつも、

（いい目をしてやがる）

釜次郎が手近な若者へうなずいてみせたところへ、さっきの見番がまた駆けてきた。背が小さく、色が黒い。まるで猿のようだ。猿はつまさきで伸びあがるようにして釜次郎の耳に口を寄せ、

「敵船が、旗《はた》を掲《かか》げました」

「旗？」

「はいっ」

釜次郎はおさえた声で、

「その旗は、丸に十字かい？」

「はいっ」

丸に十字は、島津《しまづ》家の家紋をかたどった薩摩藩の船旗だ。ここで掲げるということは、もはや逃げる気なし。受けて立つということだろう。

釜次郎は目をつぶり、

（こんどは脅《おど》しじゃねえからな。芋《いも》ざむらいども）

目をひらいた。

軍艦のすみずみにまで聞こえるような大音声《だいおんじょう》で、

「やれ！」

釜次郎にいちばん近いところの砲手四人が、きびきびと動きだした。

尾栓《びせん》は、すでにあいている。ひとりめが掃除棒《そうじぼう》で砲身をさらい、その砲身へふたりめが二五キログラムもある鉄製の尖頭弾《せんとうだん》をかるがると棒でおしこむ。三人めが火薬の入った薬嚢《やくのう》をおしこむうちに最初のふたりは尾栓を閉めるべく把手《とって》に手をかけている。四人めは砲長。うしろにさがって作業にあやまりがないか注視しつつ、手順をいちいち大声で確認している。

尾栓が、きっちりと閉まった。

発射準備、完了。

砲身は、うるしを塗ったように黒光りしている。開陽がほこる世界最新の一六センチ、プロシア製の大砲は、いま、その先端のみを砲門の外の冷気にさらしている。砲長が、甲《かん》

高《だか》い声で、

「照準をーっ、合わせろおっ！」

とさけぶと、のこりの三人が砲身をかたむける。そうして、

「撃てえええっ！」

なかながと声をひっぱった。

声の終わらぬうち、轟音《ごうおん》が釜次郎の体をふっとばした。

いや、実際はその場に立ったままなのだが、ほんとうに、

（ふっとばされた）

そんな気がしたほどの衝撃のはげしさだった。天井がふるえ、木の床がビリビリと音を立てた。ものの焦《こ》げるにおいが充満した。しかし三・三五メートルの砲身はわずかに反動でうしろにさがっただけで、何ごともなかったかのように木製の砲架《ほうか》の上にしずかに横たわっている。

その黒光りに、釜次郎は手をふれてみた。

（熱い）

釜次郎は手をはなし、

「やった！」

ぴょんと飛び跳ね、ぐわん。天井にしたたか頭をうちつけた。

「いてえっ！」

　しゃがみこんで両手で頭をおさえた。なみだが出るほど痛かったが、気持ちは逆に高揚した。この一発には大きな意味がある。ただ単に、開陽がはじめて実戦で放ったというだけではない。日本人が経験した史上最初の艦砲戦の、その、

（記憶すべき第一弾じゃねえか）

　痛みはむしろ、釜次郎にそのことを心ゆくまで実感させるはたらきをしたのだった。

　問題は、発射弾ではない。

　着弾だ。釜次郎はすぐさま立ちあがり、砲門から海をのぞいた。海には一月の早朝に特有の、ばら色のうすもやが立ちこめており、そのもやのかなたに黒い船がぽっちりと浮かんでいる。砲手たちが、

「あれは薩摩の春日だろう」

「船影がひとつしか見えんぞ。もう一隻あるはずだが」

「もう一隻は、春日の前方を泳いどるんじゃ。見えんのも道理」

　などと興奮もあらわに言い交《か》わしている。やがてその薩摩船のそばにゆっくりと水柱《みずばしら》があがり、船はおちょこのように左右にゆれた。

　その光景を見るや、釜次郎が、

「いいぞ！　こんどは全砲準備に入れ！」

せかせかと歩きだし、声をはげます。砲手たちはいっせいに体をうごかしたが、釜次郎の、

「早くしろい」

とか、

「何してやがんだ、お前さん」

とか、

「薩摩の春日はイギリス製だぜ。うかうかしてたらこっちがやられる」

とかいう江戸っ子ことばの歯ぎれのよさが、この場合はいっそう兵士たちを活気づかせたようだった。兵士たちも、すでに釜次郎のしゃべりことばに関する逸話をいろいろ聞きこんでいる。

たとえば、五年半前。

幕府の派遣する留学生として日本から航路オランダに向かう途中、バタビア（現在のジャカルタ）に立ち寄ったとき、釜次郎はパイナップル、バナナ、マンゴー等をあんまりたくさん食いすぎたため下痢《げり》になった。そこで何度もホテルの便所へ行ったところ、となりの敷地に住んでいたオランダ婦人がくすくす笑うので、釜次郎はかっとなって鉄拳《てっけん》をつきだし、

「べらんめえ！」

これが現地のオランダ人のあいだで話題となり、とうとう日本語の辞書をひく者まであらわれたという。

たとえばまた、留学中。もともと釜次郎は蘭学者《らんがくしゃ》であり、オランダ語の会話には不自由しなかったが、しかし考えごとの最中などはつい店先で、

「まからねえか」

とやってしまう。生まれそだった江戸下谷《したや》三味線堀《しゃみせんぼり》そのままの日本語なのだ。店のあるじはそれが値切りの合図とはむろん知らず、いそいそとマカロニを出してきたという。

そんな釜次郎のよくまわる舌が、いまは開陽の砲手たちを鼓舞《こぶ》している。と、そこへ沢太郎左衛門がばたばたと駆けてきて、

「釜さん」

「何だ」

「こんなところに出られちゃこまる。あんたは艦長だろう。奥の部屋にどっかと構えて、全体の指揮をとってくれ」

「うるせえ。こんなお祭りを見のがしたら、一生悔《く》いが残るってもんだ」

「これだから江戸っ子は」

沢は、ため息をついた。釜次郎はキッとなって、

「何っ？」

「火事とけんかは江戸の花とはよく言ったもんだ。いまの釜さん、見るからにうれしそうだもんな。命のやりとりの真っ最中だっていうのに」

言いながら、沢は複雑な顔をした。沢自身もやはり幕臣――奥火之番《おくひのばん》という役付の御家人――の出で、江戸生まれの江戸そだちだから、

（釜さんの気持ちも、まんざら理解できんでもないが）

そんな当惑のありありと見える表情だった。釜次郎は苦笑《にがわら》いして、

「ちがうよ。沢さん」

「え？」

「俺はなあ、もう少し、まじめに考えてるんだが」

釜次郎は、知っている。

自分のはしゃぎようが常軌《じょうき》を逸《いっ》していることを知っている。がしかし、それには単なる江戸っ子っぽい派手ごのみという以上の切実な理由があるつもりだった。といってそれは薩摩への憎しみではない。徳川幕府への無条件の忠誠心ではさらにない。

（遊びこそ、日本を変える）

釜次郎は、本気でそう信じていた。

日本という国は、もはや西洋文明を身につけるほか生きのこる道がない。イギリスやフランスの植民地となって過酷な収奪の対象になるのがいやならば、日本みずからが一日も

早くイギリスやフランスになるしかない。この期におよんで攘夷《じょうい》をさけび、いたずらに外国の人や文物を排斥しようとする連中など、釜次郎にはただ国をあやまる奸賊《かんぞく》としか見えなかった。

けれどもそのいっぽう、釜次郎は、やみくもに西洋を崇拝するのも、

「誤りだ」

という気がしている。

西洋人は西洋人だから学ぶに値《あたい》するのではなく、文明人だから学ぶに値するのだ。そして文明というものの特長は、ものをとうとぶ精神にある。スピードの速い列車、効率のいい織機《しょっき》、遠くまで弾が飛ばせる大砲、そういう数《かず》で測れる具体的なものをとうとぶ精神こそが、こんにち、彼らの地球規模での優位をきずきあげたのだ。けっして哲学や思想がではない。

ということは、われわれ日本人もそれに就《つ》かなければならない。思想よりも物理にこだわらねばならない。そうすることでしか、日本は、

（滅《ほろ》びからは、救われねえ）

そうして釜次郎の場合、その物理的なものへの関心は、ただひとつ、

「軍艦」

に集約されるのだった。

要するに開陽だった。開陽こそは西洋文明の本質であり、物理の体系であり、国家の強大な力のしるしだった。だから釜次郎は遊ばなければならなかった。子供がおもちゃをいじるように、夢中で、全力で、この世界一流の軍艦というものを、

（わかりつくす）

この点で、この榎本釜次郎という男はおそろしく生まじめだった。ほとんど愚直だっただろう。かつて長崎海軍伝習所の訓練生だったころ、釜次郎は幹部候補だったにもかかわらず二年ものあいだボイラの罐《かま》焚きや鍛冶《かじ》工などの汚れ仕事ばかりに従事して、指導教師であるオランダ海軍士官カッテンディーケを、

「ヨーロッパの優れた王侯のようだ」

と感嘆させたものだった。すべてを学ぶという釜次郎の意志は、それほど強靭《きようじん》かつ徹底的なものだった。

ただ釜次郎は、そのまじめさを人に見せることを極端にきらった。どこまでも表面上はしゃれと感性の人であろうとした。そこはやはり釜次郎、いきを重んじる江戸っ子だったというところか。まじめの餡《あん》をいきの皮につつんで蒸《む》した酒まんじゅう、それが榎本釜次郎という男だった。

砲手たちは、なおも準備作業をつづけている。

釜次郎も、彼らを、

「そら！　早くしろい！」

鳶《とび》の頭領《おかしら》みたいに威勢《いせい》よく叱《しか》りつけている。

†

開陽は、砲撃をつづけた。

相手との距離をつねに三〇〇〇メートル程度にたもちつつ、施条榴弾《りゅうだん》をつぎつぎと撃ちはなった。

それらはしばしば春日の船体をかすめたが、いっぽう春日の砲弾はすべて開陽のはるか手前のところで落ち、ぱしゃんと音を立てて海面をいたずらにかきみだすだけ。圧倒的な能力の差だった。

もっとも春日は、おそらく本気でたちむかう気はなかったのだろう。春日の砲撃はどうやら、もう一隻の薩摩船・翔鳳がひたすら外海（太平洋）めざして逃げ去るのを、

「かばう」

ことが主目的だったらしい。

釜次郎はのちに知ったことだが、春日はこのとき、じつは翔鳳をロープで曳航《えいこう》していた。翔鳳の速力のおそさをおぎなうためだった。春日はようやく外海をうかがう水域に達

したところでロープを断ち切り、丸に十字の船旗をかかげ、開陽の攻撃を一手にひきうけるべく応射を開始したのだった。おそらく翔鳳のほうに幹部兵が乗船していたのだろう。

ところが。

薩摩にとって皮肉なことに、開陽の砲弾は、むしろ翔鳳に命中した。射程距離が薩摩側の予想をはるかに上まわったのだ。

翔鳳はバリバリッと音を立て、船尾から煙を噴《ふ》きはじめた。よろよろと陸《おか》をもとめて阿波の海岸へ近づいたあげく座礁、もはやこれまでとばかり乗組員はみずから船に火をつけた。松脂《まつやに》の焼けるにおいが開陽のほうにまでただよってきて、船員は顔をしかめたという。

開陽と春日の交戦は、一日中つづいた。

一日かけて開陽が十八発、春日が二十五発をはなったが、結局どちらの弾も命中することのないまま夕暮れとなり、交綏《こうすい》（双方撤退）した。

春日はやがて外海に出たが、開陽はもはや深追いせず、大坂湾へ引き返した。本来の任務はあくまでも大坂城にある将軍慶喜の警護にあったからだ。これ以上、港を留守にするのは海陸全体の戦局にとって不都合だろう。釜次郎にとっては、

「見のがしてやる」

という感じの強い行動だった。

開陽の初陣《ういじん》は、勝利に終わった。

全体から見れば、ささやかな勝利にすぎなかった。しかしこの勝利が、のちに釜次郎の生涯を大きく変えることになる。

†

開陽は大坂湾にもどると、天保《てんぽう》山沖に投錨《とうびょう》した。

「天保山」

というのは、この当時、要するに大坂港を意味する。その沖合には幕府や各藩の船はもちろん外国船もたくさん停泊していて、ちょっとした国際港の様相を呈《てい》していた。

釜次郎は下船し、上陸した。

戦報を大坂城へもたらすためだった。ささやかな勝利とは知りつつも、つい胸をはって歩くことになる。

いや、胸をはる程度ならまだいい。となりを歩いている矢田堀景蔵《やたぼりけいぞう》など、

「奸薩誅討《かんさつちゅうとう》。奸薩誅討」

だの、

「上様《うえさま》（将軍）は、さぞかしお喜びになるだろう」

だのと、さっきから子供がお小づかいをもらったような顔でしゃべっている。釜次郎が苦笑して、

「まだ戦いははじまったばかりですぜ。讃岐《さぬき》殿」

といさめても、矢田堀景蔵――このとき讃岐守を称している――は、やっぱり、

「一刻もはやく、この快報を上様に」

足をせかせかと動かして、

「うわっ」

石につまずきそうになるありさまだった。

矢田堀景蔵、ばかではない。

もともと長崎海軍伝習所における勝海舟の同期生（一期生）で、二期生である釜次郎には先輩ということになるが、しかし伝習所を出たあとは外国留学には出ず、いつしか操船の現場もはなれ、この時期にはもっぱら高級官僚として陸上の仕事に従事していた。今回もいちおう軍艦奉行並という名目で開陽に乗艦してはいたけれど、なかば名誉職、幕閣から派遣された現場監督という意味あいが強い。

そういう人だけに、上役への報告は、おそらく戦闘そのものよりも大事なのだろう。

（役人かたぎさ）

釜次郎はまたしても苦笑しつつ、用意された馬にひらっと乗った。

が。

お濠《ほり》をわたり、大手門に着くと、報告どころの話ではない。具足をつけた兵どもが意味不明のことをさけびながら右へ走り、左にころび、誰ひとり釜次郎たちに気づくことがなかったからだ。門前で夜どおし焚かれていたはずの篝火《かがりび》も、いまは横ざまにたおれて白い炭をきたならしく地にまきちらしている。混乱のきわみというほかなかった。

「これはいったい、どういうことだ」

釜次郎は馬から下《お》り、さすがに絶句した。矢田堀は、

「とにかく、報告だ」

徒歩でふらふらと門の奥、石垣の向こうへ消えてしまう。釜次郎がその背中の残像をしばらくぼんやりと見送っていると、

「失礼もうす」

横から声をかけられた。

見ると、足軽だろうか、知らない男が四、五人ならんで頭をさげている。全員いっせいに頭をあげ、名を名乗った。釜次郎も仕方なく、

「榎本和泉守《いずみのかみ》」

と応じると、まんなかの男が目をかがやかせ、

「おお。あなたが、あの水軍の！」

釜次郎は顔をしかめて、

「いつの時代のことばだ。海軍と呼んでくれ」

「お役目は？」

「開陽艦長」

「開陽？」

「まあ千石船《せんごくぶね》の大将くらいに考えてくれ。用件は？」

「このたびのいくさ」

男はきゅうに肩を落として、

「残念ながら天に利あらず、お味方の軍勢にはいささか当初のもくろみに違《たが》う局面もこれある様子にて……」

「負けたんだな、要するに」

釜次郎は、あっさり言った。

ここにいれば、誰かの声がたえず聞こえる。その話をまとめれば、どうやら味方の陸軍はまず鳥羽伏見で大敗したあと、
淀《よど》
八幡《やわた》
葛葉《くずは》

とずるずる敗退をくりかえしているらしいことがわかる。逆に言えば、薩長軍は勝ちに乗じて、少しずつこの大坂に近づいているということだ。

「そればかりではありません」

足軽のかしらは、さらに沈痛な表情になって、

「うわさによれば、敵軍は畏《かしこ》くも錦《にしき》の御旗《みはた》までふりかざし、みずからを官軍《かんぐん》と称したそうです。まず僭称《せんしょう》にちがいありませんが、そこで榎本様のような身分ある方にうかがいたいのは、われわれは今後どうなるのか」

「どう、なる？」

「はい。上様および幕閣のお歴々には、この戦いをどのように始末なさるおつもりなのか。あくまでも薩長征伐を続行するのか、それとも和議をこころみるのか」

「わかんねえよ」

釜次郎はそっけなく言った。相手の男は一歩つめより、

「ならば、せめて榎本様のご存念だけでもお聞かせ願いたい」

血走った目をいっぱいに見ひらいた。

どんな答を期待しているのか、釜次郎には手にとるようにわかる。戦争続行すべし、薩長誅すべしと断言してほしいのだ。情報が得たいというよりは、そのことで自分自身の心が折れないようにしたいのだろう。

が、釜次郎は、

「わかんねえって」

ひらひらと顔の横で手をふった。

「いまも言っただろ。俺はなあ、たかだか軍艦一隻の艦長にすぎねえんだ。海の男がむやみやたらと陸戦にまで口を出したら、みんなをただ混乱させるだけじゃねえか」

男はおしころした声で、

「ふざけている場合ではありませんぞ。榎本様」

「ふざけてねえよ。よく言うだろ、船頭が多けりゃ船は山にのぼる」

「話にならん」

男はぷいとうしろを向くと、

「高禄《こうろく》を食《は》む身が無責任な。だからいくさに負けるのだ」

つばを吐いて、歩きだした。

ほかの連中も追従《ついじゅう》する。釜次郎はそいつらの背中へ、

「どうなるのかを考えるんじゃない。どうするかを考えろ！」

どなりつけたが、彼らはふりかえりもしない。

「ばかめ」

釜次郎は、枡形《ますがた》の石垣をこぶしで殴った。血がながれた。

（何が無責任なものか)


ただ指揮系統論の初歩を述べただけではないか。幕府軍という巨大な船の船頭はただひとり将軍慶喜のみであるべし。これほど明快な、理にかなった解答はどこの世界にもないだろう。

その明快な理《ことわり》が、あの足軽どもはわからなかった。

わからないだけならまだしも、自己の安心のために他人の決意をむさぼろうとした。見ぐるしい怯懦《きょうだ》だ。そういう態度がかえって全軍の士気を落とし、結束をみだし、活動効率をそこねるのだということは、

(あの連中には、百ぺん言ってもわかんねえだろう)

負けたから彼らはこうなったのか。それとも彼らのような人間ばかりだから幕府軍は負けたのか。釜次郎がやりきれない思いを抱いていると、

「失礼いたす」

「また来た」

釜次郎は、露骨にいやな顔をしてみせた。

こんどは、ひとりだった。さっきの連中と同様かびくさい具足に身をつつんでいる。名乗りを交わすと、男はつばを飛ばして、

「ご高見をたまわりたい、榎本殿。貴殿も、このいくさは最後まで遂行《すいこう》されるべしとお考

えでしょう?」

「あんたは主戦論かい」

「もちろんでござる」

男は断言するやいなや、腰をしずめ、刀のつかに手をかけてみせ、

「たとえ最後の兵となり果てようとも、一死、逆賊《ぎゃくぞく》どもに目にもの見せん」

釜次郎は、相手の刀を指さして、

「何だい、そりゃ」

「武士のたましいです」

「ちがうな」

釜次郎はそう言うと、男の肩をぽんぽんとたたき、

「ただの刃物だよ」

男は、絶句した。釜次郎はやわらかな声で、

「勇ましいのは結構だが、あんまり根《こん》をつめちゃいけない。心にはいつも二分《にぶ》ばかり遊びをつくっておくことさ」

「あそび?」

「そう。いざというとき人間にいちばん正しい判断をさせるのは、意外にも、その遊びの部分なんだぜ」

男は、目をしばたたいた。よくわからないのだろう。

「まあいい」

釜次郎はふりかえり、門の奥のほうを指さして、

「どっちにしろ、この城には上様がおられる」

指の先には本丸《ほんまる》があり、慶喜のいる御殿《ごてん》があるはずだった。もっとも、いま釜次郎はその建物を見ることができない。鉤《かい》曲《ま》がりの高い石垣に視線をさまたげられているからだ。

しかしとにかく、

「この城に上様がおられる、そのことは動かぬ事実なんだ。俺たちは上様のたしかなご判断にしたがうことを考えればいい」

「はい」

しっかりとした返事だった。釜次郎は、男のほうに向きなおって、

「わかるか」

「はい」

「俺たちの頭領《とうりよう》は上様だ。ただ上様を信じていればいいんだよ」

本心から言った。この時点で、釜次郎は、まさか自分がゆくゆく海軍どころか幕府軍全体の総帥《そうすい》となり、その意味では将軍にひとしい存在となることを想像だにしていない。

†

天保山沖。

開陽、停泊中。

まだ太陽ののぼる時刻ではないが、副艦長の沢太郎左衛門はもう目ざめてしまっている。

(いい目ざめだ)

と、自分自身で感心するくらい心身ともにさわやかだった。ゆうべ飲み残しのシャンパンを晩酌《ばんしゃく》がわりに飲んだせいでぐっすり眠れたからだろうか。

ちがう。

(矢田堀様も、釜さんも、この船にいない)

その意識が、沢の神経をぴりぴりさせているのだ。自分はいま実質的な艦長なのだと思うと、おのずから顔をあらう指一本にも力がこもる。

洗顔を終え、艦室のなかで身じたくをしていると、

「失礼します」

ドアをノックする者がある。沢は、

「何だ?」

「お、お、お客様です」

「客?」

「山口駿河守《やまぐちするがのかみ》様が」

「まさか」

沢は、あごが落ちるほどおどろいた。

山口駿河守、名は直毅《なおき》。二千五百石どりの高級旗本。これまで大目付、町奉行、歩兵奉行などを歴任していて、現在の肩書は外国奉行。とにかく要人中の要人だ。ふつうなら沢ごときが口をきけるような人物ではない。

「別の誰かの誤りだろう」

と、沢はうっかり口走ってしまった。

「山口様はいまごろ大坂城内で上様に近侍《きんじ》しておられるはず。こんな洋上にご用件など、あるはずが……」

「あるのだ」

という声とともに、ドアがひらいた。

入ってきたのは沢のはじめて見る顔だったが、年まわりといい、ものごしの迫力といい、まちがいなく山口駿河守だった。沢はふかぶかと頭をさげて、

「これはこれは、山口様ともあろうお方にこのような狭苦しい部屋を……」

「挨拶《あいさつ》はいい。ただちに私とともにアメリカ艦に来てくれ。ただちに」

「アメリカ艦？」

「艦名はわすれた。この港の、もっとも岸に近いところに泊まっている船だ。その船には日本のたいへん高貴なお方が乗っておられる」

「高貴な、お方……」

「さよう」

山口はあきらかに焦燥《しょうそう》していた。口調もおのずから切りつけるようになる。

「そのお方が、この開陽への転乗を望んでおられる。足下《そっか》はおむかえに上がらねばならぬ」

「そ、それは」

（こまる）

頭をさげたまま、沢はそう思った。釜次郎がいない。いまは艦をあけるわけにはいかない。

「はよう。はよう」

山口はざりっと足をすり、声をいっそう高くする。これ以上ぐずぐずしていたら髪の毛をつかんで部屋から引きずり出すことも辞《じ》さない勢いだった。沢はしぶしぶ頭をあげ、山口とともに部屋を出た。

　ボートに乗りこみ、アメリカ艦へ漕《こ》ぎ寄せる。

　艦へあがると、青い目をした水兵がにぎやかに声をかけてよこした。艦長らしき外国人が沢たちをみちびく。沢はみちびかれるまま船内に入り、一枚のドアの前に立った。

　山口が、ドアをあける。

　山口につづいて入室する。部屋のなかには何人かの日本人が立っていて、その奥の椅子に、ひとりの男がすわっている。疲れた顔をしている。

（これが、高貴なお方か）

　沢はそう思い、ほとんど同時に、

（釜さんと、おない年かな）

　とも思った。あとで知ったところでは、釜次郎のひとつ年下だった。

　沢はふしぎと大胆になった。身をかがめ、その貴人へぐっと顔を近づけた。誰かはわかるはずもない。貴人がようやく、

「誰であるか」

　と言った。存外おちついた声だった。山口駿河守がするすると体を寄せてきて、男にささやく。

「開陽の副艦長、沢太郎左衛門です。上様」

「上様」

沢は、息がとまった。

へたへたとその場に膝《ひざ》をついてしまった。幕府軍総司令官であるはずの前《さきの》将軍・徳川慶喜が、なぜ城をぬけ出して、

（こんなところに）

沢はすわりこんだまま、放心してしまっている。

第二章　大坂《おおさか》城焼亡

　上様がいない。

　といううわさが大坂城内にひろまったのは、慶応四（一八六八）年一月七日の未明からだった。

「まさか」

　釜次郎は、そのうわさを笑いとばした。いま城内では流言蜚語《りゅうげんひご》がうずをなしている。そのなかの悪質なひとつだと思ったのだ。

　それはそうだろう。いくら何でも幕府軍の総司令官にあたるお方が旗下《きか》に集《つど》った数万の兵を見はなして単身城外へゆくえをくらますなぞ、

（あり得ねえ）

しかもその風説によれば、慶喜はほかならぬ軍艦開陽にのりこんで江戸に帰ったのだという。釜次郎、ここに至って、とうとう噴き出してしまった。

「あり得ねえよ。あり得ねえ」

艦長はここにいるんだ、どうして開陽が出航できるか。かつぎ手のいない辻駕籠《つじかご》がえっさえっさと勝手に走りだすなどという話は聞いたことがない。

†

同日、午前。

釜次郎は、海軍の今後の戦略を高官たちに説明するため、本丸御殿に入ろうとした。

本丸御殿というのは約二百年前、寛文《かんぶん》五(一六六五)年に落雷で焼失した天守閣にかわる建物で、つまりは大坂城のすべての機能の中枢《ちゆうすう》基地だが、その御殿の入口には、

「番兵が、ひとりもいねえ」

釜次郎は立ちどまり、呆然とした。

番兵どころか、黒ぬりの鉄扉《てつぴ》もだらしなく半びらきになっている。建物のなかには将軍、幕閣、各藩の藩主、軍事責任者、あらゆる重要人物が起居しているはずなのだ。

「無用心この上もねえ。そうじゃありませんか」

釜次郎は、となりの軍艦奉行並・矢田堀景蔵へつぶやいた。矢田堀は棒を呑《の》んだような顔つきで、ことばも出ない様子だった。

御殿のなかに、足をふみいれる。

がらんとした廊下を、釜次郎たちは相《あい》前後してすすむ。部屋にも中庭にも人のかげは見えず、まるで廃墟《はいきょ》のなかを歩んでいるようだった。むやみと高い天井がいっそう寂寞《せきばく》の感をそそる。

「こりゃあ、きつねが出てきてもおかしくねえなあ」

釜次郎はつとめて快活《かいかつ》な声を出しつつ、右へまがり、高官専用の御用部屋へふみこんだ。

ここには、何人もの男がいた。

全員、かみしもを着けた礼装だった。背中をこっちに向け、ひそひそと何やら話しこんでいる。釜次郎はその背中へ、

「上様は、どちらにおいでです？」

全員、同時にこっちを向いた。

みな釜次郎よりも年上で、見るからに貴人の相をしている。若年寄《わかどしより》の永井《ながい》尚志《なおむね》、平山敬忠《ひらやまよしただ》、浅野氏祐《あさのうじすけ》というような錚々《そうそう》たる面々だった。そのうちいちばん鼻っぱしらの強そうな目をしている五十がらみの男が、ぱっと表情をあかるくして、

「おお。榎本和泉守殿か」

永井尚志。

釜次郎はこの一年後、この男とともに蝦夷地《えぞ》（北海道）にわたり、共和国をつくり、生死をともにすることになるが、しかしこの時点では単なる幕閣のひとりとしか意識していないから、

「上様は？」

そっけなく尋《たず》ねなおしただけ。永井はみるみる顔を暗くして、

「ご布告《ふこく》を、発せられた」

「布告？」

「そうじゃ。城内のすべての兵や役人たちに、上様ご自身がおふれを出した」

その内容は、おどろくべきものだった。

さる三日、松平修理大夫《まつだいらしゆりのだいふ》（薩摩藩主・島津忠義《ただよし》）の家来がとつぜん当方の使者に対して発砲し、戦端をひらいた。戦況はこちらに不利である。このぶんでは幾多の人命をそこなうのみならず、天子に対して誠意をつらぬくこともかなわないから、まことに不本意ではあるけれども兵をひきあげ、ひとまず軍艦で江戸に帰ることにする。追って申し聞かせることもあるであろう。皆《みな》はめいめい力を合わせ、国家のために忠節をつくす

ように。

措辞《そじ》は荘重《そうちょう》、論理は周到。けれども要するに、

「俺たちは、見すてられたんだな」

釜次郎はつぶやいた。うわさは真実だったのだ。となると、

（開陽も）

まだ天保山沖にあるだろうか。釜次郎はしばらく何もかんがえられなかった。

†

釜次郎は、ぼんやりと御殿を出た。

番兵のいない鉄扉をくぐり、まっすぐ桜門《さくらもん》をとおりぬけて二の丸へおりると、そこは広場のようになっている。

広場には、おおぜいの兵士があつまっていた。

うらうらとした青空のもと、どこから湧《わ》き出たのか、おそらく一万人はいるだろう。彼らはみな各藩から徴集《ちょうしゅう》された藩兵ないし旗本麾下《きか》の雑兵《ぞうひょう》で、いまは所属する隊ごとに列をつくったり、だんご状に寄り集まったりしている。小高いところから見ると、あずきを

小分けにしたようだった。永井尚志が無念そうに、

「彼らは国もとへ帰るのだ。会津《あいづ》の者は会津の地へ、桑名《くわな》の者は桑名の地へ。もはやこの城でいくさをする名分《めいぶん》はないからな」

「へっ」

と、釜次郎は鼻を鳴らして、

「生きて家に帰れるっていうのに、どいつもこいつも景気のわるい顔をしてますなあ」

「ぶじに家にたどり着けるか、それが心配なのだろう」

早い話が、彼らはいまや敵兵だらけの京都を通りぬけることはできないのだ。会津兵も桑名兵も、帰国のためにはまず進路を南にとり、はるばる紀州《きしゅう》をまわって亀山《かめやま》あたりから東海道《とうかいどう》に入らなければならない。うっかり敵または裏切り者に出会いでもしたら、その路上が、

「彼らの死地となるのだ。榎本殿」

「なるほど。気勢をあげろというほうが無理ですなあ」

釜次郎が腕を組みつつ、ゆっくりと広場への坂道をおりていくと、しかし意外にも、

「あ、榎本様！」

いきいきとした声が聞こえた。

と思うと、或《あ》る集団のなかから兵士がひょいと飛び出してきて、

「おうい、みんな！　榎本和泉守様が、われわれを励《はげ》ましに来てくださったぞう！」

そいつの異様な浮かれ顔を、

「あっ。お前」

釜次郎はつい、ゆびさしてしまった。

見おぼえがあるどころの話ではない。おととい釜次郎が開陽をはなれ、この大坂城にあがったとき、大手門のところで釜次郎を呼びとめて「この戦いはどうなるのか」などと聞いても仕方のないことを聞いたのはこの足軽だった。あのときは水軍と海軍のちがいも知らず、軍艦と千石船の区別もつかなかったくせに、

「榎本様は、開陽艦の船長様じゃあ！」

百年も前から専門家だったようなしたり顔で、がなりたてた。

反応は、予想外だった。

兵士たちはどよめき、わらわらと釜次郎にちかづいてきて、

「榎本様！」

「榎本様！」

釜次郎をとりかこみ、もみくちゃにした。ほかの集団からも来たようだった。彼らはみな釜次郎がまるで福の神でもあるかのように手をのばし、体にふれ、熱い礼讃《らいさん》のことばをさしげた。

「おいおい。いったいどういう気だ」

釜次郎は必死であらがう。汗くささに耐《た》えられなかった。けれどもいかんせん相手方とは人数がちがいすぎる。くらげのように波にもまれる以外どうすることもできなかった。兵士のなかには茶色い革の手甲《てっこう》をはずし、なまなましい手の傷を――指が三本落ちていた――つきつけて、

「ご垂涎《すいぜん》をたまわりたい」

などと言い出すやつもいる。まさかと思いつつ釜次郎がベッと赤い肉へつばを吐きかけたら、手を合わせて、

「かたじけのうござります。かたじけのうござりまする」

人波《ひとなみ》から消えていった。

なおも兵士たちは入れかわり立ちかわり来ては去る。いくらでも人数がいる。このまま放置したら騒ぎが二の丸全体におよぶとかんがえたのだろう、複数の指揮官が、

「いいかげんにしろ」

とか、

「時間がないんだ」

などと叱りはじめた。波はようやく引きはじめ、釜次郎は解放された。幕府海軍の士官たちがレキションと呼ぶフロックコートふうの黒ラシャの筒袖《つつそで》がすっかりぐずぐずになっ

ている。

　このありさまを、永井尚志はいくぶん離れたところで苦笑しつつながめている。矢田堀景蔵もいる。釜次郎はほうほうの体《てい》で泳いでいって、

「わけがわからねえ」

　矢田堀はぞろっと腕を組み、官僚らしい明快な口調で、

「彼らはいま、極度の緊張のなかにあるのだ。緊張のなかの人間は、しばしば衝動的に、すがりつく相手を欲する」

（どうかな）

　釜次郎は内心、首をかしげた。もう少しふかい理由があるような気がするのだが、

「ま、いいや。どっちにしろ、こんなのは一生に一度きりでしょう」

　釜次郎はひたいの汗をぬぐい、深呼吸した。

　その後、一刻《とき》（二時間）。

　藩兵たちは、お昼にはもうぞろぞろと大手門を出てしまった。夜逃げのような機敏さだった。大坂城にのこされたのは、釜次郎たち高級中級の旗本をのぞけば、親藩《しんぱん》や御三家の一部家臣、各藩藩兵の重傷者、その付添人、大坂城代付《づき》の足軽、あとは庭師や炊事係というような雑役夫《ざつえきふ》のみだった。その雑役夫も、どさくさまぎれに姿をくらましたのが多いらしい。古来、上方者《かみがた》には機敏なやつが多い。

「さて」

釜次郎は、ふたたび本丸御殿のなかにいる。

高官用の御用部屋のたたみの上にすわり、あわただしく弁当をつかいながら、

「これでこの城もすっきりしましたな。髪結床《かみいどこ》に行った帰りみてえだ」

などと軽口をたたいている。軽口の相手は、永井尚志、平山敬忠、矢田堀景蔵というような職制の上での上輩《じょうはい》ばかりだが、そのなかには幕府目付・妻木頼矩《つまきよりのり》という人物もいて、たしなめるように釜次郎を見つつ、

「われわれにはまだ仕事がのこっておりますぞ、榎本殿。この城をつつがなく尾侯《びこう》と越侯《えつこう》にお引き渡しするという大仕事がな」

声をうわずらせた。さっきから、むやみと目をしばたたいている。将軍じきじきに残務整理を命じられたことで極度に神経質になっているらしい。

ここでいう尾侯、越侯とは、それぞれ尾張《おわり》藩主後見役・徳川慶勝《よしかつ》、および前越前《えちぜん》藩主・松平春嶽《しゅんがく》のことだった。このふたりの親藩代表がみずから大坂城に来る予定はもちろんないが、ふたりは早くから朝幕間の調停役というような政治的立場で慶喜の信任をあつくしていたから、このさい慶喜はその名を挙《あ》げることにより、要するに朝廷へ、無条件で、

「城を、さしだす」

という意志をあらわしたのだった。妻木頼矩はなおも目をぱちぱちさせながら、

「榎本殿は、もう船にお帰りいただいてもかまいませんぞ」

「ほう？」

「この城にはもう貴殿の仕事はない」

とげのある口調だった。釜次郎は、

「なるほどなあ。いまの私は、たしかに陸《おか》にあがった河童《かっぱ》だからなあ」

けろけろと受けながしつつ、

（なーに言ってやがる。長州の間者《かんじや》にひっかかったくせに）

知らぬ者のない事実だった。妻木頼矩は江戸にいたころ、大塚《おおつか》の抱屋敷《かかえ》へ、人もあろうに長州藩の攘夷派志士・吉田稔麿《よしだとしまろ》という男を――もちろんそうとは知らなかったが――やとい入れた。そうして家内家外のいろいろな雑用をさせたほか、長男伝蔵《でんぞう》の勉強相手までつとめさせた。すっかり信用してしまったのだ。

妻木はこのとき、すでに幕府目付の重職にあった。おりおりに妻木の口からこぼれた機密情報がそっくりそのまま吉田稔麿を通じて麻布《あざぶ》の長州藩邸へながれこんだことは疑いない。やがて吉田の身元がわれると、さすがに幕府もほうってはおけず、妻木をいったん免職処分にしたのだった。

そういう間の抜けた男が、いまや大坂城最後の事務をつかさどっている。この一事をもってしても、幕府に人材のないことは悲しいほどにあきらかだった。

「それじゃあ」

釜次郎は箸《はし》を置いて立ちあがり、上輩たちを見おろして、

「私は陸《おか》をはなれます。が」

「が？」

「その前に、ひと仕事」

釜次郎は、笑みを浮かべた。われながら子供っぽい笑みだった。

「ひと仕事？」

「ここはもう、上様のいない空城《からじろ》なんだ。からっぽのまま気持ちよく先方へおゆずりしようじゃありませんか」

一座を見まわした。

全員、沈黙した。意味がわからなかったのだろう。が、そのなかで、

「了解した」

青年のように声をはりあげ、立ちあがった者がある。

五十をこえているはずの永井尚志だった。永井は、やんちゃ坊主がそのまんま年をとったような細面《ほそおもて》の頰を上気させて、

「その仕事、ひとつ乗らせてもらおう」

釜次郎の提案は、かんたんだった。

城内の金銀、米穀、道具のたぐいを、

「江戸に持ち帰っちまおう」

というのだ。

もともと大坂城というところは二百五十年にわたる大坂三郷《さんごう》および西国支配の拠点だった上に、さらに幕末になると家茂《いえもち》や慶喜という徳川将軍みずからが入城して国内政治や国際交渉をおこなったいわば総理官邸でもあった。そのなかに蓄積された富の量ははかりしれない。少なく見つもっても中堅大名級ではあるだろう。

その富を、可能なかぎり軍艦に積みこむ。江戸へはこぶ。うまくいけば今後の旧幕派の活動にいろいろ役立てられる、そう釜次郎はふんだのだった。

「時間がねえ。薩長の連中が来る前にやっつけなきゃあ」

釜次郎はそう言い、あとは現場の一作業員となった。兵をあつめ、小者をかりたて、主要な建物の前につぎつぎと荷車をとめさせた。

その作業中にも、釜次郎はみょうな人気者になっている。

本丸御殿の東には、なまこ壁の御金蔵《ごきんぞう》がある。釜次郎はその横を騎馬でとおりぬけ、二の丸へおりようとしたところで勘定《かんじょう》奉行並・小野友五郎《おのともごろう》によびとめられ、

「榎本殿。榎本殿」

「お、何です？」

「このなかに、金銀がござる」

小野友五郎は、いかにも頑丈《がんじょう》そうな入口の土戸《つちど》をどんどんと手でたたいた。釜次郎は、

「あるでしょうなあ。金蔵《かねぐら》ですからなあ」

「見たところ、十八万両はくだらぬ。途方《とほう》もない量じゃ。いかが致そう？」

いかが致そうと言われても、返事はもちろん、

「まっさきに持ち出しましょう、小野殿。すみませんが、私は上様の御道具にかかりっきりだ。小野殿自身がどこかから荷車を見つけてください」

「そ、そうか」

ぱっと顔をかがやかせると、御殿とは反対のほう、二の丸へ通じる桜門へとばたばた駆けていってしまった。その背中を見おくりながら、釜次郎は、

（はてな）

首をかしげた。小野友五郎はいま五十ちょっと、算勘《さんかん》の職がすっかり板についてしまったけれど、かつては勝安房守とともに咸臨でアメリカにも渡ったこともある覇気まんまん

の海の男だった。釜次郎にとっては親しみぶかい先輩なのだ。その先輩が、

（わざわざ俺におうかがいを立てなくても）

その後も、同様のことが続出した。ふだんなら釜次郎などには洟《はな》もひっかけないような高位の連中がいちいち意見をあおぎに来る。よろこんで釜次郎の言うとおりにする。

「馬は、お濠に投げちまいましょう」

と釜次郎が言ったときも、誰からも反対は出なかった。

「こいつは軍艦に積むのは無理ですし、ほっといたら薩長の連中に利用されるだけ。処分しましょう」

厳密には越権の言《げん》だろう。薩長の不利をなすような行為はいまや明白に慶喜の意志に反するからだ。けれども幕閣はいそいそと馬丁《ばてい》に命じて一頭のこらず水中にたたきこませ、ついでに大砲や砲弾もたたきこませた。一種の集団催眠状態だった。

名だたる駿馬《しゅんめ》がひづめで天を掻《か》きつつヒンヒンすすり泣くような声を立てて沈んでゆく。釜次郎は、いまや城内でもっとも実力のある現場監督になっていた。

ただし、

「いっそのこと、城そのものも焼いちまいましょう」

と言ったときには、さすがに妻木頼矩に反対された。尾越両侯に城を託するというのが既定方針である上、こればっかりは、

（仕方ねえか）

釜次郎は、あっさり提案をとりさげた。

†

二日後、一月九日。

長州の先鋒《せんぽう》隊が到着した。旧幕側の代表人・妻木頼矩がそいつらを丁重《ていちょう》にむかえ入れ、城のあけわたしの交渉をしているとき、

「おや」

長幕双方の使者が、同時に鼻をうごめかした。どこからか、ものの焦げるにおいがしたのだ。

火元は、わからない。

城郭の西方・大手門付近の番小屋ともいわれるし、東北方面の青屋口《あおやぐち》のへんともいわれる。本丸内の厨房《ちゅうぼう》だと言う者もある。ともあれ城のどこかで火の手があがり、その火があっというまに城内全域へひろがったのは疑いのない事実だった。

出火原因もわからない。単なる失火だという説もあるが、長州の先鋒隊が入城前に大砲をぶっぱなしたせいともいう。ただし長州軍はこのとき一、二発しか撃っていないことが

わかっている。それ以上撃たれる前に妻木頼矩のほうで白旗をふったからだった。だから砲撃が原因では、

「あり得ない」

というのがその後の新政府側の公式な主張になった。言いかえるなら、戦勝側ですら出火の責任は忌避《きひ》しようとした。

火が出たとなると、消火にあたるだけの人数はもう城内にはいなかった。紅蓮《ぐれん》の炎はほしいままに白壁《しらかべ》の塀を燃やし、櫓《やぐら》を燃やし、本丸御殿を燃やし、そのなかの松や梅などが念入りに描かれた金襖《きんぶすま》をめらめらと燃やしつくした。そうして西の丸まで火足《ひあし》をのばした。

西の丸には、焔硝蔵《えんしょうぐら》（火薬庫）がある。

これに引火した。どーんというすさまじい音が地震を起こし、屋根をふきとばした。巨木のような火柱があがり、摂河泉《せっかせん》三国の天地をあかあかと照らした。風がさらに火をあおった。大坂城の運命は、このとき決定的なものになった。

本丸外周六百間《けん》（約一〇八〇メートル）、二の丸外周千四百間（約二五二〇メートル）、総面積二十三万坪あまりの広大な城郭が、わずか二日でほとんど灰になってしまった。本丸御殿も灰になった。かろうじて焼けのこったのは一部の櫓や門や長屋のたぐいのみ。例外としては、どういうわけか本丸御殿のそばにある例のなまこ壁の御金蔵がほぼ無傷だっ

た。徳川幕府の大坂支配は、ここに名実ともに終了したのだ。

爆発の前後から、略奪がはじまっている。

城下の町人どもが異変に気づいて、

「こら、ええわ」

大挙して大手門を突破したのだ。

家具、反物、武具甲冑《かっちゅう》、包帯や軟膏《なんこう》……ちょっとでも金になりそうなものは手あたりしだい引っさらわれた。瀕死《ひんし》の重傷兵が着ていた着物もむしり取られた。何俵《ぴょう》もの米を積んだ荷車をがらがら引いて堂々と大手門から出ていこうとする者があったので、番兵が呼びとめて、

「お前ひとりでは、そんなに食えぬだろう」

と言うと、相手は煤《すす》でまっくろになった顔をほくほくさせて、

「食べまへんがな。もったいない」

「……？」

「売るに決まってますがな、お役人さん。もうすぐ官軍の兵隊がおおぜい来るさかい、大坂市中の米の値《ね》は急騰します」

刃傷《にんじょう》沙汰《ざた》もあった。森助《もりすけ》という天満《てんま》の青物《あおもの》問屋の手代の息子が、三、四人ばかりの仲間とともに京橋《きょうばし》口門外・東町奉行所の屋敷のなかで畳をつぎつぎと剝《は》いでいると、

「やめよ、森助」

東町奉行所同心・西川《にしかわ》武兵衛《ぶへえ》がとびこんできた。ふたりはかねてから顔見知りだった。谷《たに》町にある直心影《じきしんかげ》流の道場・杉本健十郎《すぎもとけんじゆうろう》方でいっしょに稽古《けいこ》をしていた同門の徒だったのだ。ときどき酒をくみかわしていたという。

森助は泣きそうな顔になって、

「西川様。え、えろ、すんません」

たたみに膝をつき、濃紺のへりを指でざりっと撫《な》でて、

「こいつがな、京染めの高宮縁《たかみやべり》いうてな、ええ金で売れるんですわ」

「何ということを。ここは公事《くじ》をあずかる畏《おそ》れ多き場である」

「すんません。すんません」

「問答無用」

西川武兵衛は十手を腰にさしこみ、すらっと刀をぬいた。森助はなおも拝《おが》みたおすが、西川は青眼《せいがん》のかまえをくずさない。森助はようやく立ちあがると、仲間から木刀を手わたされ、おどおどと下段にかまえた。

と同時に、西川が刀をふりおろした。森助は木刀を横にして受けた。真剣の刃先がカッと一寸《すん》（約三センチ）ほど食いこんで、うごかなくなる。

「うわ、わ、わっ」

さけびながら、森助はそのまま木刀で円をえがいた。両腕をねじりまげられた西川はかんたんに手をはなしてしまう。刀はぽんと火のなかへ飛びこんで飴《あめ》のように折れつつ溶けて消えた。

「西川様、御免」

森助の木刀が、こんどは西川の脳天に決まった。ぱーんと瓜《うり》が割れるような音が立った。西川は気絶して、そのまま火にのまれたか、以後ゆくえがわからなくなったという。大坂三郷の町道場ではしばしば武士よりも町人のほうが腕が上だった。

釜次郎は？

この大火《たいか》のさなか、釜次郎はいったいどこにいたのか？

わからない。が、釜次郎が莫大《ばくだい》な金品とともに旧幕府軍艦・富士山《ふじやま》に乗艦し、天保山沖を出航したのは一月十二日。これははっきりしている。出火の三日後ということになる。少なくとも出火時には、城内のどこかにいたものと思われる。

†

富士山は、海上をすべるように走っていく。

天保山沖に停泊していた四隻の幕府船のうち、もっとも大きなものだった。

まがりなりにも左舷に六門、右舷に六門の大砲をそなえたアメリカ製の蒸気艦ではあるのだけれども、開陽艦長・榎本釜次郎としては、やはり、

（貧弱だな）

と感じざるを得ない。何しろ排水量は一〇〇〇トンと開陽の半分以下だし、乗組員の数もやはり半分。船全体の重心が高いため横ゆれ《ローリング》の周期がやや遅すぎる。

（富士山どころか、筑波《つくば》山程度だなあ）

ただし富士山には、ひとつ開陽にはない施設がある。

機関室のとなりの大部屋だ。

大部屋といっても乗組員がざこ寝をする空間だからさほど大きくはないのだが、何ぶん機関室のとなりだから暖かいことは暖かい。そこがいまは敗兵たちの収容所となっていて、一種の野戦病院の様相を呈している。

「見舞ってやってください」

富士山艦長・望月大象《もちづきだいぞう》が、釜次郎にそう要請した。もとより釜次郎に否《いな》やはない。この船には釜次郎の仕事はないのだ。

「わかりました」

とんとんと階段をおりてみると、大部屋には、粗末なむしろが敷かれていて、その上におよそ五〇人の男がいた。ほとんど全員、満足にあぐらもかけない重傷者だった。あちこ

ちから、

「うーん……」

という苦痛のうめきがあがる。すすり泣きが聞かれる。空気のあたたかさが血膿《ちうみ》の甘いにおいをむんむんと倍増させた。

「野戦病院とは、少しちがうな」

釜次郎はつぶやいた。

「医者がいねえ」

なかには、瀕死の者もあった。

とりわけ釜次郎から見ていちばん奥、船体の構造上の理由から右へななめに立てられた柱の手前にぐったりと横たわっている男がひどかった。上半身をはだかにされ、まっ白なさらしを巻かれているのだが、そのさらしの右胸と左腰のあたりが赤黒くぬれぬれと光っている。どちらも銃創《じゅうそう》なのだろう。顔色は蠟《ろう》を引いたように青く、すでに唇がひからびている。

（よほどの重要人物らしい）

と釜次郎が見たのは、そいつが三、四人のわりあい元気そうな男にとりかこまれ、声をかけられているからだった。

「あれは、山崎烝《やまざきすすむ》という者です」

うしろから、野太い声がふってきた。

釜次郎はふりむいた。

階段の三段ほど上に、ひとりの男が立っている。筋肉のかたまりが服を着ているような感じの体に、ごつごつとした岩のごとき頭が乗っかっている。腰に大小をさしてはいるが、釜次郎はむしろ、

(百姓の親玉みてえだ)

という印象を受けた。その百姓武士が、また口をひらいて、

「あの重傷者は、山崎烝というのです。淀堤《よどづつみ》での戦いで薩軍にやられました。拙者《せっしゃ》の部下なのです」

「そう言うあんたは？」

「近藤勇《こんどういさみ》」

相手はこわい顔をしたまま、頭をさげて、

「新選組《しんせんぐみ》局長、近藤勇と申します。失礼ながら、榎本和泉守殿とお見うけしたが？」

「いかにも」

「お会いできて光栄です。軍艦開陽のご活躍、重畳《ちょうじょう》に存ずる」

「いやあ」

釜次郎は苦笑しつつ、こめかみを指でかいてみせて、

「いまは単なる無賃乗船の客でさあ」

「はっはっは」

近藤、顔はまったく笑っていない。

目をくわっと見ひらいたまま、しかし口調はおだやかに、

「外に、出ませんか」

「え？」

「甲板にあがり、外の空気を吸いましょう。榎本殿にひとつお聞きしたいことがあるのです」

きびすを返し、そろりそろりと階段をのぼりはじめた。その表情、その体のうごき、

（不自然だな）

釜次郎は首をかしげ、あとにつづいた。どこが不自然かはわからない。

外へ出た。

風はよわく、海には夕もやがたちこめている。潮《しお》のかおりが新鮮だった。釜次郎は近藤とならんで左舷側に立ち、バタバタひるがえる上着をぐっと両手でかいこみながら、

「近藤さん、いったい何が聞きたいんです？」

「あれです」

近藤は正面に顔を向け、もやに霞《かす》むみどりの山なみを指さして、

「この船は、いまどこを走っているのです？」

（おやおや）

釜次郎は唖然《あぜん》としたが、よくかんがえれば、近藤をはじめとする新選組の連中は、これまで基本的には京のみやこで活動していた。屯所《とんしょ》は京にあったわけだし、有名な池田屋《いけだや》事件——三条小橋《さんじょうこばし》のたもとの旅館・池田屋に集合した尊攘派浪士を新選組の精鋭がさんざんに斬《き》りきざんだ——もやはり京のできごとだった。風景の姿かたちから現在地を特定する機会も理由も、

（この人には、なかったわけだ）

釜次郎は説明することにした。あちこちの地形をゆびさしながら、

「いまは熊野灘《くまのなだ》を走っています。ちょうど紀州半島のさきっぽですな。ふたつの島が手前に見えるでしょう。右のほうが紀伊の大島《おおしま》、左のほうが潮岬《しおのみさき》。ほんとうは潮岬は島じゃない。紀伊半島と地つづきです」

なるべくやさしく、噛《か》んで含めるようにしたつもりだったが、近藤は、さらに初歩的にも、

「このまま走りつづければ、江戸に着くのですか」

「まちがいない。船は東に向かって走ってる」

「いや、わかりました、榎本殿。じつを言うと、さっきから部下たちに何度も聞かれてい

るのですが、まったく答えられませんでな。なさけない局長です。はっはっは」

やっぱり近藤はこわい顔をしている。頬の肉がぴくりともしていない。釜次郎はようやく、

（ははあ）

思いあたった。

背のびをして、上からのぞきこむようにして近藤のえりもとを見る。案《あん》の定《じょう》、着ながしの着物の奥、左の胸のわずか上に白いさらしがちらっと見えた。

「あんたも、重傷者だな？」

と言うと、近藤はかえって胸をそらして、

「不覚にも一発やられました。もっとも私のは戦傷ではない。鳥羽伏見の戦いがはじまる前、洛中《らくちゅう》二条城《にじょうじょう》での軍議を終えて伏見の本陣へと騎馬で向かっていたところ、街道ぞいの空家から」

両腕をそろりと持ちあげ、銃を撃つまねをした。

（こいつ）

釜次郎は、たじろいでいる。さっきの階段での体のうごきの不自然さからして傷はそうとう深いはずだが、近藤勇、これまで必死に痛みをかくしていたのだ。虚勢といえば虚勢だが、こうでなければ新選組などという殺伐《さつばつ》熾烈《しれつ》の集団を強力に統率することなど、

（できねえんだな）

釜次郎は、一種の尊敬をおぼえた。くるっと海のほうを向き、この男にはめずらしく、自分のほうから世話を焼いた。

「江戸に着いたら医者に行くんだ。俺が紹介してやるよ。そうだな、医学所の松本良順《まつもとりようじゆん》先生がいい」

「松本先生なら、すでに知遇を得ております。京の屯所に来ていただいて、いろいろ教えを受けたこともある」

「そりゃあよかった。俺が見るところじゃあ、あの人は江戸一の……」

「江戸ですか」

近藤はため息をついて、軍艦の進行方向をちらっと見やってから、

「拙者には、江戸に妻子があります」

意外なことを言いだした。

「妻のつねと、いま七歳になるたまという娘です。そもそも私は江戸をはなれて京にのぼるとき、妻子にはもう二度と会うまいと心にかたく覚悟を決めたはずなのです。お役目がお役目ですからな。が、どうしたことでしょう、いざこうして帰るとなると、われながら、うれしいような気持ちもある感じなのです。榎本殿。これは武士として慚愧《ざんき》すべき感情ではないでしょうか？」

（そんなこと、俺に聞かれても）

と釜次郎は思ったけれど、近藤のことばには誠《まこと》がある。かりそめの返事はできない気がしたから、咳《せき》払いして、

「それが君子というものですよ、近藤さん」

「君子？」

「そう。いくら文武にすぐれていても、なさけをなくした人間は人間じゃねえ。畜生だ。なさけこそ、君子の君子たるゆえん」

「おお」

近藤の頰が、はじめてうごいた。

唇がわなわなとふるえはじめる。釜次郎は一瞬、

（斬られる）

身をこわばらせたが、しかし近藤は体を釜次郎に正対させ、目になみださえ浮かべている。あきらかに痛みのせいではないようだった。

「榎本殿」

近藤はその武骨な手でがっしと釜次郎の手をにぎって、

「かたじけない。安心しました。まことにかたじけない」

（この男ですら）

釜次郎は、呆然とした。

胸深い銃傷をもしのんで堪《こら》えられる、百戦錬磨、勇猛無比のこの新選組局長ですら、自分の言にこんなにあっさり感動してしまった。われながら大した意見ではないというのに。しょせん挨拶がわりのなぐさめにすぎないのに。

人望。

という巨大なうねりの襲来を、釜次郎はいま感じつつある。

ふりかえれば、釜次郎の株があがったのは出港前からだった。あの大坂城二の丸の広場めいたところでは各藩の足軽連中にもみくちゃにされて傷につばまで吐くよう求められたし、その後、城内でいろいろ荷物をはこび出していたときには勘定奉行並・小野友五郎をはじめとする幕閣高位の面々がよろこんで釜次郎の言うとおりにした。あれもこれも、みな、

「人望」

という妖怪《ようかい》のなせるわざだったのだ。

原因は、見当がついている。

(阿波沖だ。まちがいねえ)

釜次郎は、薩摩の軍艦を撃沈した。厳密には撃沈ではなく自焼だけれど、とにかく薩摩の武装兵をむこうにまわして善戦どころか完勝したのはまぎれもない事実だった。

完勝のうわさは、たちまち陸《おか》にのぼったのだろう。そうして部隊から部隊へと電光のように伝わったのだろう。惨敗つづきの戦況にあってこの海からの一報がどれほど輝かしく美しく兵士たちに受け取られたかは想像を絶する。その伝播《でんぱ》の過程で、

「開陽」

および、

「榎本釜次郎」

の名前は、ほとんど唯一神《ゆいいっしん》のような後光《ごこう》をはなちはじめたのだ。そしていま、軍艦富士山では、

（この人もか）

近藤勇は、まだ釜次郎の手をにぎっている。

にぎったまま、鼻水をすすりあげている。よほど感動が大きかったのだろう。と、

「局長」

近藤の背後の夕闇《ゆうやみ》に、ふと人かげが湧いた。

人かげは、半軍装とでも言うべきものに身をつつんでいる。ぶっさき羽織《ばおり》に馬乗り袴。ところどころが泥や血でよごれている。

近藤は釜次郎の手をはなし、手の甲でぐいっと目をぬぐうと、ふりかえって、

「……ああ、歳《とし》さんか」

親しげに呼んだ。釜次郎はそれだけでもう、この新参の男が、

(新選組副長・土方歳三《ひじかたとしぞう》ってのは、こいつか)

とわかったのだが、土方のほうは、釜次郎に目礼もしない。逆光で気づかなかったのだろうか、ただ近藤の顔をじっと見つめて、

「山崎君が」

†

山崎烝という人は、新選組の、

「裏の局長」

ともいうべき人だったらしい。

体はずんぐりむっくりしていたし、市中での斬りあいも苦手だったが、ひとたび屯所にひきこもって隊内調査の仕事をすると、誰もが戦慄《せんりつ》するほどの辣腕《らつわん》をふるったという。

新選組は、一枚岩ではない。

何しろ多いときで二〇〇人もの隊士がいたという大所帯だから、ときには長州の間者もまぎれこむし、ときには局長近藤の佐幕主義をきらう思想的な反逆者もあらわれる。ぐっと下世話なところでは女のことで隊士どうしが斬りあったりもする。そういう結束のみだ

れのもととなるような話を聞きこむたびに山崎烝は関係者から事情を聞き、証拠をあつめ、そのやわやわとした大坂なまりで、

「荒木田《あらきだ》君は、あきまへん。間者ですわ」

などと意見をそえて局長近藤や副長土方へと報告をおこなうのだった。その意見、つねに正鵠《せいこく》を射《い》ていたという。

いうなれば、生きた隊規。

山崎の仕事によって密殺、切腹、斬首《ざんしゅ》などの憂《う》き目《め》を見た新選組隊士はいったいどれほどの数にのぼるだろうか。山崎はまことに陰険な密偵だった。逆に言うなら、山崎はそういう誰もがいやがる犬の役をきっちりこなして不満ひとつこぼさなかった。近藤や土方にしてみれば、単なる重宝をこえた手足同然の人材だったにちがいない。

それだけに。

近藤は、このたびの山崎の死には——不慣れな野外の戦闘での死には——よほど思うところがあったのだろう。富士山艦長・望月大象の部屋をわざわざ自分でおとずれて、

「ご迷惑かもしれんが、ぜひとも甲板上で葬式をいとなませていただきたい」

ふかぶかと頭をさげたのだった。

近藤の喪主ぶりは、釜次郎の目にもすばらしいものだった。何しろ、

「こいつ、着がえやがった」

釜次郎はおどろきのあまり、つい声をあげてしまったほどだった。葬儀にのぞむ近藤は、さっきの普段着ふうの着ながしとは打って変わって、黒羽二重《くろはぶたえ》の紋付の羽織に仙台平《せんだいひら》のはかま、それに足には新品の白足袋《たび》に白の草履《ぞうり》という完璧《かんぺき》な礼装をしていたのだ。胸に穴をあけた男がだ。

しかも堂々と胸をはり、巻紙に書いた弔辞《ちょうじ》を読んだ。近藤の前には木製の台がしつらえられ、山崎の遺体が横たえられたが、こころなしか遺体がいまさら一まわりも二まわりも大きくなるようだった。

弔辞が終わると、艦員たちがすすみ出た。

彼らは遺体をありあわせの白いふとんでくるんだ。ふとんの左右を麻縄でしばり、そこに砲弾を二個ずつぶらさげた。それからふとんに酒をふりかけ、かつぎあげ、海へ落とした。近藤は仁王《におう》立ちになったまま、じっとその作業を見つめつづけた。

（いやなやつだ）

と釜次郎がこのときはっきり意識したのは、近藤ではない。

近藤のななめうしろに立つ、土方歳三に対してだった。

土方は、さっきのままの半軍装だった。深傷《ふかで》を負《お》った局長がここまで威儀を正しているというのに、無傷のはずの副長は何のこしらえもしなかったことになる。表情も徹頭徹尾ひややかだった。故人への感情がどうこう以前に、この葬式そのものが、

「無意味だ」

と言っているような、そんな顔だった。

この不愉快な印象は、ほどなく現実によって証明された。葬送が終わり、参列者がちりぢりになると、釜次郎はたまたま下へおりる階段の手前で土方と急接近したのだ。

「申し遅れました。榎本と申す」

と釜次郎のほうから挨拶すると、相手は、

「土方です」

会釈《えしゃく》をかえしてから、自嘲《じちょう》ぎみに肩をすくめて、

「戦争というものは、もう刀や槍《やり》ではだめですな。鉄砲にはかないませんな」

先にとんとんと階段をおりてしまった。おりがけに土方のしなやかな二の腕が、偶然、釜次郎の肩をかすった。

「刀槍《とうそう》より、鉄砲か」

釜次郎は舌打ちした。その意見そのものに対しては一も二もなく賛成なのに、どういうわけか、ひどく不潔な動物の舌でなめまわされた気がした。釜次郎は、肩をさっと手で払った。

（つきあうなら、近藤さんのほうだな）

釜次郎はたわむれに思いつつ、階段をおりた。

†

徳川慶喜を乗せた軍艦開陽は、一月七日に天保山沖を出航、十一日には品川《しながわ》に到着した。

翌十二日、慶喜は浜御殿《はま》（現在の浜離宮恩賜庭園）に上陸した。上陸第一声は、

「腹がへった。朝から何も食べていない」

だったという。同日、江戸城入城。

この入城とおなじ日に、釜次郎はようやく軍艦富士山にのりこんで大坂湾を出発している。江戸に着いたのは、三日後の一月十五日だった。

第三章　箱館《はこだて》へ

多津《たつ》。

という女が、江戸にいる。

林洞海《はやしどうかい》という名高い蘭方医《らんぽうい》を父にもち、また母方の祖父にも佐藤泰然《さとうたいぜん》という日本最初の私立病院「順天堂《じゅんてんどう》」を下総国《しもうさのくに》佐倉《さくら》の地にひらいた外科医をもつ。いわば骨の髄《ずい》からの医家の女だが、その多津はいま、

「あんな人と、どうして夫婦《めおと》になってしまったのか」

ふと、つぶやくことがある。

相手は、榎本釜次郎という男だった。

榎本家は家格こそ御徒士組《おかちぐみ》五十五俵どりと決して高くないけれど、れっきとした御目見《おめみえ》

以上の旗本ではあるし、それにやはり蘭方系の優秀な学者の家でもあったから、多津としては、わりとすんなり、

（嫁《とつ》げるかな）

安心していた。ところが実際、祝言をあげると、夫はこの下谷三味線堀の家へちっとも帰ってこなかった。きっすいの江戸っ子のなかには、吉原通《なか》いや芸者買いを、

「男の気骨」

と本気で信じている輩《やから》もないではないから、多津は当初、

（殿様も、そのたぐいか）

危惧《きぐ》したが、それは或る意味、たしかな現実にほかならなかった。釜次郎には以前からの浮気相手がいたのだ。

もっとも、それは女ではなかった。軍艦だった。釜次郎はもっぱら開陽の船上でめしを食い、仕事をこなし、そして眠りにつく日々をおくった。仕事はいくらでもあるようだった。武器の整備、書類の作成、人員管理等々。

「将軍警護」

という理由で江戸をはなれ、上方へ向かって出航したときには心配になった。鳥羽伏見でいくさが起きたと聞いたときには胸がつぶれるようだった。しかし釜次郎はこの江戸にぶじに帰還したあともやっぱり開陽とともに生きている。下船の気配はさらさらない。

むろん時勢の緊迫のせいでもある。が、平時であっても釜次郎はやっぱり洋上の生活をえらぶのではないか。陸《おか》にはあがらないのではないか。このごろ多津はようやくそのことに気づいたのだった。釜次郎は家に帰らないのではない、開陽が彼のわが家なのだ。

結婚以来、半年がすぎている。

多津はもう、これから死ぬまで、

(ひとりっきりの妻なのかしら)

一月末のこの寒い夜も、多津はそんなふうに思いつつ夜具に体をすべりこませた。釜次郎はいない。時節柄、物騒なことおびただしいが、戸じまりだけは厳重にするよう下男の作平《さくへい》にはいつもかたく命じてある。少なくとも不審者の侵入だけはあり得ないだろう。

夜半。

多津は、ふと目をさました。

しずかだが、何かが息づいている感じがある。かすかな、しかし確かな人の気配。

(誰かいる)

と気づいた瞬間、耳の穴にあたたかな空気がながれこんできた。

「曲者《くせもの》!」

さけぼうとしたが、声が出ない。手で口をふさがれたようだった。曲者は、

「おいおい、俺だよ。釜次郎だよ」

むりやり夜具へ侵入しつつ、多津の体を抱きすくめてきた。うそだ、と多津はとっさに思った。作平は実直な老人だ。これまで戸じまりを忘れたことがない。

「ふふふ、お多津さん、いま作平のことをかんがえてるな?」

「…………」

「あいつは父上の代から奉公してくれてるんだぜ。俺の戸のたたきかたなんざ、子供のころから聞きわけてるよ」

多津はなおも身もだえしながら、口から手をひっぺがして、

「あなたは私の夫ではない」

「ほう?」

「私の夫は、軍艦開陽の艦長です。幕府海軍の指揮者です。この徳川家の危急存亡のときに家ですやすや惰眠《だみん》をむさぼる呑気者《のんきもの》ではない」

言いきったが、もはや相手が釜次郎その人であることは体がみとめてしまっている。釜次郎の太い脚がじわじわと多津の襦袢《じゆばん》のすそを割り、手の指がそろそろと八《や》つ口《くち》のなかを侵《おか》しているのだ。

「うっ。……く」

多津はあらがうのをやめた。気がつけば、釜次郎のもう片方の手が腹の下をまさぐっている。

なみだが出た。多津はしゃにむに釜次郎の背中へ手をまわしながら、不覚にも、真実のことばを洩《も》らしてしまった。

「殿様。殿様。もうどこへも行かないでください」

「行かないよ。俺はなあ、ここになあ、お前に会いに帰ってきたんだ」

あとはもう、ことばの世界ではなかった。夫婦はことば以外のあらゆるものを与えあい、感じあい、うばいあうことに没頭した。あらしのような時がすぎ、釜次郎がぐったりと多津の上でうつぶせになってしまうと、多津はようやく意識をとりもどして、

「殿様」

「……うん？」

「あしたは、登城なさるのですね？」

「……ああ」

釜次郎は正直だ。申し訳なさそうな声をしている。多津は、

（やっぱり）

ため息をついた。夫がこの家に帰ったのは妻のためでも何でもなかった。翌朝の登城のためにかみしもをつけ、小刀を帯《お》びる、その仕度《したく》のためにすぎなかったのだ。まったく仕事の虫としか言いようがないが、それはそれとして疑問なのは、

「殿様、あの」

「お城へは、どういうご用事で?」

「上様に会うのさ」

釜次郎は身を起こすと、ごろんと多津の横であおむけになった。多津はおどろいて、

「上様?」

「ああ。お城の大広間に幕閣連中が総集合して、めいめい上様に意見を具申する。今後のご公儀(幕府)の方針はそこで決定するだろう」

「……ご公儀は、どうなるのでしょう」

多津は、不安そうにつぶやいた。幕府の侍医《じい》を父にもち、幕府の艦長を夫にもつ多津にとっては、幕府のほろびは即座にわが身のほろびにほかならなかった。

釜次郎は、返事をしない。

あおむけに寝たまま、自分の両手をまくらにして、気がつけばぐうぐう鼾《いびき》をかいている。

†

徹底的な抗戦か。

無条件降伏か。

いまや旧幕府軍にはこのふたつの選択肢しかのこされていなかった。京大坂で大勝した薩長軍はいよいよ軍勢をととのえるだろう、東方進撃をはじめるだろう。いや、進撃はもう開始されていた。徳川慶喜を公然と、

「朝敵」

と呼び、全国の百官諸侯に追討令を発しつつ、東海道、東山道《とうさんどう》、北陸道《ほくりくどう》とわかれて江戸をめざしているのだった。こまごまとした戦闘はあるだろうが、彼らはそれを蹴ちらして、はやければ来月（二月）にも江戸になだれこむにちがいない。

江戸には、旗本八万騎がひかえている。

将軍家の直属家臣、いわば親衛隊。こういう非常時のためにこそ彼らは二百六十年間ぬくぬく俸禄《ほうろく》をもらってきた。いま役に立たなくて、いったいいつ役に立つというのだろう。

†

翌朝。

釜次郎は、朝餉《あさげ》の席についた。

釜次郎ひとりが上座にすわると、下座では三人の女がめいめいお膳《ぜん》の前にかしこまって

いる。上座にちかいほうから、釜次郎の老母こと。釜次郎の兄・勇之助《ゆうのすけ》の妻てい。それに多津という順番だった。

　釜次郎の兄・勇之助はかねてから将軍警護のため歩兵として京都へ出張しているし、釜次郎の父・円兵衛《えんべえ》はもう八年も前に七十一歳で死んでいる。女三人、けさはよほど心強いのだろう、みな釜次郎の顔を見ながらどこか浮き浮きしている感じだった。とりわけ母のことなどは、しわだらけの顔をいっそう笑みくずして、

「はやりの役者の誰それが」

　とか、

「このごろは蠟燭《ろうそく》の値がめっぽう上がって」

　とかいう他愛《たわい》ない話をえんえんとしつつ、せっせとお膳のものを口に入れている。と思いきや、きゅうに箸をかたんと置いて、

「徹底抗戦！」

　釜次郎のほうへ顔を向けた。釜次郎は、汁をすする手をとめて、

「へ？」

「へ？　じゃありません、釜次郎。榎本家は旗本の家ではありませんか」

（何を言い出される）

　釜次郎がきょとんとすると、老母は、前歯がすっとびそうな激しい語調で、

「江戸をまもり、公方《くぼう》様（将軍）をまもり、もって三百年にわたる恩顧にむくいることこそ旗本八万騎のなすべき最大の仕事。薩摩長州のふなざむらいなど、一刀のもとに斬りすててやりなさい」

「江戸中が火の海になりますぜ。母上」

「ええ、ええ、かまいませんとも」

釜次郎は、母のとなりのていのほうへ、

「お姉様《あねさま》も、おなじ意見ですか？」

ていは、ひかえめにうなずいた。

「多津は？」

「おなじ意見です」

「おいおい。これはまた、たいへんな烈婦のおそろいですなあ」

釜次郎は椀《わん》を置き、くすくす笑ってみせながら、

「お前さんたち、上方のありさまを知らないからそう言うのさ。徹底抗戦もおつなもんだが、戦ったら負けるよ」

女たちが、いっせいに息をのんだ。釜次郎はつづけた。

「だいたい旗本八万騎なんて言ったらいかにも頼もしそうだが、実際はどうだい。きょうびの連中、端唄《はうた》のうたいかたは知ってても、馬の乗りかたもろくろく知りやしねえじゃね

えか。いいですか母上。母上のおっしゃる薩摩長州のふなざむらいには、あの勇猛果敢《かかん》をもって鳴る会津や桑名の兵士でさえ手も足も出なかったんですぜ」

老母は、まっさおな顔をしてしまった。こんどは多津が口をひらいて、

「降伏ですか」

「何っ？」

「殿様はこれから登城して、上様に拝謁《はいえつ》するのでしょう。そのときまさか、降伏をおすすめ申し上げるつもりではないでしょうね？」

自分の夫を、まるで蛇でも見るような目つきで見た。

「おすすめも何も、お多津さん、上様の腹はとっくに恭順《きょうじゅん》一辺倒さ」

釜次郎はふたたび椀をとり、ずずっと汁をすすりながら、

「麟さんもその線でいろいろ内密にうごきだしたらしい。頭がいい人はそっちをえらぶ。戦いを避けるほうをな」

「殿様も、その頭のいい人ですか」

多津は、なおも聞いた。目にはなみだが浮かんでいる。もともと蘭方医の娘だから合理的な思考には慣れているはずだが、かといって感情的には認めがたいものがあるのだろう。

「どっちでもねえ」

釜次郎は、つぶやいた。

「え？」

「どっちでもねえと言ったのさ、お多津さん。俺は抗戦もしねえ、恭順もしねえ。第三のみちを行く」

「第三のみち？」

多津が、目をぱちぱちさせた。ほかのふたりの女も同様にした。意味がわからないのだろう。

釜次郎は、からっぽの椀へじっと目を落としている。

†

江戸城本丸表、大広間。

梁行《はりゆき》十六間半（約三〇メートル）、桁行《けた》二十二間（約四〇メートル）、たたみの数は五百枚ちかく。広大というより茫々《ぼうぼう》たる内部空間で、俗に、

「千畳敷」

とも呼びならわされる。

その千畳敷に、いまは若年寄・浅野氏祐、陸軍副総裁・藤沢次謙《ふじさわつぐよし》、海軍総裁・矢田堀景

蔵、会計総裁・大久保一翁《おおくぼいちおう》というような錚々《そうそう》たる面々が集結している。それ以外の、無役かまたは無役にちかい連中もいる。これらは要するにみな旗本で、いわば徳川家の最後のよりどころというべき集団だった。

どいつもこいつも、

「こちらから打って出て、箱根《はこね》の山で決戦すべし」

とか、

「軍艦をふたたび大坂湾へやり、のどもとから京都へ攻めこむべし」

とか、あるいはいっそ、

「フランス軍の全面的な支援をあおぐべし」

などという主権国家の何たるかを知らない暴論を吐く者まであらわれる始末で、どっちにしろ主戦論がほとんどだった。

たたみには、段がつけられている。

上段、中段、下段、二之間、三之間、四之間というふうに螺旋《らせん》階段状にしつらえられている。もちろん慶喜は上段に坐して、これらの怒号をひどく物憂《ものう》そうに聞いていたが、やがてゆらりと手をふると、

「謹慎《きんしん》する」

脇息《きょうそく》にもたれ、ため息をついた。

「謹慎先は東叡山《とうえい》（上野寛永寺《うえのかんえいじ》）が適当であろう。戦禍《せんか》は起こさぬ。起こせばわが国はインドや清国《しん》のように外国勢力の介入をまねき、ほしいままに蹂躙《じゅうりん》され、国民が塗炭《とたん》の苦しみをなめることは間違いないのだ。もはや自分は天意にしたがい、朝裁をあおぐことしか念頭にない」

「それはつまり……降伏という意味でございますか？」

どこかの誰かが、おずおずと尋ねた。みんな自分の意見を述べるときには虎《とら》のように吼《ほ》えるくせに、いざ慶喜へじかに声をかけるとなると猫のような口調になる。徳川三百年の陋癖《ろうへき》というほかなかった。

慶喜はそちらへ顔を向けもせず、

「お前たち、くれぐれも軽挙妄動《けいきょもうどう》におよんではならぬ。生活の道はおのおの立てるがよい」

態度こそ物憂げだが、意志はひじょうにはっきりしている。一同、しんとしてしまった。

誰かが平伏した。それにつられて全員が平伏した。釜次郎もおなじように手をついたけれども、しかし目だけはちらちらと子供のように将軍の横顔をうかがっている。

（かわいそうだな）

としか、もはや釜次郎には思えなかった。

じつを言うと、大坂城でも慶喜にじかに接する機会はあったのだった。けれども、あのころの慶喜にはまだ現役政治家の緊張があった。鳥羽伏見の敗報を受けた直後ですら、難局を自力で解決しよう、最善の策を見つけ出そうという濃密な生気をぐいぐい全身から発していた。いまはちがう。余生の顔だ。

（かわいそうだな）

とあらためて思いつつ、釜次郎はすっと立ちあがり、まわりの平蜘蛛《ひらぐも》どもを一瞥《いちべつ》してから、

「腰がぬけたか、将軍様あっ！」

空気を裂くような声をはなった。

慶喜は、きっと釜次郎のほうを見た。

頬が赤い。まるで生気をとりもどしたかのようだった。何か言いたそうに口をひらいたが、しかしやっぱり思い返したのだろう、おもたげに二、三度まばたきしてから、

「……謹慎する」

ふたたび脇息に身をあずけた。

（言っちまった）

将軍が奥へひきとると、釜次郎はたちまち満座の寵児《ちようじ》となった。主戦派の首魁《しゆかい》になりあがった。つぎつぎと集まる幕閣ないし高級旗本が、

「よくぞ喝破《かっぱ》なされた」

「榎本殿こそ武士の亀鑑《きかん》」

「いやいや榎本殿のみではない。開陽は日本一の軍艦だ」

などという単純な讃辞を釜次郎にささげた。なかには小栗上野介《おぐりこうずけのすけ》（忠順《ただまさ》）という外国奉行、勘定奉行、軍艦奉行などを歴任した能吏中の能吏《のうり》もいて、

「榎本殿はこれより艦隊をひきいて駿河《するが》湾にすすみ、東海道を進撃してくる敵軍を側面から砲撃されよ。敵はほとんど潰滅《かいめつ》するであろう。残党はわれらのフランス式歩兵がとどめを刺す」

などと血の気の多すぎる空論を吐く。

（また人望だ）

釜次郎は立ったまま、足がふるえている。

この人望は、しかし以前のそれとはまったくちがうものだった。以前のそれは、大坂城内での雑兵どもの宗教的な讃仰《さんぎょう》にしろ、富士山艦上での近藤勇の感動のなみだにしろ、みな偶然の産物だった。釜次郎みずから得ようとして得たものではなかったのだ。しかしこの人望ははっきりと、こっちから、

「取りに行った」

ものだった。だから足のふるえも恐怖や困惑ではなく、ただただ成功のよろこびによる

ものだった。釜次郎は目の前に一条のひかりが射《さ》しこんだような気がした。今後この人望という巨大な妖怪をもしも巧妙にあやつることができたら、もしも手先とすることができたら、釜次郎のあの途方もない夢も、けっして実現不可能ではないだろう。夢とはすなわち、

（近代国家を、俺がつくる）

ということだった。

（この俺が、一から近代国家をつくりあげる。江戸幕府にも京都朝廷にもつくれないだろう正真正銘の共和国を、蝦夷地に建設してやるんだ。そうして、その蝦夷共和国で、地球の七つの海を支配してやる。それが俺の、第三のみちだ）

われながら、大ぶろしきにもほどがある。しかし釜次郎は本気だった。せっかく乱世に生まれたのだ。これくらい大きな野望をもたなければ、

（生涯、ただの船乗りじゃねえか）

むろん、そのためには準備がいる。新品の軍艦をつくろうとする人がまず鉄や木材をあつめるように、釜次郎は人をあつめなければならない。人はさしあたり江戸城にいる。いまのうちに旧幕勢の声望を高めておけば、今後さまざまな局面において釜次郎の資材になるだろう。

「おたがい、がんばりましょう」

釜次郎はほほえんで、手をさしだした。

まわりの旗本連中は、

「おお！」

と歓喜の声をあげ、入れかわり立ちかわり釜次郎の手をにぎりながら、

「いっしょに大公儀をささえましょう」

「薩長のいなか者どもに、直参《じきさん》の意地を見せてくれる」

「江戸がわしらの死に場所じゃ」

などと熱いせりふを吐きつづけた。

（ばかばかしいぜ）

と思いつつ、釜次郎はにこにこと握手をくりかえしている。野望のために、いまは凡人であらねばならない。

さて。

こんな釜次郎の人気とりを、大広間のはしっこから、冷たい目つきで見ている男がいる。

陸軍総裁・勝海舟だった。海舟は、たたみへつばでも吐きかねない口調で、

「いい気になりやがって」

とつぶやいたが、その声は、釜次郎の耳には入らなかった。

†

この当時。

日本国ひろしといえども、釜次郎ほど、おさないころから、

「蝦夷地」

を意識して育った人間はなかっただろう。

まず父親の影響が大きかった。釜次郎の父・榎本円兵衛はもともと江戸っ子ではなく、それどころか武士ですらなく、備後国安那郡箱田村《びんごのくにやすなはこだ》（天領《てんりょう》）の庄屋・園右衛門《えんえもん》の長男だった。つまり百姓のせがれだったのだ。

ただし勉学にはたいへん秀《ひい》でていた。このため近隣の大人の注目するところとなり、代官の出府とともに江戸へ出ることをゆるされた。一種の天才だったのだろう。円兵衛は江戸で数学をまなび、天文学をまなんだが、ここでもめきめき頭角をあらわし、その名を知られるようになった。

伊能忠敬《いのうただたか》。

という学問の巨人が、このころ幕府の天文方にいる。円兵衛はこの人の内弟子となった。伊能忠敬はのちに、

「大日本沿海輿地全図《だいにほんえんかいよちぜんず》」

という正確きわまる近代的な全国地図の製作によって有名になるが、この当時にはもう本格的な測量に着手していて、蝦夷地、東北から山陽、山陰、四国、九州にいたる日本全土の調査旅行をはじめていた。

円兵衛もそれに随行《ずいこう》した。距離をはかり、方角をしらべ、天体の高度を測定した。もちろん地図の原稿も描いた。円兵衛は、実務の点では日本一の測量技師になりあがったのだ。

この間《かん》、円兵衛は、正式な幕臣になっている。

御徒士組五十五俵どりの旗本・榎本家の株を千両で買い、その長女・とみへ入婿《いりむこ》したのだ。とみはまもなく病没したが、円兵衛はあらたに一橋《ひとつばし》家の家臣の娘・ことを後妻にむかえ、二男二女をもうけた。そのうちの次男が、つまり釜次郎なのだった。

そんなわけだから、たとえば釜次郎が子供のころ、西の空をゆびさして、

「あれ父上、お陽《ひ》さまがしずみます」

と無邪気にとびはねたら、円兵衛は縁側で冷酒《ひやざけ》をやりつつ、苦笑いして、

「そうじゃねえんだ、釜次郎。地球のほうが廻《まわ》ってるんだ」

「地球とは？」

「大きな大きな土《つち》の玉さ。お前はその上にちょこんと乗っかってる」

ところで。

榎本家の住居は、下谷三味線堀、御徒士組の組屋敷内にあった。この地域にはまた正《しょう》徳《とく》五（一七一五）年のむかしから松前《まつまえ》藩の藩邸がある。

「松前藩」

というのは蝦夷地南端の松前を本拠地とした外様《とざま》の小藩で、風俗の点でも、幕府から受ける待遇の点でも、日本一特殊な藩だった。

その藩邸内にはもちろん江戸定府《じょうふ》の家臣もいるが、それ以外の、参勤交代ではるばる蝦夷地から来た家臣やその家族なども住み暮らしていた。いきおい釜次郎も異国の子供たちと顔を合わせることがしばしばだった。ときにはいっしょに不忍池《しのばずのいけ》あたりで魚《うお》釣りをして遊んだりもした。

そんな日は、家に帰ればすぐさま父親の円兵衛につぎつぎと質問をあびせることになる。釜次郎は、度はずれて好奇心の旺盛《おうせい》な子供だった。

「蝦夷地では、本州のお金は使えるのですか」

父の答は、太陽と地球の関係を説《と》くときと同様、つねに明快きわまりなかった。

「和人《わじん》の街では使えるが、アイノ（アイヌ）相手には使えないよ」

「それでは、どのようにして彼らからものを買うのです」

「米を使うのさ。こっちから米を一斗《と》二升《しょう》くれてやれば、むこうは生鮭《なまざけ》百尾くれるって具合にな」

この結果、釜次郎のこの地に関する常識はふつうの大人とは正反対になった。ふつうの大人のほとんどが蝦夷地はロシアと地つづきだとか、罪人だらけの土地だとか、夏でも雪がふっているとかいう迷信じみた暗鬱《あんうつ》きわまる印象しかもっていなかった時代に、釜次郎だけは、

「開発の余地がある」

と、まるで緑の沃野《よくや》のように感じていたのだ。

その釜次郎が、成長した。

オランダに留学した。世界最新の知識を身につけ、世界最新の技術に通じ、オランダ語、英語、フランス語をあやつれるようになった。しかもいまでは解体寸前の旧幕府系の人望までをも一手にひきうけつつある。こういう歴史上めったにあり得ない好条件を駆使して、

（広大なあそこを、そっくり俺の土地にする）

釜次郎にとって、この発想は自然だった。水が低きへながれるようなものだった。その「俺の土地」が単なる開墾地でもなく、単なる知行地《ちぎょうち》でもなく、それよりもはるかに先進的な、

「共和国」

のかたちを取るという未来図も、やはり時勢が時勢であってみれば必然の野望にすぎなかった。そうして釜次郎は、軍艦開陽の艦長だった。行こうと思えば蝦夷地へなど、ほんの一足《ひとあし》にすぎないのだ。

理想はさだめた。

あとはもう、行動あるのみ。

†

勝海舟は、にがにがしい思いでいる。

数日前、江戸城大広間でまのあたりにした釜次郎の人気ぶりを、

（いい気になりやがって）

思い出しては舌打ちをくりかえすうち、とうとうがまんできなくなった。品川沖に浮かぶ開陽をおとずれ、艦員をつかまえて艦長室へ案内させ、

「たのもう」

ドアをノックして、押しひらいた。

室内のデスクでは釜次郎が何やら書きものをしていたが、海舟のすがたを認めるや、万年筆を置いて立ちあがり、

「やあやあ、麟さん。よく来てくれた」

手をさしのべた。釜次郎、頬の肌がつやつやしている。滅亡を目前にした幕府の直参とは思えないほど生き生きした気がその全身からは発散されていた。

海舟は、返事をしない。

ドアをうしろ手にしめ、つかつかと歩み寄る。釜次郎はなおも愉快そうに、自分の椅子をゆびさして、

「すわってみますか？　将軍様もおすわりになった椅子ですぜ」

海舟は表情を変えぬまま、釜次郎をデスクごしに殴りつけた。

鼻っぱしらに命中した。釜次郎はうしろへ吹っ飛んで、がたがたと椅子ごと絨毯の上へあおむけになった。海舟はひややかに、

「ふん。横浜じゃあよけられた俺のこぶしが、こうもあっさり入っちまうのか。あれから一年も経ってねえはずだが、釜さんよ、少々気がゆるんでるんじゃねえかい？」

釜次郎は立ちあがるや、両手で椅子をふりあげ、海舟に投げてよこした。海舟はさっと体をかがめて回避したが、そのときには釜次郎はもう跳躍して、デスクの上で靴のかかとを鳴らしている。

（しまった）

海舟は身がまえたが、遅かった。釜次郎はとびあがり、空中で海舟の胸を蹴った。海舟

はあおむけにたおれた。後頭部がごんと鈍い音をひびかせた。

（くそっ）

釜次郎はそのまま馬乗りになってくる。左右のこぶしで海舟の顔を殴ろうとする。海舟はひざの力で釜次郎をはねあげ、寝たままあとじさりして、すばやく立った。

ふたりのあいだに、腕一本ぶんの距離がある。

釜次郎ははあはあ息をしながら、手の甲でぐいと鼻の血をぬぐって、

「将軍様のおぼえめでたき陸軍総裁が、こんなところで後輩相手にけんかですか？」

「後輩じゃねえ。亡国の徒をこらしめに来たんだ」

「亡国の徒？　この艦内に？」

「とぼけるんじゃねえ。艦長みずからが最大の無頼漢じゃねえか。もはや上様は恭順専一の態度に出てるってのに、もはや官軍との戦争は何の意味もねえってのに、お前はわざわざ旗本どもを焚きつけて事をややこしくしてる。国土を荒廃にみちびいてる。これが亡国の徒じゃねえんなら、八百屋《やおや》お七《しち》だって放火の罪をまぬかれらあ」

詰問《きつもん》しながら、海舟はなみだが出そうになった。この榎本釜次郎という日本でもっとも優れた知識人が、もっとも冷静に日本全体が見わたせるはずの成熟した頭脳が、この程度のことすら、

（見えねえのか）

くやしくて仕方がなかったのだ。が、釜次郎の返事は、

「おことばですが、麟さん。俺には国土を荒廃させる気はさらさらありません」

「何っ？」

「俺のめざすのは化外《けがい》の地。いまだ王化《おうか》のおよばぬ荒野です」

「化外の地？　それはどこだ？」

「蝦夷地ですよ」

釜次郎はふうと息を吐くと、にやっと笑って、

「俺は、要するに蝦夷地をオランダにしたいんだ」

海舟は、だらりと腕をたらした。

海舟の常識にはない土地だった。しばらく呆然としていたが、

「……それはつまり、独立国を建設するってことか」

「さすがは麟さん。話がはやい」

釜次郎は横を向き、ゆっくりと歩きだした。

デスクのうしろへまわり、投げつけた椅子をもとの位置になおす。そのしぐさの悠揚たること、さながらその独立国の国王の即位式をもうすっかり済ませたかのようだった。

海舟は、そっと後頭部を手でおさえた。

「いてっ」

顔をしかめた。大きな瘤《こぶ》ができている。しばらく痛みが引かないだろう。海舟はひとつ舌打ちしてから、部屋のすみへ行くと、作戦会議用のテーブルのまわりの椅子のうちから一脚をずるずるひっぱってきて、デスクの前にすえ、

「具体的には、どうするんだい？」

どっかと腰かけた。釜次郎はこの間、奥の棚からワイングラスを二脚、それに赤ワインの小壜を一本とりだしている。デスクにもどり、海舟の反対側に腰をおろして、

「国民は、徳川さんのをそっくりもらう。上は政治家や軍人から、下は百姓や商人まで、そうさな、さしあたり五〇〇人もいればじゅうぶんかな。そいつらとともに箱館《はこだて》（函館）へわたり、俺はまず官僚組織をととのえます。百姓や商人には死にものぐるいで暮らしの基盤をつくってもらおう」

「むりだよ、釜さん」

「どうして？」

「いくら努力したところで、あんなに寒い土地なんだぜ。村ならともかく、一国の首都はできやしねえ」

「これはまた鱗さんらしくもねえ。アムステルダムは寒くねえっていうんですか？」

釜次郎はにやっと笑うと、ワインの壜のコルクを抜いた。ぽんという紙ふうせんを割ったような音が立った。

「なるほど」

海舟は、口をつぐんだ。これは蘭学者としては不覚の一手だった。オランダの首都アムステルダムは北緯五十二度、おそらく箱館はそれより十度くらい低いところに位置するだろう。地球的規模で見た場合、蝦夷地はじゅうぶん南国なのだ。

「なるほど、それはわかった。だがな、釜さん。いくら何でも国民が五〇〇人ってのは少なすぎじゃねえか？」

「少なすぎですな」

釜次郎はあっさりうなずくと、二脚のグラスに等分にワインをそそぎわけながら、

「だがそれは時間が解決するはずだ。本州にはこれから家禄をうしなった旧幕系の家臣や藩士がどんどん出ますよ。先祖代々たがやしてきた土地をはなれざるを得ない百姓も出るはずだ。特に江戸郊外や会津にはね。そういうあぶれ者たちは、箱館共和国の――っていうのは俺がつけた仮の名前だが――うわさを聞けば、こぞって津軽《つがる》海峡をわたってくるでしょう」

「あぶれ者が、建国の父か」

「アメリカ合衆国の建国の父はピューリタンですぜ、麟さん。邪宗の信者だとか何とか言われて故郷にいられなくなった連中だ」

「なるほど」

海舟はワインを飲み、顔をしかめた。どういうわけか血の味がした。グラスを置き、ふうと息をついて、しばらく思考をめぐらしてから、

「おもしれえ」

この時期の海舟には、じつのところ政治的な目標はただひとつしかない。江戸城の、

「無血開城」

だ。

官軍は現在、三道にわかれて江戸へと進軍しているし、江戸には主戦論をさけぶ旗本どもが蟠踞《ばんきょ》している。このまま行けば慶喜の意志にかかわらず両者がはげしく激突し、戦国の世さながらの壮絶な攻防戦が展開することはまちがいなかった。

（おなじ日本人が、さ）

海舟の目には無益きわまりない戦争だった。その無益な戦争をどうにかして避けるべく、官軍方へ手紙をやったり、旧幕方の人物を説得したりと必死で奔走《ほんそう》しているというのが要するに海舟の毎日だった。日本一貴重な平和への努力だが、日本一損《そん》な役まわりでもあった。

そんなところへ、釜次郎の起死回生の策を聞いた。

正直、その発想の雄大さだけでも、

（おもしれえ）

海舟は血の沸《わ》くような思いなのだが、ただしこの場合、それを除いたとしても釜次郎の企図《きと》には物理的に大きな魅力がある。早い話が、もしも釜次郎がほんとうに旧幕系の幹部および敗兵を一手にあつめて箱館へしりぞくことに成功したら、江戸からは危険分子が消えることになる。海舟も平和工作が劇的にやりやすくなるのだ。

「さすがは釜さん」

海舟は立ちあがり、手をさしのべた。

釜次郎も起立した。デスクの上でしっかりと海舟の手をにぎった。恭順派の代表と、主戦派の巨魁《きょかい》をよそおう男との固い握手にほかならなかった。が、海舟はするどい目で、

「残念だが、その計画、ひとつ大きな穴があるな」

「ほう?」

海舟は手をはなし、腰の刀をこつんと爪《つめ》の先ではじいてから、

「この世の中はな、釜さん。お前さんの思うほど頭のいいやつばっかりじゃねえってことさ。江戸中の旗本や御家人ども、ほんとにまわりが見えてねえよ。あしたにでも幕府が息をふきかえせると心底から思ってる、っていうか、そもそも幕府がもう存在しないってことすらわかってねえんだな。そういういろはのいの字も知らん連中をはるばる蝦夷地くんだりへ連れていって、さてじつはこれは徳川家再興の挙じゃありません、榎本共和国新生の船出でありますなんて宣言したら、どんな騒ぎになるかね」

釜次郎はひゅうっと口笛を吹いて、すずしい顔で、

「ま、俺は殺されるでしょうな」

「その程度ですむなら万万歳さ。こっちが心配してるのは、そうなったら結局は戦争になっちまうってことだ。本州対蝦夷地の全面戦争にな」

「江戸でやるよりいいでしょう」

「江戸でやるより始末がわるい」

海舟は、にがい顔をした。江戸でやるなら陸戦だから万が一にも旧幕軍が官軍に勝つことはないだろうが、蝦夷地でやったら海戦になる。旧幕側には開陽がある。釜次郎はほんとうに勝ってしまうかもしれない。

「ま、案ずるより産むがやすしですよ、麟さん」

釜次郎はにやっと笑うと、自分のグラスに酒をつぎ、こんどは少しずつ味わいはじめた。余裕たっぷりの手つきだった。

†

その後の釜次郎と海舟の行動は、二にして一という体《てい》のものだった。

まず海舟は、江戸城の無血開城を実現させた。慶応四（一八六八）年三月十三日から二

日間にわたって官軍側の大総督府参謀・西郷隆盛《さいごうたかもり》とじかに会い、江戸城はあけわたすこと、武器弾薬もひきわたすこと、そのかわり徳川慶喜やその家臣たちの「反逆の罪」に対しては寛大な処置をねがうこと等の降伏条件を提示した。

西郷隆盛は、これは心理的には海舟の弟子すじにあたる人だが、ひざをたたいて、

「わかりもした」

部下にその場で江戸城総攻撃の中止を命じ、ただちに京都へもどった。京都の朝廷もおおむね海舟の案を諒《りょう》としたため、以後これらの点に関しては官軍側も、旧幕側も重大な非《ひ》違《い》を見ることがなかった。

もっともこのとき、海舟と西郷は、ひとつの超重要事項に関しては明確な合意にいたっていない。西郷が、

「海軍は、これを全艦無条件にひきわたすべし」

と強硬に主張したのに対して、海舟はのらりくらりと、

「あれを統率しているのは私ではない。海軍副総裁・榎本和泉守である。私はその処置について決定する何らの権限ももっていない」

すっとぼけたのだ。陸軍はともかく海軍力では圧倒的に旧幕軍のほうが上である以上、ここのところは、

(つっぱれる)

海舟はそう判断したのだった。巧妙をきわめた交渉術だった。

もっとも、ただつっぽって西郷の面目《めんもく》をつぶすのは得策ではない。花をもたせる必要がある。そこで海舟と釜次郎は、ふたりでいわば一芝居うつことにした。

四月十二日。

これは江戸城の正式なあけわたし日であり、官軍側の東海道先鋒総督参謀・海江田信義《かえだのぶよし》（薩摩出身）や木梨精一郎《きなしせいいちろう》（長州出身）らが接収の任にあたったが、この接収がすんだ夜、釜次郎はとつぜん品川沖をはなれ、開陽、回天《かいてん》、富士山、朝陽《ちょうよう》、咸臨、蟠龍、観光《かんこう》という軍艦七隻をひきいて房総《ぼうそう》半島の南のはし、館山《たてやま》のみなとに行ってしまった。

「海軍は、わたさぬ」

明快きわまりない意志表示だった。これには勝海舟、

「榎本和泉守。何という裏切りを」

怒気を発し、みずから館山へ出むいて開陽にのりこんで、

「品川へもどれ。新政府に軍艦をあけわたせ」

釜次郎につよく勧告した。釜次郎はあっさり、

「わかりました」

全艦とともに品川沖へ帰り、翌月（閏《うるう》四月）二十八日には、富士山、観光、翔鶴《しょうかく》、朝陽の四隻を――いずれも練習艦に毛のはえたような船でしかない――新政府の手にわたし

てしまった。これには新政府側も安堵《あんど》したのだろう、釜次郎に対してこれといった譴責《けんせき》をおこなわなかったばかりか、

「その主家を思うの情、まことに結構である」

という讃辞すら呈したのだった。これで釜次郎はもはや名実ともに新政権下の「正当な」海軍の統率者となったわけだし、また海舟も新政府に対する発言力をいっそう高めることになった。いっぽう官軍としても最大の脅威のまとである旧幕府海軍から軍艦をとにかく半分没収するという一定の成果を得たわけで、

(こりゃあまた、三方まるくおさまったなあ)

海舟は、思ったことだろう。

(これでいいだろ、釜さん)

ふたりは事前に打ち合わせをしたわけではない。この点に関しては手紙のやりとりもしていない。けれども長崎海軍伝習所以来の先輩後輩である同郷出身、同学出身の彼らには、こんな二人《ににん》羽織を以心伝心《いしんでんしん》でやることくらい蒸気機関の罐《かま》に火を入れるよりもかんたんだった。徳川幕府の蘭学の伝統がもたらした最後のいきな人間関係というべきだった。

もっとも。

海舟は、共和国建設そのものには、とうとう賛成しなかった。

海舟がこっそり釜次郎の行動を支持したのはあくまでも旧幕系の武士どもを絶望させせな

いためであり、希望のともしびを見せるためであり、そのことによって江戸市中での暴発をふせぐためだった（これは結局のところ彰義隊《しょうぎたい》の結成および官軍への抗戦というかたちで一部不成功に終わったが）。

どっちにしても釜次郎のためではない。この時期、海舟はひたすら現実への対処につとめている。釜次郎は未来の夢に懸けている。ふたりは結局ひとりではなかった。

勝海舟、四十六歳。

釜次郎、三十三歳。

あるいは年齢の差かもしれなかった。釜次郎はあきらめなかった。むしろいっそう熱心に海舟の支持をとりつけようとした。個人的な情誼《じょうぎ》のせいではない。釜次郎としては海舟から新政府へ話を通してもらうこと、できれば新政府に共和国建設を是認してもらうことをめざしていた。釜次郎には反逆の意図《いと》はさらさらなかった。というか、その意図は、反逆のはるか高みに立っていたのだ。

しかしその説得も、結局はむなしかった。

釜次郎は、この時期、開陽を下り、ひそかに海舟の自邸をおとずれているが、海舟はその日の日記にこう記している。慶応四年閏四月二十三日。

榎本釜次郎来訪。軍艦箱館行きの事談《だん》じあり、不可然と答ふ。

夏のはじめの、新緑のうつくしい日だったという。

†

結局、秋になってしまった。

品川沖に停泊していた旧幕府海軍の開陽、回天、蟠龍、千代田形《ちよだがた》という軍艦四隻、および長鯨《ちょうげい》、美賀保《みかほ》、神速《しんそく》、咸臨という輸送艦四隻に対して、

「全艦、出発」

の号令を釜次郎が発したのは、八月十九日の夜だった。どこからどう見ても、船出には、

「最悪の季節じゃねえか」

釜次郎はつぶやき、開陽の甲板上からぺっと海につばを吐いた。海は、さわいでいる。江戸湾内にはめずらしく潮にねばりがある。台風がちかづいているのだ。

釜次郎はひとり、艦尾ちかくに立っている。

木柵《もくさく》につかまり、足をふんばり、去りゆく関東平野をじっと見つめていた。関東平野はまるで石炭を敷きつめたように黒々《くろぐろ》と曇天の底にわだかまっているけれど、その手前では

味方の輸送艦・美賀保がたよりなく上下にゆれつつ開陽についで来ているため、つい目がそっちに行ってしまう。

いずれにせよ、江戸はもうじき視界から消える。

(出るのが、おそすぎた)

釜次郎は、奥歯をかんだ。

ほんとうは春のうちにでも進発したかった。蝦夷地に上陸したかった。それがかなわず品川沖でいたずらに時をすごしたのは、陸上の徳川家の処分がなかなか決まらなかったせいだった。

新政府によって田安《たやす》家の三男・亀之助《かめのすけ》による徳川宗家《そうけ》の相続がみとめられたのが閏《うるう》四月二十九日。その上さらに駿府《すんぷ》七十万石の知行をあたえることが決まったのが五月二十四日。つまり徳川家は、あの慶喜の東帰から半年ほども経ったところでようやく家名断絶にもならず無一文にもならないことが確定したわけで、それ以前はとても釜次郎が事を起こせるような情況ではなかったのだ。起こしたら徳川家の断絶、慶喜の切腹、旧家臣の断罪……どのような苛烈な処分もあり得ただろう。それはまた勝海舟のもっとも忌避するところでもあった。

そして七月。

その新たに徳川家の所領となった駿府の地に、水戸《みと》から慶喜がぶじに入った。徳川家は

いちおうの安定を確保した。これで釜次郎も、ようやっと、

(うごける)

　進発の準備がはじめられたというわけだった。

　釜次郎はいま、ぼんやりと海を見おろしつつ、

(最後まで、世話を焼かせらあ)

　慶喜の顔を思い出している。江戸城大広間でちらっと見たあの疲れきった横顔が、にくったらしいようでもあり、ふしぎになつかしいようでもある。慶喜があああまで腰くだけにならなかったら情勢はもっとちがうものになっていただろう。もっともその場合には、

(この俺も、ここまで大それた仕事はできなかった)

と、そのとき。

　うしろから、釜次郎の肩をたたく者がある。

　ふりかえると沢太郎左衛門が立っていて、ほかの何人かの隊長級の艦員とともに、

「…………!」

「…………!」

　必死の形相《ぎょうそう》でさけんでいる。

「はあ?」

　釜次郎は、耳のうしろに手を立てた。ぜんぜん声が聞きとれない。沢はほとんど泣きそ

うな目になって、釜次郎の耳をひっぱって、

「ここは危険だって言ってるんだ！　たのむから船室のなかに入ってくれ、釜さん！」

「ああ」

釜次郎は、上を向いた。

夜空はまっくろな雲にぬりつぶされて、無数の雨の銃弾をふらせている。その雨が甲板をたたくだけでも耳を聾《ろう》せんばかりなのに、その上さらに波が船体にぶちあたる音、出力全開の蒸気機関の運転音、何より風の音《ね》がものすごかった。

開陽はいま、すべての帆をたたんでいる。ただ三本のマストだけを肋骨《ろっこつ》のように宙にさらしている。そのマストを風がごうごうと吹き鳴らしているのが、釜次郎には船そのものが、

（哭《な》いている）

ように聞こえたのだった。釜次郎は足もとを見た。すでに甲板の床が川のようになっている。なるほど、いつまでもこんなところに立っていたら足をすべらせ、海に落ちるかもしれない。

「ありがとうよ、沢さん」

釜次郎は船内へもどり、艦長室に入った。ふだんの調子でデスクの前の椅子に腰かけるや、

「いけねえ」

ぴょんと立ちあがって、あとから来た沢へ、

「俺はもう艦長じゃねえ。ここにすわるのはあんただった」

わざと大げさな身ぶりで椅子をすすめた。

開陽艦長は、釜次郎から沢太郎左衛門へと替わっている。釜次郎自身が発令した人事だった。釜次郎はいまや艦隊すべてを統轄するいわば総司令官のような地位についているが、これは軍事上というよりも政治的な措置だった。ゆくゆく蝦夷地に着いたら釜次郎は国家統治に集中するつもりでいる。それには操艦の実務から離れるほうがいい。

「わるかったな、沢さん」

釜次郎はなおも椅子をすすめた。沢はおずおずとビロードの座面に尻《しり》をおろして、

「気にするなよ、釜さん。椅子くらいのことで」

「いや、そうじゃねえ」

「え?」

釜次郎はくるっと体の向きを変え、やや離れたところに置いてある作戦会議用のテーブルのほうへ歩きだして、

「天気のことさ」

「天気？」

「ああ」

釜次郎はテーブルに両手をつき、天井を見あげた。そうして、

「こんな季節に出航したら台風にぶちあたるなんて、しろうとでも予想できたことだ。俺は判断をあやまったかもしれん。徳川様の安泰なんか待つことなしに、とっとと進発すべきだったかも」

自分はまだまだ政治家としては甘いのか。釜次郎はそう思った。しかし沢はあかるい顔をして、

「いやいや、釜さん。待った甲斐《かい》はあったさ。こんなに味方があつまった」

これもまた事実だった。開陽が品川沖に停泊するうち、陸《おか》の上では釜次郎の声望がうなぎのぼりに高まったのだ。だからいざ、釜次郎が、

「船を出す」

という意志をあきらかにすると、うわさを聞きつけた兵士がごっそりと小舟に乗って開陽をめざして漕ぎ寄せてきた。なかには江戸の商家から、

「軍資金に」

とかなりの額の金子《きんす》をもらってきた輩もいて、釜次郎を瞠目《どうもく》せしめたのだった。

人数、ぜんぶで二〇〇〇あまり。

釜次郎はそれらを八隻それぞれに分乗させた。この開陽にももちろん乗せたが、特に、

「美賀保」

という輸送艦には六〇〇名以上を収容した。釜次郎ははじめ国家の建設に必要な人数を五〇〇人と見つもったが、それを上まわる人的資源がこのわずか一隻の小型船につめこまれたことになる。まことに貴重な一隻だった。

ただし美賀保は純粋な帆船で、蒸気機関を積んでいない。

悪天候下での自力航行は不可能なため、いまは開陽が、二本のロープで曳航しているのだった。釜次郎がさっき甲板にあがっていたのは、だから故郷の大地をながめて感傷にひたりたかったからではない。美賀保が気がかりだったのだ。

「そうか。味方があつまったか」

釜次郎は手近な椅子にすわり、頬杖をついた。まるで自分に言い聞かせるかのように、

「そうだよな。それでいいんだよな、沢さん」

つぶやいた瞬間。

どん。

強烈な低音がひびいたと思うと、地震のような衝撃が部屋をおそった。テーブルがゆれ、椅子がゆれ、棚のなかのグラスが激しく割れる音がした。天井につるしたランプがふりまわされる。明暗も方向もさだかでなくなる。ゆれがおさまると、

「どうしたんだ」

沢が立ちあがり、部屋を出ていこうとした。釜次郎はすわったまま、

「沢さん」

「何だ」

「あんたは艦長だ。こういうときは出るんじゃねえ。報告はじき来る」

釜次郎のことばのとおり、ほどなく見番方の若者がとびこんできた。まっさおな顔をして、

「み、美賀保が」

「美賀保がどうした？」

ふだんは温厚な沢太郎左衛門も、このときばかりは若者の肩をあらあらしく両手でつかむ。若者は、

「開陽の艦尾に接触しました。早潮《はやしお》のながれに乗ったか、高波にはこばれて来たか」

「被害は？」

「開陽の船体、一部破損」

釜次郎は、このときはじめて戦慄した。さっきまで自分が立っていたところではないか。沢艦長は、なかば自動的に、

「よし。持ち場にもどれ」

と若者に言ったけれども、そいつが出ていこうとするのと、べつの見番方が入ってくるのが同時だった。

「こんどは何だ」

沢が問う。あたらしく来たのは壮年だったが、若者よりももっと落ちつきのない目で、

「美賀保が開陽に衝突しました」

「それは聞いた」

「衝突後、美賀保はどんどん離れていきます。すでに船影はかなり小さくなっています」

「どういうことだ？」

「曳航用の繋索《けいさく》（ロープ）が、波に揉《も》まれるうち切れたものと」

「二本あるだろっ」

「二本ともです」

「おいおい」

釜次郎は、テーブルの上で頭をかかえた。

美賀保は純粋な帆船なのだ。六〇〇人以上つめこんでいるのだ。自力航行不可能な過積載の小型船を、いったい天は、

「どこへ引っさらう気だ」

釜次郎はつぶやいた。台風はこれから、ますます勢いを増すだろう。

第四章　新選組合流《しんせんぐみ》

下総国・銚子《ちょうし》の沖にさしかかると、あらしはいよいよ激しさを増した。

釜次郎は甲板に出て、ふたたび船尾に立った。

「くそっ」

船尾から見る海は、もはや海ではない。何かべつの生きものだった。まっくろな皮膚にざわざわと無数の白泡《はくほう》をはじけさせながら、激しく身をよじって哭きつづけている巨大なくじらのような生きもの。開陽はその背中の上でちっぽけに前後左右へぐらついている。

美賀保は、見えない。

どこをただよっているのかは知らないが、どこにしても、

(この雨風《あめかぜ》に、耐えられるか)

釜次郎は、悲観的になるほかなかった。

美賀保どころか、開陽自身がめちゃくちゃだった。舷側にとつぜん見あげるような波がそそり立ったかと思うと、甲板へまるで滝のように落ちてくる。そのたび甲板はくるぶしまで水びたしになり、ときには小さな鮫《さめ》もうちあげられた。しかし洋装の乗組員たちは誰ひとり船内へ避難しようとせず、

「右舷側からまた来るぞっ」

さけんだり、あるいは、

「足をすべらせるなっ。綱具《つなぐ》につかまれっ」

声をかけあったりしつつ、もっぱら船室への浸水をくいとめるためデッキブラシで水をかきだしていた。釜次郎はたのもしく思い、またふとむなしく思ったりもした。

甲板上には、舵輪《だりん》がある。

人の背のたかさほどの木製の輪《わ》っかに、放射状に把手が十本ついている。その舵輪が二枚一組でぴったり重なって立っているところへ、いまは舵取《かじと》り（操舵夫）が四人もしがみついて、

「そーれっ」

合図しつつ、右へ右へとまわそうとしていた。波というのは、前後からのそれよりも横波のほうが船を転覆させやすい。四人は沢艦長の命令のもと、何とか船の向きを変えて横

波のぶちあたるのを避けようとしていた。

もっとも、舵輪はびくともしない。ぎいぎいと嫌なきしみを立てるばかりで指一本ぶんほども回転しない。舵輪は海中の舵とじかに綱でつながっているが、その海中の舵のほうが水流にあらがえず、ぴくりとも動けない状態になっているのにちがいなかった。

釜次郎は、四人のほうへ駆け寄って、

「こらえろ！　ふんばれ！」

せいいっぱい激励したが、ほどなく、

「あっ」

四人同時にふっとばされた。

舵輪がカラカラと力なく高速で回転しはじめる。どんな事態が出来《しゅったい》したのか、釜次郎にはよくわかった。舵とつながる綱がちぎれたのだ。

それだけではない。

舵輪の制御をうしなった舵が、海中ではげしく翻弄《ほんろう》されだした。舵というのはスクリューのうしろに取り付けられた木製のひれ状の部品だけれども、これが水流にもまれるままに翩翻《へんぽん》とまるで旗のように左右へひるがえったのだ。そのあげく、

がん。

甲板をふるわせるほどの衝撃とともに、船体から離脱した。もちろん釜次郎はその瞬間

を見たわけではないが、震動と音で、

（心棒《しんぼう》が、ねじ切れた）

そのことがわかった。船体と舵をつらぬく心棒は、金属製の、直径二五センチもの太さのものだが、そいつさえ、あたかも紙のこよりのように海に食いちぎられてしまったのだ。この瞬間、開陽は、みずからの意志による針路の決定が完全に不可能になった。

こうなった以上、もはやエンジンは一刻もはやく止めなければならない。

方向をあたえられない動力など、

（百害あって一利なし）

釜次郎がそうかんがえていると、じきに運転音がやみ、煙突からの黒煙が絶えた。やはり艦長室の沢太郎左衛門もおなじ判断をしたのだろう。風はなおも吹き荒れている。開陽はただ波のまにまに浮かびつづけている。

日本最強の軍艦は、ただの漂流物になった。

†

開陽から切り離された輸送艦・美賀保は、三日間ただよったあと銚子岬で座礁、沈没した。乗組員および収容人員六百余名のなかには溺死《できし》した者もあり、またぶじに上陸したのち逮捕された者もあったけれど、ほとんどの兵はのがれて陸行を開始した。北上して仙台あたりに達すれば、もういちど釜次郎の軍に合流できると思ったのだった。

もう一隻。

釜次郎はこの暴風雨で、もう一隻の輸送艦をうしなっている。

「咸臨」

だった。

咸臨はもともと輸送艦ではない。三本マストに一〇〇馬力の蒸気機関、それに十二門もの砲をそなえた、れっきとしたオランダ製の軍艦だった。八年前の万延《まんえん》元（一八六〇）年、この船が、日本船籍の軍艦としてははじめて太平洋を横断したことは――艦長はあの勝海舟だった――もちろん釜次郎も知っている。開陽到着以前には、この咸臨こそが日本最強の軍艦だったのだ。

が、その後はまったく冴《さ》えなかった。

機関部の故障が絶えなかったため、小笠原《おがさわら》諸島の調査、オランダ人留学生の長崎への送迎などという軍艦らしからぬ地味な仕事を転々とさせられたあげく、あの太平洋横断のわずか六年後には蒸気機関をとりはずされ、砲装を解除され、純帆船の輸送艦につくりなおされてしまったのだ。

そうして輸送艦として釜次郎の艦隊にくわわり、軍艦回天に曳航されて品川沖を出たもののの、結局はロープが切れて美賀保とおなじ運命をたどることになった。咸臨は、あの猛烈なしけのなか、約四〇〇名の人間を乗せて房総沖をふらふらと南へながされたのだった。

もっとも。

ながれついた先は、美賀保よりもはるかに遠かった。

はるばる八丈島《はちじょうじま》をのぞんだあげく、Vの字のかたちに逆もどりして、二十日《はつか》あまりもの長いひもじい海上生活ののち駿河湾内の清水《しみず》港へようよう入ったのだった。

入港後は、さらに悲惨だった。

乗組員たちが船体修理のため火器をすべて陸揚げしたちょうどそのとき、新政府軍の富士山、飛龍《ひりゅう》、武蔵《むさし》という軍艦三隻があらわれた。

このうち主力の富士山は、皮肉《ひにく》なことに、つい最近まで釜次郎の麾下にあった船だった。例の、江戸城あけわたしに端《たん》を発する勝海舟をはさんだ新政府との軍艦のやりとりのなかで、いわば人身御供《ひとみごくう》として差し出された四隻のなかの一隻だったのだ。言いかえるなら、富士山は、釜次郎に、

「無用」

の烙印《らくいん》を捺《お》された軍艦にほかならなかった。

その無用船が、いまや「有用」とみとめられた組の咸臨へすべるように接近している。

咸臨にはどんな抵抗も不可能だった。副艦長の春山弁蔵《はるやまべんぞう》たち三人が甲板にあがり、

「他意なし」

とうったえるため、せいいっぱい三枚の白布をふった。富士山はこれを無視して砲撃を開始した。砲弾はおもしろいように咸臨の船体にめりこみ、穴をあけた。

ばかりではない。富士山は、歩兵をも出動させた。

新政府に帰順した柳川藩《やながわ》および阿波藩の藩兵から成るおよそ六〇名の兵士がボートをおろし、ぱたぱたと小銃を撃ちつつ咸臨にちかづき、抜刀して乗船した。白兵戦《はくへい》がはじまったが、結果は一方的だった。咸臨の乗組員は三六名が死亡、新政府側にはほとんど被害がなかったという。

咸臨は、拿捕《だほ》された。

あとには死体だけがのこされた。

三十六個の死体はゆらゆらと波打際に浮かびつつ、しだいに膨張し、腐敗しはじめた。さざなみに肉をついばまれたため、もはや人のかたちすら成さなくなったが、それでも地もとの漁民たちは死体を回収することをしなかった。新政府の威光をおそれたからだった。

事ここに至って、ひとりだけ、

「こいつは無体《むたい》だ」

と言った土地《ところ》の者がいる。

「賊《ぞく》軍だろうが官《かん》軍だろうが、死ねばおなじ人間じゃねえか」

長五郎《ちょうごろう》という名の、侠客《きょうかく》だった。

通称、清水の次郎長《じろちょう》。彼は手下に号令をかけ、すべての死体を陸《おか》にひきあげ、海岸ちかくの向島《むこうじま》の地にねんごろに埋めた。若いころは自分自身が人殺しにあけくれた次郎長の、五十歳ちかくの果断だった。

†

右のなりゆきを釜次郎に知らせたのは、新選組副長・土方歳三だった。

釜次郎と土方は、仙台でふたたび顔を合わせたのだ。

富士山艦上での出会い以来、およそ七か月ぶりのことだった。本来ならば、

「ご無事のご様子、何よりです」

「そちらこそ」

などという好意あふれる挨拶を交わし、たがいの存命をよろこびあうところだろう。何しろ釜次郎はあの暴風雨をのりきった。ようやく晴れ間が見えたところで開陽のマストにぼろぼろの帆を張って、どうにかこうにか船の方向を調整しつつ、四日間かけて陸奥国《むつのくに》・

松島《まつしま》湾内の、

「東名《とうな》」

というみなとに停泊することができたのだ。ここは波がおだやかで、しかも新政府軍の手がおよんでいなかった。松島湾を管轄する仙台藩がいまだ新政府軍に降伏せず、陸戦を継続しているからだった。

いっぽうの土方歳三も、どこで死んでもおかしくなかった。

盟友、山崎烝を水葬に付した軍艦富士山を下《お》り、江戸で釜次郎とわかれたあとは旧幕府の主戦派の部隊と合流して、小山《おやま》、宇都宮《うつのみや》、会津とだんだん北へ押されながらも意欲的に戦闘をくりかえした。とはいえ重傷を負って一時的に戦線を離脱することもあったらしく、要するに釜次郎も土方も、この仙台での再会には、

「奇跡」

という大げさな語を使ってもいいほどだったのだ。

が、土方の態度は、よそよそしかった。

ふたりは仙台城内、大手門のそばの隅櫓《すみやぐら》の前でばったり出くわしたのだが、釜次郎が諸手《もろて》をあげ、

「ああ、こりゃあ新選組の土方さんだ。おうわさはかねがね聞いてますよ。ご活躍ですなあ」

釜次郎らしい景気のよさで応対すると、土方は、ばかていねいなお辞儀《じぎ》をして、

「おひさしぶりです。榎本殿」

「宇都宮で脚を負傷されたと聞きましたが、おかげんは？」

土方はゆっくりと頭をあげ、しかし直接こたえることをせず、

「咸臨が、やられましたよ」

この時点で、釜次郎はその情報を知らなかった。

うすうす駄目だろうとは思っていたが、思わず声をつまらせてしまった。土方は、

「やはり。ご存じなかったか」

とつぶやいてから、咸臨が清水港に漂着したこと、そこで新政府軍の一斉《いっせい》射撃を受けたこと、その後艦内にたっぷり積みこんであった食糧、石炭、水、武器、弾薬もことごとく接収されてしまったことを簡潔に述べた。そうして、ひややかな薄笑いを浮かべて、

「ご不運でした、榎本殿。まあ季節が季節ですから」

（いやなやつだ）

釜次郎はこのとき、初対面時とおなじ印象を抱いた。

土方が内心ほんとうに不運と思っているとは見えなかった。わざわざ台風の時期をえらんで抜錨した釜次郎の判断そのものが誤りだと言わんばかりの態度だった。釜次郎は肩をすくめ、

「私ももっと早いとこ品川沖を出たかったんだが、何しろ徳川家の処分が決まらなかったんでね。やきもきしながら待ってるうちに、とうとう……」

「いや、榎本殿」

土方は笑いをおさめ、真顔になって、

「拙者はそのことを申しているのではない。軍略のことを申している」

「軍略？」

「榎本殿がもっと早く――そう、あと一月《ひとつき》ばかり――仙台なり新潟《にいがた》なりの沖に来てくれれば、陸上部隊は武器の補給もできただろう、援護射撃も得られただろう。奥羽越《おううえつ》の戦況は、はるかに有利になっていた」

奥羽越列藩同盟。

と、のちに呼ばれるようになる東北・北陸三十一藩による軍事同盟が成立したのは、四か月前のことだった。新政府軍が江戸城を手中におさめたあともさらなる東征をすすめたのを、むかえ撃つための同盟だった。

同盟諸藩は、たびたび品川沖の釜次郎に密使をよこした。

軍事的支援を要請したのだ。しかし釜次郎は、あくまでも江戸湾内にとどまったまま、

「ご助力つかまつりたいのはやまやまながら、主家（徳川家）の駿府への移住が完了するまでは進発はかないませぬ」

拒絶しつづけた。釜次郎としては旧幕臣による蝦夷地の開拓という遠大な企図がある以上、その旧幕臣の心のよりどころである徳川家を無視するわけにはいかなかった。釜次郎の目標はどこまでも共和国建設にあるのであって、目の前のささやかな攻防戦にはなかったのだ。

土方歳三は、正反対だった。

目の前の攻防戦がこの男のすべてだった。そういう視点から見れば、釜次郎など、しょせん瀬戸際《せとぎわ》でみすみす腕をこまねいて戦機を逸した優柔不断な小才子《こざいし》にすぎない。その小才子がいまさら仙台に来たところで、

「何ができる」

一種のやるせなさを感じるのだろう。釜次郎は、土方の感情がいくらかは理解できるような気がした。

「まあ土方さん、そこんところは……」

仔細《しさい》に説明しようとしたが、土方はとつぜん、

「失礼した」

一礼すると、足をふみだした。

釜次郎の横をぬけ、どんどん歩いて行ってしまった。

釜次郎がふりかえると、土方の背中はやや左へかたむいている。宇都宮で得たという傷

がいまだ癒《い》えていないのか、右のひざが不自然にぴょこんと浮くことがある。

「土方さん」

釜次郎は、その背中へ呼びかけた。土方は立ちどまり、首だけを横に向けて、

「何です？」

「この仙台には、名湯《めいとう》がある」

「……え？」

「ゆっくりつかれば傷のなおりも早くなる。心のしわものびるでしょう。よかったらご案内しますが、どうです、明日あたり？」

釜次郎はにやっと笑った。

土方とは、これから一戦しなければならないのだ。

†

秋保《あきう》。

という名の温泉村が、仙台の西方、名取《なとり》川上流の山奥にある。

平安《へいあん》時代に成立した歌物語『大和物語《やまとものがたり》』に、すでに「なとりのみゆ」の語をよみこんだ歌が二首も記録されているほど古くから世にきこえた名湯だが、徳川時代に入ってから

は仙台藩主・伊達《だて》家の、

「御用湯《ごようとう》」

にも指定され、いよいよその効能をうたわれた。

幕末のころには藩主ばかりか、庶民にとっても恰好の湯治場となっていて、街道もよく整備されている。釜次郎たちは仙台城下からわずか一刻（二時間）あまりで着いてしまったため、湯本《ゆもと》の水戸《みと》屋という旅籠《はたご》でひと休みしてもまだ陽がたかく、仕方がないから、

「たのしみは、やっぱり、風呂しかねえな」

釜次郎はひとりで部屋を出て、服をぬぎ、湯殿《ゆどの》にすべりこんだのだった。湯殿はみごとな露天風呂で、まわりを自然の森にかこまれながら、しかも浴槽の底がなめらかな石だたみに覆《おお》いつくされている。

湯のなかには、ほかに客はいない。

宿のほうで配慮したのだろう。釜次郎はわざと大きな声で、

「ひとり風呂ってのも、落ち着かねえもんだなあ」

もともと江戸っ子だから熱い湯につかるのは大好きだけれども、こんなに大量の湯を独占するのは生まれてはじめての経験だった。と、

「お相手いたそう」

前方から、声がした。

けむりを割って、ぬっと土方の裸体が姿をあらわした。

案外、手足がほそい。ほとんど華奢《きやしや》に見えるくらいだった。が、よく見ればそれらは薄手のみごとな筋肉で鎧《よろ》われていて、ふれれば瞬時にはじけそうだった。むだな肉はひとつまみもなし。いわゆる力自慢とはまったくちがう、実用一辺倒の体軀《たいく》だった。

股間《こかん》にぶらさがる陰嚢《いんのう》ですら馬革《ばかく》の革ぶくろに見えてくる。これが各地で無数の人間を斬り殺してきた、

(生きた機械か)

釜次郎は、肩のあたりに寒いものを感じた。機械はすーっと湯のなかへ身をしずめ、目をとじ、顔を上に向け、感に堪《た》えたような声をあげた。釜次郎は、

「ああ……」

「うっとりしてるところ申し訳ないがね、土方さん。俺はね、ここであんたと戦う気なんだ」

「戦う?」

「争奪戦と言うべきかな。知ってのとおり、この仙台には、いま諸国からどんどん敗兵がながれこんでいる。長岡《ながおか》藩が降参したり、秋田《あきた》藩が脱退したりで、同盟諸藩のうちでも西軍(新政府軍)への抵抗をいまだ継続しているのは数少なくなっちまったからな。そのながれこむ敗兵を、土方さん、ここで俺たちが奪いあうんだ」

土方は目を閉じたまま。釜次郎はつづけた。

「あんたは会津からここに来た。会津もまだ降伏してねえが、城下はすっかり新政府軍の手に落ちて、もはや藩主・松平容保《かたもり》公みずから城へのたてこもりを余儀なくされていると聞く。つまり籠城《ろうじょう》戦だ。まちがいねえな？」

「いかにも」

「籠城戦なら、勝つ方法は、古来ひとつしか存在しない。援軍の到着だ。それがなけりゃ兵は疲れ、食糧はつき、城が落ちるのは理の当然だからな。その援軍を求めるために、あんたは会津からこの仙台へ来たんだ」

土方はまわりの湯をわずかに波立たせ、うめくように、

「そのとおりです」

「あんたがきのうお城へのぼったのも、ご家老方にそのことを願いあげるためだった。ところがね、奇遇なはなしじゃねえか、土方さん。あのときじつは俺のほうも、まったくおなじ用件でお城にのぼる途中だったんだ」

釜次郎も、人的資源がほしいのだ。

あの銚子沖の大あらしで美賀保、咸臨という二隻をうしない、あまたの武器弾薬とともに一〇〇〇人からの同志もなくしてしまった。そのいわば、

「補充をする」

というのが釜次郎の仙台滞在の目的のひとつだったのだ。兵たちを死ぬに決まっている会津の戦場へやるくらいなら、むしろ蝦夷地で、

（生かして使う）

釜次郎はぱちゃんと湯を手でたたいてから、土方のほうへにじり寄って、

「美賀保、咸臨をのぞいた六隻はすでに松島湾に再集結ずみ。いつでも出航できる状態にある。松島湾であらたに押収した輸送艦も三隻あるし、入れものの用意はできたんだ。あとは積むだけ。できるだけ積みてえ」

口調がつい熱っぽくなった。土方はひくい声で、

「私たちが決めることではない。仙台藩が決めることです」

「そりゃあそうだ」

釜次郎はうなずいて、土方のとなりで岩に背をもたれさせ、

「ご家老方は、本音じゃあ、兵たちを城下に置いて仙台藩のために戦わせてえだろう。会津へもやらず、俺の艦隊にも手わたさずね。しかし、俺の見るところじゃあ……」

仙台藩はじき落ちる、と言おうとしたところへ、土方が、

「仙台藩はじき落ちる」

「やっぱり、あんたもそう思うかい」

「……残念ながら」

土方は、つづけた。そうして仙台藩の降伏後は、やはり会津が唯一の希望になるだろう。藩士たちの士気、剽悍《ひょうかん》さ、組織力、いずれも他藩とはくらべものにならないからだ。逆に言うなら、

「会津に全兵力を結集するのです。そうして城をとりかこむ新政府軍をさらに大きく包囲する。それができれば勝機はあります。じゅうぶんにある」

土方が、はじめて鼻息をあらくした。釜次郎は、

「むりだよ、土方さん。どうせ夢を追うなら」

と、土方の肩をがっしと手でわしづかみにして、さっきから言おうと思っていたことを言った。

「俺といっしょに蝦夷地へわたろう」

土方はおどろいた顔で、

「蝦夷地へ？」

「ああ」

「この土方が？」

「船室をひとつ用意してもいい。あんた専用の一室をな。俺はあんたが必要なんだ」

釜次郎は、本気で言っている。

土方はうまの合う男では決してないが、それはそれとして新選組などという圭角《けいかく》のあま

りに多すぎる殺戮《さつりく》集団を四年ものあいだ統率してきた指導力――いっそ支配力と呼んでもいい――に対しては、釜次郎は最大の評価をあたえている。ゆくゆく蝦夷地へ上陸するさいの戦闘に役立つことはもちろん、上陸後の共和国運営における軍制の整備にも必須《ひっす》の人材になるにちがいない。

「俺はあんたを生かしたいんだよ。むざむざこの地で殺したくない」

釜次郎は、肩をつかむ手にいっそう力をこめた。土方は、かすかに声をふるわせて、

「会津を見すてろと？」

「大局を見ろと言っている」

「私ごときが……」

「あんただからだ」

土方は、目を伏せた。

風がふき、まわりの湯けむりを一掃《いっそう》した。頭上をキキッと鳴きながら翡翠《かわせみ》がよこぎっていく。土方は、

「ありがたい」

とつぶやいて、ようやく釜次郎の目をふたたび見たと思うと、

「近藤さんは、死にました」

まったくべつの話をはじめた。

新選組局長・近藤勇は、江戸で富士山を下艦したあと、甲陽鎮撫隊《こうようちんぶたい》なる一隊を組織して甲斐国《かいのくに》へ向かった。勝沼《かつぬま》の地で大敗したが、それでもなお東へかえり、こんどは下総国流山《ながれやま》の地でふたたび戦うべく布陣をはじめた。しかし布陣の途中で敵方にかこまれ、ついに投降。板橋《いたばし》刑場へおくられて斬首に処せられた。

「処刑時の態度は、まことに堂々たるものだったそうです」

何しろ衣服からしてふつうの罪人とはちがっていた。黒の紋付羽織に亀綾《かめや》の袷《あわせ》、押しも押されもせぬ盛装だったのだ。近藤は首穴の前にすわり、ゆったり月代とひげを剃らせると、うしろに立っていた太刀《たち》取りの武士、これは岡田《おかだ》藩出身の横倉喜惣次《よこくらきそうじ》という練達《れんたつ》の者だったが、その横倉へ、

「ながながご厄介にあいなった」

と挨拶した。横倉が刀をふりあげると、近藤はもとどりを自分の手でもちあげて、うなじをあらわにしたという。

「あの人らしい」

と土方がこの簡潔な物語りを終えると、釜次郎は、

「同感です」

七か月前、富士山艦の甲板上でのできごとを思い出した。新選組の隊員だった山崎烝の水葬にさいし、近藤は胸に重傷を負っていながらも礼装に着がえ、胸をはり、巻紙の弔辞

を高らかに読みあげたのだった。

まことに一軍の将にふさわしい威容《いよう》だった。近藤勇という男は、釜次郎にとって、蝦夷地へいっしょに行きたかった第一の丈夫《じょうふ》にほかならなかった。

「これが答です、榎本殿」

土方は、きゅうに顔をひきしめた。釜次郎は、

「え？」

「ともに蝦夷地へわたろうという私へのお申し出、身にあまる光栄と存じます。が、武士道とは生きるにはあらず、死ぬにあり。この土方、もはや生きながらえて誰かの役に立つことは念頭にござらん。ただただ近藤さんに恥ずかしからぬ死にざまを世に示すことを念ずるのみ」

言いきるや否や、肩から釜次郎の手をおろして、
ざっ。

湯を割って立ちあがった。

ひきしまった黒い尻をこちらに向け、ゆっくりと遠ざかっていく。釜次郎はその背中へ、ただ、

「……残念だ」

としか言えなかった。

†

事態はしかし、あっというまに、釜次郎や土方の思惑のはるか先へすすんでしまった。

このわずか数日後、仙台藩が降伏したのだ。

と同時に、会津のほうからも全面降伏、全面開城の報がとどいた。奥羽越列藩同盟はこれで完璧にほうむり去られたことになる。

「土方さんも、死ねなくなった」

釜次郎はそれを土方のために惜《お》しみつつ、同時に期待をおぼえた。土方はもはや海へ走るほかないだろう。釜次郎の軍艦に乗りこんで蝦夷地へわたるしか、新選組副長・土方歳三の名をけがさぬ方法は、

(ねえだろう)

釜次郎は、松島湾の開陽にもどり、待った。

土方は、はたして来た。もっとも軍艦の形状のちがいがよくわからなかったのか、開陽ではなく、軍艦回天のほうに乗りこんだというが、どっちにしても、釜次郎の期待どおりの結果になった。

敗兵の数は、期待以上だった。

あまりにも多すぎたのだ。列藩同盟の中心と目《もく》された米沢《よねざわ》藩もまた比較的あっさり降伏したため、途方に暮れた連中がみるみる東名のみなとに集合した。全員、蝦夷地ゆきを希望しているという。徹底抗戦の意志というより、このまま奥州にとどまっていたら新政府側につかまってどんな虐待を受けるか知れないという恐怖のほうがつよかったのだろう。

うれしい悲鳴。

どころのさわぎではなかった。釜次郎は、海岸をうめつくす兵たちの群れを甲板上からのぞみ見て、思わず頭をかかえてしまった。とても全員は乗せられない。選抜基準をもうけねばならない。

「戦闘員を優先する」

釜次郎は部下に命じて、そのように布告させた。

「非戦闘員は、これを断固として拒絶する。陸《おか》にとどまれ。どうしても蝦夷地に来たいなら、津軽まで歩いて漁船でも借りて来やがれ」

理由は、ふたつあった。

ひとつは蝦夷地がすでに新政府軍におさえられていることだった。蝦夷地はもともと箱館奉行という幕府直轄《ちょっかつ》の出先機関によって統治されていたが、これが前年からの大政奉還、王政復古《おうせいふっこ》、鳥羽伏見の武力衝突という一連の政権交代のながれを受けて奉行所ぐるみ新政府へひきわたされ、あたらしく、という名前になって統治業務を再開したのだ。

「箱館府」

そんなわけだから、いま箱館の地にいすわっているのも新政府から派遣された京都出身の青年公家《くげ》・清水谷公考《しみずだにきんなる》。肩書はいかめしくも、箱館府の、

「知事」

だという。その知事のおひざもとを侵略するにあたっては、釜次郎はどうしても砲火をまじえなければならないはずだった。即戦力が必要だったのだ。

もうひとつの理由は、非戦闘員の態度のわるさだった。

というのも、このとき仙台で進退に窮《きゅう》したのは、土方歳三だけではなかったのだ。

松平定敬《さだあき》（桑名藩主。松平容保の弟）

小笠原長行《ながみち》（唐津《からつ》藩主世子。旧幕府老中）

板倉勝静《いたくらかつきよ》（松山《まつやま》藩主。旧幕府老中）

というような大身《たいしん》の人々もまた陸をのがれる必要にせまられていた。問題は彼らではなく、彼らがぞろぞろ引き連れていた馬鹿《ばか》みたいな人数の家臣団だった。鉄砲も撃てず、めしも炊《た》けず、そのくせ自尊心だけは人一倍たかい役人どもが、さもさも当たり前のように、

「われらも主君に同行させるべきである」

と言ってきたときは、釜次郎はかっとなって、

「物見遊山《ものみゆさん》じゃねえんだぞ。そんな余裕はどこにもねえんだ。戦闘員を優先する。ぜったいに」

何度も何度もふれさせたが、しかし結局、このときばかりは徳川三百年の泰平の世を経《へ》た役人どもの処世術のほうが上だった。彼らは何と、土方歳三にすがりついて、

「新選組に入隊したい」

と申し出たのだ。これなら名目上は戦闘員、りっぱに乗艦資格をみたすことになる。

土方は、目先の兵力増強しか頭にない。ろくに疑うこともなく、

「そうか」

つぎつぎと受け入れてしまった。京都壬生《みぶ》村における結党以来、おそらく新選組の隊員数はこのとき最高に達しただろう。

「やれやれ。土方さん」

釜次郎は疲れたように首をふった。こうして釜次郎の軍隊には、いくらかの人的贅肉《ぜいにく》がくっついた。

十月九日、艦隊は松島湾を出航した。

いったん宮古《みやこ》湾に停泊して薪水《しんすい》や食糧をじゅうぶん積みこんだあと、ふたたび抜錨して

北へ向かった。天気は晴朗、波はおだやか、今回は船の走りをさまたげるものは何もなかった。

「待ってろよ、お公家さん」

釜次郎は開陽の船首に立ち、箱館のほうへ向かってつぶやいた。

†

箱館府知事・清水谷公考は、京都の貧乏公家の次男に生まれた。

食うにもこまるほど貧乏だったため、そうそうに比叡《ひえい》山へ出家させられた。しかし十歳のとき、兄・実睦が死んだので還俗《げんぞく》し、帰家《きか》した。

世間では、すでにペリーが来航している。

ペリーのあとに来たハリスとの通商条約締結にさいして勅許の有無が関心のまととなり、全国有志の目がにわかに京都朝廷へと向けられている。公家のなかには長州や薩摩から仕度金をもらったり、内密の連絡をたのまれたりして羽振りをきかせる者が続出したが、しかし清水谷公考のような下級貴族には、

「洟もひっかけてくれぬ。誰も彼も」

公考は、かねがねそのことを恨《うら》んでいた。

そこへ大政奉還が来た。王政復古が来た。かくれもない公家の天下になったのだ。公考はもう、二十四歳になっている。

（われも、世に立つ）

公考は、にわかに勇み立った。時代のながれに乗りおくれてはならぬ。

「ひろい日本のどこかには、われが幅をきかせられる場があるはずじゃ」

賞金かせぎのような目で、世の中を見た。しかし国家中央の枢要《すうよう》のところはもう中山忠能《なかやまただやす》、岩倉具視《いわくらともみ》、三条実美《さんじょうさねとみ》というような幕末以来の薩長派にがっちりと占められてしまっているし、地方の首長になるにしても、ろくな土地はまわってこないだろう。ならばいっそ、

「蝦夷地はいかが」

最初にそう公考にふきこんだのは、岡本監輔《おかもとかんすけ》という清水谷家の食客だった。

「蝦夷地？」

公考は目をかがやかせた。岡本は、

「はい」

「みちのくの地にはるかにつづく、あの蝦夷地か？」

「ちがいます。蝦夷地は奥州と地つづきではありません。津軽の海をはさんだ奥に横たわる島であります。おっと、島といっても、佐渡《さど》や隠岐《おき》とはくらべものになりませぬぞ。畿《き》

内《ない》一円よりもはるかに大きい」

「大きい」

公考は、ごくっとつばをのみこんで、

「そこにはまだ、誰ひとり手をつけておじゃらぬのか？」

「誰ひとり、というわけではありません。箱館の地には早くから徳川家が奉行所をもうけておりましたし、原住民との交易はこれを松前藩が一手にひきうけておりました。が、いずれも蝦夷島全体のほんの南端にしか目がとどいておらず、のこりの大部分は未踏の原野。こころある人の開拓を待っております」

「ええのう。ええのう」

公考は扇をひらいて口もとを隠し、にんまりした。王朝時代なら征夷大将軍・坂上田《さかのうえのた》村麻呂《むらまろ》の仕事ではないか。

「われも、将軍になる」

公考はさっと立ちあがり、まるで百年も前からそのことのみを念じてきたような口ぶりで、

「さっそく太政官《だじようかん》（中央政府）へ建議書《けんぎしよ》をたてまつり、蝦夷地鎮撫の必要を説くのじゃ」

太政官首脳には、もとより否やはなかった。というか、目の前の旧幕派との戦争にいそがしくて否やを言う余裕がなかったのだろう。公考の献策はあっさりと通り、とんとん拍《びよう》

子《し》で赴任が決まった。公考は、いそいそと京都を出発した。

得意の頂点に立ったのは、箱館に着いたときだった。

前任者である旧幕府箱館奉行・杉浦兵庫頭《すぎうらひょうごのかみ》が、これは風采《ふうさい》態度ともに立派な武士だったけれども、ことさらに辞《じ》をひくくして、

「お待ち申しておりました、清水谷様。円滑《えんかつ》なる統治継続のため、役所、金穀《きんこく》、刀剣、書類等いっさいを無条件におひきわたし致しまする」

公考は胸をそらし、居丈高《いたけだか》にこたえた。

「至誠《しせい》のこころざし、たいへん殊勝である。これで江戸城とおなじく、この箱館でも無血開城が相成ったことになる。今後は徳川時代とは打って変わった善政がこの蝦夷の地に敷かれようぞ」

しかし翌日になると、公考は、もう五月だというのに、

「蝦夷地はさむい。想像以上じゃ。すぐと体をあたためねばのう」

と言いだして火鉢を出させ、羹《あつもの》を出させ、昼間から酒を飲みはじめた。ばかりでなく、箱館の市中から、

「眉目《みめ》よき娘を召せ」

と文武方・堀真五郎《ほりしんごろう》に命じた。

堀真五郎は、長州出身。かつて高杉晋作《たかすぎしんさく》や志道聞多《しじぶんた》（のちの井上馨《いのうえかおる》）や伊藤俊輔《いとうしゅんすけ》（の

ちの博文《ひろぶみ》)らとともに攘夷実行と称して品川御殿山《ごてんやま》に建設中のイギリス公使館に放火したこともあるほどの硬骨漢《こうこつかん》だけに、

「貴公は、ここに何のために来たのです。天子のご威光をそこないますぞ」

面と向かって諫《いさ》めたが、しかし公考は、くちびるを蛸《たこ》のようにとんがらして、

「わしは知事じゃぞ。知事と申せば、徳川の世なら大名も同然。世継ぎの心配も役目のうちじゃ」

こうして五稜郭《ごりようかく》内の箱館府役所は、たったひとりの青年貴族へ夜な夜な料理と酒と女をささげる宮廷と化した。役所内の風紀はたちまちみだれた。旧幕時代から勤務をつづける役人のなかには分け前にあずかろうと露骨におもねる者が続出したが、公考はそれを遠ざけるどころか、むしろ毎日のように呼び集めて、

「そなたは殿上人《てんじようびと》。そなたは地下人《じげにん》」

などと平安朝ふうの身分差別に興じてはひとり笑いころげる始末だった。

五か月がすぎた。

十月になった。この年の箱館はことのほか冬のおとずれが早く、森や林にまだ黄葉《きば》がのこるうちからもう雪がちらつきはじめている。

その夜も、清水谷公考は大酒《たいしゆ》していた。

郊外の漁師の家から連れてきた和人の娘を横にはべらせ、しきりと酌《しやく》をさせながら、

「寒い。さむい。比叡《ひえ》の山のてっぺん以上じゃ」

　背をまるめ、綿入りの丹前《たんぜん》をかきあわせている。そのくせ丹前の下から手を出して娘の裾《すそ》へもぐりこませることは怠《おこた》らないのだった。

　と、堀真五郎がとつぜんふすまをあけて入ってきて、

「知事殿」

　公考の面前で、立ったまま、

「急報にございます」

「何じゃ。無粋な」

「たったいま一報がとどきました。かねてから新政府への叛意をあらわしていた賊徒・榎本釜次郎の艦隊が、昨日《さくじつ》九日、松島湾を出航し、まっすぐ北へ向かっているとのこと」

　公考はからんと酒器をとりおとし、

「ま、まさかその行き先は……」

「この箱館にございまする」

「南をかためよ」

　公考はまっしろな顔になり、見ぐるしいほど狼狽《ろうばい》して、

「賊徒が来る前に兵をあつめ、南の海岸をまもらせるのじゃ」

　堀真五郎は、目にあわれみの色を浮かべつつ、

「なぜじゃ！」

「無理です」

「この箱館府には、あつめるだけの兵がありませぬ。拙者があれほど申しても知事殿は連日ひたすら酒色にふけるのみ、軍備どころか蝦夷地の絵図さえ手に取ることをせず、むなしく日々を……」

「言うな。言うなっ」

公考は扇でばんばんと青だたみのへりを叩いて、

「いますぐ津軽藩（現在の青森県）に使いを出すのじゃ。援軍をよこせ。ただちによこせ。これは清水谷公考の命ではない、天子様の命であるとな」

十日後は、十月二十日。

夜、あたらしい情報が箱館府にもたらされた。堀真五郎は、

「本日早朝、榎本の軍が、上陸しました」

「ひっ」

公考はしゃがみこみ、頭をかかえた。まるで銃弾がいまこの役所内をぶんぶん飛び交ってでもいるかのように股《また》のあいだに首をうめ、もごもごとした声で、

「津軽藩兵は何をしておったのじゃ。二〇〇名もの大軍を大森《おおもり》（箱館南方の地名）の浜に陣取らせたはずじゃろう」

「榎本らは、北にまわったのです。いきなり南から船を寄せたら、万一の場合、箱館の街をまきこんだ大規模な戦闘になり、外国人がまきぞえを食う。それを避けるためでしょう、東の海から北へまわり、噴火湾《ふんかわん》（内浦湾《うちうらわん》）へもぐりこんで鷲の木《わしのき》の浜から上陸した」

鷲の木というのは小さな漁村だが、箱館からは約三〇キロの距離しかない。賊徒はまっすぐ南下してくるだろう。早ければ、あしたの夜にでもこの五稜郭にあらわれるのではないか。

「阻止せよ」

公考は立ちあがり、目をつりあげた。

「かゃ、か、やつらの進軍をかならず阻止せよ。出会いしだい撃ち殺すのじゃあっ」

†

実際は、進軍ではない。

釜次郎はただ、使いを出しただけだった。

「かねがね朝廷へお願いしていますとおり、蝦夷地はしばらく徳川家にお分かちくだされば幸いに存じます。もしもお許しがいただけないなら、やむをえず抵抗いたします」

という清水谷公考あての嘆願書を、部下である遊撃隊《ゆうげきたい》隊長・人見勝太郎《ひとみかつたろう》にもたせて、鷲の木から茅部《かやべ》街道をまっすぐ南下させたのだ。あくまでも嘆願のためだから、この使者には三〇名の小隊しかつけていない。要するに、ただの先遣隊にすぎなかった。

途中、茅部峠がある。

この峠をこえたところが、その名もずばり、

「峠下《とうげした》」

という小さな宿場町だった。箱館への行程のちょうど半分の位置にあたる。人見勝太郎たち三〇名は、ここで足をやすめることにした。日暮れころになって風雪《ふうせつ》がきゅうに強まったからだった。耳を、鼻を、食いちぎるかのような風雪だった。

夜ふけになると、その町へ、ひたひたと南から入りこんだ連中がいる。

五稜郭を発した箱館府兵、津軽藩兵、松前藩兵の連合軍三〇〇名だった。彼らはあらかじめ、箱館府知事・清水谷公考から、

「相手の要求には聞く耳もつな。即刻、撃退せよ」

の意をふくめられている。賊徒のいどころを見つけしだい、とりかこんで一斉射撃を開始するだろう。

ほどなく、見つけた。

街道ぞいの一軒の旅籠の前に、篝火《かがりび》がふわっと浮いていたのだ。箱館府側にとってこれほどの目じるしはない。三〇〇名はそっと二手にわかれ、北と南から同時に急襲するよ

う念入りに布陣した。

「撃たっしゃれっ」

合図とともに、射撃を開始した。

と同時に、旅籠のほうでも二階の雨戸ががらがらっと開《あ》き、応射をはじめた。ぶあつい雪雲に銃声がつぎつぎと吸いこまれた。大いなる蝦夷島の地の上に、はじめて近代戦の硝《しよう》煙《えん》がたちのぼった瞬間だった。

ばたばたと、的板《まといた》のように人がたおれた。

……のは、数の上では圧倒的優位をほこるはずの箱館府側だった。理由は装備の差にあった。箱館府側の兵士はほとんどが先ごめ式の、火縄銃に毛のはえたような銃しか持たされていなかったのに対し、人見勝太郎の小隊は、みな薬莢《やつきよう》つきの弾丸をうしろから装塡《そうてん》する新式銃を使用していた。連射速度がまるで比較にならなかったのだ。

箱館府側は、隊列を乱した。

「行けっ。もみあえっ」

人見隊の隊士は、つぎつぎと建物をとびおりた。

路上での白兵戦がはじまった。ここでも人見隊のほうが優勢だった。何しろたかだか三〇名とはいえ、全員が全員、釜次郎が松島湾を出発するとき再優先で乗艦させた経験豊富な戦闘員ばかりなのだ。

そもそも使者役である人見勝太郎にしてからが鳥羽伏見以来の歴戦の勇士だったから、敵方のまったく実戦経験のない、士気も格段におとる連中をあしらうのはすすきの穂《ほ》を刈るよりも造作《ぞうさ》ないことだった。

箱館府側は、潰走《かいそう》した。

十分の一の相手に背中を見せ、わらわらと南に逃げた。あとには「武士のたましい」であるはずの刀や槍が散乱していて、どういうわけか、大砲までがころがっていたという。

†

敗戦の一報を受けた清水谷公考は、完全に思考が停止してしまった。

「落ちようぞ。落ちようぞ」

と、それしか口にしなくなった。文武方の堀真五郎が、

「静まりなされ、知事殿。一軍の大将がそのように惑乱なさっては、勝てるいくさも勝てませぬぞ」

と叱咤《しった》しても、

「船を引け、船を」

酒くさい息を吐きちらすばかり。

　実際、箱館府の受難はその後もつづいた。箱館府はあらかじめ、五稜郭から北へのびる三本の街道ぞいにそれぞれ大野《おおの》、七重《ななえ》、川汲《かつくみ》の陣屋《じんや》をもうけ、多数の兵を配備していたが、それらも後続の榎本軍にあっさりやぶられ、撤退を余儀なくされた。負傷兵がどんどん五稜郭内へはこびこまれる光景をまのあたりにして、清水谷公考の悩乱は頂点に達した。旧幕時代の箱館奉行が誰ひとり見せたことのなかった尾籠《びろう》な醜態をすら見せた。指揮系統はめちゃめちゃになった。

　公考がひそかに五稜郭を出たのは、十月二十五日。

　峠下での緒戦からわずか二日後のことだった。およぐようにして箱館港へ行き、たまたま停泊していたプロシアの汽船に大金をはらって乗せてもらって青森へのがれた。五稜郭には多数の兵が置き去りにされたが、これは堀真五郎が整理して、順番にみなとへ向かわせた。

†

　翌日。

　釜次郎の軍は、五稜郭へ入城した。

　郭内の建物はことごとく空っぽで、ことごとく無事だった。本殿も、同心たちの住む長

屋も、土塁《どるい》も、……米蔵や金蔵《かねぐら》でさえわずかに盗賊に入られた形跡があるだけで、何らの損傷も受けていなかった。釜次郎は当初、

（新政府のやつら、逃げぎわに火をかけるんじゃねえか）

と、そのことのみが心配だったが、どうやらそんな余裕も発想もなかったらしい。釜次郎は、ほっと息をついた。

もっとも、釜次郎はそこにはいない。

鷲の木沖の開陽艦内にいる。五稜郭接収の第一報を聞くと、釜次郎は、例によって艦長室でシャンパンを抜いて、

「祝杯だ」

沢太郎左衛門にグラスを一脚さしだした。沢がほほえんで、

「おめでとう、釜さん」

と言うと、釜次郎はグラスをかちんと合わせつつ、片目をつぶって、

「無血開城さ」

照れくさそうに鼻をこすった。

第五章　五稜郭《ごりようかく》

数日後。

全艦が箱館に入港した。

艦員たちの上陸は、なかなかにぎやかなものだった。ラッパを鳴らし、二十一発の祝砲を撃ち、一部の海兵によるパレードをおこなった。が、もとより釜次郎には儀式についやす時間はない。五稜郭へ入城して、門のところで酒を一杯ひっかけるや否や、

「よし。郭内を見てまわりましょう」

口をぬぐい、さかずきを投げすてた。

「見てまわる？」

首をかしげたのは、永井尚志《なおむね》。

この五十歳をこえた高級旗本は、かつて――ほんの十か月前だが――釜次郎とともに大坂城で金穀のはこび出しに精を出したことがあったが、その後、江戸城へもどるや、あまりにも強硬に主戦論をとなえたため徳川慶喜や勝海舟というような絶対《ぜったい》恭順の姿勢をつらぬく首脳にうとまれ、遠ざけられ、若年寄を罷《ひ》免《めん》された。

そればかりか逼塞《ひっそく》、閉門という犯罪者と変わらぬ監禁処分まで受けた。旧幕府から受けたのだ。ここまでされては、もはや釜次郎のもとに身を投じるほかなかったのだろう。釜次郎艦隊が品川沖を出航したときにはもう、永井はあたりまえの顔をして開陽に乗りこんでいた。いまや永井は、釜次郎の「側近」のなかでも最古参にちかい人物になっている。

その永井尚志が、ようやく納得顔になって、

「ああ、そういうことですか。見てまわるというのは、郭内を視察するのですな」

釜次郎は足をふみ出しつつ、かぶりをふり、

「検分です」

「おなじことだ」

「ぜんぜんちがう。視察というのは、ただ見るだけです。検分には明確な主題がある」

「主題？」

「この城が、八十年保《も》つかを見たいんでさ」

上から見ると、五稜郭は、星形をしている。

五つの頂点がそれぞれ鋭角をつくりつつ外側にせり出し、稜堡《りようほ》をなしている。ほんとうは鋭角と鋭角のあいだの鈍角のへこみの外側にさらに「半月堡《はんげつほ》」と呼ばれる三角形の独立堡がそれぞれ五つあるはずなのだが、資金不足だったらしく、いまはひとつだけ設けられている。ともあれ全体は星形だった。

釜次郎はそのうちの南西のそれの先端に立って、左右を見た。そうして、

「よし。さすがは武田斐三郎《たけだあやさぶろう》さん」

会ったこともない設計者をほめたたえた。

実際に現場に来てみるとよくわかるのだが、鋭角の土地というのは射程範囲がじつにひろい。隣接する稜堡どうしが援護しあうのによく適している。言いかえるなら、この地形は、外部から攻めこんでくる敵兵ひとりに対して複数の銃でもって迎えることができる有利さをもつ。いわゆる死角が少ないのだ。

もちろんこれは、武田斐三郎という伊予国大洲《いよのくにおおず》藩出身の蘭学者の独創ではない。ヨーロッパの伝統的な築城法を移植したにすぎないし、その移植も、おそらく洋行して現地調査をした上ではなく、ただただ輸入された書物を見ながら、愚直にやったものにすぎないだろう。が、それにしても、みじかい工期でここまで築きあげたのは、

（大したもんだ）

釜次郎はそう評価した。釜次郎自身やはり蘭学者だったから、武田斐三郎の仕事のむつ

かしさは身にしみてわかるような気がするのだ。

「まずまず第一等としておきましょう。次」

釜次郎は、こんどは星のまんなかへ向かった。

奉行所の建物の前に立った。姫路《ひめじ》城なら天守閣、大坂城なら本丸御殿にあたる中枢施設だが、これが何とも、

「大時代《おお》だなあ」

釜次郎は、苦笑した。正面玄関はこけらぶきの庇《ひさし》がかぶせられ、その上にさらに三角形の千鳥破風《ちどりはふ》まで載せられているし、屋根の上には見張り用の太鼓櫓《たいこやぐら》まで設けられている。もともと幕府の箱館奉行所としてつくられたというが、なるほど、血はあらそえぬとしか言いようのない木造、入母屋造《いりもやづくり》、純和風の一棟《ひとむね》だった。

「清水谷のお公家さんなら満足だろうが、俺にはなあ」

五稜郭という西洋式城郭のまんなかにこの建物がいすわるのはいかにも滑稽《こっけい》かつ不調和の感をまぬかれないが、けれどもまあ、おなじ敷地内には蔵、厩《うまや》、役人用の長屋なども建っていることだし、

「第二等くらいではありますかな」

不調和は不調和として、少なくとも当面の行政事務はまかなえると判断したのだ。釜次郎は玄関で靴をぬぎ、屋内の部屋をひととおり見てまわった。そうして最後に、大広間の

いちばん奥の、

「一の間」

と呼ばれる十八畳の和室に入り、どさっとあぐらをかいた。元来は箱館奉行の居間であり、背後には床《とこ》の間やら違い棚やらがしつらえられている。あとから入ってきた永井尚志が、かたわらへ尻を落とし、

「いかがでござる。榎本殿」

「いかが、とは?」

「五稜郭全体に対する貴殿の評価を、ぜひうかがいたい。今後のわれらの仕事にもかかわる」

釜次郎は即座に、

「三等以下」

「ほう?」

永井は、目をぱちぱちさせて、

「拙者には、そこまでひどい城とも見えなんだが。外郭部の防衛施設、内奥部の建築施設、どちらもなかなかよく普請《ふしん》されている。何がお気に召さんのです?」

「外とか内とか以前の問題でさ。せますぎる」

「せますぎる?」

「つまり、星形の星そのものの面積があまりにも小さいんです」

釜次郎は、ため息をついた。

一五〇〇年代から一六〇〇年代にかけてヨーロッパで発達した本来の稜堡式の城というのは、単なる城ではなく、じつは市街をまるごと内《うち》ぶところに抱きこんでいる。いわゆる、

「城塞都市」

というやつだ。フランスのカレー市にしろ、ドイツのミュンスター市にしろ、鋭角だらけの敷地のなかに——稜堡は五つとはかぎらない——中央政庁があり、市民の広場があり、教会があり、パン屋があり、馬車の待合所があり、袋小路があり、幾多《いくた》の民家がひしめいている。それらはまるごと城壁ないし水濠《みずぼり》でぐるりとかこまれているわけだ。

当然、その面積も箱館の五稜郭をはるかに上まわる。いわんや中央で指揮をとるための城または政庁となると、とてもとても箱館奉行所あがりの板きれ細工とはくらべものにならないのだ。

「そういうふうに見ると、この五稜郭はしょせん城塞都市じゃねえ。ただの巨大な土塁にすぎないんです」

「それは、榎本殿」

永井尚志は、やんちゃ坊主のような顔をまっ赤にして、

「少々、気取りがすぎるご発言ではありませんかな。なるほど実地にオランダ国をご覧になった貴殿がそういう高い理想をもつのはわかるが、西洋は西洋、わが国はわが国。あまり洋行がえりを鼻にかけるのは……」

「そうじゃねえんだ、永井さん。さっきも言ったが、俺の主題は八十年だ。八十年間ねばりぬくことを考慮に入れたら、これじゃあ足《た》りねえって話なんだ」

「その八十という数字の根拠は？」

「このいくさは、薩長政府への抵抗戦じゃねえ。あいつらからの独立戦争だってことさ」

釜次郎は、まじめな顔で構想を説いた。

釜次郎の最終的な目的は、あくまでも近代国家の建設にある。箱館共和国の樹立にある。これまで新政府軍との武力衝突を辞さなかったのも、結局のところは国家としての蝦夷島の、

「独立」

を勝ち取るためにほかならなかったが、しかしじつは、独立戦争というのは勝つ必要はない。負けさえしなければ、

「じゅうぶんなんです、永井さん。それでじゅうぶん大願成就《たいがんじようじゆ》する」

釜次郎がこんなふうに断言するとき、念頭にあるのは、

（もちろん、オランダさ）

この釜次郎自身の留学先でもあった共和国は、猫のひたいのような小国でありながら世界最大の帝国スペイン——あの無敵艦隊を擁《よう》した「黄金の世紀」のスペイン——を相手に八十年間ねばりづよく戦いつづけ、勝ちはしなかったものの負けもせず、とうとう一六四八年、ミュンスターの講和により、真の独立を勝ち取ったのだった。釜次郎がいちばん長い期間をすごしたドルトレヒトの街などは、対スペイン戦の先頭に立っていたのだ。

日本では第三代将軍・徳川家光《いえみつ》のころだ。独立以後のオランダがたちまちヨーロッパでもっとも裕福な国家となり、軍事力でなく商業をつうじて七つの海を支配したことはいまや世界史の常識になっている。そうしてこの史上まれにみる成功を果たした独立戦争でもっとも力を発揮したのが、ほかならぬ、

「稜堡式」

の城塞都市だった。当時のオランダの人々は、重要な都市をことごとく星形またはそれに準ずる形状の城壁でとりかこんだのだった。釜次郎も滞在したことのあるライデン市など、歴史的には、その典型のような城塞都市にほかならなかった。

すなわち城壁の内部には、兵隊だけではない。政治家、聖職者、パン焼き職人、医者、石工、洋服屋、農民……あらゆる階層の市民がいたし、しかも彼らは兵隊が戦闘をしている真っ最中でもふだんと変わらぬ仕事をつづけた。

オランダが八十年という長いながい籠城戦をやりぬくことができたのは、こういう文字

どおり総力的な市民生活の裏打ちがあったからなのだ。

「これに対して、われらが箱館はどうか」

釜次郎は、なおもつづけた。永井尚志はもちろんのこと、うしろにひかえる洋服すがたの将兵たちも全員しんとして聞き入っている。

「われらが箱館じゃあ、残念ながら、五稜郭の郭内に入れるのは軍隊かその関係者だけだ。平時だろうが戦時だろうが民草《たみくさ》はみんな五、六キロもはなれた海ぞいの街で暮らしてる。俺たちは、彼らの生産力をたのみにできない。このままじゃあ、八十どころか八年すらも保ちやしねえんだ」

釜次郎は、やれやれという顔をした。さしもの蘭学者・武田斐三郎もそこまでは、

(見ぬけなかったか)

釜次郎はそう思い、思った自分に苦笑した。武田にすれば、べつだん釜次郎の共和国構想のために五稜郭をつくったわけではないだろう。たしかに釜次郎はやや高望みしすぎているのかもしれなかった。

「ともあれ」

永井尚志はちょっと腰をもちあげ、すわりなおしてから、

「ゆくゆく五稜郭をどう改造するにしろ、榎本殿、必要なのは金子ですな」

「そのとおり」

釜次郎は指をそろえ、たたみをトンとたたいた。永井は、

「まずは財源の確保が急務。そのためには……」

「わかってますって」

釜次郎はにやっと子供っぽい笑みを見せて、

「松前を、獲《と》りましょう」

†

松前。

という街は、蝦夷島最南部を占める松前半島の、さらに最南端にある。

要するに、内地（本州）にいちばん近いところ。南側には津軽海峡を、西側には日本海をのぞむ港湾都市でもある。

この松前が、蝦夷島の、

「金蔵」

とも言うべき街なのだ。にしん、鮭、こんぶというような内地の生活にぜったい欠《か》かせない材料がふんだんにとれる漁場をもち、それらを集散するための、

「商場《あきないば》」

と呼ばれる交易所をもつからだった。

この交易所の取扱高は、徳川時代中期以降、ぐんぐん上昇した。つまり商売がさかんになった。

商売がさかんになれば、人があつまるのは自然の理だ。

内地からは商人や漁民がおおぜい海をわたって定住したため、幕末のころには松前藩の人口は約三万、これは内地における一万石級の零細な藩の人口をはるかに上まわる数だった。徳川時代の松前はけっして僻地《へきち》などではない。箱館など、開港する前はむしろ松前の支村という気配がつよかったくらいなのだ。

釜次郎にとっての最大の魅力も、やはりこの商場にあった。

ここから上がる運上金《うんじょうきん》（税金）がどれほどの額のものか、釜次郎は正確な数字は知らなかったが、何しろ旧幕時代には、幕府がみずから直轄化しようと何度もこころみた――実際に直轄化した時期もある――というからよほどの巨額なのにちがいない。金蔵と呼ばれるゆえんだった。

ということは、松前を手に入れられるかどうかは、そっくりそのまま、

（共和国の夢が、実現するかどうか）

むろん、もう手は打ってある。

箱館府知事・清水谷公考《きんなる》があわを食って逃げ出したあとの箱館の街には、数人だが、た

またま松前藩の藩士がのこっていたので、これに声をかけ、

「藩への使者に立ってくれないか。いっしょに蝦夷地を開拓しようと伝えてほしい」

しかし藩は、この使者を、

「裏切り者」

と決めつけ、あっさり斬り殺してしまった。釜次郎はこの報に接したとき、まだ鷲の木沖の開陽艦内にいたのだが、

「何をしやがる！」

木の床をかかとで打って激怒した。

「こっちの誘いをふる気なら、そう言って追い返せばすむ話じゃねえか。それをわざわざ犬死にさせた上、末代までの汚名を着せるなんざ、西洋の騎士道にも日本の武士道にもあり得ねえ没義道《もぎどう》だ。ろくでなしだ」

釜次郎のかたわらには、艦長の沢太郎左衛門がいた。ふだんは温厚なこの男も、このときばかりは耳まで赤にして、

「土方さんへ伝令を飛ばしてもいいだろうね、釜さん？」

「伝令？」

「松前を落とす。総攻撃だ」

土方歳三の部隊は、すでに川汲の陣屋をやぶって箱館に到着している。わざわざちょっ

と引き返して海のそばの温泉につかるほど余裕ある行軍ぶりだったというから、六〇キロはなれた松前に派遣したところで兵の損耗《そんもう》は少ないばかりか、むしろますます勇猛果敢にはたらくだろう。が、

「うーん」

釜次郎は、言葉をにごした。

「どうした、釜さん。めずらしく歯ぎれがわるいじゃないか」

「ああ。……まあな」

釜次郎の胸中には、おさないころの思い出がよぎっていた。

釜次郎はそもそも下谷三味線堀、御徒士組の組屋敷でそだったが、この地域には松前藩の藩邸もあったのだ。おさない釜次郎はときどき藩士の子供といっしょになって不忍池で魚釣りをしたり、ときには両国《りょうごく》橋まで出かけて行って大名花火を見物したりしたものだった。あのときの悪友どもが、

(もしかしたら、いまは松前城に)

沢太郎左衛門は、もういちど、

「いいだろ、釜さん」

念を押した。釜次郎はしぼり出すような声で、

「やむを得ん」

伝令はただちに箱館へ飛び、土方は、七〇〇の兵とともに進発した。

当別《とうべつ》、木古内《きこない》、知内《しりうち》と順調に進軍し、目的地の手前およそ一五キロのところの福島《ふくしま》のあたりで一〇〇人程度の守備兵に出くわしたものの、あっさりと蹴ちらし、十一月五日の朝、松前城（正式には福山《ふくやま》城）への総攻撃を開始した。城兵はぜんぶで三〇〇程度だったろう。

土方は、全軍を二隊にわけた。

いっぽうは南側の正面から、もういっぽうは北側の背面から、それぞれ斬りこませた。

ここでも装備の差はけたちがいであり、経験の差は圧倒的だった。南側から大手門をつきやぶった彰義隊の活躍は、とりわけ目ざましいものがあった。

大手門のつぎは、搦手《からめて》門。

搦手という名前だが、ここでは裏門という意味ではなく、むしろ本丸への最短経路上に立ちはだかる。いわば二の丸門というところだ。この搦手門を突破しようとしたところで、彰義隊は、城兵のちょっとした奇策に遭遇《そうぐう》した。

城兵は、内側から門をひらいて臼砲《きゅうほう》を一発ぶっぱなし、門をとじたのだ。つぎの発射の準備ができると、また門をひらく。ぶっぱなす。門をとじる。その鳩《はと》時計にも似たくりかえしで何とか防戦しようとしたのだ。

が、しょせん浅知恵だった。

何度目かの砲撃ののち、彰義隊の銃兵十数名がわらわらと門にちかづいた。そうして門がひらいた瞬間、一斉射撃をぶちこんだものだから松前兵はたまらず砲を捨て、味方の死体も捨てたまま本丸のほうへ退却した。このときにはもう北側から入りこんだ一隊もどっと二の丸へなだれこんで合流を果たしていたから、土方としては、

「あとはもう、天守閣をのこすのみだな」

かたわらの将兵へ、ひょいと肩をすくめて見せた。

ただし土方は、このとき城内にはいない。城外北方の山の中腹にいる。ここに小さな寺があることは事前に村人に聞いて知っていたから、土方はむりやり四ポンド砲をひっぱりあげて、夜あけとともに砲撃を開始していたのだった。

天守閣は、白壁の三層。

眼下にぽつんと突っ立つばかり。茶碗《ちゃわん》に豆をほうりこむようなもので、砲弾はおもしろいように命中した。気がつけば、けむりににじむ穴だらけの天守閣のなかへ味方の軍勢がつぎつぎ吸いこまれていく。

「撃ち方、やめよ。勝敗は決した」

土方は床几《しょうぎ》にどっかと腰かけて、将兵へ、

「そういえば箱館からここに来るとき、またひとつ温泉があったな。どれ、かえりには一浴びしようか」

めずらしく冗談口さえたたいたのだった。西の空は、まだ日が暮れていなかった。松前城はわずか半日で落ちたのだ。

もっとも松前側には、はじめから城をまくらに討ち死にする気はなかったらしい。

城兵はさしたる抵抗もしないまま西から城外へのがれ出たし、藩主・松前徳広《のりひろ》とその側近は、そもそも戦闘のはじまる前にもう城をあとにしてしまっている。そんなわけで松前側の死者数は、これだけ大規模な攻防戦でありながらわずかに六名、負傷者も四名にすぎなかった。

いっぽうの土方側は、軽傷者が一名だけ。しかもこれは突入直前、味方の銃剣にうっかり背中をつつかれた者だった。

「榎本さんに報告しろ」

土方歳三は床几から立ちあがり、ゆるゆると自分の肩をもみながら、

「わがほうの完勝だと。吉報《きっぽう》はすみやかにお届けしなければ」

†

五稜郭、一の間。

永井尚志らとともにこの報告を聞いた釜次郎は、みるみる不機嫌になって、

「何てことをしてくれたんだ」

たたみの上には重厚な木製のテーブルが置かれ、そのまわりに何脚かの椅子が置かれている。釜次郎はそのうちの一脚にすわっているが、土方からの伝令は、立ったまま、

「は？」

片耳を釜次郎のほうに向けた。聞きまちがえたと思ったのだろう。釜次郎は、椅子のひじかけを爪でこんこん小突きながら、

「何てことをした、と言ったんだ。お前さんたち、たいへんな失敗をおかしたことにまだ気づいてねえのか？」

「失敗も何も」

伝令の名は、渋沢成一郎《しぶさわせいいちろう》。

彰義隊の頭取だ。わざわざ頭取その人を復命の旅に出したということは、土方歳三、

（さぞかし得意満面だな）

釜次郎は、つばを吐きたい衝動に駆られた。渋沢は、意味がわからないと言わんばかりに目をしばたたいて、

「いまも申し上げたとおり、榎本殿、われわれは完璧な勝利をおさめたのですぞ。敵方の砲を沈黙せしめ、敵方の兵を潰走せしめ、討ち取った首は作法どおりに実検し……」

「問題は、そのあとだ」

釜次郎はいらだたしく手をふって、

「城兵どもは、逃げざまに火をはなったんだろ？　天守閣が焼け、二の丸三の丸が焼け、しかも城下の街のほとんどが焼けた。どうして防がなかったんだ」

「防ぐ必要がどこにあるのです？　敗兵がみずから城に火をかけ、城下に火をかけるのは古来の兵法の常道。めずらしい話ではありません」

「土方さんもおなじ意見か」

「はい」

（ばかめ）

釜次郎は、泣きたくなった。

釜次郎が松前をほしがったのはあくまでも経済的基盤の確保のためであって、版図《はんと》拡大のためではない。ましてや目の前の小さないくさの勝ちをむさぼるためではない。にもかかわらず土方たちは、松前の街という巨大な金蔵のほろぶのを指をくわえて見ていたばかりか、むしろそれを武士らしい勝者の態度だと誇らかに胸をはっている。

（元亀天正《げんきてんしょう》の世じゃあるまいし）

こっちが八十年という大きな尺度でものごとを思案しているそのときに、こいつらはたった八日後のことも気にしていないのだ。釜次郎はやにわに手をたたき、つい、声を荒らげてしまった。

「お前さんたちは、ただの一兵も敵を城外へこぼすべきじゃなかったんだ。敵兵全員、天守閣といっしょに蒸し殺しにすべきだったんだ。戦力は拮抗《きっこう》してなかったんだろ？　こっちのほうが上だったんだろ？　できない話じゃなかったじゃねえか」

渋沢成一郎は、おとなしい男ではない。

もともとは武蔵国《むさしのくに》血洗島村《ちあらいじま》の農家の次男に生まれたが、流行の尊皇思想にかぶれて故郷をとびだし、いとこの渋沢栄一《えいいち》（明治大正期の実業家、資本主義の指導者）とともに一橋家の家来になり、その後は忠実な幕臣となった。

江戸城無血開城により確定した新政府の支配をよしとせず、反抗のため彰義隊を結成したものの内紛により隊をとびだし、それでも反抗をつらぬくべく品川沖の釜次郎艦隊に身を投じた。いまは陸兵の一隊をひきいているが、それにも以前とおなじ彰義隊の名をつけている。このたびの松前城での奮迅《ふんじん》ぶりはまた格別のものだった。

こんな経歴のもちぬしだけに渋沢成一郎はふだんから血気さかんな言動が多く、年齢は三十一ながら、いまだ若気のいたりを脱していない。

「何を言うかっ」

腰を落とし、刀のつかに手をかけた。

渋沢のうしろには、ここまで陸行をともにしてきた護衛役の三人のさむらいがいる。いずれも彰義隊の隊士だった。みな旧式の陣笠《じんがさ》をかぶり、旧式の甲冑で身をかため、ものほし竿のような長大な刀を腰にさしこんでいるのだが、その刀へ、三人ともおなじように手をかけた。

「無礼な。やめろっ」

どなったのは、釜次郎ではない。

釜次郎の背後の将兵たちだった。釜次郎が開陽艦員のなかからえらんで連れてきた五、六人の若者で、こちらは黒ラシャの筒袖羽織をはおっている。フロックコートのようなものだ。

かたや和装の陸兵たち。

かたや洋装の海兵たち。

釜次郎と渋沢成一郎をあいだにはさんで、両者が一斉射撃のごとき視線をぶつけあった。

渋沢は、釜次郎をくわっとにらみおろし、

「城下が焼けたのは、榎本殿にも、責任がおありになりますぞ」

「ほう」

「われわれに臥煙《がえん》の仕事をさせたいなら、最初からそうお命じになればよかったのだ。何も言わずにただ命がけの城取りをさせ、終わったあとで不調法をなじられたのではたまったものではない」

「言ったなっ」

洋装の若者たちが色めき立つ。釜次郎はそっちへ、

「よさねえか。仲間うちで」

手のひらを上下にふって見せてから、ふたたび渋沢のほうへ、

「そうだったな、渋沢さん。お前さんの言うとおりだ」

釜次郎はこのとき、つくづく胸にしみた。さむらいというこの旧時代の貴族には、ないしそれを気取る連中には、釜次郎の常識はまったく通用しないのだ。松前は経済性が大事だという明々白々たる事実ですら、彼らは言われないとわからない。ひょっとしたら、

（言われても、わかんねえかな）

しかし同時に、釜次郎は、彼らが愚《おろ》かだとは思わなかった。勉強不足だとも思わなかった。だいいち釜次郎自身、旗本の次男坊ではないか。

もしも蘭学を学ばず、海軍を学ばず、したがってオランダに留学もしていなかったら、釜次郎もあるいは彼らとおなじ骨董品《こっとうひん》になっていたかもしれない。松前の街が焼けたところで意味がわからず、蚊《か》に刺されたほどにも感じなかったかもしれない。彼らの落度は、また自分の落度でもあったのだ。

「よし。大将」

釜次郎はあくまでも椅子にすわったまま、渋沢へにっこりして見せてから、

「とにかく手をその物騒なしろものから離してくんな。過去は水にながそうじゃねえか。問題は未来だ。俺たちはつぎに何をすべきかだ。な？」

渋沢が、ためらいがちに手をおろす。うしろの三人もおなじようにしたのを目でたしかめてから、

「土方さんは、何と言ってる？」

「江差《えさし》へ向かうと」

「江差？」

松前から五〇キロほど北のところの街の名だ。面積こそさほどでもないけれど、西側に日本海をのぞむにしん漁の一大根拠地だから人口も多いし、あきんどの出入りもさかんだという。まずは小型の松前というところだろう。その江差へ、

「松前城をのがれた敵兵が、向かったようなのです。わが軍は、江差を鎮圧《ちんあつ》しなければ、蝦夷島全島を平定したことになりません」

「ええ話になってきたな、鎮圧だとか平定だとか。よし！」

釜次郎はがたんと音を立てていきおいよく立ちあがるや、うしろの洋装の海兵たちへ、

「江差には、俺も出る」

部屋中に、ざわめきが走った。

渋沢はあわてて足をふみだし、しどろもどろに、

「そ、その必要はございません、榎本殿。われわれ陸兵だけで掃討してみせます。もう決して街を焼かぬよう、拙者から土方殿へも……」

「あんたたちを信用してないわけじゃねえよ。俺はただ、この目で見たいだけなのさ。蝦夷島の財政の基盤をな。つまり軍人じゃなく為政者として行くわけだ。よけいな差し出口はしねえから心おきなく戦ってくれって、土方さんに伝えといてくれ」

「しかしながら、榎本殿」

「何だい？」

「この風雪のなかを徒歩で行くのは、われわれ慣れた者にさえ困難をきわめる。雪の上に熊の足あとを見つけることもあるのです。はばかりながら、榎本殿が……」

「はっはっは」

釜次郎は、大笑いしてしまった。武士の足というものは、どうしても陸の土にへばりついて離れないらしい。

「決まってるじゃねえか。俺は開陽で行くんだよ。津軽海峡から日本海へぬけ、南まわりで江差へ向かう」

視界のすみで、永井尚志が眉をひそめた。

†

同日、夕刻。

釜次郎は、ひとり奉行所の屋根の上、太鼓櫓にのぼってみた。

空はぶあつい雲に覆われているものの、雪はない。風もよわまった。釜次郎は、

「ほう。けっこう遠くまで見えるじゃねえか」

南西のほうへ首を向けた。

すぐそこに、五稜郭のとがった稜堡が落ちている。その向こうでは、左右を海にはさまれた一本道のような土地が奥へ奥へと這《は》っていて、そのつきあたりにはげ山がもりあがっている。箱館山だ。箱館山の右手前には、人家のかたまりがひっしと海にしがみついているが、この集落がすなわち箱館の街にほかならなかった。

もうじき夜になるというのに、ここから見ても、

「あかりが、ねえな」

釜次郎は舌打ちした。もちろん電灯やガス灯はのぞめないにしろ、それでも料理屋の軒《のき》行灯《あんどん》とか、寺社の石灯籠《いしどうろう》とかは灯《とも》ってもいいはずだった。住民たちは不安のあまり夜間の外出をひかえているのだろうか。あるいは一時的に治安が悪化しているのだろうか。いず

れにしても、その原因をつくったのは、

「……俺だ」

釜次郎は、また舌打ちした。

「俺たちが来たことで、あそこは無政府状態になっちまった。やむを得ないことだったが、こうなりゃあやはり、一日もはやく……」

「安定した政権をきずきませんとな」

背後の床から、声がわきあがった。

ふりむいて下を見ると、永井尚志の首がある。永井はとんとんと階段をあがって釜次郎のとなりに立ち、

「ほれ」

両手にひとつずつ持っていた茶碗のうち、片方をぐっと釜次郎の顔の前につきだした。酒だった。だいぶん熱くしてあるらしく、湯気がふわっと鼻先にただよう。

「ありがてえ」

釜次郎はうけとり、ふうふう吹きつつ少し飲んだ。永井は、釜次郎とおなじほうへ体を向けると、

「開陽は」

箱館の沖をゆびさした。

た。沖には、大小の軍艦がずらっと列をなしている。ひときわ目立つのはやはり開陽だった。五、六キロはなれたこの五稜郭からでも堂々たる三本マストがまるで一枚の盾のように街そのものに向き合っているのがよくわかる。戦力的にも、心理的にも、文字どおりの旗艦だった。

「あれは江差へさしむけぬほうがいい」

永井は、つぶやくように言った。釜次郎は、

「は？」

「どうしても江差へ行きたいなら、べつの艦で行かれるべきだ。開陽はあそこに留め置かれよ」

「どうしてです、永井さん？」

「いやな予感がする」

「む。……」

釜次郎は、口をつぐんでしまった。

釜次郎にとって、開陽はただの船ではない。

ほとんど実の子供にひとしかった。その体調、その健康、その機嫌のよしあしには日々細心の注意を払っているし、それだけに釜次郎はこの船の体に生じたどんな小さな変化をも見のがさない自信がある。ときにはまさしく母親が子に感じるような虫の知らせのよう

なものも感じるのだった。

その虫の知らせが、さっきから釜次郎のこころを騒がせている。釜次郎の身体《しんたい》の均衡をみだしている。まるで大病の前駆症状みたいに背すじが寒く、息がせわしくなっているのだ。

たぶん永井もおなじ感触にとらえられているのだろう。かんがえてみれば永井ははじめから——品川沖出航時から——この船とともにあったのだし、それ以前には長崎海軍伝習所の監督をつとめたこともあるほど軍艦にくわしい男だった。もともと海のにおいには敏感なのだ。

が、釜次郎はことさら朗《ほが》らかに、

「だいじょうぶですよ。あり得ねえ話だ、開陽がしずむなんて」

「うん、まあ……」

「船というのは、大きけりゃ大きいほど安全なんです。つまり開陽がいちばん安全なんだ。それにね、永井さん。開陽はいまのうち、どうしても、江差へ出さなきゃならねえんでさ。土方さんの大活躍のおかげでね」

松前城攻略には、じつは軍艦も参加していた。

釜次郎が、箱館から蟠龍をさしむけたのだ。蟠龍はかつて阿波沖で薩摩船を自沈させたこともある優秀艦であり、釜次郎の信頼もあつかったが、しかし今回はさんざんな結果に終わってしまった。

何しろ弾があたらなかった。目標の城は海岸からほんの一〇〇メートル奥に建つにすぎないというのに、蟠龍のほこるナポレオン砲はいたずらに城外の蔵をこわし、土をはねあげ、林の木をなぎたおすばかりで援護射撃の役割をまるで果たさなかった。いや、むしろ味方の歩兵の進撃をさまたげることすら一再《いっさい》ならずあったという。

原因は、艦の不備にはない。

艦員の不手際にもない。もっぱら自然条件にあった。海面下には岩が多く、座礁のおそれがあるため蟠龍は容易にちかづけなかったし、また冬期のこの海域（津軽海峡）はつねに強風が吹き、波がたかく、蟠龍はゆれっぱなしだった。なかなか狙いをさだめられなかったのだ。

が、戦争はつねに結果論の世界。

「海軍は、何をしている」

陸上の歩兵たちはそう思っただろう。実際どなりちらした男もいただろう。何しろ彼らは白兵戦をどんどん有利にはこんだばかりか、海軍得意の大砲射撃においても――城の北側の山の上から――海軍をはるかに上まわる戦果を挙げたのだから。

結局、釜次郎軍の陸上部隊は、二重の勝利をおさめたのだった。敵への勝利と、味方海軍への勝利と。おそらくいま、松前に駐屯中の陸軍には、

「海軍、何するものぞ」

という空気がみなぎっているだろう。最新式の軍艦よりも日本古来の武士道のほうが結局はすぐれているのだという感情的な自尊心が火を噴いているだろう。だからこそ、

「渋沢成一郎たちは、あんな態度に出たんでさ」

釜次郎は、顔をしかめた。釜次郎の面前で刀に手をかけるなどという途方もなく粗暴なふるまいの背後には、そういう自信ないし倨傲《きょごう》があるとしか思いようがないのだった。

「それじゃあ、だめなんだ」

釜次郎は、からっぽのつめたい茶碗をにぎりしめたまま、永井尚志の横顔へ滔々《とうとう》と説いた。あたりは薄暗くなっている。

「俺たちの軍隊はあくまでも海軍主導でなければならん。陸の連中をあんまり図に乗らせたくないんです。いや、これは俺自身が海軍の出《で》だから言うんじゃありませんぜ、永井さん。ひとりの為政者として客観的に情況を見わたしたら、そういう結論に達するほかないってことです」

「わかります」

永井はうなずき、足もとの銅板葺《ぶ》きの屋根へ目を落として、

「榎本殿は、この五稜郭がたよりないと見ておられる。どうがんばっても長期にわたる――八十年だったかな――籠城は不可能だと見ておられる。となれば歩兵よりも軍艦によ

って箱館の街をまもるというのは当然の結論になりますし、そうなれば、榎本殿の共和国の国家予算もこれからは海軍の増強にこそ割《さ》かなければならぬということになる」

「そのとおりです」

だからこそ、いまから陸の連中を図に乗らせてはならないのだ。もちろん自信をつけてもらうのは大いに結構だし、釜次郎もそれを芯《しん》から望んでいるが、その自信が海軍蔑視《べっし》へ向かってはならない。

「だから俺は、開陽で江差に行くんです。いまの戦況じゃあ御大《おんたい》みずから出張る必要がないこともわかってるが、将来のことまで視野に入れると、いまのうち土方さんたちに海軍のほんとうの力を見せつけておくに如《し》くはない。開陽は、敵のためじゃなく、味方のために出航するんです」

「そうか」

永井は、ようやく声をしぼり出した。

「そこまで榎本殿がかんがえておられるのなら、拙者はもう何も申さぬ。ただ」

「ただ？」

「開陽は、その海軍力のかなめです。ぜったいに失ってはならん」

「もちろんです」

釜次郎は、みじかく返事した。空はすっかり暗くなっている。永井の顔も、箱館の街も、もはや漆黒《しっこく》の闇に溶けてしまった。

†

松前城占領の、十日後。

すなわち十一月十五日の早朝、開陽は、江差沖に到着した。箱館からわずか一昼夜の旅だった。海から見ると、江差の街は、

「いやにひっそりしてやがる」

釜次郎は甲板にあがり、首をひねった。海岸ぞいの道にはずらっと商家やにしん蔵がならんでいて、その手前の浜には無数の小舟が伏せられている。なかなか壮観だけれども、

「人っ子ひとり、いねえようだ」

「撃ってみるかい、釜さん？」

艦長の沢太郎左衛門が聞く。やりたくてたまらないという声だった。釜次郎はうなずいて、

「撃ってみよう」

まずは船の向きを変え、沖に浮かぶ鷗島《かもめじま》という小さな島へ発砲した。鷗島にはいちおう台場《だいば》（砲台）らしきものが設けられているが、応戦の気配なし。轟音がうみねこの群れ

をいっせいに羽ばたかせただけだった。

「よし」

開陽はふたたび向きを変え、こんどは艦を北へ南へと前後させながら、東のほうへ連続発砲をおこなった。

もちろん人家を損壊しないよう、街のはるか奥めがけて。やはり反応は皆無だった。七発の榴弾はつぎつぎと雪のふとんをかぶった山にすいこまれて消え、ほそぼそと雪けむりを立ちのぼらせた。

「街そのものが、空家なんだな」

釜次郎は、そう見た。おそらく江差の住民はこれまでに釜次郎たち「賊徒」の箱館入城とか、松前城の陥落とか、いろいろ情報を聞きこんだあげく、家を捨てて逃げたのだろう。このぶんだと、松前藩主・松前徳広の一行も、

「さらに別のところへ脱出したにちがいねえ。なあ沢さん」

あとで知ったことだけれども、この釜次郎の推測はあたっていた。藩主一行はたしかにいったんこの江差に入ったのだが、入ってみても住民はいないし、一夜あければ海上にとつぜん見たこともないような巨大な黒船——開陽だ——が浮かんでいる。彼らはあわてて荷物をまとめ、藩主を駕籠におしこんで、北への旅をはじめたのだった。

開陽が七発の威嚇射撃をおこなったのは、その直後だったわけだ。

もしも開陽がこの日、この海域にあらわれなかったら、藩主一行はむしろ決戦に出たかもしれず、土方たちは掃討を余儀なくされたかもしれず、したがって江差の街はやはり一面の焦土と化していたかもしれなかった。

いずれにしろ江差の街は、

（無傷で、獲れる）

釜次郎は、ゆびを鳴らした。ゆくゆく政権をきずけば街はふたたび安定するだろう、共和国の貴重な商都となり得るだろう。事によったら松前にあった商場をここへそっくり移転させてもいいかもしれない。

「よし、沢さん。兵をおろそう」

釜次郎は、声をはずませた。開陽には多少の歩兵も積みこんであるのだ。沢はびっくりしたような顔になって、

「ちょっと待つんだ、釜さん。土方さんたちはまだ到着してないよ。そんなことしたら、抜け駆けの功名《こうみょう》ってやつだ、あとでどんな文句を言われるか」

「かまうもんか。占領はあくまでも正規の陸兵の仕事なのだ。が、釜次郎は、いまこそ海軍の優位をしめすときだ。それにさ、沢さん。いまは貴重な好機なんだよ」

釜次郎は、天をゆびさした。ここは真冬の日本海だ。ふだんならまず荒天を避けられな

いのに、この朝にかぎっては雪もふらず、風も吹かず、雲間からあたたかな陽の光すらさしこんでいる。この機会をのがしたら、つぎにいつ人を上陸させられるかは誰にもわからない。

とりあえず、一〇〇人ほどを上陸させた。

一刻ほどののち、数人の連絡役がもどってきた。彼らは釜次郎と沢太郎左衛門へ、くちぐちに、

「やはりほとんど無人でした。病人か老人くらいしかいないようです」

「とりあえず町役所をおさえ、海岸ぞいの廻船《かいせん》問屋・八木喜右衛門《やぎきえもん》方をおさえました」

沢はほっとした顔をして、

「よろしい。そのまま土方さんたちの到着を待つように。住民を見たらつとめて懇切《こんせつ》に対応し、よくよく話を聞いてやれ。万が一にも迷惑をかけることがあってはならん。ましてや誰かの家から勝手に金穀をぬすみ出すようなまねは絶対にするな。そう伝えるんだ」

空には雲はほとんどなく、海はきらきらとかがやいていた。

午後六時ころ、激変した。

太陽が西の海にしずんだのがまるで合図だったかのように、雲がたれこめ、雪がふり、猛烈なふぶきとなった。

海面には、無数の鋭角が立った。うねりに合わせて開陽はゆっくりと左右にかたむい

た。ゆれそのものは病人の寝返りのようなもので、さほど激しくなかったが、何しろ風がものすごかった。ヤリダシ（舳《へさき》からななめに突き出した帆柱）はヒョウヒョウと哭きつつ鞭《むち》のようにしなったし、天に冲《ちゅう》する三本のマストは根もとから不気味なきしみを立てつづけた。

こういうとき、何よりも恐れるべきは転覆ではない。座礁だ。沢太郎左衛門は艦長室でデスクの前に立ったまま、つぎつぎと入ってくる隊長どもへ、

「錨《いかり》をもうひとつ海に入れろ。そう、補助錨《びょう》だ」

とか、

「石炭を惜しむな。罐《かま》の火を落とすな。ボイラに蒸気をためておくんだ。すぐにでも全速力で岸から離れられるよう」

とか、

「艦首は沖に向いているな？　よし、もう舵はうごかすな」

あらゆる座礁防止策を打った。沢の指揮はすばやく的確で、例の作戦会議用の椅子にすわっている釜次郎の目にもまったく疑問の余地はなかったし、また釜次郎自身が艦長だったとしても、やっぱり、

（おなじ処置をしただろう）

部下の出入りが一段落したところで、沢は、

「なあ、釜さん」

「…………」

「釜さん」

「あ、ああ」

釜次郎は、急いでテーブルの上の頬杖からあごをはなし、目の焦点を沢に合わせた。沢はくすっと笑って、

「気もそぞろだね。そんなに心配なのかい?」

「いや。……ああ、まあな」

釜次郎は、足もとを見た。ごく緩慢《かんまん》なうごきだが、絨毯を敷いた床もさっきから大きなゆらゆらをくりかえしている。緩慢なだけに、もしも慣れない者がここに来たら船酔いでのたうちまわるにちがいない。沢は棚から二脚のグラスをとりだし、シャンパンの壜も一本とりだして、

「だいじょうぶ、座礁はあり得ない。この船は、すでにじゅうぶん岸から遠くにいる。だろ?」

「ああ、そうだな」

「もう十時だ」

沢はオランダで買った壁かけ時計をたしかめると、テーブルにグラスを置き、シャンパンのコルクをぽんと抜きながら、

「めずらしいじゃないか、こんな時間になっても飲んでないなんて。さあ、どうだ。江差の征伐記念に」

釜次郎の向かいの椅子にすわり、釜次郎のグラスに酒をつごうとした。釜次郎がぼんやり、

「そうだな」

応じた瞬間、がんという音がした。壜の口が、おもいっきりグラスのふちを叩いたのだ。

グラスのふちは大きな音を立ててWの字に欠け、たっぷりとシャンパンのあわを浴びる。釜次郎は目をあげ、

「何をする」

と言おうとしたが、それは沢の意志でしたことではなかった。地震が来たのだ。陸上で経験するのとまったくおなじ縦ゆれがテーブルを撥《は》ねあげ、部屋そのものを撥ねあげ、沢の手もとを狂わせた。酒が床にこぼれた。ほどなく靴底の下から地鳴りも低くひびきはじめる。

おーう。

おーう。

バイオリンの音《ね》にも似た、物悲しすぎるひびきだった。船そのものが呻《うめ》いているようだった。釜次郎はこのとき、開陽の声をはじめて聞いたような気がした。

「やべえ」

釜次郎は立ちあがり、駆けだした。

艦長室を出ようとしたのだ。が、ちょうどドアをあけたら若い将兵がとびこんできて、胸と胸がぶつかった。釜次郎が一歩さがると、相手はまっ青になっている。

「何があったっ」

「はっ」

将兵はちらっと沢を見てから、

「海面下の岩礁に、艦底が。かんていが……」

「衝突したのか?」

「はい」

(座礁か)

目の前がまっ赤になった。釜次郎は、

「どうしてだ。艦長の命令どおりに仕事しなかったのか?」

釜次郎は、相手の胸ぐらをつかもうとした。しかし、

「そ、そういうわけではありません。北西からの風が、とつぜん、瞬間的につよまったのです。信じられない突風でした。本艦は、二本の錨をひきずりながら岸へ吹き寄せられ、エンジンの出力を上げるまもなく……」

釜次郎は、絶句した。

沢のほうへ視線を向けた。沢はテーブルの横に突っ立ったまま、呆然とした顔をしている。

この世には、そういう海があるのか。

そんな目をしている。まるで秘境を発見した人のようだった。いや、沢だけじゃない、

（俺自身、おなじ目をしてるんだろうな）

釜次郎は目をこすり、ふたたび将兵を見た。もはや自分が指揮系統外の人間であることも忘れ、つばをとばして、

「エンジンの出力全開。いまからでも遅くねえ、沖に向かって全速前進」

がん。

またしても、いや、さっきよりも大きな衝撃が床や壁をふるわせた。天井からほこりが落ち、椅子がぜんぶひっくり返った。釜次郎もつい片ひざをついた。何が起きたかはもはや報告を待つまでもなく明白だった。いったん暗礁から身をはがしかけた開陽を、ふたたび突風が暗礁へ、

（くいこませたんだ）

衝撃のぐあいから察するに、どうやら患部はこの艦長室のすぐ下あたりらしい。案の定、べつの将兵がばたばたと来て、泣きそうな声で、

「衝突箇所は、左舷後方と思われます」

「やっぱりそうか。どうしてわかった？」

「船倉内に、浸水あり」

釜次郎は、目をつぶった。沢がようやく、

「浸水のはやさは？」

「正確な測定によるものではありませんが、目視では、毎分数リットル程度かと」

大したことはない。釜次郎はそう思った。船全体からすればにじむ程度だ。が、この穴はもはや埋まらないのではないか。水をにじませつづけるのではないか。そう、開陽が完全に、

（海の底にしずむまでは）

「かき出せ！」

と釜次郎がさけんだのと、沢太郎左衛門が、

「全速前進！」

テーブルを平手でたたいたのが同時だった。沢はうろうろと部屋中をあるきまわり、ど

ういうわけか右手を頭上で旋回《せんかい》させつつ、

「はやく岩礁から離れろ。はやく。はやく」

第六章　沈没

釜次郎のオランダ留学は、開陽の、開陽による、開陽のための留学だった。

もちろん、最初から名前がついていたわけではない。六年前の文久《ぶんきゅう》二（一八六二）年、徳川幕府がはじめて在長崎のオランダ総領事デ・ヴィットを江戸に呼んで建造を依頼したときには、それはただ単に、

「木造艦」

という一般名詞があたえられただけだったし、その後とんとん拍子に話がすすんで契約寸前まで来たところで、アムステルダムに本社を置くオランダ貿易会社の顧問から、

「いまつくるなら、むしろ木造よりも鉄製艦のほうを勧《すす》めます。造船がかんたんで、日数もかからず、しかも耐久性ははるかにまさる」

という申し出が来たときも、幕府はあくまで、

「木造艦をおたのみ申す」

と返事した。いったん決めたことは変えられない、というのが理由だった。

釜次郎は、この名前のない「木造艦」発注の半年後に日本を発った。

たっぷり八か月の航海ののちに上陸するや、ただちにハーグで勉強をはじめた。おもに留学生仲間である内田恒次郎《うちだつねじろう》（正雄《まさお》。留学前は軍艦操練所《そうれん》教授）の下宿に講師をまねいてオランダ語をまなび、物理学をまなび、化学をまなび、さらには大砲や蒸気機関の理論をまなんだ。

もとより、釜次郎は初学者ではない。

基本的なことは長崎の海軍伝習所ですっかり習得していたが、それよりも数段高度な内容をヨーロッパという文明の空気とともに摂取するのは、

（遠めがねで見てたものが、じかに見える）

釜次郎はわくわくして、大いに勉強がすすんだ。同時に派遣された一五名の留学生中、随一《ずいいち》の成長のはやさだった。むろん座学ばかりではない。ときには約三〇キロはなれたフエイエノールトの汽船会社のエンジン工場まで研修に行って実地に知識をたしかめたりもした。もっともこのときには、むしろ工場員たちのほうが、

「やあ、日本人《ヤパンネル》の男！」

わらわらと集まってきては無遠慮に釜次郎たちを見学したものだったけれども。ちょんまげ頭に羽織はかまを身につけ、しかも長大な刀剣を腰に帯びた極東のさむらいの風俗は、彼らにはインドの孔雀《くじゃく》以上にめずらしいのにちがいなかった。

とはいえ釜次郎は、こういう知識や技術の習得がけっして自分自身のためではないことを知っていた。それは徹頭徹尾、疑問の余地なく、あの名前のない「木造艦」のための学問だった。言いかえるなら釜次郎は一個の主体的人間である前にまず木造艦の一部品だったし、そのことに釜次郎自身、

（いいじゃねえか）

大きな意義を感じてもいた。船が造船所で建造されるように、釜次郎もまた教室や工場のなかで建造されていたのだった。

その木造艦に、ようやく、

「開陽」

という闊《ひろ》やかな名前があたえられたのは、二年後の元治《げんじ》元（一八六四）年十一月十九日だった。

命名式がおこなわれたのだ。場所はオランダの港湾都市ドルトレヒトにあるヒップス造船所の造船工場。日本人留学生の仲間からは、釜次郎――当時二十九歳――ほか、六人が列席した。

式そのものは簡素だった。「開陽丸」という三つの漢字のしたためられた木の板を、やはり留学生のひとりで船大工あがりの上田寅吉《うえだとらきち》がひょいと小脇《こわき》にかかえて足場をのぼり、建造中の船の船首にとんとん釘《くぎ》でうちつける。それでおしまい。が、この瞬間、オランダ側の海軍大臣、W・J・C・ファン・カッテンディーケが、

「心から、おめでとう!」

声をあげ、ひとりひとり握手をしてまわったのはおどろくべきことだった。握手以前に、たかが軍艦一隻の命名式にわざわざ海軍大臣が出席したのが異例だったのだ。彼はもちろん釜次郎とも手をにぎりあった。釜次郎はやや照れくさそうに笑って、

「感謝します、先生」

カッテンディーケはこの五年前まで日本に滞在し、長崎海軍伝習所でおしえていた。釜次郎はこの人から具体的な操船の方法はもちろん、そもそも艦員の規律はどうあるべきかというような一種の人間社会学にいたるまで徹底的にたたきこまれたのだった。釜次郎ばかりではない。勝麟太郎も、沢太郎左衛門もだ。

理論より、経験を重視する先生だった。

とはいえ、いまは単なる旧師ではない。かりにも一国の海軍をつかさどる政治家がみずから祝意を述べに来たというところに、釜次郎は、

(オランダにとっても、こいつは一大事なんだな)

逆に言うなら、開陽はそれくらい——海運先進国オランダですらめったにお目にかかれないくらい——巨大な建造物なのであり、国家の威信をかけるに足る壮大な事業計画の対象なのだった。あとで聞いたところでは、オランダの民間造船所が建造したものとしては最大の軍艦だったという。開陽は国の記録を更新したのだ。

命名式でさえ、このありさまなのだ。そのちょうど一年後、慶応元（一八六五）年十一月二日におこなわれた、

「進水式」

となると、興奮はほとんど頂点に達した。

一年前のときよりもはるかに多くの貴賓《きひん》があつまり、見物人がおしよせ、それを目当てに露店がいくつも軒をならべた。日本人留学生はもちろん、オランダ人の造船関係者もみんなそわそわしたり、神経をとがらせたりしたけれど、開陽ひとりは知らんぷりでもするかのように、架台の上でぐらりと前へかたむき、

「おーう！」

見物人たちの惜しみない喝采《かっさい》の声とともに水面へすべりこんだ。なめらかなものだった。水音はまったく立たず、水けむりも少しあがっただけだった。マストには日の丸がひるがえり、オランダの国旗がひるがえり、

KAIYOO（開陽）

と書かれた巨大な三角旗がひるがえっていた。進水は成功したのだった。

というより、あまりにも成功しすぎてしまった。見物人はまたしても、

「おーう……」

という声をあげたが、こんどのは花がしおれるような調子で、不安と心配にみちていた。進水式はメルウェデ川（ライン川の支流）の河口付近でおこなわれたのだが、開陽は、すーっと水面《みなも》をすべったあげく、いきおいあまって向こう岸にのりあげてしまったのだ。

ざらざらっという嫌な音が秋空にひびいた。開陽は船首を上に向けたまま、ぴくりともうごかなくなった。関係者全員が息をのんだが、ひとり釜次郎は、跳びあがって、

「はっはっは」

喜劇の一場面でも見たみたいに笑いころげた。船の速度はゆっくりだったし、地面もこまかな砂地だから、

（ま、実害はねえだろう）

いちはやくそう判断したのだった。釜次郎はもう何度も、それこそうんざりするくらい工場へ足をはこんで船体のできあがる様子を見ていたから、この日にはもうじゅうぶんな

信頼感をこの軍艦に対して抱いている。いや、信頼感をはるかに超えた、ほとんど、

「一心同体」

というほどの安心感だったろう。釜次郎は、たったひとりで笑いつづけた。実際、翌日の満潮時には、開陽はぶじに川のまんなかへ引っぱり出されることになる。一〇〇人の曳子《ひきこ》と数艘《そう》の小型蒸気船のちからが必要だった。開陽の船体には、ほとんど傷はなかったという。

ともあれ、

「進水と座礁が、同時とはねえ」

釜次郎は、進水式後の夜のパーティの席でも、このせりふをくりかえした。愉快で愉快でしかたがなかった。海軍大臣カッテンディーケも、子供のように片目をつぶって、

「これはいい兆候だよ。榎本君」

「どうしてです、先生？」

「いっぺん不幸が起きてしまえば、今後はもう起きる心配はない。つまり座礁の危険はない。ヤクオトシ（厄落とし）というやつだよ」

なつかしい日本語の語彙《ごい》を口に出した。一国の海軍大臣がこれほど親日の情をあらわにしてくれることに、釜次郎はいっそうたのもしさを感じた。

（これも、開陽の功徳《くどく》かな）

パーティは、はなやかだった。

日蘭《にちらん》の関係者のあいだで記念品が贈答され、国民軍楽隊が音楽を演奏し、新聞記者はちょこまか走りまわっては列席者たちに話を聞いた。たくさんの責任者が上きげんでテーブルスピーチをした。料理のメニューは、生《なま》がきやポタージュにはじまって、野菜あり、魚あり、デザートあり、釜次郎はその皿数をとてもぜんぶ数えられなかった。こころみに肉料理だけを挙げてみても、

仔牛の頭
田鴫《たしぎ》
鹿
七面鳥
山鴫《やましぎ》
きじ
雷鳥《らいちょう》

などが景気よく使われ、しかもぜんぶ調理法がことなっていた。釜次郎は舌つづみを打ち、ワインに酔った。ほかの日本人留学生もおなじだった。パーティの最後には、列席者全員、オランダ語で、

「開陽進水祝賀の歌」

なるものを合唱した。オランダ国歌のメロディに乗せて開陽の現在と将来をことほぐ詞《し》をうたう、日蘭双方の好意にみちた歌だった。

その開陽が。

いま、江差の沖でしずもうとしている。

†

慶応四（一八六八）年十一月十一日。

いや、すでに改元されているので、明治元年である。土方歳三は、兵とともに松前の街を出発した。すでに街いちめんを焼きつくした火は消えていて、ぽつりぽつり住民たちも避難先からもどりはじめている。土方は、ここに最小限の守備兵をのこした上、

「江差に向かう」

そう下知《げち》したのだった。

距離は約七〇キロ。道すじは単純。やや曲折はあるものの、基本的には日本海を左に見つつ北上すればいいだけだった。

途中、

「大滝山《おおたきやま》」

という名の山がある。

土方たちの行く手をふさぐよう土を空にもりあげている。道はそれを避けるよう海へ大きく迂回《うかい》しているが、松前藩は、この天然の隘路《あいろ》にあらかじめ氏家丹宮《うじいえたんぐう》を隊長とする一〇〇名の兵を配置していた。このまま道をたどったら、土方たちは、まともに敵のふところに飛びこむことになる。

（ふん）

もとより土方には、この程度のことはお見通しだった。山のふもとへ来たところで、麾下の星恂太郎《ほしじゅんたろう》（仙台藩士、松島湾出航時より釜次郎の軍に合流）へ、

「貴君のひきいる額兵隊《がくへいたい》から、銃兵を少し出してもらいたい」

「出して、どうします」

「山をのぼらせる」

星自身と精鋭の十数名はただちに深い雪のなかへ足をふみいれ、凍《こお》った落葉をけちらして大滝山の中腹をめざした。数時間後、海を見おろす地点へたどり着いたところで、

「撃てっ」

林間から一斉射撃をくらわした。海ぞいの道に陣取っていた松前兵はたちまち潰走し、隊長・氏家丹宮は即死した。赤子の手をひねるようなものだったが、この戦いのため、土方はいくらか進軍がおくれたことも事実だった。上《かみ》ノ国《くに》をこえ、内郷《うちごう》の浜に出てようやく

少し視界がひらけたのは、松前出発から五日後の早朝のことだった。土方は立ちどまり、

「あれが、江差か」

ぶっきらぼうに言いつつ、内心、

（おもしろくねえ）

舌打ちしたのも無理はなかったろう。せっかくこれから江差の城取り——城はないが——にかかるべく士気を高めなおしたところへ、きのう、榎本釜次郎からの伝令ふたりが駆けてきて、

「江差陥落。無血占領」

の報を告げたのだから。

（先を越された）

土方はくわっと目を見ひらいて、

「榎本さんが、どうして江差へ来ることができる」

伝令ふたりは恐怖で体をふるわせつつ、

「か、開陽で」

「わざわざ開陽が出張ったのか」

土方は心底おどろいたが、つぎの瞬間にはもう釜次郎の意図が読めている。

（海軍のことを考えたのだ。松前では後手をふんだものだから、ここで威《い》を示そうと）

怒りとも失望ともつかない、何とも不愉快などろどろの泥土《でいど》が胸にわだかまったものだった。そのときのことを思い出しつつ、土方はいま、道につばを吐いて、

「あれが、江差か」

もういちどつぶやいている。と、横にはいつのまにか額兵隊隊長・星恂太郎が立っていて、仙台なまりで、

「ずいぶん静かなようですな、土方殿」

「住民はみんな逃げ出したのだろう。いまあの街のなかにいるのは、犬と病人をのぞけば、開陽で来た連中だけだ」

土方は、街の左のほうをゆびさした。そこには灰色の海があり、横なぐりの雪があり、見なれた巨艦がこれみよがしに視界を占領している。まるで陸から離れようとでもしているかのごとく船首を沖へ向けているが、しかし土方が、

（おかしい）

眉をひそめたのは、それが理由ではなかった。一見したところ何の変わりもないようだが、あの開陽のありようは、

「どこか不自然じゃないかな。星君」

と、この五つ年下のなかなか気骨のある男へ言ってみた。星が、

「さあ」

首をひねったのと、土方が、

「そうか。わかった」

目を見ひらいたのが同時だった。開陽は、微動だにしていないのだ。

本来ならば、前後か左右にゆれているはずだった。何しろこの天気なのだ。気温は低いし、雪はふるし、風はあたりの木々《きぎ》をしならせるほど強い。その当然の結果として沖にはつぎつぎと大波が湧き、ここまで聞こえるほどの轟音とともに浜をたたいてやまないのだから、そこに不動の船があるというのは、不自然というより、

（……不吉な）

舵か。

土方はそう反射的に思った。開陽はもともと品川沖の出航直後にあらしに遭《あ》い、舵をうしなっている。その後しばらく松島湾に停泊したとき仮舵をつけ、運転にさしつかえないよう応急措置《そち》をほどこしたけれども、それはあくまでも一時しのぎにすぎなかったから、

（そいつに、何か）

しかし舵という装置は、航行中はともかく、停泊中にはどういう役割もないのではないか。少なくとも、船体のゆれを止める機能はないだろう。ということは、舵うんぬんは関係なしに、

「座礁だ」

この世のあらゆる船舶がもっとも忌避すべき事故。もっとも致命傷にちかい傷。海のことにはまったくの素人《しろうと》である土方も、このときばかりは息をのみ、唇をかんだ。思わず、

「榎本さん！」

駆けだそうとした瞬間、まるで土方の声にこたえるかのように、
どん。

開陽が、すさまじい音を発した。

と同時に、こちらを向いている黒い砲口のひとつから白煙がたちのぼった。土方は背すじの凍るような恐怖をおぼえて、ふりかえり、

「全員、伏せろおっ！」

どなったが、砲弾ははるか上空を通過したらしく、しばらくののち、後方の山からパリパリッという音が聞こえてきた。林の木をなぎたおしつつ着弾したのにちがいない。額兵隊の歩卒たちが立ちあがり、ひどい仙台なまりで、

「ごのやろっ。何してんだっ」

「敵味方もわがんねのかっ」

いきり立ったが、そのあいだにも開陽はつぎの砲撃の準備をしているらしい。こんどは複数の砲門がいっせいにひらいた。

冬の早朝。

あたりはまだ薄暗いし、海には沈鬱《ちんうつ》な色の霧がかかっている。その奥であざやかなオレンジ色の光がちかちかっと閃《ひらめ》いたかと思うと、またしてもドンドンと爆発音がこだました。太鼓のみだれ打ちのような響きだった。全弾、さっきとおなじように土方たちの頭上をこえて背後の山の木を折り、雪をうがち、黒い土をかるがると空中へ舞いあげた。

意味のない行為。

ではなかった。土方はようやく釜次郎の意図がわかった。ゆっくりと立ちあがり、服についた土をはらうと、歩卒どもへ、

「落ち着くんだ。あれはわれわれをねらっているのではない。撃つこと自体が目的なのだ」

「どういうことです？」

星恂太郎が小鼻をふくらます。土方は、

「開陽は座礁した。そのことは、もはやまちがいないだろう。おそらくいま、榎本さんは、あらゆる離礁の手段をこころみている。大砲を撃ったのもそのひとつ。反動を利用して岩礁から船体をひきはがそうとしているのだ」

説明しつつ、ふたたび開陽のほうへ顔を向けた。あれだけ派手なふるまいをしても、やはり開陽はうごかない。波にゆれることを始めていない。まるで船自体がひとつの巨大な黒い岩であるかのように。

「……もう、だめか」

という土方のつぶやきを勘《かん》ちがいしたのだろう。星恂太郎がへへっと笑って、

「ざまあみろ、海軍の連中め」

「何？」

「最新の装備や知識があるからといって、いい気になるからだ」

土方はかっとなって、星の頬をぶんなぐった。

「あっ」

星は三間（約五・四メートル）もふっとんで頭から林にとびこみ、雪の上にあおむけになった。右のこぶしがじんじんする。土方は、それに白い息をはきかけながら、

（榎本さん）

星の気持ちはよくわかるし、自分にもおなじ劣情《れつじょう》がないとは言えない。が、今回ばかりは釜次郎がかわいそうだった。

あまりにもかわいそうだった。たぶん釜次郎には何の落度もないのだろう。艦長の沢太郎左衛門にしても、機関長の中島三郎助《なかじまさぶろうすけ》にしても、そのほか操舵手や機関手ひとりひとりにしても、無理なく堅実に船を運転していたのだろう。しかし何しろこの天気であり、この海域だ。きっと誰もが予想もしなかった非常事態が、

（この惨劇を、ひきおこした）

天が、敗北を命じている。

土方はため息をつき、腰の刀を手でなでた。星恂太郎はまだ雪の上でぐったりしている。意識が朦朧《もうろう》としているのか、いっこう立ちあがろうとしない。土方はざっざっと歩み寄り、たすけ起こしてやってから、

「江差へ入る！」

すべての兵士へ、凜々《りんりん》と命じた。

「全軍ただちに江差へ入り、街の様子をたしかめろ。残敵があれば掃討せよ。破壊、略奪はぜったいにするな。開陽から何かの合図があれば、ただちに俺に知らせるのだ。いいな！」

すべて言い終わらないうちに、土方自身がまっさきに道を駆けおりた。

†

風雪は、ますます強まった。

目の前に立つ者の顔さえわからないほどの猛烈なふぶきが二日二晩つづいた。慣れない者がへたに街中《まちなか》をうろついたりしたら、それだけで遭難しかねない天気だった。

土方隊は町役所、寺社、それに廻船問屋の母屋《おもや》というようなところへ分宿し、休息し

た。町の様子をたしかめるどころか、休息以外に何もできないありさまだった。

開陽は、まだそこにある。

二日前とおなじように激浪にじっと耐えている。が、その見た目は少しずつ、

(変わっている)

土方はときおり浜へ出てみては、暗い気持ちになった。開陽はこちらへまっすぐ船尾を向けているのだが、船尾はあきらかに二日前よりも深く海にしずんでいたし、逆に、沖の船首は、まるで馬の竿立ちのように天にたかだかと跳ねあがろうとしていた。吐き気がするような光景だった。

船全体がぐらっと左へかたむいているところから考えると、おそらく左舷後方の艦底に穴があいているのだろう。こうなると、もはや誰がどう見ても、

「絶望だな」

土方は甲板を見あげ、誰ひとり水兵が出ていないことをたしかめると、ため息をつきつつ、もとの兵営へもどるのが常だった。

三日後。

ようやく天気が好転した。

雪が小やみになり、風が凪《な》いだ。いましか時機がないと見たのだろう、開陽の甲板から鉄製の黒いボートが五、六艘、いっせいに水面に降りて走りだし、浜へちかづいてきた。

ボートはみな、櫂《かい》のこぎ手の水兵をのぞけば、

三〇ポンドカノン砲

一六ポンドカノン砲

九インチダルグレン砲

ガトリング機関銃

拳銃

ミニエー銃

エンフィールド銃

というような兵器を満載していた。もちろん榴弾、焼夷弾《しょういだん》、ブドウ弾、鉄葉弾というような何十種類もの実弾を積んだのもあったし、照準器、雷管ケース、サーベルのたぐいを積んだのもあった。櫂のこぎ手は、みな必死の形相をしていた。開陽艦内でぬすみをはたらいてきた泥棒のようにも見えた。

土方は、一〇〇名ほどの兵をひきいて浜に降り、

「陸あげだ。全員、海軍を手伝え！」

陸兵たちは、

「おう！」

と応じて、ボートが砂地にのりあげるや、かたっぱしから荷物をひきずりおろし、手わ

けして兵営各所へはこんで行った。ボートはからっぽになると開陽へもどり、荷物を積んで、ふたたび浜にこぎよせた。やがて兵器や弾薬とともに、人間もはこばれるようになった。一〇〇人からの男どもが小さなボートに山盛りにされたのだった。

実際には、これだけの仕事にまる二日かかっている。

少しでも風がつよまれば中断せざるを得なかったからだ。二日のあいだにも開陽のかたむきの度はじわじわと増した。甲板の板は、よほど上下方向に不自然な力がかかっているのだろう、浜から見あげてもわかるほど弓なりに大きくまがっていた。太鼓橋のようだった。

もはや沈没は時間の問題だった。早ければあすにでも海水の急激な浸入《しんにゆう》がはじまり、船倉も、甲板も、マストの先にいたるまで、あっというまに水面下にしずむことになるだろう。こうなると土方は、

（榎本さん）

心配はつのるいっぽうだった。釜次郎はまだ艦内にいる。艦載品や人員のはこび出しの陣頭指揮をとっているのか、それともなお離礁をあきらめていないのか。どっちにしろ、彼が開陽を去るとすれば、できるかぎり仕事をしたあとの、

（いちばん最後だ）

最後とはいつなのか。きょうなのか、あしたなのか。最悪の場合、避難が間に合わず、

釜次郎だけが開陽もろとも永遠に海のみやこの住人となりはてることも考えられるし、ひょっとしたら釜次郎自身、

（それを、欲しているのかも）

座礁から五日目。

釜次郎はようやく下艦した。

黒い鉄製のボートに沢太郎左衛門、中島三郎助ほか数名の幹部とともに乗りこんで、ゆっくりと浜へ向かってきた。

釜次郎は、立っている。

ボートはときどき左右へぐらりとゆれるのだが、かまわず仁王立ちのまま、腕を組み、じっと山をにらみあげている。うしろをふりかえることは一度もしなかった。

ボートが浜にのりあげるや、土方は駆け寄り、

「ごぶじで何より」

遠慮がちに手をさしのべた。釜次郎は、トンと砂浜を靴でふむと、

「面目ねえ」

意外につよく土方の手をにぎり、頭をかきかき、

「ふたつも海に落っことしちまった」

ふたつもというのは、開陽のほかに軍艦がもう一隻、おなじ海でしずんだからだった。

こちらはすでに完全に水没してしまっている。

開陽座礁の報を受けた箱館の五稜郭は、ただちに回天、神速の二艦を救助のために派遣した。が、これらも江差に着くや否や、開陽と同様、とつぜんの突風にみまわれて陸のほうへと吹き寄せられた。

回天はかろうじて沖合へ難を避けたものの神速は蒸気機関が故障し、どういう抵抗も不可能になったあげく、ふらふらと開陽のちかくの浅瀬にぶつかり座礁、大破。あっさりと開陽よりも先に沈没してしまったのだった。

「まったく、弱り目にたたり目だなあ」

舌打ちをたてつづけにする釜次郎の顔は、しかし、存外けろっとしている。あとくされがないというか何というか、おもちゃを風呂に落とした子供でも、もう少し、

（悲しそうにするのではないか）

土方は、かすかに不満に思ったほどだった。こんな情況でなかったら、何かいいことでもあったのかとすら思ったかもしれなかった。土方は、目をぱちぱちさせて、

「榎本さん、あんた、まさか……」

「まさか？」

「あんたまさか、さきざきに希望をもってるんじゃあるまいな？」

「あたりめえだ」

釜次郎はつまらなそうに手をふって、

「俺はむかしから、望みを絶つことがへたくそでね」

「この期におよんで、開陽という最大の戦力をうしなったというのにか?」

「もちろんさ」

(強がりか)

土方は、そう疑ってみた。海と陸とを問わず、およそ一軍の将たるものは困難におちいったときほど明るく、ゆるぎなく、平然たる態度でいなければならない。配下の兵が動揺するからだ。その動揺は、やがて一軍全体の戦闘能力の大幅な低下にもむすびつくだろう。将器とは要するに演技力のことだと土方はいつも思っている。

演技なら、

(見やぶれる)

土方には、その確信があった。

土方自身、ほんの一年前まで新選組副長として京洛《けいらく》の地を疾風《はやて》のように駆けまわっていたころ、組下《くみした》の隊士に対して同様の演技をあらゆる場面でおこなってきたからだ。いま、土方の胸には、ふと意地悪な何かがきざしていた。榎本釜次郎というこの知識人あがりの、軍事的経験にとぼしい政治家は、

(ほんとうに、演技をつらぬけるかな)

土方は、そっと釜次郎の顔をぬすみ見た。釜次郎はさっきから砂浜にたたずんだまま、じっと江差の街を見あげている。

その目の色からはどんな感情も読みとれなかったが、ほどなく、

（榎本さん）

仰天《ぎょうてん》した。釜次郎は、あろうことか鼻歌をうたいだしたのだ。かつての江戸のはやり歌なのだろう、それは田舎出《で》の土方の耳にもしゃれた、こころよい、いい気分の歌だった。土方はつい釜次郎の肩をつかんで、

「あんた、それ、演技じゃないな」

釜次郎はふしぎそうに土方を見て、

「演技？」

「あんたは開陽がしずんでも、ほんとうに意に介してない。わけがわからん。あんたは負けずぎらいなのか。それともいっそ、あほうみたいに鈍感な……」

「土方さん」

釜次郎は鼻歌をやめ、さくっと足をふみだして、

「かんたんな話だよ。世の中には、開陽よりも強《つえ》え軍艦がある。それを手に入れればいいだけさ」

「いまからオランダに発注する気か？　むりだ。この一日一刻をあらそう情況で、また何

年もかけて一から建造するなどというのは……」

「そんな悠長な。俺は日本の話をしてるんだ」

「日本？」

「その軍艦は、もう、ちゃあんと日本にあるんでさ」

釜次郎はだんだん歩く速度をはやめつつ、にっこりした。屈託のない笑顔だった。それはあたかも、そう、おもちゃをなくした子供があたらしいのを買ってもらったかのようだった。こういう男の心配をするのは、いいかげん、

（ばかばかしい）

土方はつばを吐きすてると、ひとり兵営のほうへ駆けだしてしまった。

†

座礁から十日後。

開陽は、この世から完全にすがたを消した。

†

この間、事態はいっきに進行している。

松前藩主・松前徳広の一行は、江差を捨てたあと、さらに北方三〇キロの、

「熊石《くまいし》」

という人家三百軒ほどの小さな漁村に逃げこんだ。

（熊石か）

と、一行は絶望しただろう。ここは松前領内の最北端であり、最近まで和人とアイヌが混住していた野蛮の地――和人にとっては――であり、それだけに松前城下ではむかしから罪人の追放先にもなっている。藩内随一の劣等集落というあつかいだった。

その集落へ入るや否や、近臣たちは一軒一軒、漁師の家の戸をたたいて、

「船を出してくれ」

鼻水をすすって懇願《こんがん》した。もはや彼らのなかには釜次郎の軍に抗戦しようとする者はひとりもなく、だいいち抗戦しようにも二十五歳の藩主自身が重度の肺結核にかかっていて立つこともできず、しばしば寝たままうわごとを口走るありさまだった。この時点での家臣団には、藩地を放棄して、

ことしか頭になかったのだ。武士の面目もいっしょに放棄したにひとしかった。津軽までたどり着くことができれば、さしあたり、命だけは助かるにちがいない。

「内地へ落ちる」

が。

どの漁師の家も、この申し出をことわった。当たり前のことだった。いくら殿様やご家来衆のためであっても、この厳寒期にわざわざ荒海へ船を出すような自殺行為をおこなう者があるはずもなかった。すでに小舟はぜんぶ浜へひきあげられ、お椀のように伏せてならべられている季節なのだ。

それでも家臣たちは哀訴をつづけた。

「ここで徳川軍（釜次郎軍のこと）に追いつかれたら激戦になる。やつらは村を灰にするぞ」

と、他力本願もはなはだしい脅しをかけたりもした。ようやく何十軒めかで、

「わかりました」

しぶしぶ首を縦にふったのは、熊石のなかでも北のはずれの関内《せきない》という集落の、又右衛《またえ》門《もん》という船持ちだった。

もっとも、提供された、

「長栄丸《ちょうえいまる》」

は、乗合船（客船）ではなく荷船だった。

ふだんは近海でにしん等をはこんでいる交易用の船だけれども、このさい贅沢《ぜいたく》は言っていられない。藩主、奥方、嫡子《ちゃくし》勝千代《かつちよ》らの藩主一族、それらの侍女、それに下国《しもくに》安芸《あき》、蠣崎《かきざき》民部《みんぶ》、尾見《おみ》雄三《ゆうぞう》の三家老をはじめとする近臣一団、合計七一人があわただしく乗りこむや、

「いざっ」

一五人の勇気ある水主《かこ》たちが、十一月十九日、あれくるう海へとのりだした。

船室内は、というより船倉内は、まったく非衛生的だった。壁には銀色の魚のうろこがこびりつき、床にはねずみが走りまわり、室内は鼻がまがるほど臭かった。女たちは、たちまち胃のなかのものを吐き出した。

積載量の問題も、深刻だった。

長栄丸は二百五十石積み、本来ならば一五人の水主だけで足のふみ場もなくなるほどの小さな小さな和船なのだ。そこへさらに七一人がおしかけたのは過積載もいいところで、これでは激浪にもまれる前に自分の重さでしずんでしまう。出航直前、五〇〇人の藩兵たちは、

「空《あ》き樽《だる》はないか。空き樽はないか」

血まなこで村じゅうを駆けまわり、ようやく五十個あつめて船に綱でくくりつけた。あ

まりにもけなげな、あまりにも滑稽すぎる浮力補強の努力だった。

いや。

案外、効果はあったのかもしれない。

海はやはり大しけで、凪《なぎ》の時間はまったくなく、しばしば船内へ大量の水がおどりこんで来たけれども、かき出しかき出しするうちにとにかく沈没だけはまぬかれて、二日後には津軽半島の平舘《たいらだて》海岸にぶじ着岸した。

空き樽の功徳もあるかもしれない。松前家代々の宝物を海神にささげた——海に捨てた——せいでもあるかもしれない。それにしてもまったく、誰の目にも、

「運がよかった」

としか言いようのない航海だった。一行はようやく海岸にあがるや、なみだを流しあってよろこんだという。なお、この長栄丸の津軽到着とおなじころ、江差の沖では、巨大軍艦・開陽がとうとう完全水没のときをむかえている。

もっとも、犠牲者がないわけではなかった。

航行中は寒さに耐えきれず、藩主のいとこにあたる五歳の鋭姫《えいひめ》が凍死したし、船をおりてからは藩主みずからの病状が悪化した。津軽到着の八日後、この松前徳広という薄幸《はっこう》の男子は弘前《ひろさき》の薬王院《やくおういん》という縁もゆかりもない天台宗の寺内《じない》で喀血《かっけつ》し、うごかなくなり、息をひきとった。元気なころは、なかなかの読書好きだったという。

かくして。

蝦夷島からは、すべての為政者が駆逐《くちく》された。

熊石の地にのこされた四〇〇人の松前藩兵は、釜次郎軍の松岡四郎次郎《まつおかしろうじろう》という御家人あがりの連隊長ひきいる二〇〇人の兵が到着するや否や、

「主君ここになき上は」

という口上を述べ、あっさり武装解除に応じた。もはや水も食糧もなかったという。この知らせを江差で聞いた釜次郎は、

「いくさは終わりだ」

立ちあがって手を打ち、いつもの口調で、

「箱館へかえろう。共和国建設のはじまりだ。いよいよ蝦夷地がオランダになるぜ」

いつもの屈託のない笑顔を見せた。

†

箱館へは、徒歩でかえった。

五稜郭に入った釜次郎は、奉行所の玄関で靴をぬぎ、例の「一の間」と呼ばれる十八畳の和室へふみこむや否や、

「永井さんを」

将官に言いつけ、たたみの上にあぐらをかいた。そうして、

「ほかは誰も来させるな。腹がへった。酒も熱いのを用意してくれ」

ほどなく永井尚志がふすまをあけて、きびしい顔のまま、

「ようお帰りなされた。榎本殿」

「すまねえ、永井さん」

釜次郎は苦笑いして、手を合わせてみせ、

「あなたの言ったとおりでしたよ。やっぱり開陽は出すんじゃなかった」

「榎本殿がご無事なら、それでけっこう」

「ありがてえ」

膳がはこばれ、酒がはこばれてきた。釜次郎はお銚子をとり、

「まずは祝杯といきましょう。全島平定ばんざいだ」

永井が向かいの席に着座するや、ぐっと突き出して一献《いっこん》そそいだ。湯気とともにいい香りが立つ。釜次郎はみずから自分のさかずきにも注《つ》ぎ、いっきに飲みほし、

「ああ、うめえ」

箸をとった。膳の上には、鱈《たら》

いか
ししゃも
の三種類の魚がそれぞれ小皿につつましく載っていたが、調理法はいずれも干してあぶっただけだった。魚のほかには百合根《ゆりね》をすりつぶして団子《だんご》にしたもの、アイヌ語でいうキトピロ（行者にんにく）のおひたし、それにもうひとつ、

「これは？」

永井は皿をとり、においを嗅《か》いだ。とたんに、

「げっ」

横を向いて顔をしかめた。皿の上には、丸薬《がんやく》のような赤い玉がでれでれと小山をなしている。釜次郎ははずんだ声で、

「イクラです」

「イクラ？」

「ロシア人はそう呼ぶらしいが、日本語じゃあ、まあ、鮭《しやけ》のたまごですな。ひと粒ひと粒ばらばらにして、うん、こいつは塩漬けにしてある。よほどの奥地でないと手に入らないと聞きましたが、どうして手に入ったんだろう」

釜次郎が首をひねると、永井は、

「魚屋がもってきたのでしょう。これまで箱館奉行所の用達《ようたし》をしていた連中のなかには、

いまだに激しい徳川びいきがいるようですから。旗本の総大将たる榎本殿にぜひとも召し上がっていただきたいと、無理をして」

(徳川)

釜次郎は一瞬、複雑な顔になった。が、すぐに朗らかな声で、

「なるほどね」

皿をもちあげ、いっきに赤い玉をかきこんでしまった。

「うまい。オランダで食ったカビアール(キャビア)を思い出します」

「私には、だめだ」

永井はかたんと皿を置き、手の甲で遠ざけた。釜次郎はひょいと手をのばし、永井の膳から取りあげてしまうと、

「それじゃあ、私が」

またしても箸でかきこもうとする。が、ふと手をとめ、小皿をじっと見つめつつ、ため息をつき、考えこんでしまった。永井が不審そうな顔をして、

(麟さん)

「榎本殿?」

釜次郎はようよう我に返って、しずんだ声で、

「ああ、すいません」

「何か気がかりが？」

「いや、まあ……こいつを追い出さなきゃって思ってたんでさ」

小皿をちょっと突き出してみせた。永井は、

「イクラを？」

「ちがう。徳川家をです」

釜次郎はこのとき、勝海舟との議論を思い出している。

半年前、まだ釜次郎がこの軍事行動を起こす前。

つまり品川沖に開陽を浮かべて全艦発進の時機をうかがっていたころ、勝海舟は、或る日とつぜん開陽の艦長室へ釜次郎をおとずれてきて、

「釜さん。箱館共和国の建設なんか、ぜったいに不可能だ」

と断言したのだった。不可能の理由は、釜次郎のもとに集まる旗本や御家人というような徳川家子飼いの連中が、

「ほんとにまわりが見えてねえよ」

ということだった。あいつらの——と海舟は言った——頭はいまだに大樹《たいじゅ》（将軍）様でいっぱいで、あしたにでも幕府が復活する、徳川家が再興できると信じている。鳥羽伏見での負けいくさを肌で知らないからというのもあるが、根本的に、彼らは時代に取り残されてしまったのだ。

しかしながら、釜次郎がこれからおこなおうとしている——現におこないつつある——斬新《ざんしん》な事業は、まさしくその時代おくれの連中のちからを借りなければ成立し得ないものだった。彼らをはるばる蝦夷地くんだりへ連れてきて、いのちがけで新政府軍とたたかわせ、さて全島をいちおう平らげたところで、釜次郎はいよいよ、仮面をぬいで、

「じつはこれは徳川家再興の挙ではなかった。共和国新興の挙だったのだ」

と宣言しなければならないだろう。それが夢への第一歩なのだ。が、彼らははたして、

「わかりました。これからは徳川様ではなく、榎本様のためにがんばります」

あっさり言ってくれるかどうか。

(言うはずがねえ)

永井尚志を相手に酒を酌《く》みつつ、釜次郎は唇をゆがめている。いや、榎本様のためにがんばるどころか、その榎本様を逆になますのように切り刻むことすら、

(あいつらは、しかねないな)

彼らは徳川教の信者なのだ。ほとんど盲信にちかい感情を抱いているのだ。その信仰に照らしてみれば、徳川ぬきの共和国構想などを持ち出された瞬間、それまでの釜次郎の行動のすべては、

「われわれをだまして極寒の地にかどわかし、戦争させた」

ということになる。釜次郎はたちまち詐欺《さぎ》師にまさる大罪人になるのだ。

ましてやいま、釜次郎のもとに馳《は》せ参《さん》じたのは旗本や御家人ばかりではない。中間小者《ちゅうげんこもの》も数多いし、東北諸藩の藩兵もいる。この箱館でむかしから生活してきた魚屋のなかにすら、わざわざ釜次郎にイクラを献上するほどの徳川びいきが存在するのだ。彼らの信仰の篤《あつ》さときたら、それこそ、

（俺なんかの、想像を絶する）

釜次郎はそう思わざるを得なかった。江戸うまれ、江戸そだちの釜次郎には、僻地にある者のこころの仕組みはどうしてもわからないところがある。いずれにせよ釜次郎の足もとは、いま、徳川一色でぬりつぶされているのだ。

「なあ、永井さん」

釜次郎は、ぽつりと口をひらいた。

永井尚志は顔を伏せ、ししゃもの身をきちょうめんに箸でむしりながら、

「何です？」

「麟さんの予言は、まったく正しかったと言うほかありませんな。共和国建設の事業は、じつに重大な局面をむかえつつある。どうすれば徳川の亡霊をおっぱらえるかなあ」

釜次郎は、ちからなく床柱《とこばしら》に背をあずけた。永井には、この種の話はもう打ち明けてあるのだ。永井はうつむいたまま酒をふくみ、

「困難ですな」

「ああ、そのとおりだ。藍染《あいぞ》めの布を買って藍を抜くより矛盾してる」

「……困難です」

永井はこのとき五十三歳ながら、釜次郎の共和国構想をもっとも深く理解し、もっとも深く共鳴している男だった。人間の頭のやわらかさに年齢は関係ないのだ。が、それでもやはり徳川家への郷愁はぬぐいがたいものがあるのだろう。ふたりの会話は、それっきり途切れてしまった。

「方法が、何かあるはずだ」

釜次郎は、ひえた酒をぐいっとあおると、皿のふちを爪ではじいた。ちーんという澄んだ音《ね》が部屋にみちた。

第七章　国政選挙

　蝦夷島平定後も、五稜郭に休みはない。

　いずれ来るであろう東京新政府との決戦にそなえ、あちこちで至急の工事がおこなわれている。たとえば、

「稜堡」

　とよばれる例の星形の頂点にあたる場所では、工兵や兵卒たちが土塁の外側にずらっとならび、シャベルをふるって、ねこやなぎの木をうえこんでいた。五稜郭のある亀田《かめだ》の地はもともと低湿地だ。春になれば地盤がゆるみ、土塁がくずれやすくなるだろうから、いまのうちに植栽によって防いでおこうとしたのだった。

　が、何しろ厳冬だった。

凍土がかたく、鉄のシャベルがはねかえされる。がちんという濁《にご》った音がいたるところで聞かれるわりには作業はちっともすすまない。たった一本の木をうえるのに数人の男がよってたかって三時間も四時間もかかるありさまで、昼すぎになると現場ははやくも疲労の色が濃くなり、誰もが口数が少なくなった。

そんなところへ、

「おーい！」

明朗きわまる声がとんできた。

釜次郎だった。部下もつれず、たったひとりで駆けてきて、兵たちを監督している若い武士へ、

「永井さんを見なかったかい？」

監督の武士は、たまたま永井という姓だった。ぐっと胸をそらして、

「拙者だ。何か？」

ぞんざいな口調で返事した。相手が釜次郎とは知らなかったのだろう。釜次郎は、

「はあ？」

首をかしげたが、すばやく事態を察知して、

「ああ、あんたもおなじ名字《みようじ》か。ちがうんだ。俺がさがしてるのは永井尚志さん。玄蕃《げんばの》頭様《かみ》さ」

「あ、これは」

永井尚志はもともと三河国奥殿《みかわのくにおくとの》藩の藩主を父として生まれ、旗本に転じ、旧幕府では若年寄までつとめた。その永井尚志を気軽にさん付けでよぶこの男がどういう男か、ようやく彼は察したのだろう。背中をまげ、さらに頭をぺこぺこさげて、

「失礼しました。ここにはお越しになっておられませぬ」

旧幕時代の尊大と卑屈をたてつづけに示した。釜次郎は唇をとんがらして、

「そうかえ」

「何か、急なご用件がおありなので？」

「そうなんだ。例のさ、徳川兵から徳川色を抜く……」

と言いかけて、あわてて首をふり、

「いや、何でもねえ。じゃましたな」

飛ぶように行ってしまった。イクラを食い、酒を飲みつつ途方に暮れたあの夜から数日後のことだった。

あの夜とは打って変わって、釜次郎、すっきりした顔をしている。宿痾《しゆくあ》が癒えたような顔だった。

いた。

†

おなじ日。

五稜郭の西方約五キロ、箱館湾にのぞむ七重浜の海岸では、新兵の調練がおこなわれていた。

新兵はごく最近、募集したものだった。はじめは誰ひとり応じないのではないかと危ぶまれたが、うれしい誤算というべきか、すぐさま箱館内外の漁師、馬丁、商家の子弟など一五〇人ばかりが得られたため、釜次郎の参謀のひとりである大鳥圭介《おおとりけいすけ》は、

「二隊を組むには少なすぎるが、まあ、組んでみましょう」

これを歩兵と砲兵にわけ、まずはこの日、歩兵組のほうをためしたのだった。

もう夕暮れもちかいというのに、八〇人全員、きびきびと銃をかついで駆けまわっている。砂浜はところどころ凍って荒磯《あらいそ》の岩のようになっており、けっして走りやすくはないのだが、しかし彼らは自分から志願してきただけに意識がたかく、フランス人将官のかける号令に忠実にしたがって隊列をみださなかった。

そこへも、釜次郎が来た。

こんどは騎馬だった。ざくざくと大根を割るような音を立てて大鳥圭介のかたわらへ寄

せ、

「大鳥さん」

大鳥は、木製の閲兵台《えっぺいだい》に立っている。馬上の釜次郎とほとんど目のたかさが変わらないが、旧時代的なおじぎはせず、ただ少し会釈して、

「やあ、榎本さん」

「どうだい、調子は？」

「予想外にやりますな。このぶんなら、じき火薬もあつかわせられる」

にこにこした。この男が言うと、どこか犬をかわいがるような響きがある。釜次郎は、

「あんたが言うならまちがいねえや。何しろ新兵調練にかけては日本一年季《ねんき》が入ってるからな」

大鳥は、人がいい。釜次郎に豪勢にほめられると、くすぐったそうに首をすくめて、

「おおきに」

上方なまりで礼を述べた。

大鳥圭介。

天保《てんぽう》四（一八三三）年、播磨国《はりまのくに》赤穂《あこう》藩の細念《さいね》村に生まれた。細念村は人里はなれた山のなかの、村とよぶのもおこがましいような十数戸の家のあつまりだが、しかし大鳥家はまがりなりにも父祖の代からの医業の家で、なかなか裕福だったため、圭介はおさないころ

から幼名《ようみよう》で、

「慶太郎《けいたろう》さん、慶太郎さん」

と村人にちやほやされた。このあたりの方言では敬語の種類がごく少なく、人名にさんをつけるのは様をつけるのとおなじ。おさない圭介は最上級の敬称をささげられていたのだった。村内屈指のいじめっ子ですら、圭介にだけは手を出すことをしなかったという。

また実際、圭介は、そうされるに値するくらい頭がよかった。

十四歳のとき、岡山《おかやま》藩の名校・閑谷《しずたに》学校に入校した。

五年間みっちり漢学をまなんだ末に帰郷したが、帰郷後、ふとしたことから西洋わたりの医学や物理学の本を見るにおよんで、

「五年間まるまる損してもうた。これからは縦書きの文やない。横書きの文や」

大坂に出て、緒方洪庵《おがたこうあん》の適塾《てきじゆく》（適々斎塾《てきてきさいじゆく》）に入った。ここでヨーロッパの原書を読みに読み、さらには江戸へ出て勉学をかさねた。要するに大鳥圭介のここまでの生涯はただの勉強ずきの優等生のそれにすぎず、本来ならば、ゆくゆくは蘭学塾のひとつも開いて評判をとり、門弟たちから恩師よ老師よとたたえられる程度のささやかな生涯に終わっていたはずだった。

しかし時勢は、圭介にただ医学や物理学の本を読ませておきはしなかった。

幕府をはじめ全国の藩が、軍事技術に関する知識をもとめてきたのだ。というのも、黒

船の来航以降、日本人のあいだでは、

「海防」

というものが重大な関心のまとになったが、これに直接関連するような砲台の建築法だの、小銃の製造法だの、陣形の研究だのいう技術情報は国産の書物では得られなかった。ごくごく一にぎりの秀才が原書を読むしか方法がなかったのだ。

圭介はオランダ語も読めたし、英語も読めた。

「よろしい。やりましょう」

とばかり、かたっぱしから依頼に応じて知識をさずけ、翻訳書を刊行し、その刊行のためにみずから金属活字を鋳造《ちゆうぞう》したりした。ときには銀板写真の撮影すら自分でやってみせたというから圭介はただの頭でっかちではない。書物で得たものを実地におこなう、いわば頭から手への秀才だった。日本がもっとも必要とした人材だった。

圭介はやがて、医学そっちのけで兵学にうちこむようになった。実家の父はなげいたが、時代のながれは圭介のものだった。世情の煮つまった慶応二（一八六六）年には、とうとう、

「開成所《かいせいしよ》洋学教授」

の職に任ぜられ、陸軍教官に任ぜられた。地方の寒村の医者の子が、幕臣にとりたてられたのだ。五十俵三人扶持《ぶち》、平時にはあり得ない人事だった。

幕府のほうも、必死だった。

一国の国政の担当者として何とか自前の近代軍を創設しようと黒船以降途方もない経費をかけて兵器を買い入れ、人材をあさり、その人材に短期間で厖大《ぼうだい》な経験を積ませようとした。

その結果がいっぽうでは榎本釜次郎、沢太郎左衛門ほかをオランダに留学させて新軍艦・開陽とともに帰国させるという海軍がらみの一大プロジェクトになったのだし、もういっぽうでは大鳥圭介のような秀才を登用して新軍隊の訓練指導にあたらせるという陸軍がらみの体制整備につながったのだ。この陸軍のほうの新軍隊を、

「伝習隊《でんしゅうたい》」

という。軍制はフランス式が採用され、フランス人の軍人から成る顧問団までがこの隊のためにあてがわれた。幕府はこれに賭けていた。

伝習隊の隊員を、幕府は一から募集した。

応じてきたのは、駕籠かきだの博徒《ばくと》だのといういかがわしい連中ばかりだった。逆に言うなら、べつだん特殊な応募資格はもうけなかったのに、かんじんの旗本御家人からはいっこうに反応がなかったのだ。

(そんなものか)

と、圭介は拍子ぬけしただろう。彼らは募集に気づかなかったのではなく、気づかぬふ

りをしたのだった。忌《い》むべき紅毛人《こうもうじん》どもの指導をあおぐのを嫌ったせいもあるけれど、それよりもはるかに大きいのは、フランス式の軍制が――当たり前だが――刀よりも銃を重視したことだった。

真の武士というものは、刀か槍で勝負するものである。

鉄砲などはしょせん一対一での決闘の場から逃げるための臆病《おくびょう》者の飛び道具にすぎず、そんなものを肩にかつぐのは古来、足軽の役目と決まっているというのが彼らの牢固《ろうこ》たる信念であり、それはそれで一種のうつくしい決意だった。

もっとも、うつくしい決意がたいていそうであるように、彼らの刀槍にかける思いも結局は化石にすぎなかった。彼らの多くはふだん道場へかよわず、そもそも面籠手《めんこて》のつけかたも知らなかった。彼らの決意に実体はなかった。というより、その実体のなさ故《ゆえ》にこそ決意はいっそう荘厳され、聖別され、みずからを深く酔わせるもののようだった。

（わけがわからん）

と、地方の医家の出の大鳥圭介は思っただろうが、ただし圭介という男は、こういうことに義憤《ぎふん》をおぼえるような性格ではない。

寒村とはいえ良家の長男としてそだち、都会に出ても勉強であまり人に負けたことのなかった彼は、いつもにこにこと機嫌よく、人の思惑を善意にうけとり、およそ人間というものを愚かさのために嫌うというところがなかった。軍人にはいちばん向かない性格かもしれなかった。

が、伝習隊に入隊した身分のひくい連中はかえってこれをよろこんで、

「大鳥先生、大鳥先生」

犬が馴《な》れるように親しんだ。生き馬の目を抜くような人生をおくってきた彼らには、圭介の鷹揚《おうよう》な態度がひどく新鮮なのにちがいなかった。

圭介は、ともかくも伝習隊を近代軍にしたてあげた。

訓練をはじめたのが慶応三（一八六七）年二月、まもなく幕府そのものが存在しなくなったため実際の訓練期間が一年にもみたなかったことを考えると、これは大きな成果だった。

総数約二〇〇〇、幕府歩兵全体の四分の一を占めるという厖大な人員数もさることながら、士気の点、陣形維持のたくみさの点、小銃操作の習熟の点においては、

「幕府軍最強」

という評価をくだす人々も少なくなかった。実際、幕府瓦解《がかい》後早々《そうそう》に勃発した下野国《しもつけのくに》宇都宮城の争奪戦では、伝習隊はこの城にたてこもった香川敬三《かがわけいぞう》（のち伯爵《はくしやく》）の新政府軍をじつに効率的に攻撃して、あっというまに敗走させている。いまもその一部は五稜郭に配備され、いわば近衛兵《このえへい》のような重責をになっていた。

釜次郎がいま、箱館湾をのぞむ七重浜の砂浜で、

「日本一年季が入ってる」

と圭介をほめたたえたのは、こういう実績をさしていたのだった。大鳥圭介、ことし三十六歳。釜次郎の三つ上。

大鳥圭介は、

「ときに、榎本さん」

首をかしげ、調練中の新兵へちらっと目をやってから、

「こんなところへ、何のご用で？」

馬上の釜次郎は手をたたいて、

「おお、そうだった。永井さんは、ここには来てねえかな」

「玄蕃頭様ですか。来ておられませんよ。ね？」

圭介は、となりに立つフランス人へ声をかけた。フランス人は謹厳《きんげん》な顔でうなずいて、

「ウィ」

幕府が招聘《しょうへい》した陸軍士官、ジュール・ブリュネだった。ブリュネは幕府瓦解後も一個人として、つまり本国の軍籍をはなれて釜次郎にしたがい、この箱館まで行動をともにしている。世界水準の近代陸軍というものを知っている貴重な人材のひとりだが、いまは箱館の湿気が合わないのか、顔じゅう疱瘡《ほうそう》に覆われていた。

「永井さんに、何かご用事なのですか？」

ブリュネがフランス語で聞いた。圭介もふしぎそうな顔をする。釜次郎は、オランダ語なまりのフランス語で、

「何でもねえよ」

馬首をめぐらし、五稜郭のほうへ駆けてしまった。

†

永井尚志は、郊外にいた。

箱館市内の干鰯《ほしか》問屋・近江屋松兵衛《おうみやまつべえ》が東郊の新開地に建てた別邸に、二、三人の供まわりを連れて来ていたのだった。

釜次郎はそのことを人づてに知って、急いで馬をとばし、例によっていきなり、

「永井さんはいるかい」

とやったのだが、門前で対応した番頭らしき中年男は、如才《じょさい》なく、

「はい。当家にご滞在いただいております」

このあたり一帯は、もともと広大な湿原だったのを最近になって地元願乗寺《がんじょうじ》の僧・法恵《ほうえ》という者がかなり大規模な治水をおこない、人が住めるようにした。一種の新興住宅地だ。そういう土地に建つだけにこの豪商の別邸はばかばかしいほどに大きく、広く、内地

の感覚をはるかに超えている。

（俺のそだった三味線堀の組屋敷とは、えれえ違いだな）

などと思いつつ釜次郎は、右へひだりへ、ひだりへ右へ、数えきれないくらい廊下をまがった。ようやく邸宅の東のはしっこに着くと、

「ひゅう」

つい口笛を吹いた。そこには地平線まで見わたすかぎりというような感じで、的場《まとば》（弓道場）がひろがっていたのだ。

永井は、いた。

下半身にはかまをはき、上半身はもろ肌ぬぎになって弓をかまえていた。頰の横の右手がかすかに動いた瞬間、ヒュウという音がした。黒い矢が矢道《やみち》をとおり、三十間（約五四メートル）もむこうの小さな星的《ほしまと》にずしっと突き刺さる音がひびく。

「永井さん」

釜次郎が声をかけると、ようやく永井は釜次郎に気づいて、

「や、これは」

「わかりましたぜ、永井さん」

永井尚志は、これだけでもう話題が何か察したのだろう。その場に正座して、ひざの前に弓を置き、

「あなたの言う『徳川の亡霊』を消し去る方法が、ですな」

「そのとおり」

釜次郎も、その場にすわった。こちらはあぐらをかいている。永井は身をのりだして、

「その方法とは？」

「かんたんだった。入《い》れ札《ふだ》をやればいいんでさ」

「入れ札？」

「五稜郭に駐屯するひとりひとりに一枚ずつ紙をわたして、総裁なり、陸軍奉行なりにふさわしい人間の名を書いてもらう。その紙をふたたび集めて勘定して、その数字に応じて役を決める」

つまり、選挙。

幹部人事を投票で決める。釜次郎は説明をつづけた。

「要するに俺たちの目的は、みんなに幕府の復活を、徳川家の再興を、あきらめてもらうことにある。そのためにもっとも手っとり早いのは、共和国首長の地位に徳川家の係累《けいるい》でない人間をすえることだが、そのためには強力な口実がいる。入れ札は、その口実として最適だろう」

しかもこの場合、もうひとつ好都合なのは、選挙というのがヨーロッパやアメリカでは当たり前におこなわれている先進的な制度だということだった。

釜次郎の軍がここまでまがりなりにも軍艦や大砲や小銃というような西洋わたりの近代の文物によって勝利をかさね、平定事業をすすめてきた以上、今後は政治面でもおなじ近代の文物を採用するのは、

（誰の目にも、理屈に合う）

そんなふうに釜次郎には思われた。が、永井は小首をかしげて、

「それはむりだ、榎本さん」

「むり？」

「ああ。われわれの国家の統治者には、やはり徳川家のお方をいただかねば」

「どうしてさ」

「われわれはもう、一昨日、東京の新政府に嘆願書を送付してしまった」

「ああ。たしかに」

釜次郎はぴしゃっと首をたたいた。東京へじかに郵送したわけではなく、箱館在住のイギリスとフランスの領事に手わたして取り次いでもらったのだが、釜次郎たちは、その嘆願書におおむね以下のようなことを書いたのだった。

この夏、天皇陛下にはありがたきお言葉をいただきました。われらが主家・徳川家とその家臣については末々《すえずえ》にいたるまで飢《う》えぬよう凍《こご》えぬようご配慮くださるとのこと。

ありがたいかぎりではありますが、しかし何ぶん徳川家には三〇万の家臣がおりました。新たな賜封わずか七十万石ではとても養《やしな》いきれるものではありません。

困窮のあまり、家臣のなかの或る者は江戸付近に潜伏し、或る者ははるか東西にのがれました。まことに無益の連中であります。が、こういう人材をそっくり蝦夷地に移住させ、開拓に従事させれば、無益が有益に転じるだけでなく内地の鎮撫にもなる。私たちはこういう思いで彼らのうちの一割か二割を船に乗せ、品川沖を出航したのでありました。

しかるに清水谷（公考）侍従は、私たちが鷲の木でお沙汰《さた》を待っているところへ、とつぜん夜襲をしかけてこられたのです。やむを得ず抵抗におよんだところ、清水谷侍従は、どうしたことか、こんどは部下をひきつれて箱館表《おもて》をきれいに引き払ってしまわれました。

一般市民は、動揺しました。外国人相手の貿易の問題もあります。私たちはやむを得ず、市中のとりしまりに乗り出しました。松前についても同様です。

そういう次第でありますから、天皇陛下にはどうか徳川の血を引く者をひとり選んで派遣していただきたい。私たちに主人をさずけていただきたい。そうすれば、私たちはいっそう感激奮発するでしょう。不毛の僻地は富饒《ふじょう》の地となり、皇室北門の警護となり、そのことによって何よりも内地の利益になるはずです。

一には皇国のため。二には徳川のため。

このことを、泣血《きゅうけつ》をもって嘆願いたします。


「たしかに」

釜次郎はもういちど言った。あの嘆願書にははっきり「徳川血統者御選任」という要求の文言が書きつけてある。共和国構想とは相容《あいい》れないだろう。しかしながら、

「あんなもの東京の連中がのむはずがないよ、永井さん。もちろん拒《こば》むさ。こっちとしてはそれを待って、拒まれたら間髪《かんはつ》を入れず選挙にうつる。とにかく徳川のために尽くしたっていう姿勢は見せられる」

「なるほど」

永井は、ひざを打った。難解な数式をすらすら解いてみせられた生徒のように明るい表情になって、

「あのくだりは、むしろ味方に対する牽制《けんせい》だったか。おもしろい、榎本殿。おもしろいが……」

永井はこまったような目になって、

「ひとつ、問題がありますな」

「ほう？」

「共和国の元首というか、総裁の地位には、もちろん榎本殿がお就きになるのが最上です。榎本殿もそのおつもりでしょう。しかしながら、入れ札というのは誰にも結果が操作できぬものではありませんか。早い話、あなたが負けたらどうなるか」

永井はつづけた。いま五稜郭のなかには松平家出身の人間がふたりいる。ふたりとも庶家の出であり、徳川宗家からは血すじも身分もかけはなれているが、とにかくも徳川の血を引いていないとは言えないふたりだ。もしも選挙で徳川びいきの連中の票がごっそり彼らに集まったら、

「徳川色はぬけるどころか、むしろますます濃くなる」

本気でたしなめる顔をした。釜次郎はくすっと笑って、

「ふたりのうちのひとりは、永井さん、あんただ」

永井尚志はもともと三河国奥殿藩藩主・松平乗尹《のりただ》の庶子《しょし》であり、これはいわゆる大給《おぎゅう》松平、家康《いえやす》以前に宗家から分立している家だった。

「いや、私は問題にならんでしょう」

永井はかぶりをふり、じっと釜次郎の目を見つめて、

「私はいまや、永井の姓を名乗ってひさしい。そもそも出身が松平だと知らない人間も多いでしょう。が、もうひとりの松平太郎《たろう》殿となると、どうですかな。榎本殿、あなたを負かしかねない存在だと私は思う」

松平太郎。

釜次郎の三つ年下。

もちろん面識がある。これは釜次郎がまだ軍艦・開陽にふんばって品川沖で天下の形勢をうかがっていた時期のことだが、たまたま松平太郎があそびに来たので、釜次郎が、

「お前さん、また唇をへの字にしてやがる。よっぽど薩長の連中の乱暴狼藉《ろうぜき》に不満があるんだね」

と言うと、

「ちがう」

松平太郎はいっそう深く口をまげ、この男の特徴である鳥のように甲高い声で、

「あいつらよりもさらに大きな狼藉を、こっちができねえってことが不満なのさ」

姓もわかりやすいけれど、実績はもっと顕著《けんちょ》だった。世禄の旗本・松平家に生まれ、旧幕府では奥右筆《ゆうひつ》や組頭をつとめたが、鳥羽伏見の戦いのころから主戦論者として頭角をあらわし、徳川慶喜の東帰ののちは陰に陽に新政府に反抗した。その反抗のもっとも派手なのが、銀座《ぎんざ》(銀貨鋳造所)からの、

「金のもちにげ」

だったという。

江戸城あけわたしのとき、銀座の役人ははじめ厖大な銀貨が敵の手にわたらないよう百

万両ぶんそっくり井戸にうめてしまったが、数日後には薩長の手の者に見つかり、没収された。ただし没収されたのは約八十五万両、さしひき十五万両へっている。いつのまにか松平太郎が、

「徳川家再興の軍資金にする」

という名目ではこび出してしまったのだ。いくら非常の時期とはいえ、いくら味方どうしとはいえ、本来ならば縁もゆかりもない銀座へくちばしを突っ込んで勝手にぬすみをはたらいたことになる。なるほど薩長以上の狼藉だった。もともと松平太郎は江戸うまれの江戸そだち、釜次郎とはまたべつの種類の江戸っ子かたぎを発揮したというところだろう。

実際。

それからの松平太郎の行動は、まったく派手ずきの江戸っ子そのものだった。

上野寛永寺の戦いで新政府軍にやぶれた彰義隊の主導者のひとり・春日左衛門《かすがさえもん》を一五〇人の兵とともにこっそり逃がして釜次郎の艦隊に合流するようそそのかしたのも松平太郎だし、下野国宇都宮城で結局やぶれて伝習隊とともに日光《にっこう》へ落ちようとする大鳥圭介を途中の今市《いまいち》でよびとめて、

「しばらくは軽々に交戦しねえほうがいい。これを」

例の銀座でぬすんだ軍資金をいくらかめぐんでやったのも松平太郎だった。銀座、上

野、北関東。行動力に富むというよりは、要するに事件の起きた場所ならどこでも顔を出したがる性格なのだ。

剛胆というより軽はずみ。

反骨精神というより「てやんでえ」の心意気。

そういう性格なだけに、気前がいいことは無類だった。松平太郎は北関東からもどると釜次郎を慕って軍艦・開陽にのりこみ、釜次郎とともに品川沖を出航したのだが、とにかくも松平太郎がきれいさっぱり全額提供してくれた大金がなかったら、釜次郎の軍資金は、あの釜次郎みずからが大坂城から持ち出した十八万両だけだったことになる。

「太郎《たろ》さんは、第一等の貢献者だ」

と、釜次郎もたわむれに言ったことがある。ここに来るまでに船の修理をしたり、薪水や食糧を買いととのえたりと莫大な出費に耐えられたのは松平太郎のこの金のおかげだという意味もあるけれども、それ以上にありがたいのは、彼の人柄そのものだった。つい何日か前も、松平太郎は、

「そーれ。祝い金だあ！」

とか、

「これからは、俺たちが箱館をまもってやらあ！」

などと言いながら街のあちこちで金をばらまいた。意味のない買いものをした。人心を

収攬《しゅうらん》すべく釜次郎が命じたことだったが、こういう上機嫌なことをやらせると彼の右に出る者はなかった。嫌味でなく、恩着せがましくなく、相手がこっちに親しみを感じるよう自然にしむけることができる。徳川三百年の泰平だけが生むことのできた明朗きわまる人間像だった。

「あのお方は、強敵ですぞ」

永井尚志は、念を押した。釜次郎はただうなずいて、

「強敵だな」

「あのお方には、榎本殿のような学問はない。土方殿のような武芸もない。しかし血はある。衆望というものは、学問や武芸には関係ないのです」

「そうです」

釜次郎はうなずいたが、実際のところ、釜次郎にとって松平太郎のいちばん面倒なのはそこではなく、彼がしごく大まじめに幕府の再建をめざしているということだった。

五稜郭に徳川の血胤《けついん》をまねく。そんなものは釜次郎には単なる夢物語にすぎないが、松平太郎にあっては人生の最大目的にほかならず、また不可能事《ごと》でも決してなかった。その松平がもしも選挙で勝って全軍全吏をひきいたりしたら、

（俺たちは共和国の構成員どころか、それこそ単なる時代おくれな脱走分子で終わっちまう）

釜次郎は、

「賭けだ」

つぶやくと、ふいに横を見た。はるか遠くの星的のまんなかの黒円のなかには、永井が射た矢が五、六本、ひとかたまりに突き刺さっていた。

†

やはりと言うべきだろう。東京の新政府は、あっさりと釜次郎の嘆願を却下した。まっさきに顔をしかめて、

「耳を貸すに値《あたい》せぬ」

と言ったのは、参与・岩倉具視だったという。

「よし」

釜次郎はただちに選挙を実施した。投票権があたえられたのは五稜郭内、および箱館港に停泊中の各軍艦内に勤務する兵士のうち一定以上の職位の者。いわゆる普通選挙とはしなかった。計算上、およそ二〇〇人が参政権を得たことになる。

しかし結果として、得票数の合計は二〇〇よりも少なくなった。棄権者が出たためだ。こんな大切な人事をこんな前代未聞《ぜんだいみもん》のやりかたで決めることに恐れをなした者がいたのだ

ろう。これは致し方のないことだった。何しろ日本最初の国政選挙なのだ。
選挙結果は、以下のとおり。おもなもののみを掲げると、

総裁
榎本釜次郎　一五五点（当選）
松平太郎　一四点
永井尚志　四点
副総裁
松平太郎　一二〇点（当選）
榎本釜次郎　一八点
永井尚志　五点
海軍奉行
荒井郁之助《あらいいくのすけ》　七三点（当選）
沢太郎左衛門　一四点
柴誠一《しばせいいち》　一三点
陸軍奉行
大鳥圭介　八九点（当選）

松平太郎　　一一点
土方歳三　　八点

釜次郎としては思惑どおりでもあり、また予想外でもあるような結果だった。

（入れ札というのは、水ものだな）

つくづく思わされた。

思惑どおりの最たるものは、陸軍奉行だった。当選者は大鳥圭介。かねがね釜次郎はここに圭介をすえたかった、というより、土方歳三をすえたくなかったのだ。

もちろん戦場での指揮能力でははるかに土方のほうが上なのだ。そのことは釜次郎もじゅうぶんわかっている。しかし共和国の陸軍長官というものは軍事職であるよりは高度な意味での政治職であり、個々の戦闘の勝敗よりも、全軍の円滑な統御のほうに、

（手腕が問われるべきだろう）

とすれば、その職に就くべきはむしろ軍人くさくない、一般市民のにおいの濃い大鳥圭介のほうであるべきだった。人間性も釜次郎の気に入っていた。大鳥圭介という男、ここまで死体もたくさん見たろうに、人間のうつくしさも醜《みにく》さも見つくしたろうに、ふしぎと俗塵《ぞくじん》のよごれを感じさせないのだ。

「みんなに希望をあたえられるのは、そういう人間だよ」

釜次郎は、そう言って圭介の肩をたたいてやった。

いっぽう、

(こいつは、かなわねえ。番狂わせだ)

釜次郎にため息をつかせたのは、永井尚志がどこにも引っかからなかったことではない。これは予想の範囲内だった。いったいに今回の選挙では、投票するほうもされるほうも三十代の壮年が多かったが、永井ひとりは五十代、ほとんど父親の世代に属していたからだ。

問題は、老齢が激務に適さないと見られたのだろう。

問題は、永井ではない。釜次郎のお膝元というべき海軍奉行に、

「……沢さんが、落っこちるとは」

ということだった。なるほど当選した荒井郁之助は三十代だし、かつては勝麟太郎の推挙で軍艦操練所の教授もつとめたことがある。幕府の海軍奉行にも任じられたから資格はじゅうぶんすぎるほどだった。

しかし釜次郎の見るところでは沢太郎左衛門のほうが操船もうまく、見識がひろく、人柄の点でも申しぶんないのだ。けっしてオランダで苦楽をともにしたが故の身びいきではないと思う。

その沢が大差でやぶれたばかりでなく、あろうことか柴誠一などという無名の士官にたった一点差までせまられるというていたらく。これはやはり、

（開陽が、しずんだからだな）

沢はあの艦の艦長だった。あの艦の江差での座礁沈没という取り返しのつかない失敗は、すべて沢ひとりの責任だという空気がどうやらいつのまにか兵卒のあいだで出来あがっているようだった。実際はかぎりなく偶然にちかい事故だったのにだ。

いや。沢の経歴には、それ以前から縁起のわるさがつきまとっていた。鳥羽伏見での敗戦の直後、徳川慶喜がこっそり大坂から江戸へ逃げ帰ったときも、沢はみずから開陽を運転することで、

「将軍遁走《とんそう》を幇助《ほうじょ》した佞臣《ねいしん》」

という最悪の評判を得ることになってしまった。ほんとうはあのときの艦長は釜次郎だったのだが、釜次郎はたまたま大坂城にとりのこされ、むしろそのせいで兵士のあいだで人気が出た。

めぐりあわせの恐ろしさだった。人気というこの実力や性格とは何の関係もない、浮き草のように意味もなく揺れ動くもののために得票数が決まり、処遇が決まり、組織の未来が決まってしまう。入れ札というのは、

（あやうい。あやうすぎる）

欧米各国はこんなやりかたで国家枢要の人事を決定しているのかと思うと、釜次郎は一瞬、ほんとうに、

（あの連中、大概《たいがい》にしやがれ）

そらおそろしさを感じたのだった。

右のほかの役職の人事は、総裁と副総裁が相談の上、決めることにした。総裁となった釜次郎は、まっさきに、

「沢さんには、何か仕事があると思うんだが」

副総裁の松平太郎へきりだした。松平太郎は、案の定、唇をへの字にまげて、

「沢か。ありゃあ人受けが悪すぎる。起用したら文句が出まくる」

「しかしなあ、太郎さん。あれほどの人材なんだ。せめて軍艦の一隻でも任《まか》しちゃあ……」

「軍艦はだめだ。いちばんだめだ」

結局、開拓奉行という役目をつくり、二〇〇名の兵をつけてモロラン（室蘭《むろらん》）へ派遣することにした。モロランは、箱館からは二〇〇キロもある北方のさいはての地。左遷どころか放逐《ほうちく》だった。沢太郎左衛門。この釜次郎にとってのオランダ以来の盟友は、これ以降、あらゆる戦闘や政局からその名を消すことになる。

反対に、釜次郎が、

「永井さんは？　得点（得票）はぜんぜん伸びてねえんだが」

水を向けると、松平太郎はトンと指でたたみを叩き、他人の処遇を一手に決められる立

場に立った人間に特有の稚気《ちき》あふれる目をして、

「あの人には、老骨にむち打ってもらおう」

箱館奉行に任じることにした。文字面《づら》は単なる一都市の一知事だが、実際は、おそらくこれから国家全体の民政長官というような役割をになうことになるだろう。なお箱館のほかにも蝦夷地には松前、江差の二大都市があるけれど、これにはそれぞれ、
松前奉行　人見勝太郎
江差奉行　松岡四郎次郎
を派遣することにした。どちらも戦績顕著な陸上の部隊長であり、統治よりも実戦のほうが得意な男だった。

つまり釜次郎たちは、箱館は民政、松前と江差は軍政と、はっきり統治形態をわけたことになる。これらの二都市は箱館から遠く、とりわけ松前は旧藩主の城下町でもあるため、まずは占領体制を確立するのが先決だと判断したのだった。もちろん防戦のための土木工事に役立てるためでもある。

最後にのこったのは、土方歳三の処遇だった。

「いくら何でも、無役にはできねえ。なあ太郎さん」

「そうだな、釜さん。そんなことしたら兵卒どもが黙っちゃいない」

しかし土方にふさわしい役職が陸軍がらみ以外はどこにもないことも事実だった。陸軍

奉行はすでに選挙で決まっている。その下には歩兵頭、砲兵頭というような実務の職が用意されているが、これらは土方の名声と実績にくらべて明らかに卑小にすぎた。どうすればいいか。

釜次郎と松平太郎は、いろいろ議論したあげく、

「陸軍奉行並」

とすることにした。

つまり陸軍奉行・大鳥圭介の同役だった。まったく苦渋の決断だった。大鳥圭介にしてみれば選挙結果をないがしろにされたと思うだろうし、土方にしてみれば、大鳥圭介などという頭でっかちの青二才と軍議をともにできるかと色をなすに決まっている。ふたりはおなじ陸軍でも、正反対の型に属する指導者なのだ。

「もめるだろうな、このふたりは。なあ釜さん」

「そうだな、太郎さん」

総裁と副総裁の意見が一致した。

†

選挙結果は、明治元（一八六八）年十二月十五日に発表された。

この日はまた、釜次郎の、

「箱館共和国」

の建国記念日ともなった。配下の軍艦はすべて五色の旗をかかげ、つぎつぎと祝砲をはなった。ぜんぶで百一発だったという。夜には箱館の街のあらゆるところに灯火がともり、街はにぎやかさを取り戻した。暖房用の炭がよく売れるようになったことも、人心の微妙な変化を示しているようだった。

釜次郎はイギリス、アメリカ、イタリア、オランダ、ロシア、プロシアの領事をまねいて祝賀会をひらき、こういう主旨の挨拶をした。

「いまや島内政治の基礎はかたまりました。外交方針はいっさい旧来のものを踏襲します。われわれは貴国との友好関係がますます発展し、ますます交易がさかんになることを希望するものであります」

内容的には、まったく一国の元首そのものの挨拶だった。各国領事は拍手をもって応じたが、これは単なる儀礼ではなかった。とりわけイギリスとフランスの領事には、あらかじめ釜次郎の政権が、

「事実上の政権」

であると認める言質《げんち》を得ていたからだ。書面でも疑問の余地なくAuthorities de factoと書いてもらった。釜次郎の共和国は、ここでいちおうの完成を見たのだ。

むろん、共和国を名乗ってはいない。

釜次郎の政権は、名目上はあくまでも徳川の血統者をむかえ入れるまでの暫定自治機構にすぎず、それ以上のものではない。釜次郎はそのことを各国領事へも、政権内部の構成員へも、再三念を押している。

（いまは、いい）

釜次郎はそう考えている。だんだん時間が経過して実効支配をつみかさね、既成事実をつみあげれば、おのずから独立の環境はととのうだろう。真の共和国が誕生するだろう。二百年前、オランダがスペインから独立して小さいながらも世界でもっとも裕福な海運国家をつくったようにだ。もっとも、そのためには、

「軍艦だ」

釜次郎はその晩、ひとり寝所でつぶやいている。

釜次郎の国にいま何よりも必要なのは、開陽のかわりの軍艦だった。軍事的にはもちろん、兵卒たちの精神的なよりどころになり得るだけの外国製の強力な軍艦。それが手に入らなければ、オランダのように八十年も戦争をつづけることは到底おぼつかないだろう。それでなくても陸上防衛施設としての五稜郭はあまりにも頼りないのだ。

ねらいはもう、つけている。

「あの艦を、もらう」

釜次郎はじっと天井を見つめつつ、はっきりとつぶやいた。

あの艦は、とっくのむかしに日本に着いている。

いまは横浜にあるだろう。あの艦ならば、かわりどころか開陽をはるかに上まわる戦闘能力をもっているし、兵士や市民の団結のシンボルとしての魅力も——釜次郎はこれを「神器の」魅力とよんでいるが——そなえている。釜次郎の共和国構想をさらに推進してくれるにちがいないのだ。

逆に言うなら。

あの艦を、もしも東京の新政府にうばわれたら。

「箱館なんざ蜂《はち》の巣《す》にされちまう。一巻の終わりだ」

その艦の名は、ストーンウォール・ジャクソン。

†

ストーンウォール・ジャクソンは、いまのところ、アメリカ政府の所有物になっている。

開陽とくらべると全長や全幅はひとまわり小さく、排水量も、開陽の二五九〇トンに対して一三五八トンと半分にすぎないが、しかし蒸気機関はほぼ同等の馬力のものを積んでいるため、速力はむしろ開陽よりもはやい。小まわりもきく。この小まわりがきくというのは、沿岸戦では大きな有利になるはずだった。

攻撃力も、開陽を上まわる点があった。備砲の数は開陽が三十五門（九門が追加された）、この船が三門、これだけを見ると話にもならないが、しかしその三門はそれぞれ、

三〇〇ポンド

七〇ポンド

七〇ポンド

という超特大のアームストロング砲だった。開陽のものが最大でも三〇ポンド砲だったことをかんがえると、文字どおり桁がちがう。もちろん飛距離も日本一だった。

大砲の飛距離は、実戦では比類ない力を発揮する。遠くの相手を撃破できるというのもあるが、さらに大きいのは、戦闘のはじまる前にもう相手の行動をいちじるしく制限することができることだ。たった三門という搭載数の少なさは、あとから小砲を甲板に載せれば或る程度おぎなえるだろう。

しかしながら、それより何より魅力的なのは、このストーンウォール・ジャクソンが、

「装甲艦」

だということだった。

基本的には木造ながら、舷側の全周にぐるりと鉄製の装甲板がはりめぐらされているの

だ。その厚みは九〇ミリから一二五ミリ。よほどの至近距離から撃たれないかぎり、まずはあらゆる敵弾をふせぎ得る。ちょうど人間でいえばずっしりと鎖帷子《くさりかたびら》を着こんでいるようなものだった。

これに対し、開陽はまっぱだかの木造だった。もともと開陽も、着工時には、

「鉄製艦にしてはどうか」

とオランダ貿易会社から提案されていたのだが、幕府はこれを謝絶し、あくまでも木造艦にこだわった。留学中の釜次郎もやはり同意見だった。もしもこのとき鉄製艦を採用していたら、あるいは江差沖での座礁はなかったかもしれないのだが。

とはいえ、このとき幕府の役人がばかだったわけではない。最新技術の知識が足りなかったのでもない。当時の日本には鉄製艦を維持管理するための設備も人もなかったのだ。

ほんとうは鉄製どころか、木造艦もあやしかった。開陽一艦の操作法をまなぶために釜次郎をはじめとする何人もの若者をわざわざ併《あわ》せて留学させなければならなかったことを考えると、全体として、当時の日本人には木造艦が限度、とても鉄製艦はむりだったとするほかあるまい。開陽は木造艦であるほかなかったのだ。

ストーンウォール・ジャクソンは、装甲艦だった。

いわば木造と鉄製の中間の船。日本人にも操船可能ななかでは最先端の軍艦。釜次郎はまだ事を起こす前、品川沖にふんばっていたころ、何度かこの艦をまのあたりにすること

があったが、そのつど、

「こいつは、いいや」

つぶやくことを余儀なくされた。つぶやいたばかりではない。実際に横浜のアメリカ領事へ、

「引き渡してくれ」

かけあったことも何度もあった。これは法理論的に当然だった。もともとこの艦を買ったのは徳川幕府だったからだ。

幕府はアメリカ側と正式に契約した上でこの船を購入したし、四十万ドルという巨額の代金――開陽とほぼ同額――もきちんと払っている。幕府海軍の総帥たる釜次郎がこれを受け取るのは、本来ならば、疑問の余地のない尋常《じんじょう》平凡の商行為にほかならなかった。

しかしこの船がアメリカから横浜へ到着したのは、ことしの四月二日。すでに幕府は崩壊し、十日後には江戸城のあけわたしも完了した。釜次郎への引き渡しは遅々としてすすまず、反対に、新政府側も、

「こっちへ納めてくれ」

さかんに申し入れをはじめたようだった。その理由は、

「旧徳川家の統治業務のいっさいを引き継いだわれわれこそが、当該艦を所有する権利をもつ」

というものだった。

アメリカ側はどちらへも承諾の返事をあたえず、局外中立を口実にして、態度を保留した。いまもしつづけている。

なぜか。この段階でストーンウォール・ジャクソンの譲渡先を決めたら戦争そのものの帰趨《きすう》が決まり、日本国の将来が決まってしまうというのが弱小国アメリカには――このころアメリカ一国の海軍力はチリにすら劣《おと》っていた――事があまりに大きすぎたのだ。英仏の意向が確実に判明するまでは突出した行動をとるわけにはいかなかったのにちがいない。

日本初の装甲艦は、こうして所属未決のまま横浜の沖に浮かびつづけた。こんな情況のなか、釜次郎は、

「ひとつ、幸運がありますぜ」

永井尚志にそう笑ってみせた。

「幸運？」

永井が首をかしげる。釜次郎は、まるで近所の飲み仲間のうわさでもするみたいに、

「ライスさんとは、仲がいいんだ」

箱館駐在のアメリカ領事、エリシャ・E・ライスのことだった。

うそでも誇張でもなかった。釜次郎は蝦夷島の平定が成るやいなや、はやばやとアメリ

カ領事館をおとずれて、

「ライスさん、はじめまして。今回はいろいろ迷惑をかけて申し訳ない」

率直に頭をさげてから、

「しかし箱館はもう落ち着いたからだいじょうぶだ。われわれは軍も警察も掌握した。市民の支持も得つつあるし、英仏の領事殿からも『事実上の政権《デファクト・オーソリティーズ》』とみとめられた。ちかぢかわれわれは共和制による暫定政権を発足させる予定だが、その政権の長をえらぶにあたっては、貴国の国民が大統領をえらぶ方式にのっとるつもりだ」

初対面にもかかわらず、ざっくばらんな英語で言った。ライスはそのひげ面をおどろきでいっぱいにして、

「それはつまり、選挙のことか？」

「選挙だ」

「サムライたちの集団で、ほんとうに可能なのだろうか？」

「イエス。可能だ」

それから釜次郎は自己紹介をした。オランダで長期にわたり留学したこと。留学中には海軍学はもちろん万国公法《ばんこく》（国際法）をも学んだこと。したがって貴職（ライス）の何よりも優先すべき仕事が在留アメリカ人の生命および財産の保全であることは身にしみて理解していること。

「箱館の街は、これまでも、これからも、決して砲火にさらさせはしません。あなたは自国民を島外へ避難させる必要はない。以後すえながく友達づきあいを願いましょう」

　釜次郎はそう言うと、自分の鼻を指でつついた。このたった数分の会話で、ライスはすっかり魅せられたらしい。アメリカ人らしい好意過多の笑顔をうかべ、手をさしのべて、

「われわれの国も、あなたがたを『事実上の政権』とみとめましょう」

　もともとライスという男もただの外交官ではない。箱館に来た当初、自国の捕鯨船の船員があちこちの飯屋《めしや》で無銭飲食をしたり、酒屋で酒を強奪したりと無法のかぎりをつくしていたのへ、

「君たちは、それでも誇りあるアメリカ合衆国の国民か」

　と何度もいましめて、結局おとなしくさせてしまったこともあるし、反対に、まだ江戸に幕府があったころ、日本側の箱館奉行が、

「貴国の捕鯨船の船員たちには、牛の生肉は提供できない。わが国情では牛は貴重な農業の道具であり、食うために殺すことは困難である」

　と拒絶したのに対しては、顔をまっ赤にしてテーブルをたたき、

「乾燥肉だけでは栄養上の問題がある。これは趣味嗜好《しこう》の問題ではない。わが合衆国国民の生命にかかわる一大事なのだ」

　口ひげが唾《つば》でぬれるほど猛抗議した。直情径行《ちょくじょうけいこう》というか何というか、いったん正しい

と信じたらどこまでも運動をやりとおすのがライス領事の真面目《しんめんもく》だったのだ。榎本釜次郎もやはり日本人にはめずらしい強烈な個人信条のもちぬしだったから、ふたりが気が合ったのはむしろ自然なことだったのかもしれない。

釜次郎とライスは、その後、何度も顔を合わせた。合わせるごとに遠慮がなくなり、話がふかまり、ときには双方の家族の心配にまでおよぶこともあるくらいになった。

そういうまたとない外交ルートを、釜次郎はつかんでいる。

「ストーンウォール・ジャクソンの奪取のためには、この人脈、利用しない手はありませんぜ」

釜次郎はそう永井尚志へうそぶくと、にやっと笑い、ぽきぽきと指を鳴らしてみせた。

第八章　甲鉄《こうてつ》を奪還《だっかん》せよ

一か月後、あっさり勝負がついた。

年があけた明治二（一八六九）年一月はじめ、箱館駐在アメリカ領事エリシャ・E・ライスが五稜郭をおとずれ、箱館奉行所――いまはもう箱館共和国の総裁官邸ということになるが――をおとずれて、

「横浜駐在の弁理公使ロバート・B・ヴァン・ヴァルケンバーグより連絡がありました。その内容をおつたえします」

釜次郎にそう告げたのだ。

この場合、弁理公使というのは特命全権大使とほぼひとしく、日本におけるアメリカ合衆国の総代表を意味する。ヴァルケンバーグは初代のタウンゼント・ハリスから数えて三

番目の弁理公使だった。

「どんな連絡です？」

釜次郎が聞き返すと、ライスはひどく同情的な目になって、

「数日前の一月六日、わが国公使館において、ヴァルケンバーグは東京新政府の外国官副知事・東《ひがし》久世《くぜ》通禧《みちとみ》氏と会談しました。その席上、ヴァルケンバーグは、わが国政府がいずれ正式に局外中立の方針を撤廃するであろうと明言したということです」

釜次郎は目を伏せ、

「そうか」

「あなたにはいまさら言うまでもないが、榎本さん。局外中立の撤廃というのは、わが国が今後、箱館共和国、東京新政府の両交戦団体のうちの一方《いっぽう》を——一方のみを——日本の正式な政府とみとめることを意味する。その一方とは……」

「東京のほう、だな？」

「イエス」

領事はひげの奥でくちびるを左右へ垂《た》らしつつ、

「当然、旧政権である徳川幕府とのあいだに交《か》わした大小さまざまの約束事《ごと》は、基本的に、そっくり東京新政府へ引き継ぐことになる。……榎本さん、ご異存は？」

「ない。貴国の判断を尊重する。わざわざ知らせてくれてありがとう」

ライスはそそくさと退出した。ふだん釜次郎とは気が合うだけに、いたたまれなくなったのにちがいない。

「ふむ」

釜次郎はひとりで思案にふけりたかった。が、ライスと入れかわるようにして箱館奉行の永井尚志が顔を出し、

「総裁」

「何です」

永井ははかまを蹴《け》って釜次郎にちかづいて、

「箱館近郊の七重村においては、以前より、プロシア人貿易商ガルトネル氏がヨーロッパ式の大規模な開墾《かいこん》事業をおこなっておるところですが、このたび開墾の対象面積をさらにひろげ、さらに多くの家畜や種苗《しゅびょう》を導入できるようにしたい旨《むね》、申し入れがありました。いかがすべきか、ご意見をたまわりたい」

「ああ、それは」

釜次郎がいくらかの答をあたえはじめると、

「総裁」

つぎに来たのは、会計奉行・榎本対馬《つしま》（亨造《こうぞう》）だった。御家人出身、もと幕府目付。名字はおなじだが釜次郎とは血縁関係なし。その榎本対馬が釜次郎の目の前にすわり、はら

はらと書類のたばを繰《く》りながら、

「箱館市中の物価はこのところ上昇しっぱなしです。とりわけ米、野菜のような内地からの入荷をあおがねばならぬ品物は、入荷そのものが途絶《とだ》えがちで、値あがりが激しく……」

こんな愚痴《ぐち》めいた報告のことばの終わらぬうち、陸軍奉行の大鳥圭介までが姿をあらわし、めずらしく目の色を変えて、

「総裁。もう何日も前から弁天台場《べんてんだいば》の改修の様子を見てもらいたいと申しているのに、いまだお出ましくださらないのはどういうことです。弁天台場はほかの陣屋とはちがいます。箱館の街そのものを敵の艦砲から防衛し得る、数少ない要塞《ようさい》ですぞ。はやいところ総裁の実検をあおぎ、お認めをいただかなければ、次の作業にもとりかかれず……」

釜次郎はとつぜん立ちあがると、

「うるせえ！」

会計奉行の手から書類をむしりとり、頭上にほうった。

一束《ひとたば》まるごと天井にバサッとぶつかり、それから一枚一枚まるで紙ふぶきのように畳《たたみ》の上に散るころには、全員、口をつぐんで目をまるくしている。

「きょうはもう、仕事はやめだ」

かたわらの小姓へ外套《がいとう》の用意を言いつけると、

「ここにいる全員、いまから山《やま》ノ上《うえ》町の笹《ささ》屋に行く。昼酒をやるんだ。だいじな話がある」

「だいじな話を、酒とともに？」

永井尚志が眉《まゆ》をひそめる。釜次郎は、

「酒でも飲まなきゃいられねえくらい、それくらい悪い話なんだ」

†

箱館共和国の総裁に就任してから、釜次郎は、ライスをなかば放置していた。

ライスばかりではない。この時期の箱館にはアメリカ、イギリス、ロシア、オランダ、フランス、ポルトガル、プロシア、スイス、イタリア、デンマークの計十か国が領事等を置いて公式の外交活動をおこなっていたが、そのすべてに対して釜次郎はじゅうぶんな応対ができず、深い親交をむすぶには至らなかった。

生まれたばかりの国家が外交をないがしろにするというのは命綱をみずから手ばなすにひとしく、たいへんな失態と言うべきだったが、釜次郎はそれを失態と知りつつも、しかし結局、

（万策つきた）

というのが正直なところだった。釜次郎は、あまりにも内政面で多忙でありすぎたのだ。

何しろ軍事分野では台場や陣屋の普請があったし、いずれ野戦病院となるだろう箱館病院の建設が急務だった。経済分野では徴税方法を変更したり、新札を発行したりと旧制度を根本的にあらためなければならなかったし、民生分野でも触書《ふれがき》をこまごま出す必要があった。これら厖大《ぼうだい》な仕事の最終的な責任がすべて釜次郎ひとりの肩にのしかかるのだから、外交面まで手をまわすのは、

（この俺に、体がふたつあれば）

釜次郎がいくら歯ぎしりしても、どだい無理なことだったのだ。

本来なら、それでもいい。

一国の元首がもっぱら国内に顔を向けていても、国外はまた別の人間が一手にひきうければいいだけの話なのだ。けれどもこの場合、もっとも不幸だったのは、この共和国に、

「外国奉行」

という役職が存在しないことだった。

なぜ存在しなかったか。

適任者が、いなかったからだ。

いや、ほんとうはひとりいた。学識経験、外国人との会話能力、万国公法に関する理

解、官吏としての人格の手がたさ……およそ一国の外交をつかさどるのに必要なあらゆる徳目《とくもく》をそなえた男が、たったひとり。

沢太郎左衛門だった。

が、その沢は、すでに共和国内の「世論」によってモロランに放逐されている。いまさら政権中枢へ呼びもどすべくもない。となれば、もはや外交行政は釜次郎自身がになうしか方法がなかったのだ。まさか永井尚志や土方歳三にやらせるわけにもいかないだろう。

（こんな国家が、地球上のどこにあるか）

釜次郎はときどき、そう吐きすてたい気分になった。イギリスの首相が外務大臣を兼ねるだとか、アメリカの大統領が国務長官の仕事もやるだとかいう話は聞いたことがない。片方だけでも激務なのだ。イギリスやアメリカの首長にすら不可能なことを、箱館の榎本釜次郎は、いま否応《いやおう》なしにやらされている。

もちろん、箱館共和国はいまだ形ばかりのものにすぎない。欧米諸国と単純に比較できるほど高度な段階には達していない。そのことは釜次郎自身じゅうじゅう承知していながらも、それにしてもこの事態はあまりにも、

（滑稽《こっけい》だ）

と思わざるを得なかった。釜次郎はこのときはじめて知った。国家にとって真に必要なのは軍艦の数ではない。銃砲や弾薬の量でもない。それよりはるかに大切な武器は、人材

の数にほかならないのだ。

そんなわけで、

「アメリカさんは、局外中立を撤廃する」

釜次郎はそう言うと、あたたかい酒をいっきに飲んだ。それから袖《そで》で口をぬぐって、

「ということは、要するに、ストーンウォール・ジャクソンが東京の連中のものになるってことだ」

山ノ上町の料亭・笹屋の奥座敷だった。

たたみの上には六人ぶんの膳《ぜん》が用意され、そのうちのいちばん奥のものの前に釜次郎はあぐらをかいている。釜次郎のとなりは空席。のこりの四つの膳の前には、永井尚志、榎本対馬、大鳥圭介という先ほどの面々に、さらに箱館病院の院長・高松凌雲《たかまつりょううん》をくわえた四人がそれぞれ着座していた。

その四人が、

「ああ」

いっせいにため息をついた。大鳥圭介が、

「たしかな消息なのですな、総裁？」

「残念ながら、まちがいなしだ。領事のライスさんから聞いた」

全員、沈痛な顔になったのは当然だったろう。東京新政府に対して唯一、圧倒的優位を

ほこっていた海軍力が、これで完全に逆転したことになる。あまりにも、あまりにも深刻すぎる事態だった。

「申し訳ない」

まっさきに頭をさげたのは、永井尚志だった。頭をさげたまま、

「私たちが、榎本総裁にたよりすぎた。総裁は内治に足をとられるあまり、外国方に手がまわらなかったのだ」

「この俺がへぼをやった。それだけの話さ」

釜次郎は手酌で酒をつぐと、またしてもいっきに飲んだ。さすがに味がわからない。しばらく全員、黙然とさかずきを口にはこんでいたが、やがて永井尚志がいまいましそうに舌打ちして、

「いや、これはまんざら私たちだけの責任でもない」

「そうだそうだ。ここにおられぬ、もうひとりのお方が原因である」

会計奉行・榎本対馬がつづけたとき、部屋のふすまが乱暴にひらかれ、

「おう。ここか」

そのもうひとりが踏みこんできた。

どうやら朝から飲んでいたらしく、顔はまっ赤で、上体がゆらゆらしている。ひとりでは立っているのもむつかしいのか、横には芸妓《げいぎ》らしい若い女がいて、肩まで貸してもらっ

ている。

「太郎《たろ》さん、ここに座ってくれ」

釜次郎がとなりの座ぶとんを手でたたくと、副総裁・松平太郎は、さすがに何ごとかを察したらしい。女をかえらせ、どさっと席にあぐらをかいて、

「どうしましたかな。お偉いさんが雁首《がんくび》そろえて、葬式帰《げえ》りみてえな面《つら》アならべて」

松平太郎。

最悪の副総裁だった。

もともと箱館の街のあちこちで人心収攬《しゅうらん》のため金をばらまくことが得意だった男だけれども、この傾向は、副総裁就任後いっそう顕著になった。というより、彼はただ自分のたのしみのため散財をくりかえすようになった。

特に花街での濫費《らんぴ》はひどいものだった。或《あ》る料亭で郁《いく》という芸妓を見そめるや、入りびたりになり、しばしば朝になっても五稜郭へもどらなかった。松平太郎はこの女のためにかんざしを買い、着物を買い、高価な舶来の石鹼《せっけん》を買ってやったが、その代金はことごとく五稜郭の会計方にまわさせた。会計方の役人も、この政権第二位の、

「高官」

に金を出せと言われれば、ことわることができなかった。もともと五稜郭の備蓄金は、そのかなりの部分が松平太郎の機転によってもたらされたものだったから、彼自身はひょ

っとしたら、

「俺が入れた金を、俺が使って何がわるい」

くらいの意識だったのかもしれないが、それにしても公私の区別がなさすぎた。会計奉行・榎本対馬は、釜次郎と相談の上、とうとう強硬策に出た。

「副総裁に関するかぎり、料理屋や反物屋からの掛け取りには決して応じるな。むろん副総裁にじかに金子《きんす》をわたすのもいけない」

役人にきびしく申しわたしたのだ。

松平太郎は、へっちゃらだった。

「ふん。頭のかたい連中だ」

とつぶやくと、取巻きの武士といっしょに花街へ出て、大喝一声《だいかついっせい》、

「御用集めである！」

料理屋や女郎屋を一軒一軒まわりあるき、金を出させた。ときどき戸をたたいても反応しない店があったりすると、松平太郎は血相を変え、

「うぬ！　われらが国家に対する反逆であるか」

戸を蹴たおし、土足で座敷にあがりこんで亭主に刀をつきつけた。そうして金蔵に案内させた。ロシアから来た最下級の船員ですらしないような、強盗そのものの行為だった。

こういう松平太郎の行状は、しかしながら、兵卒どもには人気があった。

取巻きになればたらふく酒を飲ませてもらえるというのも大きいだろうが、たぶんそれ以上に、兵卒どもは、ふだんの過酷で厳格な労働日課への反動として、松平太郎のこんな破れかぶれの人格そのものを愛したのだった。とにかくこれも、一種の、

「世論」

にはちがいなかった。釜次郎はなかなか松平太郎を罷免《ひめん》することができなかった。

その、松平太郎は。

いま、笹屋の奥座敷でぐいぐい酒をあおっている。

これだけ酔っぱらっている上にまだどれくらい飲む気なのか、いっこう手がやすむ気配がない。そればかりか、ひざを打って調子をとり、ひとりで端唄《はうた》までうなりだした。とうとう永井尚志がしびれを切らして、

「松平殿。いまの話をどうおかんがえか」

「いまの話？　何の話だ？」

「ストーンウォール・ジャクソンが敵方にうばわれたという話じゃ。はっきり言うが、松平殿、これは貴殿の責任でもあるのですぞ」

松平太郎は、ひざを打つ手をとめ、ふしぎそうに目をしばたたいて、

「え？　俺の？」

「そうじゃ。本来ならば、副総裁たる貴殿はもっともっと内政のめんどうを見てしかるべ

きであった。そうであればこそ榎本釜次郎総裁もお得意の外交折衝《せっしょう》に精魂《せいこん》かたむけ、アメリカの気を引くことができたのだ。あの軍艦も、いまごろわれらのものだったかもしれん」

永井だけではない。この場にいる全員が全員、まるで死神でも見るような目で松平太郎を見ていた。松平太郎は、ひとつ盛大なげっぷをしてから、

「ふん。かんたんな話じゃねえか」

「え？」

「要するにあんたたち、軍艦とられたから残念だって言いたいんだろ。とられたら、とり返せばいいじゃねえか。力ずくでさ。なあ釜さん、そうだろ？」

釜次郎へもたれかかるように身を寄せ、ばんばん背中をたたいた。釜次郎はたたかれるまま、

「おいおい、太郎さん。無茶いうなよ」

顔をしかめた。そんなこと、できるはずもないだろう。

†

とられたら、とり返す。

力ずくで。

本来ならば、選択肢に入るはずのない案だった。もしもそんなことを実行したら、その奪還《だっかん》戦はあきらかにこっちから仕掛ける戦闘になるからだ。これまでさんざん、

「われわれには戦意はない、天子に対する逆心はない。これまでの戦いはみな降りかかる火の粉を払ったにすぎない」

と言ってきたその主張とまったく矛盾するだろう。釜次郎たちは、大義名分をうしなうのだ。

そうなれば、釜次郎たちは単なる脱走兵になる。官軍に対する賊《ぞく》軍になる。それはまだ耐えられるにしても、かんじんの共和国存立の名目すらあやしくなってしまうのは、釜次郎にとっては、

(それだけは避けたい。何としても)

しかし結局、

「よし。やろう」

釜次郎は決断した。軍艦頭並・甲賀源吾《こうがげんご》やフランス人陸軍士官ジュール・ブリュネらの強硬な主戦論を受け入れたというのもあるが、何より、釜次郎自身、

「この奪還戦が、俺たちの関《せき》ケ原《はら》になる」

と見たからだった。

もしもこの戦いに勝利してストーンウォール・ジャクソンの入手に成功すれば、彼我《ひが》の海軍力は再逆転する。東京新政府が何万、何十万と陸兵をそろえようとも津軽海峡をわたることすらできなくなる。以後の防衛戦争はいちじるしく当方有利になることはまちがいなかった。

そうなれば、八十年という長いながい戦争状態を経《へ》て真の独立をかちとるという釜次郎のもくろみも大いに現実味が出てくるし、そこまで行けば、国家存立の大義名分などはまた新しくいくらでも見つけられるだろう。要するに、既成事実ができてしまえば勝ちなのだった。

が、もし負ければ。

つまりストーンウォール・ジャクソンの強奪に失敗すれば、それはすでに開陽をうしなった釜次郎にとって致命的な敗戦となる。数十万の敵兵はごっそり津軽海峡をわたってくるだろう、五稜郭はもたないだろう。釜次郎の夢がつゆと消えることはもちろん、釜次郎自身、共和国総裁どころか単なる賊軍の頭目として死ぬことになる。

差は、あまりにも大きい。

まさに天下分け目だった。

もっとも、決断したとなると、釜次郎の行動ははやかった。ストーンウォール・ジャクソンが日本ふうに、と名前を変え、ほかの七艦とともに品川沖を出て太平洋を北上しはじめたという情報を例の箱館駐在アメリカ領事ライスから得るやいなや、釜次郎は五稜郭をぶらっと出て、箱館港に停泊中の軍艦・回天に乗りこんだのだ。

回天は、開陽なきいま、箱館海軍の旗艦となっている。

艦長・甲賀源吾はもちろん、海軍奉行・荒井郁之助も座乗していた。そのふたりへ、釜次郎がまるで将棋でも指そうと言うみたいに、

「軍議をやろう」

と言ったものだから、ふたりはあわてて、くちぐちに、

「総裁みずからご来艦になるにはおよびませぬ」

「ご用があれば、こちらから五稜郭へうかがいましたのに」

けれども釜次郎は、にっと笑って手をふり、

「海のことは、海で話すのがいちばんなのさ」

艦長室で密談した。甲賀源吾はふだんは寡黙《かもく》で、ほとんど笑ったことがないという点で釜次郎とは対照的な人間だったが、このときばかりは火を噴くばかりの熱弁をふるって、

「敵方のストーンウォール・ジャクソンは、いや甲鉄は、われらを鎮圧するために出航したのです。当然、陸兵を満載している。この蝦夷島まで直接は来られないはずです。食糧

や薪水を積みなおすべく、どこかに立ち寄るにちがいありません」

「立ち寄るとしたら、どこかな」

「宮古湾」

甲賀源吾は、断言した。宮古湾というのは南部《なんぶ》藩領、南北にのびる三陸海岸のほぼ中央にある北向きの湾だ。なるほど相手は全八隻から成る一大艦隊を組んでいるのだから、そのすべてを容《い》れられるような良港はほかには考えられないだろう。釜次郎はうなずくと、荒井郁之助へ、

「お奉行様、あんたの意見は？」

「私も、おなじだ」

「よし」

釜次郎はぱんと手をたたき、いそいそと手をこすりあわせると、

「その宮古湾で、それじゃあ、どうやって甲鉄をぶんどるか」

「それは」

甲賀源吾はテーブルの上に身をのりだし、大きな白い紙をひろげた。そこへ万年筆でくるくると湾内の地図を描き、敵艦の予想配置図を描きこみながら、

「こちらからは回天、蟠龍、高尾《たかお》の三艦をさしむけましょう」

三人はそれから紙をインクでよごしつつ、あるいは紙そのものを何枚も替えつつ、作戦

計画をまとめたのだった。

計画は、以下のようなものだった。

まずこちらの三艦のうち比較的船体の小さい蟠龍、高尾がするすると湾内を通過して、ほかの敵艦には目もくれず、まっしぐらに甲鉄をめざして行って左右からはさみこむ。はさんだら接舷《せつげん》部から銃兵をおくりこみ、甲鉄の乗組員をつぎつぎとたおす。ただし目的は殺傷それ自体にはない。あくまでも機関部および操舵《そうだ》部の制圧にある。この制圧が実現したところで、こっちとしては、あらかじめ高尾艦内で待機している、ひとりの男を乗りこませるのだ。

「小笠原賢蔵《おがさわらけんぞう》が、最適でしょうな」

釜次郎たちの意見は一致した。小笠原賢蔵はこの前々年の慶応三（一八六七）年、徳川幕府が軍艦購入のための使節団をアメリカに派遣したとき、これに小十人格軍艦役勤方として随行し、現地で買い入れたストーンウォール・ジャクソンを回航し帰国したという稀《け》有《う》な経験のもちぬしだった。

「臨時の艦長として甲鉄を運転させるには、打ってつけの人材です」

荒井郁之助が、自慢の口ひげを指でなでた。そうして、

「甲鉄はわがほうの三艦とともに湾を出て、この箱館に向かう。箱館港に入ってしまえば奪還成功ということになります」

実際には、むろん、そうかんたんには事ははこばないだろう。甲鉄の乗組員による抵抗もそうとうなものだろうし、何より敵方のほかの七艦がだまってはいまい。こちらの意図を察するや、たちまち蟠龍、高尾をとりかこむよう集まってきて猛烈な攻撃をしかけてくるに決まっているのだ。

が、この七艦は、

「回天が、一手にひきうけます。蟠龍と高尾はあくまでも甲鉄横奪《おうだつ》に集中させる」

甲賀源吾が、断言した。艦長みずからの断言だった。釜次郎は顔をくもらせて、

「それが最善だと俺も思うが、甲賀さん。あんた……」

「何です」

「死ぬぜ」

「覚悟の上」

源吾は、むしろ目をかがやかせた。

虚勢でも何でもないことは、釜次郎がいちばんよく知っている。

もともと甲鉄の奪還に関しては、強硬論をとなえたのは三人だった。ひとりめは松平太郎、しかしこの男はただ単に、笹屋の奥座敷でほかの首脳に責められたあげく売りことばに買いことばで放言しただけだったし、ふたりめのフランス人士官ジュール・ブリュネも、おそらくは自分自身の、積年の、

「イギリスぎらい」の感情のはけ口をこの奪還戦に見いだしたにすぎなかった。イギリスははやくから陰に陽に薩長を支持して武器弾薬を供給し、幕府を支持するフランスと対立してきたからだ。フランス人にとっては、日本では、イギリス人は親のかたきにひとしかった。

要するに、ふたりとも、全体の情況を見わたして冷静に利害をはかったわけではない。彼らの強硬論は多分に感情論だった。甲賀源吾のそれはちがう。

(ちゃんと情勢を判断してる)

というのが釜次郎の観察だった。

そんなわけだから、その甲賀源吾が、

「死ぬのは覚悟の上」

と言えば、それはほんとうに死ぬつもりに相違ないのだし、釜次郎も、

「死ぬな」

とは言えなかった。真の男に気休めを言うほど礼を失した話はない。釜次郎はしかたなく、テーブルのふちを指でなぞって、

「わかった。あんたの船には、最精鋭の隊をつけてやろう」

甲賀源吾はただ、ぶっきらぼうに、

「ありがとうございます」

「しかし甲賀さん、あんたなあ。くれぐれも、やけを起こすんじゃねえぞ。死ぬなら死ぬで天命だが、開戦前からそう決めつけるにもおよばねえ。勝敗は五分五分、どっちにころぶかわからねえんだ」

「……ありがとうございます」

釜次郎がこのとき五分五分と言ったのは、これはけっして気休めではない。釜次郎自身のごく素朴《そぼく》な実感だった。というのも、敵艦はぜんぶで八隻だが、アメリカ領事ライスのもたらした情報によれば、それらは、

甲鉄（東京新政府軍務官）
春日（薩摩藩）
陽春《ようしゅん》（秋田藩）
丁卯《ていぼう》（長州藩）
飛龍（東京新政府軍務官）
豊安《ほうあん》（芸州《げいしゅう》藩）
戊辰《ぼしん》（阿波藩）
晨風《しんぷう》（久留米《くるめ》藩）

であり、甲鉄をのぞけば軍艦と称するに足るものは春日と陽春のみ。長州の丁卯は備砲二門の小船《こぶね》だし、飛龍以下にいたっては単なる輸送船にすぎなかった。

いうなれば、虎《とら》三頭に猫五匹。

こちらの回天、蟠龍、高尾がみなそれなりに優秀な虎であることを考えると、戦力は、見た目以上に拮抗《きっこう》している。少なくとも、大きく見劣りしているわけではないのだった。

いや。これに、艦員の、

「経験」

という要素を加味すれば、むしろこっちのほうが上だろう。

何しろこっちは徳川幕府の軍艦操練所、海軍操練所あたりで理論や実技をまなんだ連中がごろごろしているし、実戦の場にももう何度も遭遇している。これにくらべれば相手方の艦員はあまり大した経験は積んでいないのだ。ましてや甲鉄ほどの巨大軍艦となると、操船そのものをやりだしたのが、つい昨日今日のことにすぎない。

さらに言うなら、敵の艦隊は、

「艦隊」

と呼べるような有機的な組織ではない。単なる諸藩の船のよせあつめだった。おそらく艦長どうしの意思の疎通はじゅうぶんではなく、全艦まとまった行動はとれないだろう。事によったら、せまい湾内だ、味方どうしで衝突するという醜怪きわまる事態もあり得なくはない。

「勝ちの目は、あるさ」

釜次郎はそう言うと、テーブルの上の紙をくるくると巻いて荒井郁之助の胸をぽんとたたいて、

「かならず勝とうぜ。なあ荒井さん」

荒井郁之助はうなずいて、

「ああ」

と言ったが、甲賀源吾はひとり思案顔をくずさず、

「総裁」

「何だい」

「念のため、ひとつ確認させてもらいます。今回の甲鉄奪還戦は、こ、ち、ら、の、奇、襲、攻、撃、に、よ、って開始される。事前に宣戦布告はしない。まちがいありませんな？」

「ああ。まちがいないよ」

釜次郎は、あっさりと言った。それはそうだろう。もしも当方の襲来があらかじめ敵方に察知されていたとしたら、敵方はただ甲鉄を湾の奥へひっこめ、春日と陽春でもって湾口をふさぐだけでもう完璧《かんぺき》な防御の配置ができる。こっちは手も足も出なくなる。こっちに勝ちの目があるとするなら、それはあくまでも、

「戦闘開始の直前まで、敵さんが俺たちに気づいてないっていうのが大前提だ。まあ奇襲っていうより、だまし討ちだな」

甲賀源吾はなおも、にこりともせず、

「ということは、その奇襲攻撃は、まさか白昼堂々やるわけにもいきませんな」

「ああ。ほんとうなら夜中のまっくら闇《やみ》でやりたいが、同士討ちの危険がある。夜あけと同時に攻めかかるのが最上だな」

「ということは、総裁」

甲賀源吾は目をあげると、いかにも叩《たた》きあげの海の男らしい、実務だけを追っかける地味な顔つきをして、

「わがほうの三隻の軍艦は、真夜中のうちに、湾口に集結していなければなりませんな。どれか一艦でも来るのが遅れたら、それだけで作戦そのものが成立しなくなる。まちがいありませんな」

「ああ。ないよ」

「了解しました」

甲賀源吾は、ようやく納得したような顔をした。この回天艦長は、どうやら意識の上ではもう洋上の戦闘態勢に入りつつあるらしい。釜次郎はふと、

（こいつは、何かしでかすな）

という気がした。部下がこういう有能さを持つことはひどく頼もしい反面、どこかあやうく、気がかりでもある。どちらにしてもこの海戦は、

「大勝利か、大敗北か、どちらかになる。中間はない」

釜次郎は、かすかに身ぶるいした。

†

明治二年三月九日より、東京新政府の八艦は、順次、品川沖を出航した。

そうして七日後の十六日から、順次、宮古湾北端・鍬ヶ崎《くわさき》のみなとへ入った。八艦つつがなく湾内にそろったのは二十一日。もっともこの数日前にはもう、

「そうか。甲鉄が来たか」

釜次郎は、五稜郭内で情報を入手している。内地に放った細作《さいさく》（スパイ）からの報告だった。もしも釜次郎がこのまま何もしなかったら、敵の艦隊はいずれ再出航して三陸沖を北上し、津軽海峡をわたり、まっすぐこの蝦夷島へ向かってくるだろう。

「よし」

釜次郎は五稜郭を出て、みずから箱館港へおもむいた。そうして予定どおり、

回天
蟠龍
高尾

に出撃を命じ、訣飲《けついん》の上、おくり出した。三月二十一日夜十二時。箱館共和国が起こした最初の軍事行動だった。

二十一日、快晴。

二十二日、快晴。

三艦はおだやかな津軽海峡をおだやかに東へ向かいつつ、艦内では、きたるべき奇襲の演習に余念がなかった。船はやがて海岸ぞいに南へ折れ、八戸《はちのへ》沖を南下し、久慈《くじ》川河口にちかい、

「鮫《さめ》村」

という村に錨《いかり》をおろした。宮古湾の北方約七〇キロ。

特に用事があるわけではなかったが、いったん休んで航行の安全を期すとともに、陸上の住民に宮古方面の動静を聞きたかったのだ。海軍奉行・荒井郁之助は、地元の村役人ほか一名を船にあげ、いろいろ尋問した。大した情報は得られなかった。

荒井はこの村役人たちを陸にかえさず、回天艦内に留置することにした。かえしたら、

彼らは敵軍にこのことを告げるかもしれないからだ。事は秘密裡《ひみつり》にはこばれなければならない。

昼ころ、三艦はふたたび錨をあげた。

回天、蟠龍、高尾の順に一列にならび、整然と南下した。おたがい一錨鎖《びようさ》の距離をたもっている。

夕刻にいたり、濃霧が発生した。前後の艦がまったく見えなくなるほどの濃霧だった。

これはすぐ霽《は》れた。

「霽れたか」

荒井郁之助はほっとしたが、夜に入り、にわかに晴雨計の水銀がしずみはじめた。気圧が低下したのだった。

雨がふり、風が起きはじめた。

風はたちまち狂風と化した。激浪がぐらぐらと三艦をゆらし、そのつどマストから横にのびた帆桁《ほげた》が海面をたたきそうになった。船内は、甲板から落ちてくる水のため浸水した。

兵士たちにとって第一の仕事は、火薬缶をぬらさないことだった。彼らは天井からつるしてあった就寝用のハンモックの上にそれらを避難させ、事なきを得た。海軍奉行・荒井郁之助は、このとき回天に乗り組んでいたが、

「またもか」

天をのろう声をあげた。昨年の秋、銚子沖で猛烈な台風に遭遇し、美賀保と咸臨という輸送艦二隻をうしなったことがまだ記憶にあたらしかったからだ。今回の風浪はあれほど激しくはないけれど、しかし荒井のあせりは前回をはるかに超えていた。事情がまるでちがう。

今回は、航行自体が軍事作戦の一部なのだ。

三艦がはなればなれになることは許されない。ましてやどれか一艦が決行の日時におくれることは絶対あってはならないのだ。

本来ならば、こういうときはエンジンの火をとめ、マストの帆をたたんで波にもまれるにまかせるという安全策もあるのだが、今回ばかりは三艦いずれもエンジンの罐《かま》を焚《た》いた。限界まで焚きつづけた。波や風の向きに関係なく、とにかく南下を強行したのだった。

翌二十三日。

天候は、一日中回復しなかった。

二十四日早朝、ようやく風がやんだ。回天はどうにか自力航行をつづけて宮古湾沖を通過し、さらに南下して、

「山田湾《やまだ》」

のみなとに入ることを得た。

これはあらかじめ申し合わせていた行動だった。山田湾は、宮古湾のひとつ南にあり、宮古湾とはわずか二〇キロしか離れていない。箱館共和国の三艦はいったんすべてここに集まり、最後の点検や確認をし、しかるのちにいよいよ北上して宮古湾へ決死の突入をする予定だったのだ。

回天は、錨をおろした。

甲板に出た荒井郁之助は、思わず、

「ああ」

嘆息《たんそく》した。それくらい陸上の風景はうつくしかった。山々はいまだ頂上に白いものを残しているが、平地にはいちめん黄色い菜《な》の花がひろがっている。その花と花のあいだを蝶《ちょう》のむれが飛んでいるのまで荒井の目にははっきり見えた。ほんの数日前まで目にしていた、あの灰色のぶあつい雲におしつぶされているような箱館の風景とは、

「何というちがいだろう」

荒井が目がしらを指でおさえたとき、

「荒井殿」

横あいから、甲賀源吾が声をかけた。荒井が、

「何だ？」

と問うと、甲賀源吾は風景には目もくれず、いまここにある仕事にしか興味がないことが歴然とわかる暗い目の色をして、

「蟠龍は、依然として、視界に入りません」

結局、あの暴風雨は、三艦をはなればなれにした。

排水量一七〇〇トンの巨大な船体に四〇〇馬力のエンジンを積んだ回天はともかく、ほかの二艦は出力をいっぱいにしても風浪にあらがえず、それぞれ人智《じんち》のおよばぬ方向へながされてしまった。親が子供と別れたように、回天は、ひとりぼっちになってしまった。

ただし回天は、高尾とは再会した。たまたま高尾のながされた先が山田湾沖だったため、二艦はおたがいを視認し、いっしょに湾内に入ることができたのだった。蟠龍はどこへ行ったかわからなかった。

蟠龍が来るまで、待つ。

という選択肢は、はじめから荒井郁之助の頭にも甲賀源吾の頭にもなかった。

何しろ急がねばならなかった。陸の住民は、この回天のとつぜんの出現を当然うわさするだろう。うわさはたちまち宮古へとどくだろう。それが敵艦の連中の耳に入れば、こっちは奇襲が不可能になるのだ。

「二艦で行く」

荒井郁之助は、断言した。

「蟠龍は、もはやあてにはせん。高尾には、たったひとりで甲鉄にぶつかってもらう。それでいいな？」

甲賀源吾は、だまって首を縦にふった。

二十四日午後三時。回天はアメリカ旗を、高尾はロシア旗を、それぞれかかげて山田湾を出た。

わざわざ旗を外国のものにしたのは、奇襲のための偽装だった。夜のうちに宮古湾沖に着けばいいので、時間には余裕があった。風はなく、波はおだやか。こんどは晴雨計もどんな天候急変のきざしをも示すことをしなかった。

ところが。

高尾がとつぜん、速力を落とした。

エンジンが故障したらしい。ここに来るまで無理をして罐を焚きづめに焚いたのが原因だったのだろう、高尾はもはや煙突から黒煙をふきあげず、ただの帆船になってしまった。マストや帆はほとんど損傷していないから、あてもなく漂流することはないだろうが、かといって歩みののろさはどうにもならない。

いまさらロープで引くことはできない。

回天は、みるみる高尾をひきはなした。

同日夜、予定どおり目的地に着いた。海はくらく、星が無数にまたたいている。

高尾は来ない。

†

回天艦長・甲賀源吾は、ふだん笑うことがなかった。部下たちも、笑ったところを見たことがなかった。無愛想なのではない。人づきあいが苦手なのでもない。ただ単に、笑う必要をみとめる機会がないだけだった。

(船のエンジンとおなじではないか)

そんなふうに、源吾自身は思っている。焚く必要のないときに焚くのは愚か者にすぎないだろう。

その源吾が、

(あの人は)

と、ふと榎本釜次郎という人間に思いを馳《は》せるときだけは、どういうわけか、顔をほころばせたい気分になる。

(あの人はおもしろい人だ。ほんとうにおもしろい)

箱館を出る何日か前、源吾は、とつぜん釜次郎に晩酌の席へまねかれた。何度もさかずきに酒をつぎながら、滔々《とうとう》と共和国構想を語られた。一種の餞別《せんべつ》だったの

だろうか。この三つ年上の総裁は、ひとりでずいぶんしゃべったあと、われに返り、

「あんた。むっつりしてるな」

源吾はぼそぼそと、

「性分です。おゆるしを」

「まあいいや。俺の言うこと、わかるだろ？」

「はい」

源吾はうなずいたが、ほんとうは八割方わからなかった。源吾にとって共和国などという概念は、どこぞの森の狐火《きつねび》とおなじ、理解のいとぐちすらつかめない奇怪《きっかい》きわまるしろものだった。もっとも源吾は、釜次郎が、ほかの誰より、

（十歩も二十歩も先のことを考えている）

そのことだけはよくわかった。自分をふくめたすべての武士が徳川幕府の消滅に衝撃を受け、途方に暮れているあいだ、釜次郎ひとりは共和国設立という輝くような夢をもち、人をうごかし、まがりなりにもそれを実現してしまっている。こういう怪力乱神《かいりょくらんしん》みたいな人間が、いったいどうして出来あがり得るのか。

（次男だからだ）

と、源吾はまじめに思っている。

釜次郎は、旗本の家の次男に生まれた。

おさないころから幕府の存在を濃厚に感じつつ、しかし家督を継ぐというかたちで生いたちに責任をとることは考えなくていい精神的環境にあった。そのくせ家督を継ぐべき兄よりもはるかに優秀な頭脳をもったのだから、幕府というものを妙に相対化して見るようになったのは、むしろ当然かもしれなかった。

いや、相対化というより、いっそ、

（あの人はもともと、幕府をただの物体《もの》としか見ていなかったのかも）

そんな気すら源吾はした。幕府がものにすぎないからこそ、その先にまったく新しい共和国なるものを夢みることもできる。幕府をいわば踏み台にすることもできるのだ。

甲賀源吾は、正反対の人間だった。

もともと幕臣ではなく、遠州《えんしゅう》掛川《かけがわ》藩士の四男に生まれた。本来ならば家督も継がず、他家の養子の口もかからぬまま地味に一生を終えるはずのところ、二十一歳ではじめて幕臣に——軍艦操練方手伝出役という長ったらしい役名だったが——とりたてられ、お扶持《ふち》をもらい、江戸城にまで登城させてもらった。

父親も、兄たちも、経験したことのない名誉だった。

源吾自身も感激した。そういう経歴をもつだけに、源吾には、幕府はものではあり得なかった。権威と権力をあわせもつ、きらびやかな、燃えるような恩愛の対象にほかならなかった。できることなら徳川出《で》の将軍に、もういちど、

（この日本を統治してほしい）

こんな感情をもしも釜次郎が知ったら、釜次郎はきっと、語るに足りぬと見なすにちがいない。こんな旧時代の遺物みたいな男をどうしてわざわざ晩酌に呼んだかと後悔《こうかい》するにちがいない。少なくとも、今後の共和国構想にぜったい必要な人材とは思わなくなるだろう。

（それでも、かまわん）

甲賀源吾は、そう思っている。

共和国構想はよくわからない。したがって信じない。しかしとにかく徳川幕府の命脈を継ぐのは日本にはもうこの政権しかないのであり、その政権の親玉は榎本釜次郎という誰がどう見ても政権の親玉にふさわしい見識と能力のもちぬしなのだ。

共和国は信じぬが、釜次郎の信じるものなら信じられる。

そのために、いのちを投げ出すこともできる。だからいま、この自分がなすべきは、笑わず、泣かず、

（目の前の任務を果たす）

甲賀源吾はいま、内心そんなふうに言い聞かせつつ、ひとり回天の甲板に立っている。艦首に立ち、まっくらな海を見つめている。この海の先には宮古湾があるだろう、敵の八艦が憩《いこ》っているだろう。もうじき夜があける。あければそこが自分の死地になるはずだ

った。

「艦長」

背後から、声がした。

ふりむくと、副艦長の根津勢吉《ねづせいきち》が立っている。源吾は、

「どうした。根津」

「高尾は、やはり、追いついていません」

「そうか」

予想していたことだった。エンジンの故障はそうとう深刻だったのだろう。一晩かけても間に合わなかった。源吾はぴくりとも頰《ほお》の肉をうごかさず、

「蟠龍はどうだ。やはり姿が見えないのだな?」

「はっ」

「戦えるのは、われわれのみか」

「はっ」

源吾はとつぜん目を見ひらき、あたりの山々にこだまするような声で命令した。

「出撃の準備をしろ。われわれ一艦のみで湾内に侵入し、戦闘を開始する。今回の作戦行動において回天、蟠龍、高尾それぞれの任務とされていたものは、これをすべて回天が兼ねる。まずは敵艦甲鉄を奪取」

「はっ！」

根津はきびすを返し、少し走った。そこにはいつのまにか、各部署の長がずらっと横にならんでいた。この一晩、眠った者など誰もいない。命令はただちに実行にうつされるだろう。

空が、白みはじめた。

東の地平線がばら色にそまり、やがて太陽のふちが顔を出した。回天はそっと外輪《がいりん》をまわし、湾の入口にちかづいた。もうちょっと周囲があかるくなれば湾内の様子がわかるだろう。敵艦の配置も判明するはずだ。

（その配置が、重要だ）

あいかわらず艦首に立って湾内を見つつ、甲賀源吾はそう思った。もしも敵方がこちらの意図に気づいていたら、彼らは甲鉄を前には――こっちに近いほうには――出さないだろう。いちばん奥にひっこめて、ほかの軍艦にまもらせるだろう。

逆に言えば。

もしも気づいていなかったら、彼らは甲鉄を前に出すかもしれない。座礁の危険を避けるため、あえて陸から遠いほうへ浮かべて眠らせるかもしれない。

（さあ。どうだ）

回天の艦首が、湾内に入った。

その刹那《せつな》、太陽がきゅうにかがやきを増した。まわりの風景が鮮明になる。敵の八艦がすべて甲賀源吾の視界に入る。

「あっ」

つい声をあげた。

甲鉄は、いちばん前に出ていたのだ。

しかも横っ腹をこっちに向けている。砲門も閉まっているし、煙突からは黒いけむりも出していない。ただ海上にぷかぷか浮いているだけの状態だった。

その上さらに、護衛が少ない。

ごちゃごちゃと甲鉄のまわりを取り巻いているのは飛龍、豊安といったような小型の輸送船ばかりだし、軍艦・春日はいちおう回天から見て右横に停泊しているものの、やはりボイラの火を落としている。座礁の危険はわかるにしても、これでは湾外からの侵入者に対して、さあ奪い取ってくれいと言っているようなものではないか。

「あいつら、ばかか」

甲賀源吾は、足の力がぬけそうだった。信じられないものを見た思いだった。もっとも、彼はこのとき知らなかったが、この直前まで、

「榎本の軍は、ぜったいに来《き》もす」

と言った男が、ただひとり東京新政府の内部にいた。陸軍の青森口《あおもりぐち》参謀・黒田了介《くろだりようすけ》

(清隆《きよたか》)だった。この薩摩藩出身の、これまで北越《ほくえつ》や庄内《しょうない》を転戦してきた経験豊富な軍人は、ちょうど青森への赴任のため軍艦・春日に同乗していたのだが、

「あやつらは、この宮古湾をきっと襲いに来もす。甲鉄を獲《と》りに来もす。港外に哨戒《しょうかい》艦を出し、警戒にあたらせるべし」

そう進言したにもかかわらず、海軍のほうが取り合わなかった。

「陸軍が、いらぬお節介を」

というわけだった。黒田はこれに屈することなく、夜ふけまで艦長たちと議論をつづけたけれど、とうとう方針は変わらなかったという。新政府側の海軍には、この当時、この程度の人材しかいなかった。箱館共和国のそれと比較すれば、せいぜい訓練生の集団にひとしかったろう。その箱館共和国のなかでも特にすぐれた海軍軍人である甲賀源吾は、

(いける)

この瞬間、胸に何かが着火するのを感じた。副艦長・根津勢吉を呼んで、

「甲鉄に、まっすぐ突っ込め」

「はっ」

「ただし直前で舵《かじ》を切り、舷側どうしが接触するようにせよ。接触ししだい、斬込《きりこみ》隊は甲板から甲板へ飛びうつり、甲鉄制圧に死力をつくせ」

「はっ!」

源吾の目の前に、みるみる敵艦のむれが近づいてくる。もはや夜はすっかり明けきって、甲鉄の装甲板に付着したざこ貝《がい》の色までわかるようになった。

第九章　宮古《みやこ》湾海戦

しずかに湾内へすべりこみつつ、回天は、艦尾にアメリカの国旗をかかげている。

つまり、星条旗。もちろん奇襲のための偽装だが、しかしこれは戦闘開始直前にひっこめて、正しい旗をあげなおせば、

「卑怯《ひきょう》ではない」

というのが釜次郎の見解だった。万国公法には抵触しないのだという。

回天艦長・甲賀源吾は、

（ほんとうかな）

と思わないでもない。万国公法がどんなものかは知らないが、一兵士としての素朴な倫理観からしても、ちょっと虫がいい気がするのだ。しかしあの釜次郎の言うことなら、や

っぱり、

（まちがいは、ないのだろう）

甲賀源吾は、船橋《せんきょう》に立っている。

立って前方の敵艦たちをにらみつけている。海風《うみかぜ》はつめたく、しかしどこか生ぐさい。もう春なのだと彼は思った。こんな場所でこんなことをしていようとは、去年のいまごろは予想もしなかった。あのころはまだ千代田《ちよだ》のお城に将軍がいたのだ。

敵艦・甲鉄は、ふわっと横に浮かんでいる。

船首を左へ向けている。甲板上にはちらほら人のすがたも見えるが、べつだん何かを言いあうでもなく、弾薬をはこぶでもない。あたかも物見遊山の客のように漫然《まんぜん》とこっちを見あげている。アメリカ国旗にすっかり油断しているのにちがいなかった。回天は、甲鉄の右のほう、つまり船尾のほうへ直進した。

或る程度ちかづいたところで、とつぜん舵を左にきった。回天は甲鉄とおなじほうを向いて、しかし甲鉄を追い越すかたちになる。少し後退して、横にならぶや、船橋上の甲賀源吾が、

「旗！」

凛々《りんりん》たる声をはなった。星条旗がおろされ、かわりに日の丸がするするとのぼる。まっしろな布にただひとつの赤い円。これが旧幕府海軍の軍旗なのだ。のぼりきったところ

で、甲賀源吾は、

「撃ち方！」

ずーん。

という低い地ひびきが山々にこだまし、海面に無数のさざなみを立てた。回天搭載の十三門の大砲のうち、敵艦のほうを向いている五門のそれがつぎつぎと火をふいたのだ。いずれも四〇ポンドの施条砲《しじょうほう》。弾丸はこの戦闘のために釜次郎みずからが考案したもので、弾頭部分にさらに尖形《せんけい》の鋼鉄がついている。敵までは、至近距離。誰がやっても撃ち損じようのない情況だった。全弾命中した。が、しかし砲弾はことごとく、
ぐわん。

という耳ざわりな金属音を立てて海中に落ちる。ばしゃんと水柱を立てる。船体をおおう鉄製の装甲板にはねかえされたのだ。甲鉄はただ少しゆれただけ。おや、蚊《か》にでも食われたかな、とでも言いたげな涼しいたたずまいをしている。源吾はむしろ、

「さすがは甲鉄」

拍手した。興奮で顔をまっ赤にして、

「想像以上の優秀艦じゃ。あれをわがものとなし得れば、以後の勝利はまちがいなし。そうですな、荒井殿？」

となりの海軍奉行・荒井郁之助に水を向けた。荒井はくそまじめな顔で、

「ああ。そのとおりだ」

砲撃は、まったくの無駄でもなかった。敵艦の甲板上はたいへんな混乱におちいって、

「賊艦！　回天！」

だの、

「抜錨《ばつびょう》！　抜錨！」

だのと見ぐるしい声があがるばかりで応戦不能の状態となったし、なかには驚愕《きょうがく》のあまり海へ飛びこむやつも何人も出るしまつだったからだ。

いっぽう回天の甲板には鉄砲隊があらわれ、すみやかに整列して発砲する。敵兵はぱたぱたと板きれのように打ち倒れる。甲賀源吾はつくづく、

（三艦そろえば、甲鉄は獲れた）

確信した。

もしも箱館からここへ来るのに暴風雨に遭遇《そうぐう》せず、蟠龍、高尾がいっしょだったら、あんな子供みたいな連中のあやつる艦など、淀《よど》の川舟よりもかんたんに強奪することができるのだ。甲賀源吾はそのことを、むしろ箱館の釜次郎のために残念に思った。

（あの人には、すべてがある）

源吾はいま、そんなふうに思っている。あの榎本釜次郎という男には知識があり、度胸

があり、人望があった。からっとした性格があったし、未来を自分の手でねじまげる野心もある。江戸っ子にはめずらしいことに、目的のためにじっと耐えるねばり強さすらも持《た》ち合わせているのだった。

ただ運だけがなかった。釜次郎はあらゆる局面であらゆる判断をまちがわず、あらゆる事態に適切に応じ、しかし日が経《た》つにつれて劣勢に追いこまれている。じりじりと滅《ほろ》びへの道をあゆみつつある。これはいったい何なのだろう。何という不公平を、

(天は、ひとりの人間に課すものだろう)

しかし、まだ。

この海戦にかぎっては、劣勢ではない。むしろ箱館軍側は事を有利にはこんでいると言えそうだった。とにもかくにも敵がじゅうぶん準備しないうちに攻撃し得たという意味においては、奇襲には完全に成功したのだ。こうなれば、次はもちろん、

「接舷する。船を寄せろ」

操舵夫が、舵輪《だりん》をまわしはじめた。回天はわずかに前進しつつ、しだいに右へと船首をふりむける。軍艦どうしを接触させ、そこから兵士をおくりこむという今回の作戦の最大の難事を、いよいよ実行しようとしているのだった。

ここに、もうひとつ釜次郎の不運があった。

回天は、エンジン（蒸気機関）をそなえている。風力によらない自力航行が可能なのだ

が、しかし推進装置はスクリューでもプロペラでもなく、

「外輪」

だった。つまり船体の左右に巨大な水車《すいしゃ》のようなものをとりつけ、それをまわして推進力を得るという型のいわゆる外輪船《せん》だったのだ。

その外輪が、接舷のじゃまになった。

本来ならば、ひらがなの「い」の字のように敵艦と自艦が平行になるよう接したいのだが、しかし実際には漢字の「入」の字のごとく船首のみが突っ込むかたちになってしまった。

「うおっ」

衝突時の衝撃のはげしさに、甲賀源吾はつい声をあげた。あげながら、

(予想はしていたが、ここまで角度が大きいとは)

言いかえるなら、ふたつの軍艦は線ではなく、点で接したことになる。このことが——のちに述べるが——結局、この宮古湾海戦の勝敗を決する最大の要因のひとつとなった。

もしもこのとき甲鉄につっこんだのが、計画どおり蟠龍と高尾だったなら。少なくともその片方だったなら。蟠龍と高尾はともにスクリュー船、かさばる推進装置はぜんぶ水中にしずんでいるため、理想的な「い」の字の接舷ができたはずだった。

当然、戦闘全体のありようも大きく変わっていただろうし、結果もちがうものになって

いただろう。回天はどこまでも砲撃戦の船だった。ほかの何よりも接舷戦には不向きだったのだ。もっとも西洋では、古代中世ならともかく、近代に入って大砲の性能が向上してからは接舷戦などという海賊じみた行為そのものが滅んでいる。

もちろん、いまさら作戦は変えられない。

甲賀源吾は予定どおり、両艦の接触部から突撃するよう兵たちに命じた。兵たちは、

「わあっ」

と鬨《とき》の声をあげつつ船首のへんに殺到した。どいつもこいつも、士気にあふれている。いのちを惜しむそぶりを見せる輩《やから》はひとりもいなかった。

その彼らが。

とつぜん走るのをやめたのだ。

どうやら敵艦に飛びうつるのを躊躇《ちゆうちよ》しているらしい。まるで一升枡《しようます》にお米を入れてかたむけたように、船首のへんの狭い場所へつぎつぎと押し寄せてはひしめきあう。ごった返す。

「どうした」

甲賀源吾は、たまらず足をふみだした。甲板へ降り、船をうしろから前へ駆けぬけ、彼らのそばへ行く。船首のちょっと高いところに立ってみて、やっと事情が判明した。

（高さの、差か）

敵艦の甲板は、こっちより一丈《じょう》（約三メートル）あまりも低かったのだ。ほとんど二階から飛び降りるくらいの感覚だろう。なるほど兵たちが躊躇するのは無理もないが、しかし甲賀源吾はかっとなって、

「貴様ら！……」

何か言おうとした。そこへ、いつのまにか彼らのそばに来ていた荒井郁之助が、

「アボルダージュ！」

まっ赤な顔をした。飛びうつれ、の合図だった。これを聞くや、ようやく兵士のひとりが、

「一番。いちばーん！」

刀をふりまわしつつ、敵艦甲板へ飛び降りた。測量士官・大塚浪二郎《おおつかなみじろう》だったとも、新選組いきのこりの野村理三郎《のむらりさぶろう》だったともいわれている。これに矢作沖麿《やはぎおきまろ》、笹間金八郎《ささまきんぱちろう》、加藤《かとう》作太郎《さくたろう》というような勇猛の士がつづいたため、味方の兵はわっと沸いた。

依然として、甲賀源吾は船首に立っている。自艦敵艦のどこからもはっきり見える場所だった。

「行け！　行け！　敵艦内にすすみ入れ！」

しかし実際、これは最悪の情況だった。回天と甲鉄の接触部が線ではなく点だということは、つまり自軍の兵が敵艦へなだれこむ、その経路がただ一本しかないということだっ

たからだ。ほとんど砂時計の首のようなもので、敵からすれば、これほど狙撃《そげき》が容易な戦場もなかった。

しかもこのとき、敵艦の甲板には、

「ガトリング砲《ガン》」

が積んであった。銃軸のまわりに六本の銃身をとりつけ、これを手まわしで回転させることで弾薬の装塡《そうてん》、発射、および薬莢《やっきょう》の排出をつぎつぎと自動的におこなう一種の機関銃。生産国のアメリカでも、まだ数年前の南北戦争後に実用化されたばかりという最新兵器にほかならなかった。

ガトリング砲は、その毎分百八十発という驚異的な能力を十二分に発揮した。

箱館軍側の陸兵たちは、勇を鼓《こ》して飛び降りても、着地の前にばらばらと無数の弾丸をくらうことになった。かりに着地できたとしても、こんどは敵兵の槍《やり》に足を払われる。股《また》を突かれる。彼らは死体の山となり、そうして海に蹴《け》りこまれた。

そこへさらに、他艦が来た。薩摩藩の春日、秋田藩の陽春をはじめとする湾内の七艦がぞくぞくと回天をとりかこみ、シャアシャアと驟雨《しゅうう》のごとく弾丸をあびせる。

「行け！　行け！」

甲賀源吾はいつのまにか右腕を撃たれ、左脚を撃たれていた。下に血だまりができていて、船がゆれるたび足がすべる。味方の誰かが、

「艦長！　そこはあまりに目立ちすぎます。甲板へお降りください！」

ほとんど懇願したけれども、源吾は去ろうとはせず、むしろ両足をどっかと踏んまえて、

「行け！　行け！」

声をからした。

そのおなじ号令を十何度目かにかけようとしたとき、一発の銃弾が源吾のこめかみをつらぬいた。源吾はちょっと首をかしげてから、まるで予想していたかのように、

「無念」

つぶやくと、その場にたおれ、ふたたび手足をうごかさなかった。日本の歴史上、はじめて軍艦どうしの海戦で死んだ艦長だった。死に顔は、にっこり笑っていたという。

†

甲賀源吾が死ぬと、たちまち兵士に動揺が走った。

（これは、いかん）

そう判断したのは、荒井郁之助だった。荒井は、源吾のかわりに船首に立ち、

「後進！」

口調こそ勇ましかったが、実際のところは撤退命令にほかならなかった。兵たちは甲鉄へ飛び降りるのをやめ、銃弾を受けたけが人を船室へはこびはじめた。回天は、ゆっくりと甲鉄から身をはなした。

舵を左へ切り、甲鉄に背を向け、すみやかに湾外へのがれ出た。

出たところで、蟠龍に出会った。

「何ということか」

荒井郁之助は、思わず天をあおいだという。あらしに見まわれたあの晩以来ゆくえがわからなくなっていた、そうしてその不在のために回天が孤独なたたかいを強《し》いられてとうとうみじめな敗北を喫《きっ》した、その蟠龍とようやく戦闘終了直後に再会したのだ。この外輪のないスクリュー船は、ひたすら北のほうへ向かっていた。

回天と蟠龍は、まっすぐ箱館をめざした。

蟠龍のほうが速力が遅いが、回天はかまわず全速力で航行した。背後から新政府軍の軍艦どもが追ってくることが予想される以上、ともだおれは何としても避けるべきだったからだ。結局、二艦とも敵影《てきえい》を見ることなく、つつがなく夕方までに箱館港に入った。天候は良好だった。

敵影を見たのは、もう一艦の高尾だった。

高尾はエンジンが故障していたため、このときは回天や蟠龍のまだだいぶ南を航行していた、というより漂流していた。回天のあとを追って宮古湾を出た春日、甲鉄、陽春、丁卯という新政府軍の四艦はたちまちこの漂流物をみとめ、洋上で砲撃を開始した。

多勢に無勢もいいところだ。高尾艦長・古川節蔵《ふるかわせつぞう》は、

「もはや、これまで」

マストの帆をあやつり、宮古湾の北方約三〇キロの羅賀《らが》村（現在の岩手《いわて》県田野畑《たのはた》村）の海岸へつっこんで座礁、そのまま火をはなった。

艦長以下、乗組員は九五名。彼らは船をすてて上陸し、南部藩へ嘆願書をさしだした。

その内容はおおむね以下のとおり。

私どもは昨冬、もと徳川家臣・榎本釜次郎とともに蝦夷地へわたり、蝦夷地を賜与《しよ》くださるよう天朝へたびたびお願いしてまいりました。しかるに天朝はこれをご採用にならず、かえって私どもを討伐されると風聞《ふうぶん》しましたので、釜次郎はその真偽《しんぎ》をたしかめるべく、軍艦三艘《そう》を（南部藩の）ご領内の海岸へさしだしたところでありました。私どもはアシュロット（高尾原名）という船に乗り組み、宮古湾沖を通行しておりましたが、ここで不意に天朝の御軍艦四艘に追われたため、やむを得ず上陸しました。

そうしたら天朝の軍の御人数も上陸され、小銃を撃ってこられたので、こちらとしては事情を説明することもかなわず、険阻《けんそ》を越え、ようやく今夕、普代《ふだい》村に到着したとこ

ろです。一同疲労がはなはだしく、歩行も困難、この村に一泊いたしました。

この上は先非を悔い、天裁《てんさい》をあおぐほかありません。何とぞ貴藩には格別のご厚意をもって天朝におとりなし願いたく、一同、嘆願たてまつるしだいです。恐惶頓首《きょうこうとんしゅ》。

アシュロット艦船将
古川節蔵　花押
外《ほか》乗組　九五人

彼らは捕虜となり、東京へ護送された。

なかにはフランス人見習士官コラシュもいたし、それにあの小笠原賢蔵がいた。小笠原はかつて幕府軍艦役勤方としてストーンウォール・ジャクソン号を回航したことがある。もしも宮古湾での海戦がこちらの勝利に終わっていたら、いまごろ臨時の艦長として甲鉄にのりこみ、意気揚々《いきようよう》とあやつっているはずの男だった。

†

いっぽう。

新政府方《がた》の春日、甲鉄、陽春、丁卯は、そのまま青森に入港した。

青森およびその周辺の地には、すでに陸兵も配備されている。その数、あわせて三〇〇〇にせまろうという大戦力だった。

ふりかえれば、この青森がはじめて釜次郎と東京新政府のいくさに巻きこまれたのは、昨年の十月のことだった。それまで箱館府知事をつとめていた公家《くげ》出身の清水谷公考《きんなる》が、釜次郎軍に五稜郭を追われ、プロシアの汽船に乗せてもらって、この青森へほうほうの体で逃げてきたのがきっかけだったのだ。

公考一行は、市街中心部の曹洞宗《そうとう》常光寺《じょうこうじ》を本陣にさだめた。本堂、庫裡《くり》、鐘楼《しょうろう》台、楼門、経蔵《きょうぞう》、土蔵とそれに般若《はんにゃ》堂と地蔵堂までもそなえる大伽《が》藍《らん》だ。もっとも公考は、まだ住職・喚禅《かんぜん》和尚のあいさつも受けぬうちから境内《けいだい》をはねまわり、色白の顔をさらに蒼白《そうはく》にして、

「ここには榎本の軍は来ない。断じて来ない。な？　な？」

まわりの府兵へかたっぱしから聞いてまわっていた。そのつど返事は、

「わかりませぬ」

とか、

「もしかしたら、来るやもしれませぬ」

府兵たちは、公考をおどかす気はなかった。ただただ実感を述べただけだった。津軽海峡の制海権は、この時点ではまだ完全に釜次郎側ににぎられていたからだ。公考はよろめ

いた。誰かが用意した床几《しょうぎ》にくたくたと腰かけて、
「このような無体《むたい》がゆるされてよいものか。ただちに東京へ報告するぞ。天子様に援軍の派遣をおたのみ申すのじゃ」
「知事殿が東京へ行かれるので？」
「いや、堀真五郎に行ってもらう」
堀真五郎は、長州出身。公考の腹心。
というより、むしろ生活全般にわたる世話役で、これまで箱館でもさんざん公考の一軍の将らしからぬ言動にふりまわされたあげく、公考がぬけだしたあとの五稜郭に最後までがんばって残兵整理につとめていた。ようやく間一髪《かんいっぱつ》のところで船に乗り、この青森に来てみたら、こんどはただちに東京へ行かされたことになる。
もっとも、その甲斐《かい》はあった。東京新政府はただちに援軍の派遣を決定したからだ。
津《つ》藩兵二四七名、備前《びぜん》藩兵五六六名、および久留米藩兵二三一名。このほかもろもろの集兵の結果、この年（明治元年）暮れの時点では、
野辺地《のへじ》
小湊《こみなと》
青森
平舘

小泊《こどまり》というような陸奥湾ないし津軽海峡にのぞむ沿岸の地にずらっと陸兵が配されることになった。要するに前線基地だった。

右のうち、もっとも多数の兵がさかれたのは、もちろん本陣のある青森だった。しかし清水谷公考は、

「こんな海にちかい場所では砲撃される。榎本の船に砲撃される」

毎日まいにち子供のように言いつのって、とうとう本陣をうつしてしまった。しかも青森から浪岡《なみおか》へ、浪岡から黒石《くろいし》へと半月に二度も。うつるたびに南へさがり、内陸にひっこんだことは言うまでもない。おもてむきの理由は、

「箱館を賊徒《ぞくと》に取られたため、謹慎《きんしん》つかまつる」

というものだったが、こんな殊勝な口上を真《ま》に受けるお人よしはどこにもいなかった。長州出身の青森口陸海軍参謀・山田市之允《やまだいちのじょう》（のちの司法大臣・山田顕義《あきよし》）などは、あきれはてて、

「あなた様におろおろされては、兵たちの士気にかかわります。だいいち、季節は真冬に入りました。いくら何でも賊徒どもの艦船がわざわざ強風豪雪をおかして海峡をわたって来るはずはござらぬ。こちらにも武器や兵糧の運搬の問題がある。本陣はやはり交通至便な繁華の地にもうけるべし」

説得したが、公考はかたくなに首をふるばかり。ようやく、

「わかった。青森へかえろう」

同意したのは、江差沖での開陽座礁の報を聞いたあとだった。ようやく脅威がうすれたのだろう。もっとも、青森本陣の常光寺はこのとき野戦病院を兼ねていた。負傷者たちの苦しげなうめきを夜な夜な聞くのが、

「よっぽど、はア、こわかったんだべ」

津軽藩兵のなかには、そううわさする者もいたという。

とにかく。

新政府軍の兵力は、今後もさらに増強される予定だった。

†

釜次郎の側も、もちろん陸のそなえは怠らなかった。
箱館、松前、江差という最重要都市にそれぞれ守備兵三〇〇を配したほかは、おもに敵軍の上陸を阻止するよう海ぞいに防備をかためた。津軽海峡にのぞむ、
茂辺地《もへじ》
当別

木古内などには七〇〇の兵をとびとびに置いたし、箱館にいちばんちかい湯川《ゆのかわ》には、そこだけ五〇〇の兵をさいた。

南方だけではない。そもそも釜次郎が最初に蝦夷島に来たとき上陸地点にえらんだのは、箱館の北方、内浦湾の鷲の木だったが、この周辺にも四〇〇の兵を散布した。いちおうモロランにも敵の上陸の可能性はないではないが、ここにはすでに開拓奉行・沢太郎左衛門の二〇〇名のあることを以《もっ》てよしとした。

軍艦どもには箱館湾内を遊弋《ゆうよく》させ、いつでも出航できるよう命じてある。ここまで準備がととのったところで、

「さあ。土方さん」

釜次郎は土方歳三を五稜郭によび、箱館奉行所の一室のたたみの上に地図をひろげて、

「敵さんは、どこから来るかなあ」

宮古湾での甲鉄奪取の失敗から、ほんの数日後のことだった。

こよみはもう明治二(一八六九)年の四月をむかえている。雪どけの季節だ。これから新政府の陸海軍がいよいよ蝦夷島攻略を実行にうつすであろうことは、誰の目にもあきらかだった。

「ふむ」

土方はどさっとあぐらをかき、地図をながめた。

地図は、蝦夷島の南端をえがいている。かなり広範囲にわたるもので、東の太平洋、西の日本海、南の津軽海峡、および北の内浦湾にかこまれた陸地がそっくり一枚のなかに収められていた。当然、箱館は中央最下部にしめされることになる。各地に配した自軍の兵力も正確に書き入れられてあった。

釜次郎は、土方の背後に立って、もういちど、

「敵さんはどこから来るかなあ。あんたが敵方の参謀なら、どこを上陸地点にする？」

「というより」

土方は腕を組み、首をかしげるそぶりを見せて、

「そもそも貴重な戦力をこうまでこまかく分散したのは何故なのか、私には少しわかりかねる。せっかくの巨岩をくだいて砂にするようなもの、みすみす戦力をよわめている。むしろこのさい、些々《ささ》たる陣地はすててしまって、江差、松前、箱館の三市に全兵力を集中させるほうがいい気もしますが？」

「それはな、土方さん」

釜次郎は、説明した。

そもそも一国の防衛には、二種類のかんがえかたがある。ひとつは侵入自体をゆるさないこと、もうひとつは侵入はゆるしても首都ないし重要都市だけは徹底的にかためぬくこ

とだ。独立戦争時のオランダなどは後者にちかい方法をとったが、しかし今回の釜次郎の場合には、

「それは、むりだ」

釜次郎の首都・箱館は、どうしようもなく無防備だったからだ。海に面し、平野がひろく、そのわりには農業生産力にとぼしく、何より街全体をとりかこむ城壁がない。以前から釜次郎が嘆息しているとおり、五稜郭はしょせん政府の建物を——それのみを——まもっているにすぎないのだ。

となれば、防衛の方法はひとつしかない。侵入自体をゆるさないことだ。言いかえるなら、国境でふんばる。釜次郎の目には、正味のところ、こちらのほうがはるかに、

(現実味が、ある)

というのも、箱館共和国は純然たる島国なのだ。他国の者が侵入するなら、それはかならず、海からの、

「上陸」

というかたちを取らねばならない。そうして上陸戦というのは、一般に、まもる側のほうが圧倒的に有利な戦いなのだ。

おなじ兵力、おなじ武器でやりあったら勝利はつねに防衛側のものとなるだろう。なぜなら攻撃側は、沖合で軍艦をおりてから浜辺の砂をふむまでの数百メートルの海上を、ゆ

らゆらと、何の武装もしていないボートに乗って来なければならないからだ。陸側の兵にとっては恰好《かっこう》の標的で、いくらでも大砲や小銃でねらいをつけられる。海へたたき落とすことができる。

もちろんボートのほうからも応射は可能だろう。大砲はともかく、小銃はじゅうぶん撃ち返せるだろう。しかし実際、その弾丸はまったく命中しないはずだった。手こぎの小さな舟の上で銃を撃つのは、池に浮く蓮《はす》の葉の上で神楽《かぐら》を舞うほどにむつかしいのだ。そういうところまで考慮に入れると、

「俺たちは、水際でふせぐ作戦をとるほうがいいのさ」

釜次郎はぽんと土方の肩をたたいた。そうして、

「あんたの言いかたを借りるなら、土方さん、むしろ岩はこまかくくだいて沿岸にばらまくべしってことだ」

土方は、ふりかえらない。もともと釜次郎のこの返答は、或る程度、予想していたのだろう。あくまでも地図をにらみながら、

「わかりました。そうなると」

また少しかんがえて、わずかに背をまるめ、

「敵方は、ここに上陸するでしょうな」

地図上の或る一点をトンと指でついた。釜次郎は身をかがめ、その指先の地名を読む。

そこには、

「乙部《おとべ》」

と記してあった。

「乙部か」

（みごとだ）

釜次郎は、うめいた。土方歳三、この期におよんでも甘い期待をただの一分《いちぶ》も抱いていない。核心をつく判断力というしかなかった。早い話が、釜次郎にすれば、そこに来られるのが、

（いちばん、痛《いて》え）

乙部は箱館の西方、日本海ぞいの漁村だが、しかし松前はもちろん江差よりもさらに北に位置するため、釜次郎はそこまで兵がさけなかった。つまり丸腰。なるほど新政府軍にもしも目のある輩がいれば、きっとここをえらぶだろう。ここで無血上陸に成功すれば、蝦夷地攻略の最大の難関をあっさり突きやぶることができるのだ。

と、そこへ、

「お呼びかな。釜さん」

ぬっと首をつきだしたのは、海軍奉行・荒井郁之助だった。どすどすという大きな足音をひびかせつつ歩いてくると、立ったまま地図を見おろして、

「お。わが陸兵の布陣図ですな」

　釜次郎はうなずいて、

「敵はどこから上陸するかっていう話をしてたのさ。土方さんは乙部だと」

「乙部？」

　荒井は眉をひそめ、痰《たん》でも吐くかのような言いかたで、

「あり得ん」

　そうして土方の右にしゃがみこんで、

「わかりきったことじゃありませんか、土方さん。敵の身になれば、かりに乙部に上陸しても、そこからこの箱館へ来るために長いながい陸行を要するんだ。途中でいちいち大いくさをして、江差も松前も落とさねばならん。そんな面倒なことをするよりは、ここ」

　もっていた扇子をぱたんと閉じ、五稜郭のすぐ下のところを何度もたたいて、

「ここしかない。この湯川に上陸して、いっきに箱館を襲わんとする、これに相違なし！」

　釜次郎が口をはさんで、

「おいおい、郁さん。なるほど湯川は青森の対岸だ。海路でも陸路でも最短距離には違《ちげ》ぇねえが、しかしなあ、いくら何でも少し無理がすぎねえかな」

「どうして？」

「こっちもその危険はわかってて、そこだけはふせぎぬくよう五〇〇もの兵を置いてるんだ。松前や江差より多いんだぜ。わざわざ上陸するのは暴虎馮河《ぼうこひょうが》もいいところ、自滅を志願するようなもんだよ。そうじゃねえか、郁さん」

ふつうに反論しただけのつもりだった。もともと釜次郎は荒井郁之助とはほぼおない年だし、九歳のころからは、おなじ下谷三味線堀で暮らしてもいた。つまり古なじみの友なのだ。この程度の応酬では、おたがい気をわるくしたことはない。

がしかし、このときの荒井はちがっていた。右の目じりをぴくぴくさせながら、

「そんなことはない、釜さん。やつらがこの箱館へどんなに迫ろうと、どんなに急接近しようと、われらの軍艦三隻はただちに出航し、堂々と艦砲戦を展開する。何なら接舷戦でもいい。もとより一身の死は厭《いと》うところではない」

「おいおい」

釜次郎は、めんくらった。単なる意見の陳述と、決意表明との区別がついていない。理性をうしないかけている証拠だった。土方がおだやかに、

「荒井殿、おちつかれよ。こんどの敵は以前とはちがう。鳥羽伏見からこのかた、白河《しらかわ》口、越後《えちご》口、奥州各地とさまざまな戦場で経験をつんできた強者《つわもの》どもだ。装備も最新のものだろう。ここは手堅くものを見なければ……」

「ふん。土方さんの口から『手堅く』などという生ぬるいことばを聞こうとは思いもより

ませんでしたな」

「そうですか」

「どうやらあんたも、怯懦《きようだ》のやまいに取り憑《つ》かれたらしい」

土方が、あごをあげた。

荒井の顔を、じっと見あげる。

荒井はご自慢の口ひげを小刻みにふるわせつつ、土方をまともに見おろしている。

（郁さん）

さすがの釜次郎も、きもが冷えた。もと新選組副長にはっきり怯懦と言ったとあれば、それだけでも斬殺《ざんさつ》される理由になる。誰も同情はしないだろう。

土方は、うごかない。

荒井もうごかない。無言のにらみあいがつづいた。

荒井郁之助という男は、ふだんはもう少し冷静なのだ。海軍出身者らしく合理的な思考にも長《た》けているし、むやみと他人を刺激したりもしない。けっこう洒脱《しやだつ》なところもあった。

しかしここ数日は、おそらく宮古湾の海戦――あのたった三十分で五〇人以上の死傷者を出した神君《しんくん》以来の大敗戦――からいまだ日があさいためだろう、脳内に異常な血がのこっているらしい。釜次郎の目から見ても常軌《じようき》を逸《いつ》したふるまいが目立っていたのはたし

かだった。もっとも、それはこのさい、

（何の理由にも、なりはしねえ）

そのことも釜次郎にはわかっていた。それを言うなら、土方もまた宮古湾へは出ていたのだ。これまで生死をともにした新選組その他の部下とともに回天に乗り組み、銃弾のとびかう甲板に立ち、はげしく彼らを叱咤《しった》して敵の甲鉄へつぎつぎと飛び降りさせたのは――最初に命令したのは荒井だが――土方歳三その人にほかならなかった。荒井の行為が異常の故にゆるされるなら、土方のそれも当然おなじ理由でみとめられるべきだろう。

（土方は、斬る）

釜次郎は、そう確信した。避けるすべはないと思った。土方はゆっくりと立ちあがり、ひくい声で、

「怯懦か」

「ああ」

「……そうかも、しれません」

目を伏せると、体の向きを変えた。

ひとり部屋を出て行ってしまった。その背中は、ついこのあいだまで帯びていた火焔《かえん》のような迫力をまるで帯びていない。ふつうの男の気力すらない。

おだやかな、人間味のある、ただの三十五歳の背中にすぎなかった。

†

その晩。

釜次郎は、山ノ上町の料亭・笹屋の奥座敷にいる。

すっかりなじみになった店だが、今夜の酒の相手は、陸軍奉行・大鳥圭介ただひとりだった。

ふたりは向かいあって正座したが、ただし今夜は、それぞれにお膳はあてがわれていない。おなじひとつの小さな円卓をへだてている。そのほうが、ざっくばらんに話せるというのが釜次郎の提案だった。

釜次郎は腕をさしのばし、大鳥のさかずきへ一献《いっこん》ついでやりながら、

「……というわけなんだ。大鳥さん」

と言った。この日の午後のできごとをすっかり打ち明けたのだ。そうしてさらに、

「俺としちゃあ、まあ、荒井の郁さんの斬殺死体を見ずにすんだのは幸いだったがね。気になるのは……」

「荒井さんの気病《きや》み？」

「いや、あれは一時的なもんだろう。宮古湾の敗戦の記憶がうすれれば、じきにもとの郁

さんにもどるさ。俺が気にしてるのは、むしろ土方さんのほうなんだよ。あの力みのなさっていうか、精気のなさっていうか……はじめて富士山で会ったときとは別人になってる」

「そうですか」

「いったい何があったんだ。大鳥さんなら、わからねえかな」

「そうですか。そのために私をお呼びになりましたか」

大鳥はにこにこと何度もうなずく。釜次郎へ返杯する。このあたりの如才《じよさい》なさ、いかにも上方のお坊ちゃんらしいけれど、或る意味では江戸っ子にも通じるところがあるように釜次郎はふと思った。大鳥は箸《はし》をとり、手近な皿から刺身をつまんで口に入れて、

「はて。土方さんが」

「あんたたち、最近、うまが合ってるじゃねえか。何か気づいたことはないか?」

大鳥圭介と土方歳三。

このふたり、うまくいくはずがない。

はじめは誰もがそう思っていた。何しろ選挙結果がよくなかったからだ。八九点もかきあつめて陸軍奉行に当選したのが大鳥だったのに対して、土方はたった八点しか取れず、しかもあの松平太郎にすら負けた。この結果をおもんじるなら、土方は、どういう陸軍がらみの指導職にも就けないことになるはずだった。

しかし土方をむざむざ飼い殺しにすることは、つねに事実上の交戦状態にある箱館共和国にとって、あまりにも、あまりにも現実的でなかった。釜次郎はこの土方という実戦の才のかたまりを起用せざるを得なかった。そこで副総裁の松平太郎との協議の上、くるしまぎれに、

「陸軍奉行並」

という同格の役をこしらえて土方にあてがったわけだが、このことは、しかし大鳥圭介にはおもしろくなかっただろう。あの八九点の衆望にはいったい何の意味があったのかと内心ふてくされてもしかたがなかった。いっぽう土方にとっても、大鳥のごとき書物の世界から抜け出してきたような男といっしょに仕事をするというのは、

(むしずが走るに決まってる)

釜次郎でさえ、そんなふうに危惧《きぐ》していたのだった。

ところが。

うれしい誤算が、ここに起きた。土方が、

「大鳥先生、大鳥先生」

と、何かにつけて大鳥を立てたからだ。それも選挙結果の故にやむを得ずというのではなく、心底その人間を尊敬している感じだった。

この事態には、誰もが首をひねった。

（まさか、学問に敬服したわけでも）

釜次郎も首をひねったが、ほどなく事情が判明した。大鳥圭介はここに来るまでに、野《や》州《しゅう》宇都宮城で敵方の香川敬三という男のひきいる軍をやぶり、いっときながら遁走《とんそう》させるという手柄を立てていたのだった。

香川敬三は、もともと水戸藩の郷士の三男。

平時ならうだつの上がるはずもない男だが、風雲に乗じて上洛《じょうらく》し、文久年間（一八六一～六四年）以降には公家の岩倉具視の手下となって討幕のために暗躍した。それ以前には徳川慶喜の一橋家にも接近したことがあるというから一貫した思想信条のもちぬしではなく、要するに政治のにおいのする場所なら何でも鼻をつっこみたがるという型の人間だったのだろう。

その後、幕府は瓦解《がかい》した。

鳥羽伏見の戦いをきっかけに、全国的に内乱が勃発《ぼっぱつ》した。いわゆる戊辰《ぼしん》戦争だが、香川敬三ももちろん新政府軍にくわわり、おもに北関東を転戦した。この転戦のさなかに、彼の属する東山道総督府は、下総国流山の地で新選組局長・近藤勇をとらえたのだった。

いくら「賊徒」であろうとも、近藤勇ほどの傑物だ。単なる一兵卒とおなじにはあつかえない。一死はまぬかれぬにしろ武士としての最大の礼をもって遇するべきではないか——つまり自分で腹を切らせるべきだ——という意見も新政府軍内にはあったのだが、し

かし、

「きやつめは単なる人殺しです。罪人は罪人らしく、斬首に処すべし」

そう強硬に主張したのが、どうやら香川敬三だったらしい。香川のこのときの立場は御《み》旗扱《はたあつかい》、要するに客員のようなものであり、本来ならば軍の方針にどういう口出しもできないのだが、京では新選組に多数の同志を斬殺され、また香川自身もさんざん命をねらわれたことから、そのうらみを晴らそうとしたらしかった。

結局、近藤勇は斬首に処された。

罪人のあつかいをされたわけだ。この報に接した瞬間、土方歳三は激怒した。このときから土方は、香川を、

「怨敵《おんてき》」

と見たが、しかし現実には戊辰戦争の戦場はあまりにもひろく、戦況はあまりにも思わしくなかった。土方は、香川に一太刀あびせるどころか、目の前の戦闘に負けないだけで精いっぱいだったのだ。

その香川に、大鳥圭介は勝利した。

敗戦つづきの旧幕軍にあって、いっときながらも宇都宮城から逃走せしめた。このことが土方にはよほどありがたかったのだろう。身分よりも、肩書よりも、学問よりも、そういう武士の面目にかかわる要素のほうが、土方には、はるかに、

「身にしみる」

のにちがいなかった。

そんなわけで、いま土方は大鳥を立てている。

大鳥もまた土方にいろいろなことを相談していて、思いのほか釜次郎の陸軍はまとまっている。内輪もめがない。双頭体制の指導者どうしの関係としては、まことに稀有のことだった。釜次郎としては安心をひとつ得たわけだが、そんなところへ、こんどはまたあたらしい問題がもちあがったことになる。あの土方歳三が、

(あんな元気のなさじゃあ、なあ)

このことだった。釜次郎は、この日の午後の、ろくろく荒井郁之助に抵抗もせずそっと部屋から去っていくときの土方の背中を思い出しながら、

(まるで年寄りじゃねえか。これからってときに)

それでこの夜、釜次郎は大鳥圭介をまねいて話を聞くことにしたのだった。土方の老化のきっかけは何なのか。

大鳥は、しばらく思案した。

ようやく箸を置いて、顔をあげ、

「それは、おそらく……」

「おそらく?」

「武士の面目でしょう」

「ぶしの、めんもく？」

釜次郎は、目を見ひらいた。想定外の答だった。大鳥はうなずいて、

「宮古湾からこの箱館にかえられたとき、土方さんは、いつになく悄然《しょうぜん》とした様子で言われたのです。『自分はこれで、決定的に、時代おくれになりました』と」

「時代おくれ……」

「はい。私が思うに」

大鳥はつづけた。土方歳三の過去の戦績でもっとも光輝《こうき》にみちているのは、いうまでもなく京師《けいし》（京都）時代、新選組副長として諸国から来た浮浪の徒をびしびし取り締まっていた時代だが、その取り締まりは、もっぱら刀槍《とうそう》による個人対個人の決闘による。いくら大人数《おお》でうちこんでも、結局のところ、勝敗は剣客《けんかく》ひとりひとりの力量に負うのだ。

初代局長芹沢鴨《せりざわかも》の暗殺も、池田屋事件も、その他もろもろの志士弾圧も、みな要するにおなじだった。男はつねに個人対個人のいくさで技をためされる。胆力をためされる。

だからこそ武士の面目などという個人としての人間美学がそこに成立するのだし、むしろ美学そのものを最初からふくむかたちで戦闘行為が成り立っているのが新選組の——ひいては江戸三百年のさむらいたちの——ありかただった。宮本武蔵《みやもとむさし》や荒木又右衛門《あらきまたえもん》にはじまって、近藤勇、沖田総司《おきたそうじ》、山崎烝、永倉新八《ながくらしんぱち》……土方は、そういう時代の男なのだ。

が、宮古湾はちがう。

そういう牧歌的な戦場ではなかった。もはや個人対個人という要素はかぎりなく意味がうすれ、そのかわり、

「機械」

の要素が勝敗を決めた。

早い話が、木造艦と装甲艦なら装甲艦が勝つ。小銃とガトリング砲ならガトリング砲が勝つ。おなじ小銃どうしの戦いなら百挺《ちょう》よりも千挺のほうが完勝する。人間ごときの技や胆力がそれをくつがえすことはできない。そういう戦いだったのだ。

戦闘というよりは、数字くらべ。ほとんど遊戯のようなものだった。

当然、そんなところに個人の美学などが成立するはずがない。武士の面目などというものは弾丸に劣《おと》り、火薬に劣り、ひょっとしたら機械油にすら劣るしろものだったかもしれない。無用の長物、蛇の足。もしもそれが近代というものの宿命ならば、近代は、あきらかに個人美学を否定する時代だった。

土方はこの点、旧時代の人間だった。

どこからどう見ても旧時代の完成者だった。土方自身、そのことをつくづく思い知らされたのだろう。だからこそ、

「私ごときに、あんな弱音を吐かれたのでしょうな」

大鳥はそう述べてから、なおも淡々《たんたん》とした口調で、

「あの人は、私にこうも言っておられましたよ。これからの自分の仕事はただひとつ、死にどころを見つけることのみ」

「死にどころ、か」

釜次郎は、口をつぐんだ。

釜次郎は釜次郎で、これまた典型的な新時代の人間だった。土方の気持ちはわからない。けれども、わからない以上、かえって批判や同情の意を述べることは、

（しないのが、礼儀だろう）

そのことはわかっていた。ただ釜次郎には、それはそれとして一国の総裁という立場がある。外敵の襲来をふせぐ最終的な責任は、ひとり釜次郎の肩にのみ負われているのだ。

その責任者としては、土方に、

（みょうなふるまいをされちゃあ、こまるんだが）

という危惧は抱いている。近代戦の戦場においては、自分勝手にうつくしく死ぬやつは害毒以外の何ものでもない。野暮でも不恰好でも醜悪でも、生きて敵をひとりでもたくさん殺傷する者のほうが指導者としてはよろこばしいのだ。

釜次郎はしばらく、さかずきをかさねた。

手酌でぐいぐい飲んだ。飲まざるを得なかった。大鳥が、ふいに声をあかるくして、

「ときに、総裁」

「何だい？」

「その土方さんの前の、上陸地点の話ですがね。私にも意見があるんですが」

釜次郎はひざを打って、

「おお、そうだった。敵軍がどこから蝦夷島に来ようとするか、あんたの予想をぜひ聞かせてくれ。それも今夜のうたげの目的なんだ」

「ならば」

大鳥はこほんと咳《せき》をしてから、自信のありそうな口ぶりで、

「乙部」

「ほう。土方さんとおなじ見かたか」

「はい。ただし根拠はちがいますけど」

大鳥は、にこにこと予想の理由を述べた。釜次郎は、

「あっ」

つい腰を浮かしてしまった。

（正しい）

直感とともに、大鳥の顔をまじまじと見た。大鳥はまだ笑っている。なるほど、それは苦労人には思いつかないだろう。お坊ちゃんにしか思いつかないだろう。世の中にはこう

いう人情のうがちかたもあるのかと、釜次郎はみょうに感心した。

†

江差奉行・松岡四郎次郎は、毎日、浜辺に立つ。

部下とともに海を見ながら、

「上陸は、ゆるすな」

という箱館からの命令を思い出している。箱館共和国政府総裁・榎本釜次郎は、

「ゆるしたら俺たちは一巻の終わりだ。どこからであろうが五稜郭を落とされる。くりかえす。あいつらを水から一歩もあげるな」

いつになく真剣な顔でそう言ったのだという。

ならば、その上陸地はどこか。当然、この江差という可能性もたかい。だから松岡は毎日みずから浜辺に立つ。海を監視しているのだ。

四月九日、払暁《ふつぎょう》。

ほのかな朝のあかるみのなか、二隻の軍艦のかげが見えた。

「来た」

松岡はつぶやいた。

一隻は、ただの木造艦ではない。船体にぐるりと鉄のはかまを巻いている。あれが名高い、

「甲鉄か」

松岡は、身ぶるいした。もう一隻は木造艦、これは薩摩の春日だろう。二隻とも松岡の目には左から右へ、つまり南から北へとすすんでいる。

まわりの兵がさわぎだした。なかには声をうわずらせて、

「ああ、あの船どもは錦旗《きんき》をかかげている」

などとこのさい何の意味もないことを言うやつもいる。松岡はそちらへ一瞬、顔を向けて、

「うろたえるな。敵のうごきを見きわめるんだ」

もともとは、これも五稜郭からの厳命だった。かりに敵艦が見えたとしても、江差に来るとはかぎらない。江差を無視して北行をつづけ、乙部にとりつく可能性がある。敵のうごきを見きわめよ。

甲鉄と春日は、どちらもさかんに黒煙をふきあげている。

兵員を満載しているのだろうが、船足《ふなあし》ははやい。朝もやで距離感がつかみづらいけれど、それでも移動していることははっきり知れる。波はおだやか、空は晴朗。天はいささかも彼らの前進をさまたげるところなし。

「乙部だっ」

松岡は、さけんだ。乙部はいま江差支配ということになっている。江差に駐屯中の三〇名は、いざとなったら乙部をも死守しなければならないのだ。

「兵をさく。三木軍司《みきぐんじ》の指揮する三小隊、ただちに北へ走れ！」

（間に合うか）

松岡は、反射的に計算した。江差から乙部への道はたかだか一〇キロ、まずは一時間半もあれば兵は到着するだろう。

しかし聞くところでは甲鉄の最高速度は一〇ノット、こちらはあと三十分で乙部沖に着く。もちろんその後、ボートをおろし、兵や武器や弾薬をおろした上、手こぎで浜へ向かうのだから時間はなおもかかるはずだが、そいつらが浜にあがる前にこっちの攻撃準備がととのうかとなると、これは微妙なところだった。

間に合えば、こちらが有利。しかし、もし、

（間に合わなければ）

上陸をゆるすなという釜次郎の声が、じかに耳朶《じだ》を打った気がした。

三小隊が、江差を出た。

第十章　敵軍再上陸

結局、間に合わなかった。三木軍司らの三小隊は、いまだ海岸に着かないうちに、峠をこえた小高いところで、

「あっ」

敵兵のすがたを見おろしたからだ。敵は縦《たて》に二列になり、雪の白煙《はくえん》を蹴立てつつ、こっちへ向かって街道上を南進している。もう上陸ははじまっているのだ。

しかしまだ一縷《いちる》ののぞみはあるようだった。敵の隊列は、木のかげになって見えない部分もあるけれど、まず、

「五〇人以上ではないと見たぞ」

三木軍司は、声をはげました。そうして前に腕をのばし、指先をちょっと横にふって、

「しかも、あの合印《あいじるし》（ここでは肩章。同士討ちを避けるため縫《ぬ》いつける）の紋《もん》を見ろ。白絹《しろぎぬ》に単菱《たんびし》。松前藩兵じゃ」

松前藩という語が出たとたん、背後の兵のむれから歓声がわいた。それなら倒せる、というのだろう。昨年の秋、釜次郎の軍がはじめて蝦夷島にのりこんで松前城へ押し寄せたとき、この藩兵はろくな抵抗もしないまま城をすてて北へ落ち、藩主・松前徳広とともに海路青森へのがれてしまっている。お世辞にも勇猛とはいえない負けっぷりをさらしたのだった。

その連中が、ふたたび蝦夷島に来た。

新政府軍の先鋒《せんぽう》としてだ。このことは、じつはあらかじめ大鳥圭介の想定するところだった。大鳥は釜次郎に、ゆくゆく敵兵はどこに上陸するかと問われたとき、すぐさま、

「乙部」

とこたえ、その理由をこんなふうに述べたのだった。

「あの連中（新政府）は、きっと松前兵にはそれなりの配慮を見せなければならんでしょう。松前兵は唯一、蝦夷地の道案内ができる貴重な人員ですからね。その道案内とひきかえに松前の地の奪還《だっかん》という悲願を果たさせてやると考えたとすれば、上陸地は湯川や鷲の木ではあり得ない。松前には遠すぎる。乙部しかないでしょう」

「いいところを衝《つ》いた」

釜次郎は、ひざを打って感心したという。

「お坊ちゃんじゃなきゃ思いつかねえ理由だな。ほめてるんだぜ、もちろん」

三木軍司の兵士たちは、すでに箱館よりの伝令から右のしだいを聞いている。松前兵がただの案内役であり、それと同時におそらく先鋒という名の人間の楯《たて》をもつとめさせられていることは重々わかっていた。

「恐るるに足りず」

三木はすっと背すじをのばし、背後の兵卒どもへ、

「兵数も、こちらが上じゃ。やつらを蹴ちらし、海岸へ降り、いまだ上陸の完了していない敵をいっきに海へ押し返そうぞ」

「おう！」

彼らはさらさらと道をくだり、くだりつつ左右の林に展開した。そうして、

「撃てやあっ」

樹間から発砲した。敵もただちに路上に伏せ、応射をはじめる。撃ちあいがやむと三木軍司はやおら樺《かば》の木の根から立ちあがり、抜刀して、

「ものども、つづけっ」

まっさきに斜面を駆けおりた。多数の兵士がうしろから喚《おめ》きをあげつつ追随《ついずい》する。そのまま敵の横っ腹へ突入しようとしたとき。

どん。

という、太鼓の皮のやぶれるような音が天地をふるわした。ほどなく空からシュルシュルという擦過音がして、鉄の弾がふってきた。あっと思ったときには遅かった。砲弾は命中せず、三木たちの後方でむなしく土を舞いあげたが、土といっしょに吹っ飛ばされた太い木の枝々《えだえだ》がくるくると回転しつつ兵のむれに突っ込んで、ひとりの足に突き刺さり、もうひとりの右目の下に裂傷をつくった。

「海からじゃ」

三木はくしゃみをした。きなくささが鼻をついたのだ。ここからは木立《こだち》のかげでほとんど見えない海の上から敵の軍艦が撃ったことはたしかだったが、それにしても何という正確さだろう。三木は、凍るような恐怖をおぼえた。

艦砲は、その後つぎつぎと来た。

三木軍司は、のちに江差奉行・松岡四郎次郎へは敵の軍艦の数を九隻と報告したが、実際のところは七隻だった。しかもそのうち三隻は陸兵をはこぶ輸送船だったため、砲撃をおこなったのは甲鉄、春日、丁卯、陽春の四隻にすぎない。つまりこのとき三木の目には、敵艦はほぼ倍に見えていたことになる。

要するに、それくらい砲撃がすさまじかった。雨やあられと降ってきた、というのはこの場合もののたとえでも何でもなく、事実そのものの描写だった。砲弾のなかには散弾

——このころは霰弾《さんだん》と表記した——もまじっていたからだ。兵たちは浮足《うきあし》立った。頭をかかえ、隊列をみだし、空から目をはなさなくなった。三木は彼らへ、

「ばかもん！　もうすぐ味方の艦が来るんじゃ。回天が、蟠龍が、あんな船なんぞ木っ端《こば》みじんにしてくれる。辛抱《しんぼう》せい。いま少し辛抱せい」

と言ったが、そんな幸運があり得るはずもないことは三木自身がいちばんよく知っていた。回天にしろ蟠龍にしろ、この乙部沖まではるばる来るくらいなら最初から津軽海峡でむかえ撃っている。それをせず、まるで山椒魚《さんしょううお》のように箱館湾にひっこんだままだったのは、五稜郭および箱館の街の防備に集中せざるを得なかったからにちがいないのだ。

砲弾の雨は、だから永遠にやむことはない。

兵たちも、そのことは感づいているのだろう。三木のはげましには誰も耳を貸さず、右往左往《うおうさおう》をくりかえした。いや、事態はさらに深刻になっている。一発着弾するたびに怒号が飛び、弱音が吐かれ、ついには目の前の松前兵にさえ背を向ける者もあらわれるしまつで、三木はやむを得ず、

「全員、退却」

この瞬間、釜次郎の敗北は決定した。

五稜郭の陥落は、単なる時間の問題になった。もちろん三木はこのとき降伏を決めたわけではない。戦意を喪失したわけでもない。ただ落ちついて陣容をたてなおし、あらため

て松前兵にあたろうとしただけの話だった。しかしこの箱館戦争全体の情況からすれば、その「だけ」が命とりになったのだった。

敵の後続の上陸が、きわめて容易になったからだ。

というより、それを阻《はば》む者はもはやなかった。後続はかなりの大兵力だった。乙部沖に到着した三隻の輸送船——飛龍、豊安、およびアメリカ汽船ヤンシー——は、合計二〇〇〇名以上もの陸兵を陸にあげ、そのほか武器や弾薬や食糧はもちろん、テントやブランケット（野戦用毛布）や合羽《かっぱ》のような諸荷物まで、持ってきたものはぜんぶ陸あげしてしまった。新政府側の陸海軍参謀・山田市之允すらびっくりして、

「何かの罠《わな》ではないか」

いぶかしんだほどの順調ぶりだった。

しかもなお、三隻はめいめい青森へもどりはじめている。第二次輸送にかかろうというのだ。このあたり、新政府軍は、しだいに勝利の足場を確実なものにしている感があった。

いっぽう、三木軍司の隊。

彼らは海岸ぞいの本道を南へのがれ、厚沢部《あっさぶ》川をわたったところの田沢《たざわ》という場所でふたたび布陣しなおした。北から松前兵が追ってくると見て、それに対するそなえをしたのだ。

たしかに、松前兵は追ってきた。

しかしもう五〇人ではなかった。後続の隊とあわせて松前兵だけでも二〇〇名になっていたし、それに長州兵、津軽兵、福山《ふくやま》兵、および大野《おおの》（越前）兵各一〇〇名もくわわっている。三木たちの前にあらわれたのは、合計六〇〇名の大部隊だった。

それでも三木たちは、ひるまず挑んだ。路上で果敢《かかん》に抵抗した。が、何ぶん彼我の兵の差がありすぎる上、海からはまたしても艦砲射撃の雨がふりそそぐのだからひとたまりもなし。

「だめだ。だめだっ」

南へ敗走し、江差の街へ逃げこむことを余儀なくされたが、しかし甲鉄その他はそれよりもはやく先まわりして、街への砲撃を開始している。海と陸では機動力に差がありすぎるのだ。

江差奉行・松岡四郎次郎は、もちろん事前にこのことを想定している。

占領から約半年、できるかぎりの防備はかためたつもりだった。たとえばこの地の海にしずんだ軍艦・開陽からは二四ポンド砲を二門ひきあげ、しっかり沿岸にすえつけたし、また対岸の岩島である鷗島にも数か所の台場をもうけていた。実際、この台場からはさかんに発砲もおこなったのだ。

が、しょせん旧式の滑腔砲《かっこうほう》だった。飛距離がみじかくなかなか敵艦にとどかないし、とどいてもライフリング（施条）をほどこしていないため命中精度がひどくわるい。ましてや開陽由来の二四ポンド砲にいたっては、沿岸にすえつけたきり弾をとりだす作業も完了しておらず、何の役にも立たなかった。

そのくせ敵のほうの砲弾はおもしろいように江差に落ちた。家々をこわし、役所をやぶり、守備兵たちを肉塊《にくかい》にした。もはや白兵戦は必要なかった。松岡四郎次郎は、新政府軍の陸兵が到着する前にもう、松前への、

「退却」

を決めた。兵たちの行動はてんでんばらばら、退却というよりは逃散《ちょうさん》にちかく、八十余名が敵方に捕らえられたといわれたが実数は誰もわからなかった。二名が住民に撲殺《ぼくさつ》されたのは、これは逃げぎわに略奪でもはたらいたのだろう。

あっけない陥落だった。

これを新政府の側から見れば、明治二（一八六九）年四月九日の明け方にはじまった上陸作戦は、おなじ日の、まだ日も暮れないうちに江差占領をもって完了したことになる。人的被害はほとんどなし。あたかも大波がざわざわと砂の城をのみこむような、完璧すぎる成功だった。

次の攻防は、当然、松前城をめぐるものになるだろう。

†

松前奉行・人見勝太郎は、

「松前兵せまる」

の報を聞いて、これ以上ないくらい苦《にが》い顔をした。床几にすわったまま足で地をふみならし、

「あの連中は、われわれに命を助けられたのだ。そのわれわれに弓を引くべく敵の先鋒をつとめるとは、何という恥しらず。武士の風上にも置けぬ」

半年前、人見はこの松前の街から松前兵を駆逐《くちく》した。彼らは藩主・松前徳広を擁して最北の地というべき熊石にのがれ、小船で藩主を逃がしたのだが、しかし全員が全員、海に出られたわけではなく、約四〇〇人はそのまま熊石にとどまって人見の軍に帰順した。つまり捕虜になったのだ。

人見はこのとき、釜次郎に、

「斬首に処すべし」

と主張した。感情的になったのではない。松前家はもともと封建《ほうけん》制における土地の支配者というよりは単なるアイヌ交易の独占者という性格が濃く、その臣下である藩士も、自

然、あきんどの風《ふう》にそまっている印象がある。武士としての出処進退は、

「期待し得ず」

というのが人見のかねて観察するところだったのだ。この意見には、

「しかり」

と、土方歳三も同調したが、

「うーん。どうかなあ」

釜次郎は肯《がえ》んじなかった。釜次郎はヨーロッパの空気を知っている。ヨーロッパではもはや一六〇〇年代にあらわれた人権思想が浸透しつつあり、戦争における捕虜にすらも人道的待遇がもとめられることを知っている。これから共和国を樹立して外国領事の関心をひき、世界文明の仲間入りをしようとする身にとって、みなごろしなどという前近代的な選択はあり得るはずもなかったのだ。

結局、釜次郎は意見を通した。

松前兵たちは、おのれの身のふりかたを、

「おのれ自身でえらぶべし」

という寛大きわまる処分を――もしそれが処分と呼べるなら――あたえられた。彼らの態度は三つにわかれた。四〇〇人のうち五〇人は釜次郎の軍に参加すると言い、一〇〇人は農民や商人に身を落とすと言い、のこりの二五〇人は、

「津軽へわたり、藩主とともに再起したい」

と言った。堂々たる不服従宣言だが、釜次郎はこれらの希望をみな容れ、ただちに実行にうつした。いちばんおどろいたのは、釈放された彼ら自身だったのではないか。

予想どおりと言うべきだろう、その津軽へわたった二五〇人は、こうしてふたたび帰ってきた。敵軍の先鋒をつとめ、松前をうばい、ついには釜次郎の首を取ろうというのだ。

人見はとうとう床几を蹴って立ち、

「さむらいの本懐は、義理を知るにあらざるや。義理を知るにあらざるや」

まわりの兵卒へわめきちらした。人見勝太郎、このとき二十七歳。もともと御家人の家の生まれで徳川家への忠心があつく、それだけに理非曲直《りひきょくちょく》にはことのほか敏感な若者だった。このときの彼の激語《げきご》のなかには、こんなものもあったという。

「ご覧なされ、榎本殿。これがあんたの共和国の結果じゃ」

が、人見がいかに吼《ほ》えようと、現実の劣勢は如何《いかん》ともしがたい。つぎつぎと江差から来る敗兵と敗報のかずかずが、そのことを如実《にょじつ》に物語っていた。

しかも小憎《こにく》らしいことに、新政府軍は勝負を急がなかった。

勝ちに乗じて怒濤《どとう》のごとく押し寄せるようなことはせず、ゆっくり、ゆっくりと本道を南下した。いうまでもなく、青森からの第二陣を待ったのだ。第二陣が合流すると、松前へ向かう陸兵は一五〇〇名をこえ、弾薬や食糧もじゅうぶんになった。いっぽう人見の側は、江差からの敗走部隊を合わせても七〇〇名あまり、二倍以上の差がある。どだい勝負にならなかった。

松前総攻撃の日は、四月十七日。

江差陥落のじつに八日もあとのことだった。

この攻防戦の実況は、もはや詳述するに値《あたい》しない。人見の軍は――釜次郎の「共和国軍」は――ただ負けた。ろくな戦闘もさせてもらえなかった。陸軍奉行添役・忠内次郎《ただうちじろ》三《ぞう》、松前奉行定役・浅川文平《あさかわぶんぺい》をはじめとする六〇とも八〇ともいわれる死者を出したあげく、総くずれにくずれて城下を逃げ出した。

その方角がまた滑稽だった。彼らは江差のほう、つまり箱館とは反対の方角へ逃げたのだ。道の途中でようやく誤りに気づき、きびすを返し、決死の覚悟でふたたび突入して市街をよこぎり、反対側へ抜けた。いったい何をしているのか、彼ら自身もわからなかったのだろう。

松前城へは、松前兵が入った。

天守閣にのぼり、海に向かって隊旗をかかげた。海からの艦砲はぴたっと沈黙した。前もっての申し合わせどおりの行動だった。

†

もっとも。

二五〇名の松前兵は、このとき、釜次郎たちを、

「裏切った」

という気持ちがあったかどうか。

おそらくそんなものはなかっただろう。いや、それどころか、彼らはむしろ首尾一貫した原理のもとに行動していると信じていたにちがいなかった。もしも人見勝太郎が面と向かって「恥しらず」だの「義理しらず」だのと詰問《きつもん》したとしたら、彼らは反論する前に、さだめし目をまるくしたことだろう。どこの誰の話なのか。

ただしその一貫した原理とは、人見勝太郎の言う「あきんど」意識のようなものではない。そうではなく、はるか京洛《けいらく》の地におわします、

「天子」

への意識だった（実際には明治天皇はこの直前、東京へ行幸《ぎょうこう》しているが）。

天子のために戦い、天子のために捕虜となり、天子のために津軽へわたり、天子のために新政府軍の先鋒をつとめたというのが彼らの主観なのだから、なるほど、その態度にぶ

れはない。俯仰天地《ふぎょうてんち》に愧《は》じるところはないわけだ。

言いかえるなら、彼らは一種の抽象的な価値にその身をささげていた。金銭や恩賞というような具体的な利益はもとめていなかったし、血肉《ちにく》をもった人間としての藩主につかえる意識ももはやなかった。あったとしても希薄だった。「天子」はここでは純粋観念にちかいものなのだ。

この点で、彼らは服装や銃砲こそ旧式だけれど、少なくとも意識だけは新時代を体現していた。彼らは松前という陬遠《すうえん》の地にありながら、思想史的には日本の最先端に位置していたのだ。

いや。

この「新時代」は、かならずしも日本国内のそれではない。

世界史においては、この少し前――西暦一八〇〇年前後――から、兵隊というものの帰属意識における有史以来の大変化が起こっている。

きっかけは、フランス革命だった。フランス革命とは、ひとことで言うなら民衆たちが貴族や国王から政治の権利を完全にうばったという事件だが、権利はつねに義務をともなう。民衆は同時に、それまで担う必要のなかったさまざまな国家的義務をもみずから担うこととなったのだった。

そのうちの最たるものが、

の義務だった。従来はもっぱら貴族や、その臣下や、あるいは彼らに金でやとわれた傭《よう》兵《へい》のみが引き受けていた命がけの仕事が、そっくりそのまま全国民の仕事となったのだ。具体的には、それはフランスでは徴兵制のかたちを取った。国民はただフランスに生まれたというそれだけの理由で軍隊に所属し、武器をもち、ときには戦場に出て人を殺す。ないし人に殺される。この制度の導入は、一面では国家による大兵力の調達を容易にしたが、反面、ひとりひとりの兵士にあたえる理由づけという点ではたいへん困難な問題に逢《ほう》着《ちゃく》した。つまり国家は、

「どうして自分たちは命をなげうって出征しなければならないのか」

という誰もがいだく素朴かつ深刻きわまる疑問に対して明快な回答をしめさなければならなかったのだ。

革命以前なら、この回答はかんたんだった。

「主君のためだ」

これだけですむのだ。この場合の主君とは領主であり、貴族であり、また国王でもあるだろうが、いずれにしても封建的な忠誠心をあおり立てればそれでじゅうぶん兵ははたらいた。少なくとも、はたらくという社会的合意が確立していた。命をすてる理由づけには誰も苦労しなかったのだ。

革命は、その主君を否定した。

領主を否定し、貴族を否定し、国王は否定どころか処刑してしまった。もはや忠誠心では新時代の民衆は釣れないのだ。ひとむかし前の傭兵ならば「金のためさ」と割り切ることも可能だったが、徴兵制のもとの兵士にはそれも不可能。フランスの民衆は、気がついてみれば、自分が何のために戦場で命をかけるのかわからなくなっていた。

こういう空白をうめるために国家の側が——民衆みずからも——発明したのが、すなわち、

「愛国心」

という概念だった。

国家に対する親近感というか、帰属意識というか、忠誠心というか、畏怖《いふ》の念というか……それらを少しずつ配合して、思想的根拠を付与したもの。まったくあたらしい一概念の誕生だった。

逆に言えば、愛国心はそれ以前には地球のどこにも存在しなかった。あったとしてもそれは素朴な郷土愛か、せいぜい小さな共同体での責任感にすぎず、とても一国の国民全体を戦地に駆り立てられるような激しい動力源にはなり得なかった。

愛国心というものを発明した瞬間、フランスの徴兵制は、たましいを入れた仏像になったといえるだろう。領主も貴族も国王もなきいま、フランスの民衆のあたらしい主人は、

「国家」というそれ自体がひどく抽象的な、フィクションの要素を多分にふくむ概念になったのだった。

フランス革命の総仕上げというべき役割を果たしたナポレオン・ボナパルトの軍事的才能が、つまるところ、この徴兵制の生みだした前例のない大軍隊をたくみに使いこなす才能であったことはよく知られている。イタリア遠征にしろ、アウステルリッツの戦いにしろ、彼の勝利には愛国心が不可欠だった。

逆に言うなら、ナポレオンの軍隊はナポレオンという具体的な人間のために戦ったのではない。国家という抽象的な概念のために戦ったのであり、だからこそ破竹のいきおいで数々の会戦《かいせん》に勝利することができたのだった。

ナポレオンは、一時的ながら、ほぼ全ヨーロッパを支配した。

愛国心の勝利だった。ナポレオン以後、各国はこの使い勝手のいい抽象概念をこぞって積極的に導入し、そのことによって軍事力を高めようとした。さらには国家の求心力そのものを保持しようとした。ここにおいて愛国心はフランスをこえて、汎《はん》ヨーロッパ的な現象になる。いわばキリスト教や小麦の栽培とおなじ、文明の土台のいっとう根本的な足場を占めたのだ。

約半世紀ののち、日本では、箱館戦争が起こっている。

箱館の釜次郎と東京の新政府が、まっ正面からぶつかっている。そうして新政府の先鋒たる松前兵がふたたび蝦夷地に上陸して故郷の奪還にはやっているときの心理というのは、まさしくこの汎ヨーロッパ的な愛国心と同質のものだった。

もちろん彼らは近代的な市民ではない。フランス革命も経験していない、革命のよりどころとなった啓蒙《けいもう》思想もろくに知らない単なる封建時代の家臣団だ。しかし彼らが、

「天子のために」

と意識するとき、その意識は、あのフランス由来の「愛国心」にそっくりの様相を呈していた。なかば偶然、なかば歴史の必然だったのだろう。

松前兵にとって、天子というのは具体的な人間ではなかった。

現にこの世に生きてめしを食い、あくびをし、笑いもすれば怒りもする十八歳の睦仁《むつひと》親王＝明治天皇とはまったくべつの、一種の抽象的な観念だった。実際にその姿をおがみもしないのに人づてに話をむやみと聞き、むやみと本で知っては血を熱くする対象だった。言いかえるなら、彼らにとっての明治天皇は人間ではなく、

「人格」

にほかならなかった。しかもこのとき明治天皇はまだ政権に就いてから日があさく、新時代のみずみずしい輝きをはなっている。こういうあたりの情況が、しらずしらず、松前兵の意識をヨーロッパ基準とおなじ性質のものにしていたのだった。

松前兵にかぎらない。

このことは薩長をはじめとする新政府軍すべての兵士にいえることだった。フランスの兵士がナポレオンではなく国家のために戦っていたように、彼らは人間天皇ではなく、天皇の人格のために戦っていた。そのことこそが新時代のあかしであると漠然とながらも知っていた。彼らは言葉のかなり正確な意味において、

「革命戦士」

にほかならなかったのだ。日本はこれより明治、大正、昭和とどんどん陸海軍を発展させ、ついには欧米列強に伍《ご》するまでになるが、兵士ひとりひとりの意識のありかたは基本的には変わらない。愛国心と天皇への敬慕はほとんど内容的に同一だった。日本の軍の近代史は、この箱館戦争の前後あたりにどうやらその雛形《ひながた》が完成したもののようだった。

これに対し、釜次郎の側はどうか。

釜次郎の側の「共和国軍」は、看板こそ近代的だし、大部分に洋式調練もほどこしてはいた。しかしその帰属意識は、まったく旧態依然たるを出なかった。

もちろん天子への憧憬《しょうけい》はあった。ひとりひとりの兵士はもちろん、土方歳三、人見勝太郎、永井尚志などというようなこれまで骨《ほね》の髄《ずい》まで徳川家の忠臣として生きてきたような連中でさえ、それはそれとして皇室崇敬《すうけい》の念はほかの誰にも劣らなかった。要するに、それが時代の常識だったからだ。

が、この崇敬の念は、「共和国」の統一とはまったくむすびつかなかった。

ましてや兵士ひとりひとりが「どうして自分は命をなげうって出征するのか」と疑問に思う、その疑問に対して回答をあたえるものにはならなかった。天子は敵の陣中にあったからだ。

彼らの長《おさ》は、天子ではなかった。

榎本釜次郎だった。この男は知識があり、行動力があり、人間的魅力にあふれていたが、しょせんは旗本の次男坊で、兵士たちにとっては出世した隣人にすぎなかった。京師の天子のように古代以来の血統をほこるわけでもなく、ましてや九重《ここのえ》の奥にましますわけでもない。つねに生身の人間として誰かに顔を見せ、声をかけ、ときには酔態をすら見せている。これでは一集団の権威たるにふさわしい抽象性がじゅうぶん得られるはずがなかった。

釜次郎は、概念であるためには、あまりにも具体的な人間でありすぎたのだ。

あるいは別のことばで言えば、釜次郎は人間にはなれても人格にはなり得なかった。となれば、のこりはフランスの流儀しかない。人間よりも国家そのものを崇敬の対象とし、あの「愛国心」を導入する方法だ。

が、それは無理だった。あの愛国心の成立の背景には、フランスの民衆が革命でみずから旧封建制をたおしたという厳然たる事実がよこたわっていたのに対して、釜次郎の兵士たちは、旧封建制をたおすどころか追慕《ついぼ》している。成立事情が正反対なのだ。

すなわち箱館共和国には、何もなかった。

近代的な天皇はなく、愛国心はさらになかった。この結果、兵士の意識にみだれが生じ、何のために戦うのかがわからなくなった。むろん釜次郎自身には、

「共和国独立のため」

という明快かつ具体的な目標があるけれど、これは当時の一兵卒にはあまりにも理解しがたい概念だった。理解以前にそもそも共和国というものを頭に思い描くことすらできないのだからどういう求心力のみなもとにもなり得なかった。釜次郎の「共和国軍」は、ゆっくりと、しかし確実に、たましいのない仏像になりはじめていた。

昨年の冬。

つまり明治元（一八六八）年の冬、釜次郎の軍は、この蝦夷島を占領した。

それから約半年間の不戦の時期に、彼らの士気はさがりはじめた。おそらく当人たちさえそれとは気づかなかったほどの微妙な変化だったろう。しかしそれが今回のこの致命的な失敗を生んだ。釜次郎はあれほど事前に新政府軍の上陸を警戒していたのに、しかもその地は乙部だとまでぴったり予想していたのに、それでもなお新政府軍にこれほどやすやすと大軍の上陸をゆるしたのは、こうした意識の差のせいだった。

もちろん制海権の問題もある。装備や兵数の問題も大きい。けれどもいっとう根本的な

ところでは、このほんのわずかな精神的な変化がものを言った。新政府軍は日本最初の近代軍であり、釜次郎の軍は日本最後の封建軍だった。

†

その封建軍のなかでも、いわば旧時代の大将というべきは、土方歳三だったろう。

土方は、釜次郎によびだされ、

「おお、よく来た。あんたにまもってもらいたい土地があるんだ」

「どこです？」

「二股《ふたまた》さ」

この瞬間、土方は、

「おことわり申す」

無表情になった。わざわざ死ぬ危険の少ない戦場をあてがわれたと思ったからだ。二股は箱館の北西方《がた》、まったくの内陸にあるため敵の艦砲はとどかない。制海権は関係なし。

「榎本殿」

土方はたたみの上にすわりこんで、じっと釜次郎の目をにらみつけ、

「なさけをかける気なら、要《い》らぬお世話だ」

「そんな気はねえよ、土方さん。あんたには二股がいちばん似合ってる、それだけの話だ。あそこなら純粋に陸対陸の戦いに集中できる。あんたの力がいちばんよく出る」

「ふん」

「それにな、土方さん。敵が江差をおさえたいま、こっちにとって最重要の防ぎ場はもはや松前なんかじゃねえ。二股だ」

(何を、ばかな)

土方は鼻白《はなじろ》んだが、しかしさらに話を聞くと、どうやら釜次郎のことばには嘘《うそ》も誇張もないようだった。

江差から箱館へ向かう道は、じつは二本ある。

一本は日本海ぞいに南下して松前へ入り、それから北東に転じて箱館をめざす道。地図上では片仮名の「レ」の字をえがく恰好になるだろう（この道を新政府軍がすらすらと松前まで景気よく進軍した経緯はすでに述べた）。もう一本は山道で、いうなれば「レ」の字の始点と終点をじかにむすぶ。江差から南東へ向かう道のりだ。

地もとの住民には、

「江差山道」

と呼ばれている。何しろ山道だから曲がりくねっているし、坂ののぼり下りは激しいが、しかしともかく最短距離にはちがいないから、当時はむしろ海ぞいよりもこちらを往来する人のほうが多かった。直線距離で約五〇キロ。二股は、その中途にある。

「ところが山道といっても、土方さん、敵にとっては二股をぬけると道がきゅうに楽になるんだ。いっきに箱館平野まで下りられるし、下りたら五稜郭へは一直線だからな。もちろん対策はもう取ってある。仙台出身の星恂太郎ひきいる額兵隊を派遣して、台場や胸牆《きょうしょう》を築かせている」

（なるほど）

納得すると、土方は行動がはやい。

「わかりました。出立します」

立ちあがり、部屋を出て行こうとした。釜次郎は、

「待ってくれ。まだ話は終わってねえ」

「ほかに何か？」

釜次郎はとつぜん声をひそめ、なかば難詰《なんきつ》する口調で、

「大鳥さんに聞いた。あんた、自分を『時代おくれ』だと言ってるようだな」

土方は足をとめ、ゆっくりと釜次郎をふりかえって、

「……だとしたら？」

「勘ちがいしてくれるな。この戦争は、さむらいの戦争じゃねえ」

「どういう意味です？」

「古い美意識をまもるのじゃない。あたらしい時代をつくる仕事なんだ」

土方は、沈黙した。釜次郎はつづけた。

「二股じゃあ、防いで、防いで、防ぎぬいてくれ。勝たなくてもいい。いつも言ってることだが、こっちは負けさえしなけりゃあ、いずれ……」

「共和国の真の独立の日が来る、でしたな」

「わかってるじゃねえか、土方さん。なら死にどころを見つけるなんて景気のわるいこと、冗談でも言わないでくれ。いっしょに日の目を見ようじゃねえか」

（この男）

土方は内心、おどろいた。現在の情況がこれほど悲観的なものになっても、まだ共和国の樹立はあきらめていないらしい。少年がとんぼを追いかけるように、釜次郎は、いまだ本気で夢を追っている。

「ふっ」

土方は、つい笑みをこぼしてしまった。

「榎本殿。私はやはり時代おくれだ」

「……土方さん」

釜次郎は、目を伏せた。土方はめずらしく快活な口調で、

「が、それはそれ、二股は二股だ。総裁の指示にしたがおう。われらのふせぎ、とくとご

覧《ろう》じろ」

最後のことばも終わらぬうちに、身をひるがえし、部屋を出た。足どりが軽いのが自分でもわかる。が、それが一体なぜなのかは土方自身にもよくわからず、けっきょく自分は戦場が好きなのだ、などと益体もないことを思ったりした。

†

四小隊、合計二〇〇名ほどを連れて現場に着くと、土方は、

「……これは」

思考が停止してしまった。経験したことのない地形だったからだ。

道は、東西にのびている。北側には天狗岳《てんぐ》、南側に三角山《さんかく》、どちらも壁のような急峻《きゆうしゆん》さだ。道のまんなかに立ってみると、ほとんど頭上にしか青空はのこらず、まわりは山のかげで暗い。まったく地の底に落ちた気がする。

(本州には、こういう地形はない)

あるとすれば、戦いのためほんのわずか滞在した会津、米沢《よねざわ》あたりだろうか。少なくとも京、伏見、大坂というような人心そのもののごとく風景がまろやかな西日本の地では想像もしたこともない荒々しさだった。

「まもるには、有利だな」

土方はつぶやいたが、かといって、どうまもればいいのかは見当もつかない。ぼんやりと風景をながめていると、

「ヒジカタサン」

あきらかに日本人のものではない発音で、背後から声をかけられた。土方はふりむいて、

「ああ、フォルタン殿」

見なれた謹厳《きんげん》な顔がそこにあった。

フランソワ・A・フォルタンは、フランス人の砲兵下士官。もともと幕府の陸軍教師として来日したが、幕府が瓦解したため解雇された。

ほかの教師はただちに帰国の準備をはじめたけれども、しかし教師団の頭領《とうりょう》格のひとり、士官のジュール・ブリュネは、

「軍人の訓練のために招聘《しょうへい》された者が、戦争の最中に帰国するのは不本意である。ぜひとも旧幕側の人間として内乱に参加したい」

と言いだした。よほど教え子に愛着があったのだろう。在横浜のフランス公使ウトレーは、

「そういう行動は、国際社会における祖国の立場をわるくする。帰国せよ」

つよく言ったけれども、ブリュネは、

「軍籍を脱すれば問題はないであろう」

皇帝ナポレオン三世あての辞表を提出してしまった。そうして横浜のイタリア公使館でおこなわれた仮面舞踏会の席上、脱走し、そのまま釜次郎の軍にながれこんだ。このときブリュネと行動をともにした四人の部下のうちのひとりが砲兵下士官フォルタン、すなわちいま土方とともに二股の地に立つ男だった。いわば軍事顧問というところだった。なお、箱館戦争時、釜次郎の軍にはほかからの参加者もくわえて一〇名の外国人が参加している。全員フランス人だった。

「ヒジカタサン」

フォルタンは通詞《つうじ》を通じて、まるで軍事演習を見に来た教師のような口ぶりで、

「こういうときは、どういう準備をすべきかわかりますか?」

「いや、存ぜぬ」

土方は、当惑した。フォルタンは、

「彼我の兵力の差をかんがえると正面衝突は避けたいが、左右の山は急すぎる。大砲をひっぱりあげてもさほど意味がないでしょう。最良の策は、小銃を撃ちおろすこと。特に、あそこ」

北側の天狗岳をゆびさして、その指をすっと左へながした。西側の斜面という意味なの

だろう。

「どうしてですか、フォルタン殿？」

「敵の身になったつもりで思考するのです。敵はこの道を西から来る。天狗岳はまず正面に見えるでしょう。道はほどなく山の右へまわりこんで私たちの立つ地点に来ますから、敵の目には山がしだいに、正面から左へ、うつることになりますが。これが何を意味するか、おわかりか、ヒジカタサン？」

「……いや」

「われわれとしては、天狗岳の西の斜面からならば、敵の縦隊を縦に撃ちおろすことができるのですよ。横っ腹から撃つよりもはるかに効率がいい。こういう地形は利用せぬ手はない」

「なるほど。ではさっそく」

兵たちを山へのぼらせると、星恂太郎ひきいる額兵隊の仕事だろう、あちこちに胸牆――防弾のため土などを胸の高さに積んだもの――がすでにたくさん築かれている。土方はその位置をひとつひとつ確かめつつ、西の斜面を中心に銃兵を配置した。すべてフォルタンの指示による。土方は、ただこのフランス人のことばを部下へとりついだだけだった。

（子供の使いだな、まるで）

やはり時代おくれなのだ。土方はそんなふうに自嘲《じちょう》しつつも、なかば無意識に、こまかい地形や胸牆の位置、それに弾薬の数などを頭に入れた。とりわけ弾薬の数は念入りにたしかめた。箱館からは遠くないが、補給は期待できないだろう。

これが、四月十一日のこと。

土方は知らなかったが、新政府軍は、じつははじめからこの街道を進撃する計画だった。

すなわち上陸当日である四月九日――土方が二股に到着する二日前――には乙部から一分隊がこの山道に入り、長駆、ほぼ二〇キロ先の鶉村《うずらむら》というところで宿陣している。そのつもりなら、彼らは土方が来るよりも一日はやく二股の地を通りぬけることが可能だった。

が、それからのあゆみが遅々としていた。

後続の兵および弾薬の補給を待ったのだろう。まる一昼夜、何もしない日もあったらしい。結局、彼らが二股の地にさしかかり、土方の前にすがたを見せたのは、上陸四日後の四月十三日。それも夕暮れ時になってからだった。

この間、土方は、たっぷり二日かけて陣地を増築したことになるが、土方はかならずしもそのことをよろこばなかった。むしろ、

「なぜ来ぬ。なぜ来ぬ」

吉報でも待ちかねているように言ったという。そんなわけだから、ようやく敵の隊列をみとめたときには、

「来たか」

安堵《あんど》の表情を見せたくらいだった。

土方は、例の天狗岳の西の斜面に立ち、はるか西方をながめている。敵軍はながいながい縦列をつくり、蟻《あり》のように土方の足もとへ近づいていた。合印や指物《さしもの》からすると、先頭はやはり道案内役の松前兵、そのうしろに津軽兵、長州兵、福山兵がつづいているらしい。人数はおそらく、味方の、

(倍は、ある)

と土方は見た。

ごうっ。

つめたい風が、地から吹きあがった。

待たせたわりには、敵は足がはやかった。道がよく踏みかためられているせいもあるだろうが、やはり日没を気にしているのだろう。土方はすっと立ちあがり、

「撃て！」

と言ったが、あるいは最初の攻撃は敵のほうが早かったかもしれない。こちらが山の中腹に急造した胸牆のかずかずは、敵の目にも、かなり遠くから見えていたはずだからだ。

銃声が、山々のあいだを駆けめぐる。残響に次の銃声がかさなる。しかしそれはほどなくやみ、戦闘は膠着《こうちゃく》状態になった。双方がにらみあう。兵たちは咳ひとつも慎重におこなうようになる。太陽はほとんど沈んでしまって、空は薄墨《うすずみ》をながしたようになった。

と、とつぜん。

わあっ。

土方の背後から鬨の声があがった。長州兵だった。彼らはいつのまにか道をはずれ、山をのぼり、うしろへまわっていたのだった。斜面をずるずる半身になって駆けおりつつ、白刃《はくじん》をひらめかす。こっちも白刃をもって応じる。こうなると、胸牆は何の役にも立たなかった。

長州兵がこの奇襲作戦をもちいるのは、じつははじめてではない。

何年か前、この藩の首府・萩《はぎ》の政庁が幕府に対する徹底恭順派の藩士に支配されたとき、高杉晋作、伊藤俊輔、山県狂介《やまがたきょうすけ》（のちの有朋《ありとも》）などという草莽《そうもう》の有志が兵をあげて立ち向かったが、このとき山県狂介ひきいる奇兵隊《きへいたい》は同様の迂回《うかい》戦法を駆使して山間《さんかん》をたたかい、みごと正規の藩兵をやぶっている。それ以来、これは長州兵にはお手のものの芸当だった。

土方は、無理をしない。

「退《ひ》け。退け」

自軍の兵にはあっさりと山を下りさせ、街道に立たせた。彼らはためらわず後退した。この後退は南側の三角山の銃兵による援護射撃を受けたため、容易におこなうことができた。街道の北側、天狗岳のうしろには、もうひとつ、

「台場山《だいば》」

という山がひかえている。土方があえて勝負をしなかったのは、この台場山にもあらかじめ胸牆をたくさん築いていたからだった。この二股の地では、弾薬や食糧などにはこまっても、天険にだけはこまらないのだ(ほとんど役には立たなかったが、土方はこのとき、山頂付近に大砲をすえつけてもいる。台場山という名称は、厳密にはこの戦い以降のものだろう)。

いや。

台場山は、ほかの山よりもはるかに難攻不落の度が高かった。街道はこの山のふもとではなく、山腹をはしるからだ。新政府軍がここを通過しようとすれば、左に崖《がけ》を見あげ、右に崖を見おろしつつ進まなければならないのだ。

左に岩壁《いわかべ》、右に谷底。土方たちがこの道の向こうに難をのがれると、さすがの敵もこの尋常ならざる地形の脅威に二の足をふみ、容易にちかづくことをしない。道案内の松前兵も、勇猛果敢の長州兵も、ぱったりと足がとまってしまった。

日が、暮れた。

と同時に、北国《ほっこく》らしい分厚い雲がたれこめた。空には月もなく、星あかりもない。戦場は、のばした手の先も見えないような真の闇の空間となった。

土方自身は、さらに東にひっこんでいる。台場山のうしろの街道ぞいに設《もう》けた本陣にもどったのだ。フォルタンが腕をひろげ、安心した顔をして出むかえて、

「きょうの戦闘はこれで終わりだ、ヒジカタサン。篝火《かがりび》を消し、兵たちを交代で休ませましょう」

「休ませる？」

「そうです。それが戦争の常道です。何しろこの暗中では、敵は街道を突破することも、山へ迂回することも不可能だ。それを強引にやろうとすれば灯火がぜったい必要で、こっちの恰好な目標になりますからね。逆に言えば、おなじ理由で、こっちから攻めるのも無理ということです。こういう夜もある。いまのうちに休養を……」

「ちがうな」

土方は、ぽつりと言った。フォルタンは通詞のほうを向いて、

「え？　いま何と？」

通詞の訳を待たず、土方は、かたわらの三、四人の伝令へひそひそと何か耳打ちした。伝令たちは驚愕の色をしめしたが、

「議論は無用だ。行け。各部隊にこの命をつたえろ。そむいた者はこの土方が斬ると言

え」

まるで蜘蛛《くも》の子を散らすように、伝令たちは散った。フォルタンが眉をひそめて、

「何を言ったのです？」

「各所の銃隊、この命令がとどきしだい一斉に射撃を開始せよと。撃って撃って撃ちまくれと」

フォルタンは、あごが落ちそうになるくらい口をあけて、

「乱心したか、あなた。そんなことをしても弾はただの一発もあたらない。むだづかいになるだけだ。補給はけっして来ないというのに。いますぐ次の伝令をはなって、命令の撤回を……」

「フォルタン殿」

土方はこのフランスの下士官を手で制し、つまらなそうな顔のまま、

「現場の兵士の心理については、私はいささか心得ているつもりです」

「常識に反する」

「戦場に、そのまま使える常識はありません」

一斉射撃がはじまった。パチパチという激しい連続音がこだましたが、ときどき山の中腹あたりから蛍火《ほたるび》のようなものが小さく光るのが、ああ、あれかとわかる程度で、どこから撃っているのかは土方の目にもわからなかった。

蛍火は、はるか敵陣でも明滅した。

おたがいが遠い距離から火口《ひぐち》めがけて小銃を撃ち合うという前例のないこの戦闘は、双方ともまったく人的被害をあたえられず、それだけに中断のきっかけがどこにもなかった。誰もあかりを灯《とも》さない。誰も陣地の外へ足をふみ出さない。銃声は、だらだらと牛のよだれのように長つづきした。

いやいや。前線の銃兵にとっては、だらだらどころの話ではなかったろう。

闇夜でたえず銃口を向けられているから総毛立つような恐怖は消えることがなく、その恐怖の故《ゆえ》にこそいっそう引金をひく指がとまらない。撃てば撃つほど撃たねばならぬという人間心理の悪循環に、敵も味方も、いまや完全にはまりこんでしまっていた。もともと最前線の兵士には背後からの補給という観念がとぼしいという万古不易《ばんこふえき》の軍事法則も、この盛大な浪費にいっそう拍車をかけたのだった。

谷底には、小さな川がながれている。

あんまり銃身が熱くなりすぎたため、兵士たちはしばしば川から水をくんだ桶《おけ》でそれを冷やさなければならなかった。ミニエー銃のパトローネ（弾丸ごとに火薬をつつむハトロン紙の薬包）はまるで紙くずのように地上に散乱し、ときには貴重な真鍮《しんちゆう》の薬莢までもがばらばらと放置された。戦うというより、濫費を競うようなものだった。

撃ちあいは、結局、十六時間つづいた。

宵《よい》をへて、深夜をへて、未明をへて、ふたたび天があかるんだ朝の九時までつづいたのだ。新政府軍はようやく攻撃をやめ、来た道をもどりはじめた。戦死者の数は、敵が二名、味方が一名。この数字だけを見たのでは、どちらが勝ったのかわからない、どう勝ち負けを決めようもない十六時間の結果だった。

この一晩で、土方の軍は、およそ三万五千発の弾丸をついやしている。

いっぽうの新政府軍はよくわからないが、この戦闘後、青森口総督・清水谷公考は、東京の軍務官に五十万発をこえる弾薬を請求している。過大請求の可能性を考慮に入れても、まず土方の軍をはるかに上まわる空費を強いられたのはまちがいのないところだった。

土方は、ひとどおり味方の兵をねぎらってから、ふと箱館のほうへ目を向けて、

「これでいいでしょう。榎本殿」

かすかに笑った。耳の奥には、あの釜次郎の、

「防いで、防いで、防ぎぬいてくれ。勝たなくてもいい、負けなけりゃいいんだ」

という声のひびきが残っている。

結果として、新政府軍は、この二股の地をとうとう自力で突破することができなかった。弾薬が極端に欠乏したため、これ以降、あえて打って出ることができなかったのだ。いちど偶発的に白兵戦が生じたことがあったけれども、これも激闘の末、土方たちが撃退

した。土方は約二十日間《はつか》、この地をまもりぬいたのだった。

二十日というのは、異常な数字だった。

そもそも新政府軍の乙部上陸後、最終的に五稜郭の開城というかたちで決着がつくまで要した期間はたったの四十日、とにかく展開がはやかった。その全期間のうちの約半分もひとつの地点が陥《お》ちなかったというのは奇跡にちかく、このあたり、土方の指揮能力が、または戦場における人間理解が、どれほどのものだったかを語りつくしている感がある。土方はこのとき、その戦闘にあけくれた生涯の最後の花を咲かせたのだった。

五月一日、土方は二股の地をあとにした。

しかしこれは失敗や敗戦によるものではない。それを五稜郭に命じられたのだ。原因はもう一本の道、つまりあの江差から松前を経て箱館にいたる海ぞいの「レ」の字のかたちの道にあった。

新政府軍は、そちらのほうでは艦砲による援護を受けつつ総じて好調に進軍をかさねており、この時期にはもう箱館をうかがうまでになっていた。土方から見れば、かえす刀で東から攻められる危険が生じたわけだ。

いくら地の利があろうとも、せまい街道上で東西から挟撃されたのでは万事が休する。そうなる前に二股を、

「はなれよ」

土方は、五稜郭にそう命じられたのだった。

ここに、歴史の皮肉があった。純近代的人間である釜次郎の理想にもっとも近いいくさをしたのは、純封建的な、土方歳三という「時代おくれの」さむらいだった。

第十一章　裏切り

しかしもう一本の道のほうも、けっして容易にやぶられたのではない。

新政府軍は、破竹のいきおいで江差を抜いたあと二手にわかれ、一隊は松前を陥落させた。もう一隊は東へ入り、いわば松前半島を横断するかたちで、

「木古内」

の村をめざした。

江差から箱館へ向かう道のりのほぼ中間に位置するこの村は、東を海（津軽海峡）、それ以外の三方をすべて峻険な山でかこまれた狭い平地にありながら、なかなかの経済的な地力《じりき》がある。

たった八十軒しかない家屋がのきなみ立派なかまえをしていて、しかもそのうち十軒あ

まりが旅籠屋《はたご》や茶屋だったというから宿場町であることはまちがいないが、同時にこの村は、椎茸《しいたけ》、栗《くり》、薪《まき》というような林産物にめぐまれた商品経済の地でもあったのだ。ほかにも大豆や粟《あわ》などが穫《と》れるため、近隣からは、

「米がなくても生きられる」

とうらやましがられた。実際、八十年ほど前の天明《てんめい》三（一七八三）年に内地の南部藩で大飢饉《だいききん》が起きたときには、窮民《きゅうみん》たちが食糧をもとめて海をわたって来たという。

その木古内が、戦場になる。

ということは要するに、海戦、山岳戦、市街戦のすべての要素がからみ得るということだった。なりゆきしだいでは、攻めこむ新政府軍、まもる釜次郎軍、どちらが有利になる可能性もある。

最初に展開したのは、山岳戦だった。

新政府軍は、西から侵入しようとした。そのさい、

左翼隊

中央隊

右翼隊

と、まるで扇をひろげるように横にひろがった。市街戦を想定しての行動だったが、しかしそのうちの左翼、薩摩兵約二〇〇名が、濃霧に乗じていっきに道ぎわの台地（薬師《やくし》

山）をかけあがり、かけあがりつつ発砲した。四月二十日払暁のことだった。

不意をつかれた守備側の額兵隊はほとんど何もすることができず、蜘蛛の子を散らすがごとく、大小十一の堡塁《ほうるい》から追い散らされてしまったのだった。

従来なら、これで終わりだった。

江差や松前でそうだったように、釜次郎方の兵はただ敗走し、失地奪還をあきらめてしまうところだった。しかし木古内ではちがった。追われながらも額兵隊隊長・星恂太郎は味方をまとめ、

「あの台地は、われらが死活を決する地ぞ。このままおめおめ箱館へ帰っても、総裁に合わせる面《つら》はない。諸君、つづけ」

号令一下、ひきかえして台地の裾《すそ》へしがみついた。

薩摩兵はもう、がっちりと山腹の堡塁を確保している。霧も晴れたし、もはや挽回《ばんかい》は不可能のように見えた。が、怒号が起こり、白刃がひらめき、銃弾がしゅっしゅっと飛び交うたびに人がたおれるのはむしろ薩摩のほうの陣内だった。額兵隊は、薩摩兵を圧倒しはじめていた。

額兵隊はもともと、仙台藩の藩兵だった。洋式部隊だった。赤黒両面仕立ての軍服に身をつつみ、最新の後装式ライフルであるスナイドル銃をたくみにあつかい、なおかつ士気も高かった。その士気がここではいよいよ

高くなり、いよいよ死をも恐れなくなる。薩摩兵は、じりじりと台地西端にまで押しやられた。

戦況不利と見た新政府軍参謀・太田黒亥和太《おおたぐろいわた》はただちに中央隊から大野藩兵の一部をさいて台地防衛にくわわらせたが、戦況はほとんど変わらない。この速報を聞いた五稜郭の釜次郎は、

「ほんとうか。ほんとうなのか」

伝令へ二度もたしかめたという。釜次郎の意識では、額兵隊などというものは、軍装こそ洋式でも内実は旧幕意識にこりかたまった、軽視の対象としての、

「さむらい」

にほかならなかったからだ。

実際、この隊の——あるいは隊長である星恂太郎の——徳川家への忠誠心はたいへんなもので、昨年九月、仙台藩主・伊達慶邦《よしくに》が新政府軍に対する降伏を決めたときも、藩内で唯一、解隊命令にしたがわず、釜次郎の軍艦に乗りこんで蝦夷地へわたることを選んでいる。あのとき釜次郎は、両手をひろげて歓迎しつつも、

（こいつらも、徳川さんのさむらいかえ）

たかをくくったところがあった。そのさむらいが、あるいは彼らの、

「士気」

という計測不能の軍事力が、いまや木古内では最大の武器になっている。薩摩兵を圧倒している。あたかも化石の魚が生きて泳ぎまわっているようなものだった。合理的思考のかたまりのような釜次郎にとって、にわかには信じられないことだった。

（これが、戦争ってもんか）

生まれてはじめて教えられた気すらした。

結局、額兵隊は、台地を奪還できなかった。

この調子でやりつづければ奪還できたことは確実だったが、しかしその前に、彼らとは関係なく、敵方の右翼隊である長州兵がわらわらと集落内へなだれこんだのだ。

木古内の集落は、北を上にした地図で見ると、Tの字を右にたおした「ㅓ」の字のかたちの道がつらぬいている。長州兵はその「ㅓ」のちょうど交差点にあたるところを押さえたわけだ。

（まずい）

と、星恂太郎は思ったのだろう。馬上で胴乱《どうらん》（弾薬用の革鞄《かばん》）をふりまわし、

「諸君、これまでじゃ。退け。退け」

全隊をひきいて台地をはなれ、長州兵の集団をかすめるようにして「ㅓ」の道を北へ走った。逃げたのではない。秩序ある戦略的撤退だった。五、六キロほど走ったところで泉《いずみ》沢《さわ》の地にとどまり、滞陣しなおす。おのずから再戦の意はあきらかだろう。

ところで。

このとき釜次郎方には、もうひとり「さむらい」がいた。

「片腕の剣客」

とか、

「伊庭《いば》の小天狗《こてんぐ》」

などと呼ばれた遊撃隊頭並《かしらなみ》・伊庭八郎《はちろう》だ。

このとき二十七歳。もともとは「弟子千余人」といわれた江戸の一大剣術流派である心《しん》形刀流《ぎょうとう》の宗家第八代・伊庭秀業《ひでなり》の長男で、つまり生まれながらの剣客だった。

幕臣として将軍家茂の上洛に供奉《ぐぶ》したり、長州征伐に従軍したりしたのち、鳥羽伏見の戦いでやぶれたときはいったん江戸にもどったものの、ふたたび人見勝太郎とともに遊撃隊をひきいて小田原《おだわら》へすすみ、東下する新政府軍をむかえ撃とうとした。このとき八郎は、小田原城に登城して、

「貴藩は、徳川家譜代《ふだい》の藩である。いまこそ三百年のご恩義にむくいるべく家臣総意を天下にしめすときであろう。敵は官軍を称しつつ、その実質は薩長にすぎん。われら遊撃隊とともにこれを断固うちはらうべし」

と獅子吼《ししく》したが、しかし相手はいたずらに議論をかさねるのみ。文字どおりの小田原評定《ひょうじょう》だった。八郎は、

「反覆《はんぷく》再三、怯懦千万、堂々たる十二万石中またひとりの男児なきか」

呵々《かか》大笑したという。

結局、八郎は、この藩から追放された。そのまま箱根で新政府軍と戦うことになり、左の手首をやられた。治療のため地元の医者にすっぱり切り落とされてしまったほどの重傷だった。

以後、八郎は、右腕のみの武士となる。剣客としては致命的というべきだが、しかし八郎はあきらめるかと思いきや、むしろますます徳川家への思慕をつよめ、釜次郎に合流した。品川沖で輸送艦・美賀保にのりこんで、海路、蝦夷地をめざしたのだ。

美賀保はしかし、沈没した。

開陽に二本の繋索《けいさく》（ロープ）で曳航《えいこう》されていたところ、例の暴風雨でロープが切れ、ふらふらと三日間漂流したあげく銚子で座礁したのだった。

八郎は、乗組員および収容人員六百余名とともに命からがら上陸したが、それでもなお東京新政府への抵抗をつづけるべく横浜にひそみ、名前を変え、英語塾の塾生になった。先生の前でも左手をふところに入れているので、

「無礼ではないか」

と仲間に叱《しか》られたこともあったけれど、手を出すことはせず、たとえば鶏《にわとり》の羽をむしるときも、右手一本、足で鶏をふんづけて、やっとのことで仕遂げたという。

そうした潜伏生活のあげく、仙台から釜次郎に再合流した。たびかさなる不運や困難は、この男をとうとう挫折《ざせつ》させなかったのだ。まったくもって、

「武士のなかの武士」

というほかなく、釜次郎にとっては、よくも悪くも旧時代的美徳の完成者のひとりだった。伊庭八郎は、もう少し教養があったなら、まずまちがいなく選挙によって箱館共和国の要職に推《お》されていたにちがいない人材だった。

ただし共和国では、もちろん無職ではない。盟友・人見勝太郎が松前奉行に任じられてからは、人見にかわって、古巣である遊撃隊の、

「頭並」

つまり実質的な隊長となって松前の守備にあたっていた。海軍のほうなら艦長クラスの職位だった。

新政府軍が蝦夷地へ再来し、その圧倒的な軍事力であっさり松前を落としたときも、八郎はひとり取り乱すことなく隊士をたばね、箱館へ向けて出発した。これもまた、敗走というよりは、むしろ意志ある撤退だったろう。

松前を出ると、彼らの道は、知内から海ぞいに真北へ向かうこととなる。伊庭八郎はようやく木古内の集落に近づいたが、ここでは道は、例の横だおしの「T」の字の、南から入る道になっている。星恂太郎の額兵隊はすでに北へいったん引いているので、集落内を

制圧した新政府軍は、こんどは南北からの挟撃の危険にさらされることになったのだ。

これは、大きな恐怖のたねだった。

新政府軍の内部では、

「臼砲《きゅうほう》をどこに据えましょうか」

「北だ。いや南だ」

というような埒《らち》もない混乱が随所に見られた。兵数の差をかんがえれば恐れるに足りないはずだけれども、何しろ南から来るのは単なる敗兵ではないし、北から逆襲してくるであろう額兵隊もさっきまで台地の攻防戦でぞんぶんに力を見せつけられている。目を東へ転じても、海上には軍艦のかけらも見えない。今回ばかりは艦砲による援護は期待できないだろう。

文字どおりの、八方ふさがり。

この結果、彼らはおどろくべき行動に出た。まだ何もしないうちから、

「いったん退《の》こう」

来た道をふたたび西へもどったのだ。陸軍参謀・太田黒亥和太の判断だった。からっぽになった集落へ、釜次郎方の軍はなだらかに南北から繰りこんで、

「おお、星恂太郎殿」

「伊庭八郎殿。ご無事で何より」

ふたりのさむらいは、生きて再会を果たしたのだった。もっとも、伊庭八郎はこのとき胸部に銃創《じゆうそう》を負っている。入村時に発生した敵方との小規模な戦闘が原因だった。

朗報は、もちろん五稜郭へもたらされた。

よほどうれしかったのだろう、この戦場の総責任者というべき大鳥圭介みずからが伝令となって、釜次郎へことこまかに戦況をつたえた。釜次郎はとびあがってよろこび、

「よくやった。よくやった」

大鳥圭介もにこにこしながら、

「しかし総裁。やつらはいずれ、ふたたび木古内をおそってきますよ。いかがしましょう」

「うん」

釜次郎はあぐらをかき、直感的に、

「全隊、いまのうちに箱館のほうへ引き返せ。木古内は捨てるんだ」

誤りだった。

愚挙《ぐきよ》にひとしい判断だった。純粋に軍事的にかんがえるなら、こっちから打って出て山《やま》中《なか》の峠をがっちりとおさえ、地の利を生かして防戦するのが何より効果的なはずなのだ。

実際、釜次郎はこのとき二股口での土方歳三の戦果を知っている。敵にさんざん銃弾を浪費させたのは土方の特殊な才能によるとしても、そののち峻険な地形を利用して膠着状

態にもちこんだのはむしろ定石《じょうせき》というべき手すじだったろう。釜次郎は、ここでもそれを適用すべきだったのだ。しかしながら、

(さむらいってのは、そんなに頼りになるのか)

うっかりそう思ってしまったことが、釜次郎の頭をにぶらせた。そんなに頼りになるのなら、あの理想とするヨーロッパ型の籠城《ろうじょう》戦が、

(やれるかもしれねえ)

都市をぐるっと城壁でかこんでしまい、そのなかへ兵士も聖職者も職人も、婢女《はしため》も子供もみんなみんな閉じこもる。毎日ふつうに生活しつつ防衛戦に力をつくす。それを数十年単位でつづけることで真の国家的独立をめざすというあの方法に、わずかなのぞみを見いだしてしまったのだ。

しかしこのとき、釜次郎はわすれていた。ピレネーやアルプスというような周辺部をのぞけば大陸ヨーロッパには基本的にけわしい山はないことを。もっぱら平原か丘しかないことを。ましてや釜次郎の留学先であるオランダなどは国土そのものが低湿地にほかならず、そういう土地においてこそあのヨーロッパ型の籠城戦はもっとも効力を発揮するのだった。

平地の戦法は、やはり平地にしか通用しない。

日本のような国土の大部分を山林が占める、それこそ西洋人から見れば針をびっしり植

えこんだような険峻な地には、そこにふさわしい別の戦法があるはずだった。釜次郎はそのことをじゅうぶん知っていたつもりだったけれど、それでもこの瞬間、すべてが吹っ飛んでしまった。勝報に接したがための失敗だった。人間を誤らせるのは絶望ではない。絶望のなかの一条の光のほうなのだ。

とはいえ釜次郎も、味方の兵をことごとく五稜郭へひっこませようと思ったわけではない。だいいち五稜郭はそれほど大きな施設ではない。釜次郎はもう少し視野がひろかった。いわば箱館平野そのものを一個の都市的経済圏と見て、その周辺に、

(防衛線を張る)

ことを想定したのだった。すなわち、いま木古内にいる兵たちへは、

「箱館のほうへ引き返せ。そうして箱館の手前、矢不来《やふらい》の村で敵をくいとめるんだ」

という命令を出すことになる。大鳥圭介はうなずき、木古内へもどった。命令を聞いた伊庭八郎は、まだ胸の銃創が癒《い》えていなかったが、気丈《きじょう》にも床几に端然《たんぜん》とすわったまま、

「総裁は、正気か」

天をあおいだ。星恂太郎はもっと激しい反応をしめした。やおら立ちあがり、胸ぐらをつかまんばかりに大鳥に顔をちかづけて、

「勝ちいくさの直後に総退却などとは、古今《ここん》にためしがありません。いったいどういう了簡《りょうけん》です」

理屈ではない。ふたりとも現場の空気をひりひり肌で感じているだけに、誤りが直感的にわかったのだ。星恂太郎はまた、

「大鳥殿は、なぜ反対なさらなかったのか」

「うーん」

大鳥は、口をにごした。反対どころか、じつはこの瞬間まで誤りだとすら思っていなかったのだ。大鳥はやはり知識人だった。ことばにしにくい現場感覚よりも、明快な説明のほうに頭《こうべ》を垂れる男だった。

おなじことは、五稜郭で釜次郎をとりまいている永井尚志《なおむね》や松平太郎のような文官にもいえる。彼らはみな釜次郎に説得された、というより反論することができなかった。釜次郎の命令は、もはや五稜郭の、

「総意」

になっていたのだ。

「……わかり申した」

伊庭八郎と星恂太郎は、ふかぶかと息を吐いた。釜次郎の有能な部下に、はじめて厭戦《えんせん》気分が生じた瞬間だった。

これ以降、伊庭八郎の傷は、急速に悪化した。

あれほどの不屈の闘志のもちぬしが火の消えた蠟燭《ろうそく》のようになり、寝たきりになった。

食はほそり、ほとんど口をきかなくなった。木古内からの撤退時には担架《たんか》にのせられ、船にのせられ、箱館へ荷物のように運びこまれるありさまだったが、彼は痛いとも言わないかわりに、無念だとか申し訳ないだとかいう気持ちも示さなかった。

そうして二度と戦場へ出なかった。死にかたも武士らしくないものだった。伊庭八郎は、おそらく痛みに耐えかねて、五稜郭内で服毒死した。

†

矢不来はしかし、けっして防衛戦に不向きな土地ではない。

海岸ぎりぎりまで台地がせり出しているし、しかもその台地にはあらかじめ胸牆がいくつも築いてある。胸牆のなかには、ほぼ真上から街道を見おろす位置を得たものもあるから、ここに前線を置いた釜次郎の判断は、まるっきり現実を無視したものでもなかったのだ。

が、ここに滞陣した「さむらい」たちは、もはや木古内で激戦した彼らではなかった。

南から新政府の大軍が来ると……いや、まだ敵影も見ないうちから、前哨基地というべき、

「茂辺地が、やぶられた」

という情報にうろたえた。なかにははっきりと箱館のほうを振り返るやつもいる。敗戦は、これでは時間の問題だった。

この劣勢に拍車をかけたのが、艦砲だった。

甲鉄、春日をはじめとする例の全四艦がつぎつぎと至近距離から砲弾をほうりこむ。台地の上の胸牆や堡塁を、紙くずでも吹き散らすように粉砕する。もちろん、そのうしろの人間ごとだ。街道上では陸兵どうしが衝突したが、もう勝負にもならない。釜次郎方の諸隊はあっというまに総くずれになり、敗走した。大鳥圭介が馬上から、

「逃げるな！　出ろ。前へ出ろ！」

叱咤したが、急流にすすきを一本立てるほどの効果もなかった。これを新政府側から見れば、今回は海陸の連携が、

「うまく行った」

ことになる。木古内では薩摩兵が抜け駆けしたため軍艦の到着がまにあわず、陸兵の損耗がいちじるしかったが、今回はぴったりと息が合った。矢不来の攻略は、まず艦砲射撃からはじまったのだ。

戦闘は四月二十九日、午前五時に開始された。

そうして一時間後には終わりはじめた。午後三時になると新政府軍の艦隊から海軍参謀が上陸して、陸軍参謀・太田黒亥和太および黒田了介とともに今後の行動について入念に

打ち合わせをおこなった。それくらい余裕があったのだ。

矢不来が、落ちた。

という知らせは、ただちに二股口の土方歳三のもとへもとどけられた。土方の軍はまだ膠着状態にあり、敵をがっちり食いとめていたが、こうなれば、いずれ東西から挟撃を受けることになるのは自明だった。そうなる前に、

「箱館へもどれ」

五稜郭がそう命じたのを受け、土方は、

「万事、やむなし」

つぶやいて戦場をあとにした。さんざん通せんぼうを食わされていた新政府軍はようやく土方のあとを追うようにして二股の山間をとおりぬけ、箱館平野になだれこんだ。

そうして矢不来から来た軍勢と合流した。江差でわかれた友軍が、ふたたび団結したことになる。陸兵だけでも二〇〇〇をこえる大軍勢だが、その出身地もまた全国いろいろだった。薩摩や長州はもちろんのこと、松前、津軽、水戸、大野、津、徳山《とくやま》、久留米などの藩兵によって彼らは構成されている。彼らの感覚としては、江戸、大坂、京のいわゆる三都をのぞく日本全国のいなかから集まってきたような感じだったろう。

熊本《くまもと》藩出身の陸軍参謀・太田黒亥和太は、

「のこる標的は、五稜郭のみ」

そう言って気勢をあげた。

†

釜次郎には、妻がいる。

名を、多津という。いまは江戸三味線堀の組屋敷を、釜次郎の母、兄嫁とともに三人でまもっているはずだ。女だけの留守宅でさぞかし気苦労も多いだろうが、しかしやっぱり、いちばんの心配のたねは、

(……俺だろうな)

釜次郎はふと、あのなつかしい座敷を思い浮かべることがある。子供のころのように、隣家が内職で飼っているうぐいすの鳴き声を聞きながら、

(縁側で、うたた寝でもしてえなあ)

そんな思いに駆られることがある。

もちろん現実は、帰るどころの話ではない。この五稜郭という男だけの世界で日々戦争の指揮をとっていると、手紙をおくるのもままならないのだ。前回おくったのは一月の終わり、もう三か月も前のことだ。たしか蝦夷島全土を平定し、選挙で共和国総裁に就任したあとの時期だったのではないか。

手紙の内容は、われながら型通りのものだった。

「われわれ一同は当島一円を手に入れ、軍卒三〇〇〇とともに暮らしております。軍備に開拓にとがんばっているから安心してください。少々ながら金子五両を同封します。薪水《しんすい》の一助にしてください」

万が一、手紙が敵方に落ちたとき言質《げんち》をあたえないよう配慮したためとはいえ、それにしてもわれながら実感もおもしろみもない手紙だった。が、そんな堅っ苦しい文面のなかでも、ただ一か所、

(本音を、もらしちまった)

いまでも釜次郎が気になっているのは、こんなくだりだった。

「くれぐれも心配しないでください。どっちにしてもわれわれの前途はただ天子様のご処置いかんにかかっているので、心配しても無駄ですから。名分《めいぶん》は蓋棺《がいかん》後にわかるでしょう」

最後の一句はよけいだった。蓋棺はすなわち死を意味する。一種の決まり文句だし、敵に読まれてても支障はないが、しかし多津には、

(少々、きびしい語だったかな)

釜次郎はひとり酒を酌《く》みながら、あわれみをおぼえた。

もっとも、あれを書いたときと現在とでは、死に対する思いも変化している。あのころ

は二十年も三十年も生きて箱館の独立をまもるという決意がつよく、死といっても、むしろ死後の建国者としての名声を期待するというような積極的な意識だったのだが、いまはもっと消極的、というより直接的に、

（俺は、じき死ぬ）

戦況を見れば、そう判断するしかなかった。何しろ敵の陸軍はとうとう大合同を果たして箱館平野へなだれこんで来ているし、艦隊もまた箱館港へちょいちょい入りこもうとしては、こっちの回天、蟠龍、千代田形と交戦している。五稜郭の包囲網は、日に日にせばまっているのだ。

それだけではない。釜次郎方は、士気の低下も深刻だった。おとといなどは三艦しか残っていないうちの一艦である、排水量一三八トンの、

「千代田形」

が敵方に拿捕《だほ》されたのだが、その拿捕のされかたがまた目もあてられないものだった。千代田形は、四月二十九日夜、箱館港を出た。敗走する味方の陸兵を援護しようとしたのだったが、しかし出てすぐ、七重浜の沖合で座礁した。夜目《よめ》がきかなかったのだろう。艦長・森本弘策《もりもとこうさく》は狼狽《ろうばい》して、ろくろく実況も把握しないうちに、

「全員、退艦」

と言いだした。副艦長・市川慎太郎《いちかわしんたろう》がびっくりして、

「判断なさるのは早《はよ》うございます、艦長。まず船体の損害の程度をしらべましょう。損害が軽微《けいび》なら、おちついて対処すれば善処は可能と」

ほかの乗組員とともに説得したが、森本は聞かない。

「あの開陽ですら江差沖では離礁できずに沈没したのだ。当艦がしずまぬ理由があるか」

わめきちらし、自分の意見を押し通した。すなわち蒸気機関を破壊させ、大砲を釘《くぎ》で鎖《とざ》させ、率先《そっせん》してボートで上陸してしまったのだ。乗組員全員、したがうほかに方法がなかった。

ところがこれは、市川のほうが正しかったのだ。翌朝になり、潮がみちると、千代田形はひとりでに離礁したのだから。無人の船は、あてもなく海をただよった。

それを新政府軍の艦隊が見つけた。ためしに砲撃してみると、反応がまったくない。やがて甲鉄の乗組員がボートで移乗して、帆柱の先にするすると錦《にしき》の御旗《みはた》をかかげたため、千代田形は、以後、新政府軍の船となったのだった。船体はほとんど損傷していなかったらしい。

艦長・森本弘策たちは五稜郭へ駆けこみ、右のしだいを釜次郎に報告した。釜次郎は激怒した。森本は何のことばも発しなかったが、よだれを垂らし、体をがたがた震わせている。気がふれたことはあきらかなので、釜次郎はその場で艦長の任を解《と》いた上、手近な土蔵におしこめた。かわいそうなのは副艦長の市川慎太郎だった。よほど責任を感じたのだろう、釜次郎の前からすがたを消すや、自刃《じじん》して果ててしまった。

（しまった）

釜次郎はくやんだが、あとのまつりだった。人の上に立つ者はむやみと喜怒哀楽をあらわにしてはいけないと行住坐臥《ぎょうじゅうざが》みずからに言い聞かせてきたつもりだったが、不覚をとってしまった。殺す必要のない人材だった。それにしても切腹なんかするくらいなら、

（どうして現場でふんばらねえんだ。みすみす船をはなれやがって。かりに離礁できなくても、大砲は撃てる。じゅうぶん敵へのにらみになるじゃねえか）

どっちにしても、この事件ほど士気の低下を如実にしめすものはない。もはや箱館共和国は敗色濃厚、というより虫の息の状態だった。多津への手紙に書いた「蓋棺」のことばは、文字どおり、釜次郎自身のなきがらをおさめた棺《かん》を蓋《おお》うことを意味する日が来るだろう。それ以外の意味はないだろう。

と、なれば。

どういう死にかたを選ぶか。

自分自身に関するかぎり、釜次郎の興味はいまやその一点にしかなかった。生きのびるという選択は脳裡《のうり》に存在しなかった。大したことではない。情況を合理的に判断すれば自然にそうなる。

死にかたは、さしあたり三種類あるだろう。自刃、戦死、そして刑死だ。まっさきに思

ったのは、

(自刃はいやだな)

ということだった。武士としてもっとも名誉ある、もっとも朴直《ぼくちょく》な方法だが、そのことにかえって反撥《はんぱつ》をおぼえるのだ。とはいえ戦死も気がすすまない。海ならともかく、地上でそれに遭遇するのは自分には似合わないような気がするからだ。

しかし何よりいやなのは、三番目の刑死だった。薩長のいなか者どもにはずかしめられるのが胸くそ悪いという以前に、そもそも刑死とは罪人にあたえられるものだろう。自分は罪人ではない。ただ国家をひとつ造ろうとしただけではないか。そういうことを思い合わせると、しいて言うなら、

「やっぱり、戦死かな」

つぶやいたとき、

「おう、釜さん！」

ふすまをあけ、松平太郎が入ってきた。どかどかと畳をふんで歩きながら、

「なんだ、ひとりで飲《や》ってたのか。水くせえな。一声かけろ」

釜次郎のお膳の向かい側にあぐらをかいた。松平自身、すでにそうとう飲んでいるらしく、息がくさい。体もぐらぐら前後にゆれている。お膳の上のお銚子《ちょうし》を勝手に取ると、じかに口をつけて喇叭《らっぱ》飲みしようとしたが、

「なんだ、一滴もねえじゃねえか」

頭上にかざし、さかさに何度もふった。釜次郎は苦笑いして、

「近ごろは、さすがに飲む気がしねえ」

「この戦争が、負けいくさだからか？」

「そんなことはない」

釜次郎は首をふった。ほんとうは釜次郎もそう思うのだが、しかしこの軽率きわまる伊達男にうっかり本音を洩《も》らしたりしたら、翌日には五稜郭中にうわさがひろまってしまう。為政者の弱気があかるみに出てしまう。戦争がいまだ終わっていない以上、釜次郎には、兵たちの士気を鼓舞する責任がのこっていた。

松平太郎は、共和国副総裁の立場にありながら、

「負けだよ。負けだ。このいくさは負けだ」

よっぱらいに特有のたどたどしい舌で、そう何度もがなりたてた。しかし口調は存外あかるい。松平はさらに、

「いやしかし、負けでもいいんだがね。江戸っ子の意地はもうじゅうぶん天下に見せたさ」

「江戸っ子の意地？」

「そうさ。そもそもこの戦争を起こしたのは、榎本釜次郎、松平太郎、永井尚志、沢太郎

左衛門……ちゃきちゃきの江戸っ子ばかりじゃねえか。そうじゃねえか？　釜さん」

　得意そうに鼻をうごめかした。釜次郎は内心、

（あたりめえじゃねえか）

　この戦争は、徳川幕府という旧政権の保身または再起のために起こされた。少なくとも大義のひとつはそこにあった。してみれば、その旧政権の首府の人材が重要な役割を果たすのはむしろ理の当然だろう。釜次郎は思いつくまま、

「しかしなあ、太郎《たろ》さん。べつの見かたをすりゃあ、この戦争は、大坂者《もん》たちの戦争でもある」

「は？」

「大坂だよ」

「大坂あ？」

　よほど意外だったのだろう。松平太郎はりすのように左右に首をかしげたが、それでも指はお膳にのびて小皿をぐっと押しつけている。小皿の上には、この日唯一の肴《さかな》である粗《あら》塩《じお》がうっすらと粉雪のように積もっているのだ。釜次郎は、

「ああ、そうさ。よくかんがえてみろよ、太郎さん。うちの大鳥圭介さんにしろ、高松凌雲さんにしろ、みな大坂の適塾の出じゃねえか。そう言やあ、そもそもこの五稜郭を設計したのも武田斐三郎っていう適塾出身の蘭学者《らんがくしゃ》だったし、東京新政府の内部には上野の彰

義隊の掃討戦以来、陸海軍の総指揮をとっている大村益次郎《おおむらますじろう》もいるっていう。この戦争はまた、適塾戦争でもあるのさ」

「ふーん。みょうな偶然だな」

と松平太郎がぴちゃぴちゃ指の腹をなめながら言ったが、これももちろん、偶然ではないというのが釜次郎の見かただった。

攻める側にしろ、まもる側にしろ、結局のところは西洋の科学技術をどれだけ吸収し利用し得るかというのが勝敗を決する最大の要因になるからだ。緒方洪庵が大坂瓦《かわら》町の地におこした適塾は、教育の質においても、規模においても日本一の民間の洋学塾だった。

大坂だけではない。官学全盛の地である江戸でさえ伊東玄朴《いとうげんぼく》のおこした象先堂《しょうせんどう》という民間の洋学塾がやはり多数の門人をあつめ、公然たる一大勢力をきずいている。適塾も象先堂も設立は天保年間（一八三〇〜四四年）、つまりペリー来航以前であることは釜次郎のかねて注目するところだった。幕末日本の洋学熱は、けっして黒船の衝撃で泥縄式に発生したわけではないのだった。

釜次郎は、語を継いだ。

「つまり俺たちは、江戸と大坂という日本で一番と二番の都会から人材をあつめた。誇張して言うなら、三都のうちの二都をおさえたことになる」

「りっぱなもんじゃねえか」

「しかし太郎さん、俺たちは、のこりの京をおさえられなかった」

釜次郎の見るところでは、これこそが、巨視的に見れば徳川幕府の——ひいては箱館共和国の——最大の失点にほかならなかった。

三都のなかでも京はいちばん地の利がわるく、いちばん経済規模が小さく、そのくせ人々の生活や商習慣にむやみと煩瑣《はんさ》なきまりごとが多い。したがって社会的な意味で「ものごとが前にすすむ」速度がおそく、街全体がいつまでたっても古代の亡霊みたいな様相をぬけきらない。

京の街がほこる学芸といえばせいぜい儒学と絵画くらい、洋学塾などはなきにひとしく、当然その方面の人材もとぼしかった。いや、かりに豊富だったとしても街そのものが外海に接していないのだから将来の都市的発展はのぞむべくもないだろう。釜次郎の目には、京のみやこというものは、

（まったくもって、取り柄がねえ）

しかしその京のみやこが、ただ天子が暮らしているというそれだけの理由で幕末日本の最重要の政局の地になり、幕府や諸藩から引っぱりだこの地になって、最終的には薩長の連中に身をあずけた。いま薩長のいなかざむらいが東京でこの世の春を謳歌《おうか》していられるのも、つまりは京の街をつかまえたため。江戸や大坂をではない。京こそが日本全体の象徴だったのだ。

「こいつはいったい、どういうことだ。なあ太郎さん」

　これは釜次郎の、一種の弱音だった。釜次郎はこの現象がほんとうにわからなかった。どうして古代の亡霊が近代国家の象徴になれるのか。近代国家の象徴たるにはそれ以前の歴史は必要ない、というよりもむしろ、

「あっては、ならない」

　はずだというのが、釜次郎の抜きがたい思想だったのだが。

　近代以前の歴史のない近代国家の典型例は、釜次郎にとっては、

「オランダ」

　だった。オランダが例の独立戦争をスペインに対して開始したのは一五〇〇年代後半、つまり近代に入ってからなのだ。

　もちろんそれ以前にもカエサルひきいるローマ軍に侵略されたり、あるいはフランク王国のカール大帝によってキリスト教の教化を受けたりというような古代および中世の歴史があの国にはある。封建的な小国家にわかれた時期もながかった。スペインがあれほどオランダの支配にこだわったのも、ひとつには中世以来の伝統ある毛織物産業のもたらす利潤を手ばなしたくなかったからだったのだ。

　しかし何といってもオランダのオランダたるゆえんは独立以後、北海《ほっかい》という外洋に本格的にのりだした近代の歴史にこそ求められるべきだろう。それ以前はべつの国だったと言

っていい。オランダが「海の国」になったことと、世界一の近代国家になったことはおなじ一枚のコインの裏おもてなのだ。

釜次郎はその海の国へ、まさしく海軍そのものを学びに行った。

その留学のかがやかしい成果が開陽という巨大軍艦の回航だった。むろんいまのオランダは独立から三百年もたっていて、世界一の座からも陥落している。東インド会社も存在しない。しかしそれでも日本よりははるかに進んだ国であることに変わりはなく、その先進性の第一の理由は、オランダが古代中世を、

「歴史から、切り離した」

国であるという事実に変わりはないのだった。これは頭脳の知識ではない。四年半の留学によって釜次郎のからだ全体にしみついて体臭になっている思想なのだ。

(だから俺は、箱館をえらんだのか)

釜次郎はこのごろ、ようやく思いあたることがある。

箱館は、釜次郎のアムステルダムだった。箱館もいちおう中世の——この場合は徳川幕府成立前後からの——歴史はあるものの実質的にはごく最近、街づくりがはじまったばかり。人心には活力があり、土地はひろく、未開拓の低湿地もまだまだ多い。箱館港という良港を抱いているから今後の貿易もたのしみだ。その釜次郎のアムステルダムに、江戸、大坂という二大都市から洋学系の人材をあつめてきたのだから、

（ねらい目は、わるくなかった）

しかし日本はオランダではなかった。この極東の島国ではどういうわけか三百年の時をへだてて天子が幅をきかし、京のみやこが幅をきかせた。オランダ人たちが独立戦争初期の総督オラニエ公ウィレムの卓越《たくえつ》した政治力や軍事指導力を尊敬するのとはまったくちがう意味において、日本人は天子への憧憬を抱いたのだった。

つまりは古代中世への憧憬だった。歴史から切り離すどころのさわぎではない。箱館が逆立ちしても手に入れようのない古い歴史が、近代化のために必要だとは。これでは釜次郎は、

「ねらい目は、わるくなかった」

（手も足も、出ねえじゃねえか）

しばらくむっつりと杯《さかずき》をもてあそんでいたが、やがて、
こんどはぽつりと口に出した。松平太郎がきゅうに目をかがやかせて、

「そうこなくっちゃ、釜さん。おーい、酒だ酒だ！　あついのを持ってこい！」

手を打って部屋の外へ大声をはなったのは、おそらく釜次郎のことばを勘ちがいしたのだろう。いまだ最後の勝利をあきらめていないという一種の宣言とうけとったのだろう。

酒が来ると、手酌で勝手に飲んでから、

「ああ、こんなとこで死にたくねえなあ」

天井へぷーっと大きな息を吐き、目をとろんとさせて、

「俺あ、どうしても生きのびるぞ。まだまだ酒も飲みたい、いい女も抱きたい」

釜次郎はこのあまりにも幼稚な、あまりにも正直すぎることばに、逆にふしぎな好意をいだいた。寛容だから、ではないかもしれない。釜次郎はつねに近代人であろうとしてきた。近代思想の体現者であろうとしてきた。そうして近代思想とは、いかなるものであれ、人間本来の欲望を悪とは見なさないところから出発する。

(生きたい人は、生きなきゃなあ)

箱館共和国の総裁と副総裁は、その後しばらく、粗塩だけで杯をかさねた。

†

箱館共和国の海軍には、もはや二艦しかのこっていない。
回天(一六七八トン)
蟠龍(三七〇トン)
だ。しかしここにもうひとつ、実質的に三艦目の役割を果たすものが陸上にある。
「弁天台場」
という要塞だ。もともとは徳川幕府が箱館開港にともなって築いた軍事施設で、完成は

文久三（一八六三）年、五稜郭より一年はやい。いまの釜次郎たちにとっては、箱館港および箱館市街を防衛し得る唯一の砲台にほかならなかった。

その位置は、戦略上絶妙だった。まず地形をたしかめておかねばならないが、白い紙の上に、円周の上半分を描いてみよう。そうして右端からペンを左下へまっすぐおろし、左上へはねあげる。このときできたVの字の刳《く》れこみが、

「箱館湾」

であり、その右の陸地が箱館市街ということになる。

Vの字を書いた線をさらにまた左下へおろすと、こんどはΛ《ラムダ》の字なりの岬があらわれる。岬は真上を向いている。この岬のさきっぽを埋めたてて六〇ポンド砲二門、二四ポンド砲十三門、合計十五門の大砲をすえつけたのが、つまり弁天台場というわけだ。

すなわちこの要塞は、箱館港の入口を扼《やく》している。箱館市街を背後にしている。攻める新政府軍としてはここを黙らせ、なおかつ港内の回天、蟠龍をねむらせなければ内陸への援護射撃もままならないだろう。当然、五稜郭の攻略もおぼつかないことになる。だから、

「陸よりも、まず海だ」

と新政府軍がかんがえたのは、いわゆる制海権うんぬん以前に当然のことだった。

実際、彼らの艦隊は、少し前から、港内へちょいちょい入りこもうとしている。回天、

蟠龍、および拿捕する前の千代田形とときおり砲声を交わしている。ただしまだ大規模な海戦には発展していなかった。釜次郎方があらかじめ敵の侵入をくいとめるべくロープで巨大な網《あみ》をつくり、海中に張りわたしていたためだった。

その距離、約五キロ。

弁天台場からまっすぐ北へ――先ほどの図ではΛ《ラムダ》の頂点から真上へ――網をのばし、円弧の上の七重浜まで達したというから何しろ大がかりな仕事だった。新政府軍の艦隊はこの水中の障害物に行く手をはばまれ、港内へ入ることができなかった。共和国樹立から約五か月、釜次郎たちはただ手をこまねいていたわけではなかったのだ。

もっとも、この作戦には思わぬ計算ちがいがあった。

早い話が、釜次郎は裏切られたのだ。網を張る仕事に従事させた和船の水主《かこ》たちが、薩摩艦・春日へ駆けこんで、

「わしらなら、網は切れる」

と申し出たのだから。なるほど彼らは道具ももっているし、網の位置もかたちも熟知している。春日艦長・赤塚源六《あかつかげんろく》はただちに彼らの献言《けんげん》を容れて、

「よし。やってみろ。当艦の乗組員にも手伝わせる」

水主たちは海にもぐり、それはそれは手ぎわよく作業をした。おそらく彼らも必死だったのだろう。このまま戦争が新政府軍の勝ちに終わったら、彼らは「賊徒《ぞくと》に加担した」と

して罪に問われるのは明白だからだ。いまのうちに「官軍様」へしっかり恩を売っておくことこそ彼らの生きのびる道だったのだ。

作業開始からわずか二日後、あっさり海路はひらかれた。網はばらばらと水中でほどけ、あとは軍艦で押し裂けばいいだけになったのだった。

（奇策は、無に帰した）

釜次郎は落胆したが、しかし実際、この時点でもう、釜次郎はさらなる裏切りに遭っている。網の切られる三日前、陸上の弁天台場では、七門の大砲のうち六門までが無用の長物と化していたのだ。

事情はこうだった。箱館市内で鍛冶《かじ》職をしていた連蔵《れんぞう》という者ほか二名が、五月三日の夜、ひそかに弁天台場にしのびこんだ。一門のみは番兵に見とがめられて手が出なかったものの、のこりの六門はみな釘をうちこんで使用不能にしてしまった。その上で、長州艦・丁卯へ漕《こ》ぎ寄せて、

「おそれながら」

と一部始終を申し出たのだという。建造当初はずらっと十五門すえつけられていた弁天台場の大砲も、ほかの戦場へもち出したため、このときには七門しかなかったのだが、その七門ですらもほぼ全滅したことになる。

報告を聞いた釜次郎は、

「くそっ。くそっ」

髪の毛をかきむしってくやしがったが、しかしその頭のかたすみで、

（そいつは、ただの職人じゃねえ）

冷静に判断してもいた。おそらくその連蔵とやら、ふだんから弁天台場に出入りしてさまざまな金具や装具の修繕をまかされている御用職人だったのだろう。だから番兵もまさかと思ったのだろう。そのまさかが仇《あだ》になった。釜次郎の共和国は、いまや沈みかけの船だった。ねずみどもが一目散にそこから逃げ出している。

釜次郎は、その鍛冶職たちを責める気にはなれなかった。

むしろ番兵のほうを面罵《めんば》してやりたかった。いくら顔見知りとはいえ、いくら雨風のつよい夜だったとはいえ、こんな盛大な無力化をたった三名の非戦闘員にしでかされるとは何ごとか。こんなところにも、共和国軍の士気の低下が、

（ありありと、見えらあ）

いや、それは士気の低下ではないかもしれなかった。

単なる疲弊かもしれなかった。ひろい蝦夷島の各地にばらばらと配備された兵どもは、あるいは命令を受け、あるいは戦闘にやぶれ、いま続々と五稜郭およびその周辺へもどってきている。釜次郎はこの急増した人口に日々めしを食わせてやらなければならず、実際のところ、なかなか弁天台場まで食糧をまわすことができなかったのだ。

弁天台場は、沈黙した。

戦わずして沈黙した。もはや箱館港をまもるのは、回天、蟠龍の二艦のみとなった。その上さらに、何という間《ま》のわるさだろう、蟠龍はボイラが故障して、うごけなくなってしまった。戦闘がはじまれば、蟠龍の乗組員は修理と砲撃を同時におこなわなければならないだろう。片翼をもがれた鳥も同然だった。

「警戒すべきは、回天のみ」

新政府側の春日の艦長・赤塚源六は、そう言って水兵たちを叱咤した。

†

明治二（一八六九）年五月七日。

新政府軍の艦隊は、いっせいに周辺海域を出発した。

先ほどの図における円周上の各所から、甲鉄、春日、陽春、丁卯、朝陽の五艦がまっすぐ箱館港方面をめざしたのだ。

ひときわ目立つのは、やはり甲鉄だった。

装甲板でおおわれた黒い巨体をかろやかにすべらせ、海面を快速ですすみつつ、ずん。

歌うような低い音とともに、例の三〇〇ポンド砲を発射した。

新政府方、釜次郎方、それぞれの兵が信じがたいものを見た。三キロ以上もある長いながい空のみちを、その砲弾はきれいな弧を描いて飛んだあげく、まるで吸いこまれるように回天の横っ腹へ命中したのだ。

その直前に、もちろん回天も撃ち返している。舷側にとりつけた四〇ポンド砲で応射したのだ。しかしその砲弾は、甲鉄のはるか手前であっさり海に落ちてしまった。おとなと子供が石の投げあいをしているようなものだった。

「ああっ」

回天艦員の落胆のため息のやまないうちに、甲鉄が、二発目をはなった。

第十二章　土方歳三《ひじかたとしぞう》の最後

　とにかく、射程がぜんぜんちがうのだ。

新政府方の軍艦・甲鉄の三〇〇ポンド砲はつぎつぎと箱館湾をよこぎって回天のすぐそばに着弾し、たかだかと水柱を天に突き刺したというのに、回天からの応射はまったく甲鉄にとどくことなく、湾のなかばで病人のように海にしずんだ。このぶんなら、

「わが艦はもう、湾内ふかく侵入する必要はないでしょうな」

新政府軍の一等士官・林謙三《はやしけんぞう》が、そう言った。

ただしこれは甲鉄ではなく、甲鉄と行動をともにしている薩摩艦・春日の艦内《か》でのこと。林はにやにや笑っている。勝利を確信した者にありがちな、やや緊張を欠いた笑いだった。春日艦長・赤塚源六は、

「こん、やっせんぼ（役立たず）」

薩摩弁でどなると、怒りのあまり顔をくしゃっとつぶして、

「ここは、いっさんに突っ込むところじゃ。敵艦めがけて全速前進」

「は、はっ。しかし甲鉄は」

「甲鉄も、かならず突っ込む。万が一それをしなかったら、われわれはただ一艦でも湾奥《わんおう》へすすむ」

赤塚源六、このとき三十六歳。かねてから釜次郎へは、

（榎本め）

複雑な思いを抱いている。

春日の艦長としてはじめて海戦を経験したのは、昨年の一月、兵庫港を出たときだった。陸上でいわゆる鳥羽伏見の戦いが勃発したことを受け、至急薩摩へもどるべく錨《いかり》をあげたのだ。ところが大坂湾を南下して、紀淡海峡をこえ、阿波沖へ出たあたりで背後からとつぜん砲撃を受けた。おそろしく狙いが正確で、あやうく命中するところだった。

砲撃のぬしは、開陽だった。

当時の艦長は、榎本釜次郎。このオランダで建造された日本最強の軍艦は、源六の常識をはるかに超える大砲をずらっと数十門もそろえていた。数十門というのは不明瞭《ふめいりょう》きわまる言いかただが、あんまり遠すぎて数えられなかったのだ。

源六は、もちろん応射した。しかし春日の六〇ポンド砲をとびだした弾は敵艦のはるか手前でばしゃばしゃ落ちるのみ、命中どころか示威《じい》行為にさえならなかった。その飛距離の差は、さながら、現在ただいま箱館湾で交戦している甲鉄と回天のそれとおなじようなものだった。いや、それ以上の差だったろう。

結局、ろくな戦いはできなかった。

源六はむなしく砲弾を撃ちつつ阿波沖を南下して、太平洋へのりだした。開陽はようやく追撃をあきらめたようだった。もっとも、このとき春日が護衛を命じられていた薩摩船・翔鳳は、みごと開陽の砲弾にやられて阿波の海岸へよろよろと座礁、自焼沈没したのだから完敗というほかない。源六はつまり、春日という薩摩藩を代表する軍艦の艦長でありながら、日本中で唯一の、

「負けた艦長」

となったのだった。

その後、源六は、事あるごとに、

（開陽め。榎本釜次郎め）

と雪辱の決意をかみしめたが、しかしその開陽はどうしたことか江差沖で勝手に座礁し、勝手にしずみ、ふたたび戦わずして魚のすみかとなってしまった。源六としては、ふりあげた拳《こぶし》のおろしどころが見つからず、だからこそ箱館湾では、

(回天を、この手でしとめる)

闘志をさかんにしているのだった。回天はいまや開陽にかわる釜次郎方の旗艦だったからだ。もちろん敵方には蟠龍もあるが、これは元来イギリス王室のヨットだったという船であり、回天、甲鉄、春日とくらべると一寸法師のお椀《わん》のようなもの。しょせんは二の次の存在にすぎない。

もっとも、源六がこのさい、

「突っ込む」

ことを選択したのは、かならずしも血気にはやったせいではない。もう少し冷静な情況把握の故でもあった。こっちの甲鉄はとにかく船体を鉄の装甲板でつつんで文字どおり鉄壁の守備を敷《し》いているし、春日も元来はイギリス船、艦砲戦には不向きな外輪船ながら機動力では甲鉄、回天をはるかに上まわる。むしろ接近戦であっというまに決着をつけるほうが、

(当方の有利が、いっそう確実になる)

しかし回天のしぶとさは、想像以上のものだった。

一〇〇メートル以内の距離から甲鉄の三〇〇ポンド砲や七〇ポンド砲におもしろいように砲弾をぶちこまれ、船体から黒煙まで噴き出したのに、それでも湾内をさかんに走りまわっては甲鉄、春日をねらい撃った。

むろん甲鉄、春日もまっすぐ受けて立つ。このため敵味方の距離はいよいよちぢまり、ほとんど五、六〇〇メートルになってしまった。こぶしで直接なぐりあうような激烈な艦砲戦がえんえんとつづき、白い砲煙が濃い靄《もや》のように海上にたちこめた。甲板上の水兵は、しばしば同僚の顔も見えなくなった。

陸上の市民は、みな屋内へひっこんだ。

誰ひとり戸外へ出なかった。それでも万雷とどろくがごとき砲声がびりびりと壁や梁《はり》をふるわせるので、女子供のなかには失神する者も出るしまつだった。ときにはちょっと外へ出てみるお調子者もいたけれど、これは地鳴りに足をとられてひっくり返り、あたふたと屋内へ逃げもどるのがもっぱらだった。

回天は、八十余発の砲弾を受けた。

そのうちの一発にボイラを撃ち抜かれた。回天は運転不能におちいり、しばらく帆だけで徘徊《はいかい》したが、さらに被弾したあげく手近な浅瀬にのりあげた。

運転不能の故のやむを得ない座礁……ではなかった。回天艦長・荒井郁之助は、みずからそれをえらんだのだ。回天はそのまま浮き砲台となって砲撃をつづけ、新政府艦隊の接近をはばんだ。春日艦長・赤塚源六は、このときばかりは、

（敵なれど、あっぱれ）

そう思わないわけにはいかなかった。

回天は、陸側の砲をすべて海側にあつめた。甲鉄、春日に対する砲力を最大にしたのだ。そうしてなおも射撃にはげんだ。しかし船体にあいた複数の穴はいかんともしがたく、ゆっくりとではあるけれど、たしかに甲板が海面にちかづいている。回天の死は、もはや時間の問題だった。

釜次郎方には、軍艦がもう一隻ある。

蟠龍だ。これは回天の北にいる。つまり回天から見ると、弁天台場とは反対のほうに位置している。依然として機関部の修理がうまく行かないらしく、その場にふかふか浮かんだまま、しかしやはり片舷に砲をあつめて砲撃だけはくりかえしている。

射程、みじかい。

甲鉄や春日に達しはしない。というより、甲鉄も春日も、もともとこんな小艦など歯牙《しが》にもかけていなかった。両艦艦長の目はあくまでも回天にしか向いておらず、回天座礁を見とどけた時点で、

（勝負は、ついた）

経験ゆたかな春日艦長・赤塚源六ですらそう思ったという。彼らは全艦くるっと船首の方向を変え、もとの停泊地へかえりはじめた。

このとき、じつは蟠龍の修理がほぼ終わっていることに、彼らはまったく気づいていなかった。蟠龍はまだ死んでいない。つぎに会うとき、彼らはみずからの油断をつくづくと

思い知らされることになるだろう。

とにかく、彼らは引き上げた。

戦闘開始から四時間あまり、午前十時のことだった。

†

四日後、五月十一日。

払暁。

甲鉄、春日はふたたび西から箱館湾を襲ったが、こんどの主たる目的はもはや回天でも蟠龍でもなく、

「弁天台場」

だった。

木古内、二股など蝦夷島の各地でやぶれた釜次郎方の陸兵がごっそりここに逃げこんで守備をかためたため、この六角形の埋立地は、いまや軍事的にはもうひとつの五稜郭となりつつある。少なくとも人数的には一大要塞の様相を呈している。文字どおり、最後のとりでというわけだ。

その台場へ、五稜郭から最重要の文官が入城した。

箱館奉行・永井尚志だ。この数えで五十四歳になった旧幕府若年寄は、やんちゃ坊主を思わせる顔で、

「老いの入舞《いりまい》、とくと見よ」

などと呼ばわりつつ、陣屋に入り、どっかと腰をすえた。永井尚志ばかりではない。新選組の土方歳三も、二股から帰るやいなや、ここに入った。こちらは共和国最高の現役武官だ。たちまち新選組とは関係のない一般の兵卒どもにも緊張がはしり、士気があがる。

土方がたった一門しかない大砲をざらっと手でなでて、

「やるか」

海のほうを向くと、全員、おなじ方向へいっせいに体を向けるという具合だった。

海にはすでに甲鉄、春日のすがたが見える。向かって右側の海岸ちかくには味方の回天、蟠龍もあるのだが、どうやら敵の二艦はそちらへは興味をしめさず、もっぱらこの弁天台場へねらいをつけているようだった。土方は、砲身からはなれた。たちまち砲兵どもが駆け寄り、火薬缶を置き、発射の準備をはじめる。

と。

思いもよらぬ音がひびいた。

ぱちぱちという、かろやかな銃声。さすがの土方もわけがわからず、海に目をこらしたが、甲鉄も春日も変わった様子はない。左舷をこちらに向け、いまにも大砲から炸裂弾《さくれつだん》で

も撃ち出しそうな気配ではあるが、それは想定内のこと。甲板上に銃隊が整列している感じもしないし、よしんば整列していても、この距離だ、こうまで如実に銃声が聞こえることはあり得ないだろう。しかし現実に、確実に、その音はさっきから土方の耳朶をにぎわしく打っているのだ。

危険がせまる実感に、頬の肌が粟つぶを立てる。ようやく土方は、

「わあっ」

という鬨の声を耳にして、はっと気づいた。ふりかえって、

「あそこだっ。うしろの山に、敵兵がっ」

弁天台場の背後には、

「箱館山」

がひかえている。

地図の上では、例のΛ《ラムダ》の字のすぐ下（南）にあたる。いわば山全体がぽつんと海に浮かぶ島のようになっていて、ただし一本、北東のほうへ砂州がほっそり延びているのが陸への通路になっている。

砂州はほどなく左右にひろがり、市街の土となるだろう。市街の奥には五稜郭がある。すなわち箱館山をおさえれば、新政府の陸軍はそのまま市街へと、さらには五稜郭へと殺到することが可能になる。戦略上の急所というべきだった。

「しまったっ」

「行けえっ。山に向かうんだっ」

兵どもがそう言って浮足立つのを、土方はただじっと聞いていた。

土方ももちろん、そこが急所であることは知っていた。実際に山のてっぺんへ新選組から少数の隊士を出張《でば》らせてもいた。しかしそれはあくまでも高所の番人役としてであって、物理的に多数の敵をくいとめる機能を期待したものではない。敵兵が海から山へ、じかに上陸するなど、

「不可能だ」

というのが土方たちの完全なる固定観念になっていたのだ。箱館山の山すそは、ほとんどが切り立った崖になっている。

しかし敵方は、その不可能を強行した。あとで知ったところによれば、このとき彼らは約八〇〇名もの大軍が豊安、飛龍という二隻の輸送船にわかれて乗りこみ、相《あい》前後して南または南西方から箱館山へとりついた。はじめ豊安が、つぎに飛龍が。こちらの守備兵が北の海ばかり向いていた——向かざるを得なかった——ことの裏を衝く、あざやかな心理戦の勝利というほかなかった。

（発案者は、誰だろう）

土方の胸に、むくむくと子供のような好奇心がわきあがる。戦術家は戦術家を知りたい

のだ。

が、知るにはあまりにも時間がなかった。箱館山の頂上からは敵の大軍がこっちへ威嚇《いかく》射撃をこころみつつ、しかしこっちとはちがう北東方《がた》の斜面を駆けおりている。土けむりがすさまじいが、それでも禿《は》げ山だから彼らの様子はよくわかる。彼らの足どりは意志的だった。まっすぐ箱館市街へなだれこむ気なのだ。

と。

こんどは海のほうから低い砲声がとどろいた。甲鉄、春日が砲撃を開始したのだ。

土方はもういちど海へ首を向けた。こちらはあきらかに土方たちへ砲口を向けている。その目的が弁天台場そのものの破壊であることはいうまでもないが、この場合はさらに、山をおりる陸兵のための援護射撃も兼ねているようだった。

こちら側の反応はにぶい。土方の眼前で、ただ一門の大砲がようやく発射の準備をしはじめた程度だった。

（さて、どうする）

土方は、腕を組んだ。

土方のとるべき行動は、さしあたり二種類あるはずだった。ひとつはこのまま台場内にとどまること。もうひとつは隊士をひきいて南の出口から台場を出て、ただちに市街へ向かうこと。後者の場合、おそらく土方たちは箱館山の北をまわりこんで細い砂州へ入る、その入《はい》り口《くち》のあたりで敵の大軍のまっただなかへ横ざまに突っ込むかたちになるだろう。

（どうするかな）

と、この男にはめずらしく長考していると、

「土方殿」

背後から声がした。永井尚志の声だった。土方はふりかえりもせず、

「何ですかな。永井殿」

「この台場にとどまってほしい」

「ふん。臆病者《おくびょう》」

反射的に、そう言おうとした。土方はかねてからこの文官らしい文官があまり好きではない、というより性に合わない。どうせ砲声を聞いて狼狽し、あたふたと陣屋をとびだして来たのだ程度にしか思っていなかったのだ。

が、ようやく首をうしろへ向けると、

（おっ）

土方は、かんがえをあらためた。永井の小さな両目には、狼狽どころか、庭先で小鳥のさえずりを聞いたほどの心のそよぎも見られない。土方は体の向きを変え、まっすぐ永井に対峙《たいじ》して、

「この私が、この台場に？」

「いかにも」

「市街へ打って出ることには反対だと?」

「いかにも」

「理由をお聞かせねがいたい」

いどみかけるや、永井は、待っていたかのように淀《よど》みなく説《と》きだした。結論を言うと、その理由とは、

「土方が、死ぬ」

ということだった。いまの箱館山の様子を見てもわかるとおり、敵方はあきらかに綿密な作戦計画をねりあげている。前もって海軍と陸軍がしっかり協議した上で、しっかり連携のとれた行動を展開しているのだ。一大攻勢という以上に、ほとんど最後の総攻撃にひとしいだろう。

となれば、もうひとつの大軍がいよいよ進軍をはじめるのは、

「理の当然ということになるでしょうな」

もうひとつの大軍とは、ほかでもない。そもそも乙部からの蝦夷地上陸にはじまって二隊、三隊とこまかくわかれ、それぞれに江差や松前や二股や木古内を突破したあげく箱館平野でふたたび合流を果たした新政府軍主力の一大連合だ。

彼らは、おもに北から箱館市街にながれこむだろう。そこへ南から箱館山の連中も合《がっ》す

るのだから、市街はたちまち巨大な濁流にのみこまれ蹂躙《じゅうりん》されるだろう。敵方の兵でみちみちることになるだろう。

その数、おそらく四〇〇〇をこえる。

これまでの戦闘とくらべると、ほとんど無限大の数字にほかならなかった。そもそも釜次郎が軍艦八隻をひきいて品川沖を出航したときの味方の全兵員が約二〇〇〇だったことをかんがえると、その差はもはや絶望的というほかなかった。そんな濁流のまっただなかへ刀をさげて行ったりしたら、

「いくら土方殿でも、結果は歴然としておる」

永井尚志は、きっぱりと言った。土方はぼそっと、

「いくさは、数で決まるものではない」

「そのとおり。しかし敵の主力はただ数が多いだけではない。これまで十日間ものあいだ戦闘らしい戦闘をすることがなかった。じゅうぶん休息し、じゅうぶん食糧も弾薬も補給した元気いっぱいの連中なのです」

「その元気いっぱいの連中は、ほうっておけば五稜郭をとりかこみますぞ」

「む……」

永井がはじめて口をつぐんだ。土方はたたみかけるように、

「そうなれば、榎本さんはどうなる。われわれの共和国はどうなる」

というほどのものでもない。

反論。

あるいは反論のための反論にすぎない。そのことは土方自身よくわかっていたけれど、このときはどういうわけか、この永井尚志という老いた官僚の現場感覚を、

（ためしてやる）

そんな気になったのだ。逆に言うなら、そんな小さな意地悪を思いつくくらい、それくらい土方には心のあそびがあった。われながらふしぎな感覚だった。永井の背後では、甲鉄の砲弾でも炸裂したのだろう、火につつまれた物置小屋にむかって兵どもが必死で水をぶっかけている。

永井は、ようやく口をひらいた。

「それでもなお、土方殿。貴殿にはこの台場にとどまってほしい。老いぼれの願いじゃ」

「誰のために？」

「榎本殿のために」

永井の意見は明快だった。弁天台場は箱館山の北のはしに位置しており、陸からは山沿いの隘路《あいろ》をたどるしか行き来のしようがない。或る意味、天然の要害なのだ。土方がここを指揮すればそうとう長く保《も》たせることができるだろう。敵はこちらへ人数をさかねばならぬこととなり、五稜郭の負担は減る。

「なるほど。しかし永井殿、いくら天然の要害でも、軍艦には関係ない。弁天台場は海に向かって突き出ているのだ。敵艦は今後ますますこっちへ撃ってくるだろう」

「こっちへ撃っているかぎり、箱館市内は撃たれんですむ」

「完璧だ」

土方は腕組みをとき、莞爾《かんじ》とした。永井は目をしばたたいて、

「は？」

「完璧です、永井殿。陸戦には本来しろうとのはずの貴殿がこうまで戦況を見とおすとは、正直、思いもよりませんでした。無礼をお詫《わ》びする」

土方は、頭をさげた。

心の底からの讃辞だった。どこが老いぼれなものか。永井尚志という男、むしろ頭脳はいっそう若々しく、いっそう鋭敏にあたらしいものを吸収している。人間は無限に成長するのだ。ひょっとしたら自分も、長生きすれば、

（この人のように、なれるだろうか）

土方は、ひどく胸があたたまるのを感じつつ、

「わかりました、永井殿」

「おお」

「弱卒ながら、この土方。この台場とともに粘りに粘ってみせましょう」

もういちど、にっこりした。

†

回天は、つらい。

四日前、みずから湾内の浅瀬にのりあげて浮き砲台と化してからは一寸《いっすん》たりとも動くことなく、少しずつ少しずつ海にしずみながら弾痕《だんこん》なまなましい廃墟《はいきょ》の姿をさらしている。

この日。

甲鉄、春日がふたたび西の海に艦影をあらわすや、回天艦長・荒井郁之助は、

「たたき返せ。ひるむなっ」

片舷にあつめた大砲でさかんに攻撃をしかけたが、しかしもはや甲鉄、春日のほうは回天など眼中にないという感じで、もっぱら南の弁天台場のほうへ砲撃をはじめた。回天の相手をしてくれるのは、甲鉄、春日よりもはるかに小さい、

「朝陽」

という新政府船籍（元来は肥前《ひぜん》艦）の軍艦一隻だけだった。回天は、いわば生殺《なまごろ》しにされていた。

いや、ちがう。

敵方はやはりとどめを刺すつもりだった。刺客《しかく》は意外な方面にいた。海とは反対側にあらわれた、一〇〇〇人単位の、

「陸兵」

だ。箱館山から北上した奇襲兵と、平野部から南下した主力兵がちょうど出会う箱館市街は、これも天の意志なのだろうか、回天座礁の位置のほぼ真東に位置するのだった。箱館市街は、そのまま回天攻撃のための絶好の拠点となるだろう。

(西に朝陽、東に陸兵)

荒井郁之助は、艦長室の壁をなぐりつけた。めぐりあわせの悪いことに、回天はすでに両舷の砲をすべて海側にあつめてしまっている。陸側は丸腰にひとしかった。

敵方の陸兵は、もはや大砲すら使う必要がなかった。小銃でじゅうぶんだった。浜にのびのび展開した銃兵が、至近距離から、おもうさま、回天の無防備な背中にばらばらと銃弾をあびせはじめる。まさしく元気いっぱいの早わざだった。彼らはいまや、銃弾ならば無尽蔵に所持しているにひとしかった。

ふつうなら、回天の防御法はかんたんだ。

要するに水兵が甲板上に出なければいいだけだろう。しかしこの場合は話がちがった。何しろ船体内部はもう四日も前から浸水にみまわれていて、人を容れる空間がない。つねに誰かが甲板へぐいぐい押しあげられる恰好になっている。

いきおい彼らは銃をとって応射につとめざるを得ず、これがほぼ一方的な人的損耗の結果をまねくことになった。多勢に無勢、互角の勝負はとても無理だったのだ。

ぱさっ。

ぱさっ。

海面から、やがて紙くずを落とすような音が立ちはじめた。荒井郁之助が、

「何ごとだ」

と聞くと、士官のひとりが、

「甲板上から、落ちる者が」

「撃たれたのだな」

「ちがいます」

士官は、悲痛な顔で報告した。

「みずから身を投げているのです」

荒井が棄艦《きかん》を決意したのは、このときだった。鼻の下のひげを力なく左右に垂らして、

「万事、これまで」

大砲の火門に釘を打ち、みずから艦に火を放たせた。

火のまわる前にボートをおろし、水兵を順次、上陸させる。荒井自身は最後にボートに乗った。ふりかえると回天はしずかに、まるで病人が目をとじるように、船尾をななめに水

にひたした。

回天は、死んだ。

†

しかしまだ蟠龍は死んでいない。機関部の修理をようやく終えたこの共和国最小の軍艦は、おなじ日、夜あけ前から湾内をさかんに走りまわっている。

夜があけると、もっぱら朝陽を相手にした。

朝陽は、甲鉄、春日よりもはるかに排水量の少ない新政府船籍の軍艦だ。はじめは回天の相手をしたものの、或る時間帯からは北へうつり、七重浜——地図上の円弧の頂点付近——のあたりで陸に向かって撃ちはじめた。陸兵の主力連合がどっと箱館市街へなだれこむのを援護しようとしたのだった。

この任務。

朝陽には、荷がおもい。

朝陽はもともと肥前藩から新政府に献上された軍艦だが、新政府内でのこの戦争の実質的な指導者である大村益次郎など、はじめ築地《つきじ》の軍務局でこの戦争の準備をしているとき、艦長の中牟田倉之助《なかむたくらのすけ》に、

「貴艦は、ほんとうに戦闘に堪えるか」

面と向かって聞いたという。ふだんは冷静沈着で、あまり真意をおもてに出さず、しかもこの戦争には最初から絶対の自信をもっていた大村益次郎ですらこんなふうに懸念《けねん》したほど、それほど朝陽という軍艦はろくな武装をしていなかった。こういう艦がこの箱館湾という最重要の戦場にいること自体、新政府海軍の非力さを物語って、

「あまりある」

というのが、大村ののちに洩らした感想だった。

実際、朝陽ははなはだ不安定だった。甲板にむりやり載っけた大砲をひとつ撃つたび船体がぐらぐらゆれるありさまは、さながら三歳児が鉄兜《てつかぶと》をかぶっているようなものだった。陸兵の援護どころの話ではない。自分自身がひっくり返らないのが精いっぱいではないか。このざまを目にした蟠龍艦長・松岡磐吉《まつおかばんきち》が、

（行ける）

と思ったのも、だから当然だったろう。彼はまっしぐらに蟠龍を朝陽につっこませた。

小型艦どうしの一対一の勝負がはじまった。

どちらの砲も、射程はみじかい。

両者はたちまち接近戦というより接舷戦というべき位置関係になった。おのずから決着は瞬時につかざるを得ない。先に撃ったのは蟠龍だった。蟠龍の一発は、どんぴしゃり、

朝陽の火薬庫に命中した。

たちまち船体がVの字に割れ、その割れ目から炎がふきあがった。黒煙とともに鉄片や木片がゆっくりと天に舞い、ゆっくりと綿《わた》のように海面におりた。

ほかにも日本刀や、石炭や、分銅や、ランプ（照明具）をつかんだ片腕などが落ちて海面をにぎやかに叩いたが、落下物のなかには、どういうわけか、錆《さび》の浮いた天保銭《てんぽうせん》も大量にあったという。湾内に、しばらく焼き場のような嫌なにおいがたちこめた。

松岡磐吉は報告を聞くと、だだだっと階段をかけあがって甲板に出て、

「おおっ」

けもののように咆哮《ほうこう》した。そうして狂ったように人をあつめ、大砲を撃った見習士官・永倉《ながくら》なにがしを胴あげした。誰もがはじめて見るふるまいだった。命中から二分後にはもう朝陽は三本のマストを水上に見せるのみとなり、マストには何人かの兵がしがみついていたが、どちらもじきに海中に消えた。蟠龍は、かすり傷ひとつ負わなかった。

死者五一名、負傷者二十数名。

惨況のわりには死なたかった者がけっこう多いが、これは海にほうり出されたところを他艦のボートに救助されたのだった。

他艦とは、味方である長州の丁卯や薩摩の春日、あるいはたまたま観戦中だったイギリス軍艦ベール号。イギリスは名目上、中立の立場をとっていたから、これは純粋に人道的

な行為だった。いずれにしても、たった一発の艦砲がもたらした戦果ないし被害としては日本戦史上最大であり、蟠龍の乗組員たちは、

「おおおおおっ」

松岡以上にけものになって歓声をあげた。歓声は、四、五キロはなれた弁天台場にもとどいた。あの土方歳三ですら、

「この期、のがすべからず」

と絶叫したという。

新政府方は、いきり立った。

甲鉄、春日、丁卯という大軍艦が、いわばこぞって本気を出した。これまでの弁天台場なり回天なりへの攻撃はつづけつつ、同時にそれぞれ数門ずつ砲をさいて蟠龍を攻撃しはじめた。砲撃の間隔は密になり、なかば連射にちかい状態になる。あたかも船そのものが顔をまっ赤にして怒《いか》っているかのようだった。

もっとも、その砲弾はことごとく蟠龍にあたらない。ときおり船体をかすめはするが、むしろ蟠龍はいよいよ図に乗るばかり。湾内を快走し、旋回し、また快走しつつ三艦それぞれへ発砲した。

このとき回天はまだ浮き砲台として海への応射をつづけていたので、回天艦長・荒井郁之助もこの蟠龍の活躍ぶりを艦長室で聞いたのだが、

「まさか」

と、にわかには信じなかったという。排水量わずか三七〇トンのちっぽけな艦が、一〇〇〇トン級を三艦もむこうにまわして互角以上のいくさをするなど、荒井のような海軍の知識が豊富な者には、かえって、

「あり得ない」

としか思われなかったのだ。

それにまた、もうひとつ事情がある。荒井の目には、蟠龍艦長・松岡磐吉という男は、

「温厚の徒」

という感じだった。

もともと松岡は、伊豆国韮山《いずのくににらやま》の代官であり、旧幕府における洋式砲術の研究家である江《え》川太郎左衛門《がわたろうざえもん》（坦庵《たんあん》）の筆頭手代の家に生まれた。たいへん頭がよかったので江川その人におさないころから愛されたあげく、長じては松岡自身も江川塾で蘭学と砲術をまなんだという経歴のもちぬしで、こんなお坊ちゃん、お坊ちゃんした幼時環境のせいか、人間がおっとりとできている。およそ性格に戦闘的なところがない。

そういえば先々月、奥州宮古湾へはるばる敵軍の甲鉄をうばうべく回天、高尾とともに箱館を出たとき、蟠龍艦内がざわざわと静まらないのへ、

「みなさん」

松岡はおもむろに艦長室を出て、着ている白いシャツを指でつまんで、

「私はもはや死ぬつもりなので、見苦しくないよう石鹼で手をあらい、顔をあらい、香水をつけました。われながらずいぶんしゃれております」

乗組員全員、毒気をぬかれ、しんとしたという。そんな人間そのものが本気だか冗談だかわからないような松岡磐吉という男が、この期におよんで敵の大艦をちょこまかと小馬《こば》鹿《か》にするような肝《きも》のすわったまねをするとは誰もが思わなかったのだった。

しかも松岡はこのとき、艦長室にはいなかった。みずから船首に立って双眼鏡でくるくる目視の方向を変えつつ、敵艦との距離をみずから砲手につたえていた。測量方出身の血がさわいだのだろうか。ふだんは気位のたかい荒井郁之助も、このときばかりは、

「あの松岡が」

感嘆をかくさなかったという。

結局。

蟠龍は、被弾しなかった。

やがて弁天台場のちかくで浅瀬にのりあげたのも、だから敗北の故ではない。機関部の再度の故障のせいでもない。これも近代の海戦にはないことだが、蟠龍は、一発のこらず砲弾を撃ちつくしてしまったのだ。松岡磐吉は、もとの鷹揚《おうよう》な彼にもどって、

「しかたがありません」

ため息をつき、まるで花見へでも行くみたいに、

「乗組員、全員退艦。そのまま弁天台場にたてこもりましょう」

自発的な座礁だった。松岡はみずから火をはなった。釜次郎の海軍はこれで全艦をうしなったことになるが、その最後に、蟠龍は、いわば掉尾《とうび》の一振《いっしん》というべき爽気《そうき》をあらわしたことになる。新政府方の海軍幹部の心にも、このことは長くのこったのだった。

なお蟠龍は、このとき全焼しなかった。

半焼け程度ですんだのをイギリス人がひきとり、上海《シャンハイ》で修理して、ふたたび日本に売りこんだ。蟠龍は、

「雷電《らいでん》」

と名前を変えた上、海軍省所属の軍艦となり、明治二十一（一八八八）年までの長いあいだ現役生活をまっとうした。廃艦後は土佐《とさ》の漁師に払い下げられ、捕鯨船として使われたという。

†

土方歳三は、しかし結局、弁天台場を出た。

（すみませんな。永井殿）

と、心の底であやまりつつ馬に乗り、台場の南、城でいえば大手門にあたる出口へ向かった。

もちろん大手門とはいっても、実際には蘭学者・武田斐三郎の設計にかかる西洋式の要塞だから、その形状はむしろアーチ形のトンネルにちかいのだが。

土方は、たった一度ふりかえった。

永井尚志はいまごろ消火活動の指揮をとったり、銃兵を配置しなおしたりに忙殺《ぼうさつ》されているだろう。土方がふらりと姿を消したと気づくのは、いましばらく先だろう。

「やはり拙者には、こちらのほうが似合うようです」

つぶやきつつ、土方はトンネルを出た。そこでは数十人の味方の兵が警戒にあたっているが、むろん土方を誰何《すいか》できるような者はひとりもいない。土方は手綱をあやつり、右へ折れた。馬の吐く息がふわふわと白い。

濠《ほり》にかかる橋をわたる。民家の軒先をくぐる。左に海を、右に箱館山を見つつこのまま東へ少しすすめば、例の砂州に行きあたるだろう。敵の大軍にぶちあたるだろう。

土方の横には、もうひとり馬上の武士がいる。

「なあ、安富《やすとみ》君」

土方は、声をかけた。

安富才助《さいすけ》、三十一歳。もともと備中足守《びっちゅうあしもり》藩の江戸詰の藩士の家に生まれたが、長じて近藤勇による江戸での隊士募集に応じ、新選組にくわわった。大坪《おおつぼ》流馬術を習得したという異色の経歴のもちぬしで、いっときは隊内でも馬術師範をつとめたが、しかしいまこの騒擾《そうじょう》のなかにあっても彼の馬がまったくおびえていないのは、これは馬術のせいだけではないだろう。土方はむかしから、この男が大事を前に動揺するのを見たことがない。

「何でしょう」

と才助が言うと、土方は馬の脚をゆるめ、目をほそめて、

「京師のころが、なつかしいなあ」

才助は、やはり多少は感慨ぶかい様子で、

「ずいぶん金をつかいました。いい妓《こ》も抱いたし、うまいものも食った。何といっても京のみやこは漬物がうまい」

「漬物? そりゃあまた、ささやかな贅沢《ぜいたく》だ」

土方がからかうと、才助はちょっと唇をとんがらして、

「副長こそ、京の魚はなまぐさいといつも言ってたじゃありませんか。京は青物がいちばんだと」

「そうだったかな」

「そうですよ」

土方は、ふと気づいたという感じで、

「安富君。私はもう副長ではないのだが」

「京のころは副長であられた」

「……そうだな」

「そうですよ」

「おい」

土方は馬をとめ、けわしい顔になった。

前方を、横に砂州がのびている。左に行けば土地がひろがり、箱館市街になるのだが、その市街がはやくも火につつまれているのを土方は見たのだった。火勢は遠目にもすさまじく、灰色の空を焦がしている。住民たちの肌をぱりぱり焼く音までが聞こえてきそうだった。このぶんだと、全三千三百戸がそっくり灰になるのは時間の問題かもしれない。

「ばかが」

土方は舌打ちした。なるほど、そこではいま共和国軍、新政府軍いりみだれて乱闘しているはずだけれども、いくら何でも銃砲による火がこんなに速くまわるわけはない。おそらく、いや、まちがいなく、

（味方の、しわざだ）

まっさきに五稜郭へ退却した臆病者どもが、退きぎわに火をかけたのだ。土方は、吼えた。

「何という愚《おろ》かなまねを。民草《たみくさ》をただ苦しめるだけではないか。たしかに兵法には城を焼けとある。落ちる者がみずから火をかけるのは古来のむしろ常識であろう。しかし街は城ではない。これだから旧弊な武士はこまるのだ。そうは思わんか、安富君」

「副長」

安富才助、ぽかんとしている。土方は、

「どうした?」

「われわれも、その旧弊のひとりでは」

土方は、くっくっと手綱をふるわせて笑いだし、

「そのとおりだ、安富君。どうやらこの土方歳三、榎本殿に毒されたらしいぞ。はっはっはっ」

笑いは、高笑いになった。腹の底からおかしかった。自分がこんな「進んだ」人間になったなどと、あの世の近藤勇が知ったらどんな顔をするだろう。さぞかし、

(目を白黒させるかな)

土方は、笑いをおさめた。まだ少しあいまいな顔をしている安富才助へ、

「そろそろ、行こうか」

言うや否や、馬に鞭《むち》をくれた。あとはもうわけがわからなかった。街のほうから吹きつける熱風にむせながら、敵を轢《ひ》き、敵を斬った。ちかづく者はみな死体となった。刀の柄《つか》

がぬるぬると血ですべり、何度か取り落としそうになった。土方は何度も、

「うろたえるな。新選組副長、土方歳三である」

と、あのころのように呼ばわったが、どうしてなのかは自分でもわからなかった。雪どけ水のせいだろう、地面はひどくぬかるんでいる。土方の視界がだんだんせまくなったのは、泥のせいか、それとも返り血のせいだったか。どこからだろう、

「土方殿！」

という声が聞こえた。星恂太郎の声だとすぐわかった。そうか、額兵隊も加勢してくれたのか。心づよいが、どっちにしても、いまさら戦況は変わらないだろう。

「行くぞ。安富君」

土方は言ったが、返事はなかった。おたけびをあげつつ、市街の炎に突っ込んだ。

†

明治二（一八六九）年五月十一日という日は、五稜郭の釜次郎にとっても、ひどくいそがしい日だった。

前日夜、共和国幹部とともに箱館港ちかくの武蔵野《むさしの》という妓楼《ぎろう》にあがり、別盃《べっぱい》を交わした。庁舎にかえり、少しまどろんだところ、まず未明にたたき起こされた。身のまわりの

世話をする少年が、
泣きそうな顔で寝所へとびこんできたのだ。釜次郎ははね起きて、

「総裁。総裁」

「何だい」

「箱館山が、海からの奇襲に遭いました」

釜次郎は立ちあがり、身じたくをしつつ、

「ってことは、敵の艦隊もふたたび攻撃を開始したんだな？」

「はい。こちらの回天、蟠龍、および弁天台場が防戦中です」

数時間後、その回天がとうとう浮き砲台と化したまま陸からの銃撃に耐えきれず、自焼したという報を聞いた。さらには蟠龍もだ。いっときは敵艦朝陽を爆沈させて大いに気勢があがったものの、結局はすべての砲弾を撃ちつくして弁天台場付近で座礁、自焼したという。

「日本最強の艦隊だったんだがなあ」

釜次郎は、ため息をついた。品川沖を出たときには八隻もあった船たちが、いまや一隻のこらず釜次郎の手のとどかないところへ行ってしまっている。釜次郎の心に、一生うめようがない穴があいた。

去ったのは船だけではなかった。額兵隊の生きのこりとともに五稜郭へ駆けこんできた

星恂太郎が、

「土方歳三殿、戦死」

の報をもたらしたのだ。

「ふーん」

釜次郎は、そっぽを向いた。われながら関心のうすさが如実にわかるしぐさだった。星恂太郎は不服そうな顔になって、

「ご遺体ももうすぐ参られるかと」

「お疲れさん。その話はもういいよ」

釜次郎は内心、

（わかってたさ。そんなこたあ）

と、むしろ土方の霊を祝福したい気になっている。土方はかねてから自分を時代おくれの武士とみとめ、ひたすら死にどころをさがしていた。武士としての最後の一花を咲かせようとしていた。土方としては二股でみごとな防衛戦を展開し、面目をほどこした以上、もはやこの世に思い置くことはないはずだった。

「いまごろはあの世で近藤さんと、竹刀《しない》稽古《げいこ》でもやってるさ」

釜次郎は、近藤勇とも一度だけ会っている。鳥羽伏見とそれからの幕府軍の敗戦を受けて大坂から江戸へかえるとき、おなじ軍艦富士山に乗り合わせたのだ。あのときの近藤の

ほれぼれするような男ぶりを思い出すにつけ、釜次郎は、

（よかったなあ、土方さん）

指でそっと目じりをぬぐうのだった。

ただし釜次郎は、もちろん五稜郭への生還者そのものを歓迎しないのではない。いちばんうれしかったのは、

「釜さん」

と、ひょっくり荒井郁之助がかえってきたことだった。回天艦長だとか、箱館共和国海軍奉行だとかいう肩書はこのさい関係がない。釜次郎にとっては長崎海軍伝習所以来の旧友で、ほとんど兄弟にひとしい相手だった。

「おお。郁さん」

釜次郎は荒井を抱きしめ、頰ずりまでした。しかしその刹那にも、脳裡の奥の冷静な知性人は、

（なんでだ）

一抹の疑問を感じている。

回天が座礁したのは箱館市街の西の海、しかも小銃の弾がとどくほど浜にちかい場所だった。当然、そこからボートで上陸して五稜郭に駆けこむには市街を東へまっすぐ突っ切らなければならないが、市街はすでに激戦のちまたと化している。命からがら沈没船をぬ

けだした、武装もろくにしていないはずの男たちが、「なんで生きて来られたんだい、郁さん。陸《おか》にあがった河童《かっぱ》のくせにさ」

釜次郎は体をはなし、あけすけに聞いてみた。荒井は目をぱちぱちさせ、そんなことは思いもしなかったという口調で、

「さあ……われわれは、とにかく五稜郭めざして走ったんだ。むろん敵にかこまれもしたが、気がついたら……味方の援護があったんだろうか」

まったく答になっていない。陸戦はまったくの素人なのだ。釜次郎は、板間にどっかとあぐらをかいて、

「ふーん」

思案した。

かんがえてみれば、これは荒井ひとりにかぎった話ではない。副総裁・松平太郎も多数の兵とともに打って出たところ、あっさりやぶれて十数人の戦死者を出したもののとにかく五稜郭内へもどってきたし、額兵隊の星恂太郎もまたしかりだ。もちろん土方歳三のように命を落とした者も――まあ土方は一種の自死と見るべきだが――多いけれども、これは案外、

（街中《まちなか》は、おだやかなのか）

まさかと思いつつも立ちあがり、部屋を出た。共和国政庁――旧幕府箱館奉行所――内

の廊下はおおぜいの人間が行き来しており、混乱をきわめている。その人のあいだを縫うようにして釜次郎はトットッと駆け、梯子《はしご》段をのぼり、屋根の上の太鼓櫓《たいこやぐら》に出た。ここからなら、市街の様子が一望できる。

「ちがう」

釜次郎は、顔をしかめた。

おだやかどころの話ではない。日没直前の薄暗闇《うすくらやみ》のなか、「へ」の字をずらっと伏せたような板《いた》屋根の海のそこかしこから蠟燭のような火の手があがっている。天にささげる献灯のようだった。風が吹くと火薬くさい金色のけむりが流れてくる。もうすぐ夜になるというのに、いまだ銃声や砲声はさかんに雲の下面をふるわせていた。

（わからねえ）

本来なら、荒井郁之助、松平太郎、星恂太郎というような見るからに大将級の人間はまっ先にやられてしかるべきなのだ。それをみすみす見のがすとは、あの場所はいったい、

「どんなふうに、なってるんだ」

永井さんの意見が聞きたい。釜次郎はふとそう思ったが、箱館奉行・永井尚志は弁天台場にこもりっきり、もはや生死もわからない。足の下から番兵が、

「お降りください、総裁。そこは敵の目標になります」

悲痛なさけびをあげたので、

「わかった、わかった」

釜次郎はようやく梯子段を降りながら、しかしなお疑問をもちつづけている。箱館市街、どうしてそんなに間が抜けているのか。

「ああ、そうか。そうだったのか」

と手を打ったとき、まさにその故に、釜次郎はこの戦争を収拾させる一大決断をすることになる。がしかし、それにはなお数日を要さなければならないだろう。

†

日が暮れた。

市街の銃声も、どうやら已《や》んだらしい。明治二年五月十一日というあまりにも長い、あまりにも密度の濃すぎる一日が、

（やっと、終わった）

釜次郎は、今夜は少し眠ろうと思った。あしたはあしたの激務がある。いまの自分には万にひとつも判断に誤りがあってはならないのだ。頭脳の疲労は、これを最小限にとどめるのが人の上に立つものの義務だろう。

が。

やはり眠れなかった。五稜郭の各所から責任者がひっきりなしに居室に来て、釜次郎の指示をもとめたからだ。あしたには敵がせまるかもしれないことを考慮すると、釜次郎としても、まさか今夜は閉庁だと言う気にならない。釜次郎は、現場が眠らないうちは自分も眠らないのが、

（上役の、義務だ）

そう思いなおすことにした。

翌々日。

釜次郎のもとに、一通の手紙がもたらされた。

投降勧告書。

しかもその差出人は、敵ではなく、味方だった。

第十三章　終戦、そして

投降勧告書の文面は、大略、以下のようなものだった。

（釜次郎方の）形勢、たとえ海軍やぶれたりといえども、なお陸上では五稜郭と弁天台場がよく奮戦しておられる。じつに感服のいたりでありますが、しかし天朝に反抗するのはよろしくない。天朝はあくまで寛大のおぼしめしを抱いておられます。ひとりのこらず殺戮《さつりく》するなどという、一部のうわさにあるようなご趣意はまったく抱いておられません。

即今《そっこん》まことに御《おん》大切の場合です。とくとご賢慮《けんりょ》の上、平穏の道をお立てになるべきです。いずれにしても今後どうなさるか、お知らせくださいという旨のことを薩州の池田《いけだ》次郎兵衛《じろべえ》という人が（釜次郎方の）諏訪常吉《すわつねきち》へ談判《だんぱん》におよんだそうです。右につき、御意を得たく。

小野権之丞《おのごんのじょう》
高松凌雲

榎本釜次郎様
松平太郎様

内容は、どうということもない。天朝の寛大のおぼしめしうんぬんは信じるに足りないし、池田次郎兵衛だの諏訪常吉だのいう意味のない名前をふたつも出して連絡経路をわざわざ複雑にしたのもまあ最初の手紙にありがちな人脈証明だと見ることができる。この国家間の外交文書——事実上の——には、どういう罠もひそんではいないのだ。しかし釜次郎は、

「……こいつ」

目をみはり、ひざの上で紙をかさつかせた。

問題は、差出人の名前だった。小野権之丞と高松凌雲、どちらも味方ではないか。釜次郎方に属する、

「箱館病院」

の、小野権之丞は掛《かかり》頭取、高松凌雲は頭取。つまり事務局長と病院長だ。さてはこのふたり、

（寝返ったか）

釜次郎は、ただちに手紙を持参した使者を呼び出した。使者はたまたま負傷のため箱館病院に入院していた伝習《でんしゅう》士官・坂根松之助《さかねまつのすけ》という者で、やはりと言うべきか、高松にじかに命じられたのだという。もっとも、話をよく聞くと、事情はこんなふうだった。

そもそも箱館病院というのは、幕府が弁天台場の南の地域に設立した箱館医学所が母体であり、これを新政府の箱館府がひきつぎ、さらに釜次郎が接収したという経緯がある。釜次郎はこれを野戦病院として使用することに決め、その院長に高松凌雲を任命したのだった。

凌雲は、もともと農家の三男坊。

筑後国古飯村《ちくごのくにふるえ》の庄屋に生まれた。家業に従事しつつ字をならい、漢書をまなび、二十歳のとき久留米藩士・川原弥兵衛《かわはらやへえ》の養子となったけれども医師をこころざして脱藩、大坂の適塾などで勉強をかさねた。

いっときは江戸神田《かんだ》の蘭医・石川桜所《いしかわおうしょ》のところにも入門したが、この師が当時の将軍・徳川家茂の上洛にしたがって医院を留守にしたときなど、凌雲は後事いっさいを託され、「それはもう勉強のひまがなかったものだ。医院の仕事はもちろん、石川家の家政の指揮

もとらなければならなかった」

そんなふうに述懐している。高松凌雲という男は、まず何よりも組織のなかで人をつかう才能がぬきん出ていたのだった。

もちろん、医術の腕もとびきりだった。

三十歳のとき、第十五代将軍・徳川慶喜の侍医《じい》に抜擢《ばってき》されたのは、師である石川桜所の推薦もあったにはちがいないが、やはり治療技術の卓抜《たくばつ》がいちばん大きな原因だった。農家の三男坊にとっては夢みるような出世だったろう。

それだけではない。凌雲は、徳川幕府がパリ万国博へ派遣した公式使節団へも随行《ずいこう》を命じられた。もっともこれは、凌雲にとっては外交に名を借りたアカデミックな留学だった。万国博終了後もパリにとどまり、ノートルダム寺院そばの市民病院オテル・デューで外科手術の実習に没頭したからだ。

彼の手技《てわざ》は、みるみる上達した。

彼自身、まだまだ西洋で吸収すべきことはあると思っていた。けれども故国で鳥羽伏見の戦いが勃発し、徳川幕府が惨敗したという電報を受け、驚愕して帰国。これ以後は、いろいろ誘いがあったけれどもすべてことわり、釜次郎にしたがうこととしたのだった。

臨床医学という面では、凌雲は、まず日本一の男だろう。この男にくらべると、たとえば東京新政府の大村益次郎など、おなじ適塾出身でありながら、いっときは自分で医院を開業して失敗しているほどで、ほとんど藪《やぶ》医者同然だった。

その高松凌雲が院長をつとめる箱館病院へ、この五月十一日、とうとう薩摩兵がふみこんで来たのだった。軍事制圧にほかならなかった。

もっとも、このときはおおむね平穏に事がすすんだ。凌雲がかねてからパリ仕込みの赤十字精神を発揮して、病院の、

「非戦」

「中立」

を宣言し、敵味方わけへだてなく治療していたからだった。

とはいえ、凌雲にとって、実際の仕事はきれいごとでも何でもなかった。非戦中立のためには何よりもまず病院内の患者自身が武装解除しなければならないが、この当然すぎるほど当然のことが患者から激しい抵抗を受けたからだった。

べつに凌雲が信頼されていなかったわけではない。患者がみな無頼の徒だったわけでもない。そもそも当時の日本の戦争においては、負傷者はみずから身をまもる権利があるとする観念のほうが一般的かつ伝統的であり、彼らから刀槍銃器をうばうほうがむしろ非人道的な措置と見なされていたのだった。

それにまた、武士にとって刀というのは単なる護身具ではないわけで、なかには、

「先祖の誰それが殿様から拝領《はいりよう》したこの大刀を手ばなすくらいなら、いっそここで」

などとさけびつつ、傷の痛みでろくろく起きあがれもしないくせに本気で腹に脇差《わきざし》を突き立てようとする患者もいた。ときには彼らを殴りつけ、ときには蹴りを入れてまでも武装解除を徹底するというのが、要するに、凌雲にとっての非戦中立の実務にほかならなかった。

大きく見るなら、日本の赤十字運動はこういう蛮行からはじまったことになる。うつくしいスローガンの実現のためには、一国の国民は、泥水を何斗《なんと》も飲まねばならないのだ。

ともあれ、薩摩兵は闖入《ちんにゅう》した。

凌雲の苦労は、ようやく実をむすんだ。患者がほとんど無防備かつ無抵抗だったため、薩摩兵もわざわざ事をかまえる必要がなかったのだ。凌雲は敵方の軍監《ぐんかん》・村橋直衛《むらはしなおえ》をゆっくりと応接間へ通し、ふたりっきりで話すことができたので、村橋は去りぎわ、病院の入口に、

「薩州改済《あらためずみ》」

という貼《は》り札をのこした。他藩の兵がここに来たとき事故がないようにという配慮だった。

このことがきっかけで、凌雲と薩摩のあいだに意思の疎通が生じた。

いや、凌雲だけではない。箱館病院にはもうひとり、小野権之丞という事務局長にあたる男もあり、これがもともとは会津藩の公用人だった。藩主・松平容保が京都守護職だっ

たところには、京洛の地で、おなじ公武合体派である薩摩藩とさかんに折衝した経験があったので、今回の仕事にも一枚くわわり、

「高松凌雲殿とともに、連署なさいました」

というのが、使者である坂根松之助の申し述べるところだった。釜次郎は、なおもその手紙へ目を落としながら、

「ふーん。それをあんたが持たされて、おつかいに出されたってわけか」

「はい」

「ってことは、この手紙は、実質的には薩摩からの手紙なんだな」

「はい」

「ふーん」

釜次郎は、すぐさま自室に首脳をあつめた。

松平太郎、大鳥圭介、荒井郁之助の三人がテーブルのまわりの椅子《いす》にすわり、手紙をまわし読みする。ひととおり読み終わったところで、釜次郎は、

「おのおのがた。どうなさる」

全員、沈黙。

西から遠鳴りのごとき砲声が聞こえる。釜次郎は、

「どうなさる。投降勧告に応じるか」

「冗談じゃねえ」

まっさきにテーブルをこぶしで叩いたのは、松平太郎だった。

「降伏なんて、ばかも休み休み言いやがれ。いまこそ徳川三百年がつちかった武士道の精華を天下にしめすときじゃねえか。戦って、戦って、戦いぬくんだ。なあみんな?」

「いかにも!」

と即座に応じたのは、荒井郁之助。

あとはもう怒濤《どとう》のごとく、みなみな徹底抗戦をとなえるのみだった。言いまわしこそ異なっても、彼らに共通しているのは、

「命など、いらぬ」

という覚悟の表明だった。釜次郎は無表情で聞きつつ、

(それは、勇気か)

胸のなかで問うてみた。その上で、

(ちがう。逆だ)

彼ら自身はゆめゆめそう思ってはいないだろうが、いま彼らの脳裡にあるのはただひとつ、継続中の戦争を継続することだった。現状を変えないことだった。そういう意味では、彼らはその身を捨てているつもりで、じつは保身に走っている。あたかも巨大な幽霊船が惰性《だせい》で前へすすんでいるが、乗組員は自力で前進していると思いこんでいるようなも

のだった。

「で、釜さんの意見は？」

松平太郎が言うと、全員の目が、いっせいに釜次郎にそそがれた。釜次郎が、

「それは……」

口をひらきかけたとたん、地震が起きた。テーブルの脚ががたがたと絨毯《じゅうたん》の上ではねまわる。梁からは、かびくさい土ぼこりが雪のように舞い降りてくる。

「どうしたっ」

松平太郎が廊下に出て、かたっぱしから士卒をつかまえるが、何しろ室外では、

「水！　水！」

「担架はどこだ。担架！」

怒号、悲鳴、あらあらしい足音がみだれ飛ぶばかり。松平太郎は廊下をくるくる回転する以外に何もできないようだった。

釜次郎はこの間、着席したまま。

腕を組み、目をつむっていたけれども、事態は容易に想像できた。敵の砲弾が、この五稜郭のまんなかに着弾したのだ。いまにはじまったことではなかった。西方の箱館湾に浮かんでいる敵軍最強の軍艦・甲鉄は、こっちの海軍が全滅したのをいいことに、ゆうゆうと砲口を東へ向け、約五キロはなれたこの五稜郭へぽんぽん砲弾をほうりこんでいる。

はじめは手前の地に落ちるものあり、あるいは東のかなたへ飛び越すものありという精度の低さだったけれども、照準がさだまったのだろう、じきに郭内に落ちるようになった。そのひとつが、いまの地震をひきおこしたのだ。

上から見ると、五稜郭は、星形をしている。

五つの頂点（稜堡《りょうほ》）がそれぞれ外側にせり出している。外部から来る兵に対して複数の稜堡から銃撃できるようにという設計者・武田斐三郎の配慮だったが、しかし空の上から来られたのでは星形もへったくれもなかった。武田斐三郎が苦心して学んだこの西洋わたりの設計法は、完成後わずか五年でまったく無意味になったのだった。

武田がわるいのではない。彼はただ夢にも思っていないだけだったのだ、箱館湾からここに撃ちこめるほどの長距離砲が世にあらわれるとは。その長距離砲が完全なる制海権を確立するとは。

釜次郎がおととい市街の様子をのぞむため単身のぼった太鼓櫓も、すでに木っ端と化してあとかたもない。また、庁舎内のべつの部屋でわかれの杯をかわしていた旧幕府陸軍由来の衝鋒隊《しょうほうたい》幹部もふっとばされ、死亡一六名、重傷七名の壊滅的被害を出した。甲鉄は、ただ一艦で、いまや箱館共和国そのものを粉砕できる立場を確保していた。

松平太郎が、ふたたび入ってきた。

「くそっ。どいつもこいつも要領を得ねえ」

と味方の悪口を言ってから、釜次郎へ、

「どうも厩《うまや》がやられたらしい。死者も出た。はみが切れて馬が大あばれしてるってさ」

厩は、この庁舎からは南東へ数十メートルのところにある。まさに至近距離だった。しかし釜次郎は、なおも目をひらくことなく、

（またか）

べつのことをかんがえている。

†

またかというのは、

（箱館市街は、どうなってるんだ）

という、二日前から抱いている例の疑問にほかならなかった。

本来ならば敵方は、荒井郁之助、松平太郎、星恂太郎というようなこっちの大将級どもを目にすればまっ先に血祭りにあげるべきなのに、実際はむしろ逆、みすみす五稜郭へ逃げこませた。常識外の現象というほかなかった。それにくわえて、

（ドクトルまで、見のがしたとは）

むろん、高松凌雲は非戦闘員だ。荒井以下と同一の談ではあり得ないだろう。けれども

薩摩兵が箱館病院の存在を、
「黙認」
したことは事実なのだ。いや、そればかりか「薩州改済」の貼り札までのこしたという
から確信犯の度はさらに高いとせざるを得ないだろう。
もちろん凌雲の努力ということはある。彼があらかじめ患者に武装解除させていたから
こそ事がおだやかに解決したという側面はやはり見すごしがたいだろう。けれども薩摩兵
にしたところで、何もただの一兵卒までが平和をこのむ、ものわかりのいい連中とはかぎ
るまい。なかには友人縁者をこの戦争で殺された者もあるにちがいないのだ。本来なら
ば、
（あの病院は、血の海になってもおかしくなかった）
実際、血の海になったのだ。
ただしこれは箱館病院の本院ではなく、本院が手狭になったため急遽《きゅうきょ》、分院として使
うことにした高龍寺《こうりゅうじ》という近所の曹洞《そうとう》宗の寺だけれども。こちらの分院へは松前、弘前
の藩兵がどかどかと乱入したあげく、患者を黙認するどころか十数人も虐殺《ぎゃくさつ》した上、ま
るまる寺を焼くまでしたのだった。
赤十字精神にもとる暴挙であるにはちがいないが、反面、釜次郎は、むしろこのほうが
戦争の常態であるような気もするのだった。本院のほうで「非戦中立」が貫徹されたの

は、そちらのほうが例外的な現象だろう。

……というふうにかんがえると、箱館市内の敵兵は、やはり総じて、

「生ぬるい」

状態にあるのではないか。

まさか里ごころがついたわけでもないだろう。油断しているのでもあるまい。となると、そこにはもう少し別種の高度な意識が、

（生まれつつ、ある）

釜次郎は、そんな気がしてならなかった。

それはおそらく従来にない、あたらしい集団意識だろう。大砲の性能だの、銃器の数だのという物理的な条件とはまったく次元を異にした、いっそ、

「時代精神」

と呼ぶべき何かだろう。その何かとは何《なん》なのか。それが明確につかまえられれば、釜次郎は、

（態度が、決められる）

つまり降伏を受け入れるか、それとも徹底抗戦かという究極の二者択一に対する答が出せる気がするのだった。

が、つかまらない。

あと少しで手がとどくのに、ふれようとしたとたん視界のかなたへ消えてしまう。そんな歯がゆい感触をもう何度あじわったことか。釜次郎は目をつむっている。夢中でそれをつかみ取ろうとしている。しかし松平太郎の、

「おいおい。釜さん！」

という胴間声《どうまごえ》と、それにつづく乱暴な行動が釜次郎の沈思をやぶった。松平太郎は、釜次郎の両肩をつかんで激しく前後にゆすぶったのだ。釜次郎はようやく薄目をあけて、

「何だ？」

「何だじゃねえよ。さっきから何度も呼んでるじゃねえか。みんなあんたの意見を待ってるんだぜ」

釜次郎は、目をあげた。

なるほど、テーブルのまわりの大鳥圭介も、荒井郁之助も、みな息もわすれたような真剣な顔でこっちを見ている。釜次郎の発言をもとめている。どうやら砲撃のあとしまつも終わったようだ。釜次郎は、まばたきをした。

とうとう、何も言えなかった。

†

結局、釜次郎は、拒絶の返書を使者にもたせた。徹底抗戦の意志を鮮明にしたのだ。文面はおおよそ以下のとおり、従来の立場をみじんも逸脱《いつだつ》するところなし。

来書拝見しました。衆評《しゅうひょう》をつくし、とくと思案しましたが、そもそもわれわれが蝦夷地に来たのは、窮迫した民々に生計の道をあたえ、あわせて北門のまもりを志願したためであること、これまで再三再四、嘆願したとおりです。それを（天朝のほうが）挙動無作法と見なした上、出兵におよばれたので、こちらもやむを得ず干戈《かんか》をうごかした次第なのです。

寛大のおぼしめしは感謝にたえませんが、しかし右の嘆願が入れられないなら、五稜郭、弁天台場、ならびに他所出張の同盟の者、すべて枕《まくら》をともにして、いさぎよく天《てん》誅《ちゅう》をお受けすることといたしましょう。右の段、薩摩の池田氏へお伝えください。

松平太郎

榎本釜次郎

高松凌雲様
小野権之丞様

見るからに型通りの文面であり、釜次郎自身、苦笑せざるを得なかったが、しかしこのあとに付された追伸は、

「破格だ」

というふうに新政府側では受け取られた。べつだん釜次郎にはそういう意識はなく、ごくごく当たり前のことをしたにすぎなかったのだが。


別に二冊の本を添えます。『海律《かいりつ》』全二冊。釜次郎がオランダ留学中に勉強した本であり、皇国無二の本であり、兵火のために烏有《うゆう》に帰《き》せしめるのはあまりに惜《お》しすぎる本であります。ドクトルより（新政府側の）海軍アドミラルにお送りください。


『海律』というのは、こんにちでは「海上国際法」とでも呼ぶべきだろうか。原書はオルトランというフランスの軍人が刊行したフランス語のものだが、しかしここで手紙とともに五稜郭からおくり出されたのは、万年筆による手書きのオランダ語訳だった。

つまり刊本ではなく、写本だった。ハーグ大学教授であり、かつ釜次郎の師でもあった

フレデリックスという人がみずから訳して釜次郎にあたえたもので、釜次郎は留学中も、いや、帰国の船のなかでさえ、さんざん書きこみをしつつ熟読をかさねたのだった。

釜次郎がこの本でとりわけ深い関心をもったのは、偶然というべきか、戦争状態にある海域での諸権利をあつかう部分だった。商船拿捕権、中立権、臨検権、封鎖権……西洋わたりの海の知識といえばもっぱら軍事的なものにかぎられ、しかもその海軍学すら身につけた者はわずかだった当時の日本で、こういう根本的なところまで研究の手をのばしていたのは釜次郎ただひとりだった。

またそのことを釜次郎自身よくわきまえていた。自分がこの五稜郭で戦死するのは行きがかり上やむを得ないが、そののち東京におなじような人材が、いや、自分以上の男が出てきて勉強してくれなければ、

（日本が、こまる）

釜次郎はいつしか、そんなふうに思うようになっていた。国際法もろくに知らない近代国家など、手旗信号を知らない軍艦よりもばかげている。いずれ諸外国につけこまれる原因になるだろう、日本そのものが滅びるだろう。

『海律』全二冊をおくり出したのは、つまり、そんな心配からだった。まあ、

（親が子に、小遣いをやるみてえなもんだ）

釜次郎はこのとき、当たり前のことをしただけだった。少なくとも釜次郎自身はそう思

っていた。

いずれにしても。

新政府軍は、なお投降勧告をあきらめていない。

†

箱館に、ひとりの俠客《きようかく》がいる。

「柳川《やながわ》の熊吉《くまきち》」

という。

もともとは江戸浅草《あさくさ》の生まれ。料理人の長男に生まれたが、はやくから木場《きば》の仙三《せんぞう》なる任俠の徒の乾児《こぶん》となり、吉原《よしわら》で金棒引《かなぼうひ》き（夜まわり）をした。まあ要するに、夜まわりに名を借りた一種のごろつきだったわけだ。

安政《あんせい》の大地震がきっかけで江戸が不景気になったのを機に、蝦夷地へわたり、箱館に定住したというから、元来が野心家だったのだろう。実際、熊吉の俠名は、この地で大いにあがることになる。

はじめはやはり遊郭の金棒引きをしたり、火消しの組頭をしたりと平凡だったものの、或るとき、徳川幕府の箱館奉行・堀利熙《ほりとしひろ》の目にとまった。堀利熙はやはり江戸の旗本の家の出で、口腹の欲がつよく、ことさらどじょうをこのんだが、しかし何ぶん箱館では料理できる者がいない。しきりと江戸の味をなつかしがっているという話を小耳にはさんだ熊吉が、

「ようがす。あっしがやりましょう」

みずから包丁をふるって柳川鍋《なべ》を供したところ、この洒脱《しやだつ》な箱館奉行は、

「うむ。うまい」

以後、事あるごとに熊吉を召し出しては、まるで隣家の友人みたいに、

「おい、柳川。柳川」

と呼ぶので、熊吉のほうでも諢名《あだな》をそれにしてしまったという。

堀利熙の庇護《ひご》もあって、熊吉はたちまち六〇〇人の乾児をかかえる大親分になった。

「柳川」と聞けば、たいていの人間がふるえあがるような箱館の顔になりあがったのだ。

その後、世は変転した。

箱館の街はいったん東京新政府に接収され、さらに釜次郎の手に落ちた。その釜次郎もやっぱり江戸の旗本出身だから、どじょうと聞いては黙っておられず、ときどき熊吉を五稜郭へ呼んでは、

「コウ、ひとつ俺にもたのむよ」

柳川鍋をあつらえさせた。ふたりの江戸っ子はうまが合ったが、釜次郎が堀利熙とちが

うのは、この小気味いいつきあいをそのまま内政に利用したことだった。

釜次郎の共和国建国からこの日まで、箱館の街がいまだ政治的に不安定ながらもとにかく治安を維持し、市民生活をおちつかせ、外国人の生命をおびやかすことがなかったのは、この熊吉が果たした役割が大きかった。熊吉は、かげの警察署長だった。べつだん熊吉を利用しようと思ったわけではないのだが、ふつうに友達づきあいをすると相手が自然にそうなってしまう、人の役に立ってしまう。榎本釜次郎の一生は、どういうわけか、そんなことの多い一生だった。

ともあれ、熊吉。

いまも、箱館市内にいる。新政府兵の乱入を機にあちこちで生じた火事をしずめるべく、顔をすすまみれにして手下どもを叱咤し、みずからも走りまわり、ときには、

「いなか侍ども、じゃまだじゃまだ。とっとと散れえっ！」

五尺《しゃく》（約一五一センチ）の鳶口《とびぐち》をふりまわして長州藩兵を追い払っている。そうして延焼をふせぐための家屋破壊を嬉々《きき》としておこなっている。

消火作業ばかりではない。これは少し先の話になるが、戦争終結後、市街には釜次郎方の兵の死体がいたるところに打ち捨てられた。その数、二五〇という。しかし市民はこれを誰ひとり埋葬しようとしなかった。新政府の役人ににらまれるのをおそれたためだった。熊吉は地団駄《じだんだ》をふんで、

「なさけねえ、なさけねえ。卑賤《ひせん》のやつばらは情《じょう》を知らねえ」

乾児をかきあつめ、これらの死体を市内の四か寺に分葬させた。そのなかの或る寺には堂々と墓標まで立てたため、案の定、熊吉はにらまれることとなり、捕縛《ほばく》された。さっそく吟味の場にひきずり出されたが、泰然《たいぜん》として、

「死はもとより期するところ。鼻を斬られ耳をそがれる恥辱をあたえられんより、むしろすみやかに首を刎《は》ねられんことを欲す」

などと、まるで百年前から武士道の先生だったみたいな啖呵《たんか》を切ったので、新政府方の軍監である薩摩出身の田島敬蔵《たじまけいぞう》が、

「よかことを申す」

周囲の反対をおしきって釈放した。田島敬蔵もまた義に厚いという薩摩人の美徳を十全《じゅうぜん》にもっていた人物だったのだ。もっとも、田島にはもうひとつ理由があったことも事実だった。熊吉のうしろにひかえる榎本釜次郎という男に対して、特別な、個人的な思いを抱いていたのだ。このことは、終末期の箱館戦争における重要な伏線となっている。

話は、もどる。

釜次郎はいまだ五稜郭に籠城しているし、新政府側はなおも投降工作をすすめている。手紙ではもう拒絶されてしまったので、

「こんどは、私がじかに五稜郭にのりこみましょう」

そう申し出たのは、右の軍監・田島敬蔵にほかならなかった。田島はさらに、

「書面のやりとりでは埒があきもさん。じかに会って情理を説けば、榎本は、きっと悟るところがありましょう」

語気をつよめた。彼の上司にあたる陸軍参謀・黒田了介は、

「敵味方、双方にきらわれる役目じゃど」

複雑な顔をしたが、田島はぴくりとも表情を変えず、

「かまい申さん。榎本には、私は、かねて言いたいことがある」

「よか。交渉を託そう」

しかし田島はこのとき五稜郭へは行かず、まず弁天台場へおもむいている。敵である自分がいきなり榎本にぶつかるよりも、永井尚志にとりついでもらうほうが、

(榎本も、聞く耳をもつ)

そんなふうに思ったようだった。

弁天台場は、すでに新政府兵に包囲されている。田島は彼らに攻撃中止を申しわたし、白旗をふりつつ台場に入った。そうして永井尚志に面会し、五稜郭への連絡を依頼した。

「……それは」

永井は、あきらかに心をうごかした。雪焼けした小さな顔をうつむかせて、

「榎本さんは、何と言うか」

「私はその場で斬り殺されても文句は言いもさん。伝えるだけは、伝えてほしい」

「……よかろう」

永井尚志はわずかな同伴者とともに弁天台場を出て五稜郭に入り、釜次郎の部屋に入った。釜次郎、さすがに永井に言われると拒絶しにくい。不承不承、

「ならまあ、会うだけは」

「場所は、いかが致す？」

「千代《ちよ》ヶ岡《おか》がいい」

千代ヶ岡というのは箱館市中の地名であり、五稜郭、弁天台場以外でただひとつ新政府軍の手に落ちていない、釜次郎方の、

「陣屋《じんや》」

があるところだった。

位置もちょうど五稜郭の南西のほう、弁天台場との中間にある。いまは陣将以下、闘志たくましい約一五〇人が必死の防戦をくりかえしているが、右の次第を受け、ひとまず敵味方とも軍事行動は中止となった。砲声がやみ、銃声がしずまり、周囲の市民はひさしぶりに小鳥のさえずりを聞いたのだった。

千代ヶ岡の陣屋は、上から見ると、四角い土塁にかこまれている。

南北八十間（約一四四メートル）、東西七十二間（約一三〇メートル）というから平地

にもうけた前線基地としては小さいが、なかに足をふみいれれば、土塁そのものが二階建ての家くらいには高いことがわかるだろう。この城壁の高さこそ、この陣屋がこれまで市街地にありながら陥落しなかった大きな要因のひとつだった。

まんなかには、本陣がある。

本陣をとりかこむようにして、二の陣、三の陣……七の陣までの兵営が建つ。まあ兵営といっても木造ぺらぺら、長屋に毛の生えたしろものにすぎないのだが、いまの釜次郎にとっては、こんなものでも、

（共和国の、のこり少ない固定資産だ）

釜次郎は、永井尚志、松平太郎らとともに、本陣へあがりこんだ。

奥の部屋は、この千代ヶ岡陣屋の陣将、いわば城主のためのもの。姓名を、

「中島三郎助」

という。

箱館共和国での正式な肩書は箱館奉行並だから永井尚志と同格になるが、年齢ももう五十ちかく、この点でも永井とおなじような人物だ。もっとも、中島三郎助はもともと浦賀奉行配下の与力。幕臣としての身分は永井よりもはるかに劣る。

三郎助は、あらかじめ部屋で端座《たんざ》していた。釜次郎のすがたを見ると、

「どうぞ。総裁」

一礼し、立ちあがろうとする。しかしとつぜん顔をゆがめた。左右からひとりずつ若者が来て、三郎助に肩を貸す。三郎助はようやく二本の脚で立ったけれども、足を前へ出すのもむつかしいらしい。

「どうした。中島さん」

釜次郎がまゆをひそめると、三郎助は、唇をへの字にして、

「ここを」

脇腹を手でなでてみせた。着衣の上からはわからないが、

「三日前、市街に打って出たところ、不覚にも敵弾を受けました」

「……すまねえ」

釜次郎の口から、ひとりでに謝罪のことばが洩れた。三郎助は、まるで親が子にさとすように、

「一国のあるじがそういうことを言うべきではありません。拙者《せっしゃ》が傷を受けたのは、ただ拙者が未熟だったから。それだけにすぎぬ。そうであろう、お前たち」

「はい」

「はい、父上」

左右の若者が、同時に返事した。

釜次郎は、ふたりともよく知っている。向かって右のほうが二十二歳の長男・恒太郎《こうたろう》、

左のほうが十九歳の次男・英次郎《ふさじろう》だ。どちらも頭がよく性格は剛直。三郎助が目をほそめて、

「親の欲目ながら、拙者には、過ぎたる息子たちです」

と自慢したのも何度か聞いたことがある。釜次郎は暗い気持ちになった。こんなところへ来なかったら、彼らにはどんな光輝ある、どんなにみずみずしい人生が待っていただろう。

（和議に、応じるか）

釜次郎は、ふと、そう思ってみた。応じれば、少なくともこの若者ふたりは命が助かるかもしれない。

もっとも、これは中島三郎助のほうが機先を制して、

「総裁。まさか降伏するのではないでしょうな？」

下から釜次郎をにらみあげた。ものすごい形相だった。釜次郎は即座に、

「しねえ」

「ほんとうですな？」

「ほんとうだ。安心しな」

中島三郎助のような若いころから剣術をおさめ、砲術をおさめ、なおかつ長崎海軍伝習所の第一期生として――釜次郎よりも先輩なのだ――軍艦操練をまなんだという根っから

の武辺の者にとっては、いまさら和平交渉をおこなうなど、交渉だけでも、

「汚らわしい」

と感じられるのにちがいない。彼はようやく部屋を出た。ふたりの息子にほとんど体をもちあげられていた。釜次郎はその老いた背中を、さみしさとともに見おくった。

と、中島親子といれかわるようにして、

「失礼しもす」

野太い薩摩弁とともに、田島敬蔵が入ってきた。これはまだ二十七歳、釜次郎の七つ下にあたる。

入る前に廊下でいんぎんに一礼したあたり、いかにも実《じつ》のある態度だった。釜次郎は、

「あんたが、田島敬蔵か」

「いかにも」

「おはいり」

釜次郎の側には、永井尚志、松平太郎のほか、
相馬主計《そうまかずえ》（弁天台場長）

川村録四郎《かわむらろくしろう》（会計方）

というような面々がならんでいる。田島のほうも薩摩人らしい士官を幾人かつれていたが、これはいずれも口をはさむ権限をあたえられていない感じだった。田島が着座する。

釜次郎はトンと指でたたみを打って、

「田島さんとやら。俺の虎の子は受け取ってくれたかい？」

「虎の子？」

田島は一瞬、目をまるくしたが、

「ああ、『海律』二冊のことですな。たしかに頂戴《ちょうだい》つかまつりました。稀覯《きこう》の書籍をあのように未練なくお託しくだされたこと、黒田もいたく感激しておりました」

「黒田？」

「わが軍の陸軍参謀である、黒田了介です」

「ああ」

釜次郎は、聞きながした。その人物がまさか二か月前には宮古湾において新政府軍でただひとり釜次郎艦隊の来襲を予言した人物であり、数日前には箱館山への電光石火というべき上陸作戦を発案して土方歳三を驚嘆させた人物であり、なおかつ、ちかい将来、釜次郎自身の生命そのものを左右することになる人物であるなどということは、いくら釜次郎でも想像できるはずもなかった。

田島もべつだん、こだわりはない。本の話をつづけた。

「かの書籍は、以後ねんごろに保管することを約束しもす」

釜次郎は、まずい酒でも飲まされたような顔になって、

「やめてくれよ、そんなこと」

「ほう」

「保管じゃなくて、ぼろぼろになるまで誰かが使うんだ。本なんか、ほうっておけばただの紙だ」

「榎本殿ご自身が、お使いになれば」

「どういう意味だ」

田島はきゅうに居ずまいを正し、低い声で、

「降伏なされば、すべからく、貴殿の手に帰すべきものです」

「その話なら、乗らねえよ」

釜次郎がそっけなく横を向くと、田島は、ひざをすすめて、

「おこころざし、まことにご立派でござりもす。しかしながら、もはや戦況がこのようである以上、われわれとしては、むだな犠牲は出したくない。どうかご得心ください、榎本殿」

「俺自身は、とっくに後世《ごせい》をあきらめたよ」

「そんなことをおっしゃいますな。悲しゅうございます」

「悲しい？　ほんとうかね」

釜次郎は、となりの永井尚志へ苦笑してみせたが、田島敬蔵は、

「ほんとうです。拙者はあなたに命を救われた」

「はあ？」

釜次郎が目をしばたたくと、田島は、訥々《とつとつ》と説明した。

「拙者はもともと、武田斐三郎先生の門人なのです」

田島敬蔵は薩摩藩の出身ながら、江戸詰のとき英書を学ばんとこころざし、すでに五稜郭の設計を終えて江戸にもどっていた武田斐三郎の門をたたいたのだという。田島はその後、さらに横浜に出て、どうにか会話ができる程度の英語は身につけた。われながら薩摩臭のつよい、芋くさい英語だったという。

横浜ではアレキサンダー・P・ポーターというイギリスの商人と知りあった。ふたりは小さな仕事をともにするうち、秋田藩の軍艦購入を手伝うことになり、アシュロットという名の中古の船を斡旋《あっせん》した。この船が、以後、日本語で、

「高尾」

と呼ばれることになるのだ。

けれども何しろ中古品だから、船のあちこちに疲れがある。特にエンジンは思うようにならず、しばしば年寄りが行きだおれになったような音を立てて止まったため、ポーターは、

「しかたがない。いったん箱館港へ回送しましょう。あそこには修理施設がある」

ポーターとともに、田島も高尾にのりこんだ。もちろん担当の秋田藩士もだ。あわよくば師である武田斐三郎が設計した五稜郭という最新式の要塞をぜひとも一目みたいものだ、そんな願いも田島はこのとき抱いていたという。

ところが。

着いてみると、五稜郭どころの話ではない。箱館はすっかり旧幕兵の手に落ちているではないか。

何でも榎本釜次郎というオランダ帰りの海の男が旧幕臣や東北諸藩の残兵をひきつれてこの地に押し入り、すっかり占領してしまったらしいとわかったときは遅かった。高尾はたちまち回天、蟠龍にはさまれ、拿捕されたからだ。田島は上陸させられた。そのまま五稜郭ちかくの牢獄へぶちこまれたのだから、田島としては、

（もはや、これまで）

首を打たれる覚悟をした。薩摩藩という敵国中の敵国から来た人間なのだから、これは当然だったろう。しかしほどなく、

「えっ？　えっ？」

思わず何度も聞き返してしまったくらい意外な処置を受けることになる。田島はむちひとつ打たれることなく釈放され、船にのせられ、対岸の津軽へおくりとどけられたのだ。あれこれ聞きあわせると、どうやら首領である釜次郎がじきじきに——周囲の反対をおし

きって——そう命じたものらしい。

「だから、榎本殿」

田島はそこで口をむすぶと、ひざをすすめ、

「拙者は、貴殿を命の恩人と思うておりもす。あなたのような武士の亀鑑《きかん》をみすみす瓦《かわら》とともに砕くのは惜しい」

涙をながしはじめた。

釜次郎は、絶句している。

まったく忘れていたからだ。そう言われればなるほどそんなこともあったけれど、釜次郎としては、あの処置は、かならずしも人命尊重のためではなかった。箱館共和国という近代国家の存在を諸外国にみとめてもらうには、こういうところで野蛮に見える処刑をするのは、

（得策ではない）

と計算したにすぎなかったのだ。だいたい名も知らぬ薩摩藩士の命ひとつがどうのこうのより、あのときはむしろ高尾一艦を手に入れたことのほうに関心が集中していたような気がする。開陽をうしなった釜次郎の艦隊がいくばくかでも戦力をとりもどす、その絶好の機会だったからだ。

もっとも、これは裏目に出た。高尾はしょせん中古船、あの箱館戦争の関ヶ原というべ

き宮古湾奇襲に参加させたのはいいけれど、あらしに見まわれエンジンが故障して戦闘開始にまにあわなかったのは悔やんでも悔やみきれない大失態だった。それこそ武士の道徳でいえば、遅参は何よりも重い罪のはずではないか。もしも高尾が万全だったなら、あの宮古湾の戦況はだいぶん変わっていたにちがいない。甲鉄がこっちの船になっていた可能性もじゅうぶんにかんがえられるのだ。

田島敬蔵は、まだ泣いている。

泣きながら恭順《きょうじゅん》を説《と》いている。その真率さは疑いようがなく、こちら側の人間はみな何ひとつ言い返せないでいる。ふだんは口のかるい松平太郎でさえ、うつむいて羽織のひもを指でいじるばかり。永井尚志は目をとじて、手をひざの上で伏せ、ひたすら思案にふけっていた。

釜次郎はやがて、

「ありがとうよ」

ぽつりと言った。

田島が顔をぬらしたまま、

「え？」

「好意はありがたく受け取った。しかし恭順はしねえ。田島とやら」

「は、はいっ」

「またあした、軍門で会おうじゃねえか」

釜次郎は立ちあがり、さっさと部屋を出てしまった。

†

来集者は、みな平和裡にもとの場所へもどった。

釜次郎と松平太郎は五稜郭へ。永井尚志、相馬主計らは弁天台場へ。田島敬蔵はなおもしばらく千代ヶ岡陣屋にとどまっていたが、ようやく五稜郭北の赤川《あかがわ》村の自陣へひきかえし、やはり涙をながしながら会談の決裂を黒田了介へ報告した。

†

翌日、弁天台場が陥落した。

いまだ戦闘が再開されないうち、永井尚志、相馬主計らが、みずから降伏状をさしだしたのだ。

私ども儀、お敵対申し上げましたこと、重々多罪。こんにちに至り、降伏謝罪いたします。はなはだ恐縮ではありますが、湯川村にも謹慎恭順している者がおりますので、どうか格別のお慈悲をもって助命の処置をなし下されますよう。

徳川脱藩
陸軍一八六人

薩州・長州御隊長御中

宛先《あてさき》を「官軍」としなかったのが、せめてもの自尊心の表現だった。新政府の側からは、ただちに丁重な返書がおくられた。以後、弁天台場では武器の接収がおこなわれ、兵員の身柄確保がおこなわれることになる。抵抗する者はひとりもなく、きわめて円滑に事はすすんだ。

（なぜだ。永井さん）

とは、釜次郎は思わなかった。前日、千代ヶ岡での談判のときにはもう、弁天台場から来た連中が戦闘継続の意志をうしなっていることはありありと感じ取れたからだった。とりわけ永井尚志などは、

（すっかり、幽霊みたいになってたなあ）

その少し前から、弁天台場の士気は極度に低下していたのだった。談判の前日には、なんとここから二六〇名もの大量の兵がごっそり脱走してしまっている。彼らの行き先は、

箱館の東の湯川村だった。この村はほそぼそとながら温泉が出る。おもてむき、彼らは、

「傷病の治療のため」

という理由をかまえて上官の許可を得たのだった。逆に言うなら、上官は、このみえみえの口実をわざと見のがしたことになる。弁天台場は、もはやそういう空気に支配されていたのだ。

そういう空気のなかに身を置いていたのだもの、永井尚志らが和平の成立をねがうのは、

（無理もない）

と釜次郎は思う。責めるどころか、むしろまあよくもここまでつきあってくれたと感謝したいくらいだった。もっとも、松平太郎などは、

「最後の戦いもしないうちに旗を巻いちまうとは。やっぱり老いぼれは根性がねえよ」

怒りで顔をまっ赤にしたが。

†

さらに翌日。

もうひとりの「老いぼれ」は、旗を巻かなかった。

千代ヶ岡陣屋の陣将・中島三郎助だ。二日前、釜次郎や田島敬蔵たちの談判が決裂したという知らせを聞くや、

「そうか」

腹の傷をなで、ふたりの息子へ笑ってみせたという。談判後、松平太郎が来て、

「おい、中島。いっしょに五稜郭へ来い」

横柄《おうへい》にそう言いつけたときにも、三郎助は立ったまま、とぼけた顔をして、

「五稜郭？」

「わかんねえか、中島。この陣屋はあまりにも小さすぎる。守備兵も一五〇名じゃどうしようもねえ。弁天台場の脱走兵より少ねえじゃねえか。あした戦闘が再開されたら、こんなとこ、あっというまに吹っ飛んじまうに決まってるんだ。いまのうちに捨てちまって、人員すべてを五稜郭へうつせ」

「そのことは、総裁も？」

「これは釜さんの命令だ」

（なるほど）

三郎助は内心、うなずいた。人的資源を大規模施設に集中するというのは近代的な防御戦のいろはのいであり、戦略上まったく正しいだろう。がしかし、三郎助はその剽悍《ひょうかん》そうな、ほとんど頭蓋《ずがい》骨に褐色《かっしょく》の肌を貼りつけただけのひきしまった顔を伏せ、

「ご命にしたがいます。あすになれば」

「何だと？」

松平太郎は、いやな顔をした。あすになれば、休戦の申し合わせが効力を失する。のこのこ五稜郭へ向かうことなど不可能になる。

「……お前、この陣屋で死ぬ気だな」

松平太郎が言うと、三郎助は、ただ一礼しただけだった。

結局、翌日には、何ごともなかった。おそらく新政府軍の配兵がおくれたか何かしたのだろう。しかしそのさらに次の日には、夜あけ前から、

ずーん。

という大地をゆるがす砲声とともに千代ヶ岡陣屋総攻撃がはじまった。

四角い土塁の外側は、無数の敵兵がひしめいている。

無数の敵兵が土塁にとりつき、よじのぼって来ようとする。人数の差は圧倒的だった。

しかし中島三郎助は、ほとんど欣喜雀躍《きんきじゃくやく》して、

「行くぞうっ」

みずから土塁の上に立った。敵から見れば恰好の標的でありすぎるが、しかし三郎助としては、いまさら勝ち目はない以上、こっちから打って出て、いわば実《じつ》よりも名を取るほうが、

（武士の本懐である）

すなわち三郎助のまなざしは、現世よりも後世《こうせい》に向けられていただろう。もっとも、結果としては、彼のこの行為は現世的な利益をもたらした。陣屋内の一五〇名の味方どものうち、十数名が、

「おう！」

「おう！」

と鬨の声をあげ、つぎつぎと土塁を駆けのぼったからだ。彼らには、士気の低下はあり得なかった。もともと三郎助が浦賀奉行の与力だったころからの部下が多く、なかには先祖数代をさかのぼるほど関係がふるい者もあったからだ。そもそもこの一五〇名は、箱館に来て以降、いつしか他隊から、

「中島隊」

と固有名詞で呼ばれるまでになっている。共和国陸軍のなかでももっとも異彩ある隊のひとつだった。

そのうちの精鋭というべき十数名は、土塁にのぼるや、銃を捨てた。

白刃をふりかざし、ためらうことなく陣外へどっと駆けおりた。なかでも先頭をきったのは、
中島恒太郎

あの若盛りの息子たちだった。ふたりは敵兵の海にとびこんだ。戦場は混乱をきわめた。ふたりは喚《わめ》き声をあげながら、それぞれ数人を斬り、また斬られた。最後は兄弟で刺しちがえて死んだ。この戦場では、ほかにも二十歳にみたない男子が数名、命を落としている。

ふたりの父である三郎助は、そのころにはもう一個のむくろと化していた。土塁の上でおもうさま銃弾をあび、塁外の濠へころげ落ちていたのだ。羽織の袖には辞世《じせい》の句か歌を書きつけたらしい短冊がむすんであったけれど、泥にまみれ、墨がながれ、判読することは不可能だった。

†

弁天台場が降伏し、千代ヶ岡陣屋が失陥《しっかん》した。のこるは、

(この、五稜郭だけか)

釜次郎がひとり庁舎内の中庭にたたずみ、ぼんやり思案していると、

「あっ、総裁。ここにおられましたか」

息をきらして来たのは、陸軍奉行・大鳥圭介だった。釜次郎は顔をあげ、

「どうした。大鳥さん」

「敵方から、使者が来ました」

「またぞろ降伏勧告かい」

「いや。それが……どうも少しちがうようで。とにかくお出ましください」

何しろもともと旧幕府の箱館奉行所の建物だから、この庁舎には、お白洲《しらす》がある。釜次郎はそっちへ使者をまわさせ、自分はどっかと畳廊下にあぐらをかいて、

「何の用だ？」

ぎょろりと相手を見おろした。使者は釜次郎を見あげ、まことに奇妙な口上を述べる。

「おそれながら、この五稜郭は、わがほうの次回の総攻撃により陥落すること確実です。陥落後は大混乱が予想されますが、最小限にくいとめるべく、いまのうち刻限《こくげん》をうかがっておくよう命ぜられました。ご都合はいかがなりや」

「はあっ？」

釜次郎は、耳をうたがった。剣客どうしの御前試合じゃあるまいし、前もって時刻を申し合わせて開始する戦争がどこの国にあるだろうか。

「そんなべらぼうなこと、誰が聞いてこいって言ったんだ？」

釜次郎が問うと、

「陸軍参謀、黒田了介」

「黒田?……ああ、あれか」

釜次郎はようやく思い出した。たしか二日前、千代ヶ岡陣屋での談判のとき、相手方の田島敬蔵がこころからの尊敬をこめて挙《あ》げていた名前だった。

釜次郎は手をふり、あきれた口調で、

「その黒田とやらにつたえてくれ。こっちは烏合《うごう》の衆だから、時刻を決めるなんてできねえよってな」

諧謔《かいぎやく》まじりに一蹴《いっしゅう》したが、しかし使者はごくまじめに首肯して、さらに奇妙なことを言い出したのだった。

「いかにも、ごもっともなことでござる。もし弾薬や兵糧がご不足なら、お送り申し上げてもよいが」

「ありがとう。いらねえよ」

とっとと使者をかえしてしまった。釜次郎が、

(この期におよんで、何のつもりだ)

真意をはかりかねていると、数時間後、またしても敵方から使者が来る。こんどは大鳥圭介が、

「総裁、何というか、その……とにかく表玄関に出てください」

出てみると、釜次郎は、

「何だい、こりゃ」

拍子ぬけした声をあげた。そこにあったのは殺傷能力とは何の関係もない、戦争行為とは正反対の性格のしろものだった。

酒、五樽《たる》。

まぐろ、五尾。

まぐろなどはご丁寧にも胴のところを稲藁《いなわら》でつつんだ上、

「呈」

と書かれた紙札《かみふだ》がむすびつけられている。大鳥圭介は、釜次郎のとなりに立って、

「敵の使者が、もってきたんです。これが添えられていました」

釜次郎に一通の書状をわたした。


昨年以来長々《ながなが》のご滞陣、いかにもご苦労に存じます。貴下がご留学中にお学びになった『海律』二冊、わざわざ皇国のためお差し贈りくださったこと、深く感佩《かんぱい》いたしました。いずれ訳書を天下に公布しようと思いますが、まずはご厚志に対し、ささやかながら粗酒を進呈します。郭中ご一統へもお振り分けくださいますよう。

海軍参謀

榎本釜次郎様

差出人の姓名は記されていないが、陸軍参謀・黒田了介が手をまわしたことは間違いなかった。釜次郎は、手紙を大鳥に返した。大鳥はしゃりしゃりと砂をふむような音を立てて手紙を折りたたみながら、

「余裕を誇示しているのです。けったくそ悪い」

めずらしく口ぎたない毒舌を吐く。釜次郎はぼんやり、

「ああ、そうだな」

と返事した刹那、

「あっ」

脳裡に何かがひらめいた。

一瞬ほんとうに体にふるえが走ったほどの激しい衝撃が、頭のてっぺんからつま先まで、稲妻のように釜次郎の芯《しん》をつらぬいたのだった。

「読ませろ」

釜次郎はふたたび大鳥の手から書状をうばい、目の前にひろげた。さっき読んだときは見すごしてしまった、

「皇国」

の二文字に、おのずから視線が吸い寄せられる。

「……そうか。そういうことだったのか」

　釜次郎は、声をつまらせた。

　この酒とまぐろ、余裕の誇示などではない。ましてや武士のなさけでもない。ちょうど三日前、釜次郎が『海律』二冊をおくったとき何らの意趣もなかったように、黒田了介もまた、みじんの底意もなくこの行為をした。まったく手紙の字面《じづら》のとおりの、すなおな返礼がここにあるにすぎないのだ。

　戦場の、うるわしい美談。

とは、釜次郎には思われなかった。むしろ天上の神に冷酷無惨にとどめを刺された気がした。釜次郎はこのとき、否応なしに、おのれの完璧な敗北を意識させられたからだ。書籍とか酒とかいう品が――場合によったら武器弾薬さえも――これほどすんなり贈答され得るということは、要するに、もはや、

「敵味方は、ない」

　ということではないか。

　新政府は釜次郎の敵ではなく、釜次郎もまた新政府のかたきではない。もちろん形式上はまだ交戦状態はつづいているけれど、事実の上では、あるいは人々の意識の上では、とっくのむかしに、

「君臣一和《くんしんいちわ》」

が実現しつつあるのだった。

そういえば、釜次郎はかねがねふしぎに思っていたことがあった。どうして箱館市街の新政府兵はあれほど生ぬるかったのか。

いまさら厭戦の念など抱くはずもない連戦連勝中のあの連中がどうしてこっちの荒井郁之助や松平太郎、星恂太郎というような首脳級をみすみす黙過したのだろうか。どうして高松凌雲の箱館病院を血の海にせず「薩州改済」などという貼り紙までして傷病兵を保護したのだろうか。あるいはさらに、こっちの弁天台場を脱走した二六〇名もの弱兵をどうして湯川村に着く前にことごとく賊殺《ぞくさつ》してしまわなかったのか。

(君臣、一和)

それが答のすべてだった。天皇という唯一絶対の権威のもと、薩摩も、長州も、松前も、会津も、釜次郎の共和国も……この日本列島に住むすべての人間が同胞なのだという意識。おそらく国民意識と呼ぶべきだろう。それが戦場の兵たちを漠然と、しかし確固として支配しはじめているのだった。

そうしてこの汎日本的な国民意識というやつは、従来、幕藩体制を敷いていたこの国には薬にしたくてもなかったものであり、その意味では、いっそ、

「時代精神」

とでも呼ぶほうが適切だろう。

釜次郎のまったく思いもよらなかった集団心理というほかなく、しかし気づいてみればそれこそが日本を更新するための何よりの空気であることはまちがいなかった。それはゆくゆく日本という国をヨーロッパふうの近代的な国民国家につくり替えるための堅固な基礎になるだろう。推進力になるだろう。日本がこれからほんとうに欧米列強と同格の国家になりたいのなら、もっと言うと欧米列強に侵略されたくないなら、科学だの技術だのいう前に、人々がこの時代精神をそなえるほか方法がないのだ。

日本は、ひとつにならなければならない。

あるいはもう、真にひとつになりつつある。

と、なれば、

「ああ」

釜次郎は、手紙をもった両手をおろし、思わず口に出してしまった。

「これはもう、降伏だ」

日本がひとつにならねばならないのなら、あるいは実態としてすでになりつつあるのなら、もはや箱館共和国などは何の意味もない。たとえ軍事的に八十年ねばったところで、たとえ独立を勝ち取ったところで、人心のほうが本土とひとつでは独立そのものが看板だおれにすぎないのだ。

いやいや、看板どころの話ではない。箱館はむしろ日本統一のじゃまをする政治的要害にしかならないだろう。日本の国力を殺ぐはたらきしかしないだろう。釜次郎の鋭敏な頭脳は、このことがはっきり見えてしまった。それならばもう降伏以外の選択肢はない。蝦夷島一島、まるごと名実ともに本土とひとつになるしかない。いまや釜次郎にとって、「降伏」とは、しぶしぶ受け入れざるを得ない親の命令のごときものではなくなっている。将来のこの国のため、日本のため、みずからえらび取るべき積極的な決断にほかならなかったのだ。

もっとも。

周囲の人間は、そこまで思考がおよんでいない。大鳥圭介はおどろきで目をいっぱいに見ひらいて、

「降伏ですか?」

と無邪気に聞き返したし、荒井郁之助は、

「よせよ、釜さん。冗談にもほどがある」

はなから本気にしなかった。松平太郎などは鼻息をあらくして釜次郎につめより、

「おいおい、釜さん。酒とまぐろで骨ぬきにされたか」

と俗悪すぎる解釈をしたが、降伏の意志をあやまたず受け取ったという点では大鳥、荒井よりもましかもしれなかった。釜次郎は苦笑いして、

「安心しな、太郎さん。俺はまいない好きの役人じゃねえよ」

松平太郎はほっとした顔をしたが、またすぐ不安そうに、

「それじゃ、酒は返すのか？」

どっちが骨ぬきだか知れたものではない。釜次郎はまじめな顔つきになり、

「もらっておこう。今夜はうたげだ。敵方には使者をおくり、攻撃中止を要請しておく。そうして五稜郭内でなるべくたくさんの兵をあつめ、酒盛りをする。最後のさかずきを交わすんだ」

「最後か。そうだな」

松平太郎は、ひどく感傷的な表情になった。

「まず、使者をえらぼう」

釜次郎は言った。

†

敵方への使者は、安富才助がつとめた。あの土方歳三と最後の戦いをともにした新選組あがりの馬術の達人だった。彼は生きのこったのだ。

†

もちろん、釜次郎は。

感傷のために夜宴の開催を言い出したわけではない。

もっと物理的な利用法をかんがえている。釜次郎はその訣飲の場を、

(兵たちに、俺がみずから降伏の意をつたえる)

その舞台にしようと企《くわだ》てたのだった。

五稜郭内の兵は、いまだ志操のかたい者が多い。とりわけ共和国内の職位が上だとか、旧幕時代は武士としての身分が高かったとかいう人間はどこまでも戦おうとする傾向がつよく、五稜郭をまくらに討ち死にするのを当然のことと心得ている。そういう忠節ずくの連中をまとめていっぺんに説得するための唯一にして最大の好機こそ、

(今夜の、うたげだ)

もっとも、そうなると松平太郎、荒井郁之助、大鳥圭介の三人はあらかじめ説得しておかなければならないだろう。一般兵の説得のためには、どうしても彼らのちからを借りる必要があるからだった。

その日の午後。

釜次郎は、

「ちょっと来てくれ。話がある」

三人を庁舎内へさそいこんだ。

ふだん公務につかっている「一の間」と呼ばれる畳敷きの部屋に足をふみいれると、たまたまそこにいた大塚霍之丞《おおつかかくのじょう》という上野の彰義隊あがりの若者に、

「廊下で見張ってろ。ぜったいに誰も入れるな」

と言いおいて、ふすまをぴったりと閉めきり、

「降伏しよう」

釜次郎はいきなり切り出した。

松平、荒井、大鳥の三人は、まだ椅子に腰もおろしていない。釜次郎は、なるべく湿りがちな声にならないよう注意しいしい、

「命が惜しくて言ってるんじゃねえぜ。どっちみち俺たちは、降伏すりゃあ護送され、板橋あたりで首をすぱっと落とされるんだ。首は、どうかなあ。さだめし近藤さんのような扱いを受けるんだろうなあ」

新選組局長・近藤勇は昨年の四月、江戸近郊の板橋刑場で斬首《ざんしゅ》に処せられたのち、首だけは塩漬けにして京へはこばれ、三条河原《さんじょうがわら》でさらされた挙句《あげく》さらに大坂千日前《せんにちまえ》にもさらされている。武士としてのあらゆる権利、あらゆる尊厳を剝奪《はくだつ》された極悪人のあつかいに

ほかならなかった。

「お前さんたちには、ほんとうに申し訳ねえことになった。この榎本釜次郎、このとおり、頭をさげる。だがしかし、どうか得心してほしい。もはやこのいくさには何の意味もないんだよ。兵をこれ以上死なせるわけにはいかん」

「釜次郎、この変節漢っ！」

荒井郁之助が、立ったまま激語した。

「俺たちは、あんたの野心のためにここまで来たんだ。部下の命もうしなった、軍艦もぜんぶ海にしずんだ。その過去のつとめの一切を、この期におよんで何の意味もないなどと言い去るとはどういう了簡だ。いくらあんたでも堪忍ならんっ」

「なあ、郁さん……」

釜次郎はふらふらと椅子にすわり、中途半端に腕をさしあげた。ことばが口から出なかった。旧友にここまで責められると、鼻の奥がきなくさくなる。荒井のとなりの松平太郎が、

「そのとおりだ。俺たちは、何もまちがったことはしちゃいねえ」

と和し、さらに大鳥圭介も、

「降伏には、反対です」

ひどく冷静に意見を述べた。この場でただひとり西国そだちの大鳥が、このときばかり

は西国人らしくなく早口で断言したのだった。

釜次郎は、孤立した。

(この俺が、変節漢か)

自分ではむろん、そのつもりはない。合理的な判断のもとに戦争をはじめ、おなじく合理的な判断のもとに戦争の幕を引こうとしているだけだった。しかしその合理的というやつがこのさい何の役にも立たないことも釜次郎にはわかっていた。

人間は、出処進退には詩をもとめる。

合理非合理というような即物的でありすぎる条件でもって人生の一大事を決められるほど人間はつよい動物ではない。釜次郎がいましているのは、そこを何とかつよくなろうという健気《けなげ》な努力にほかならないのだ。が、ほかの三人はそのことに気づかないのか、あるいは気づかないふりをしているのか、とにかく最後の決戦ではなばなしく散るという甘美な詩のぬるま湯から一歩も出ようとしなかった。合理的であることは、極度の勇気を必要とするのだ。

もっとも、だからといって三人を責めるつもりも毛頭《もうとう》なかった。ほんとうは彼らは不安なのだ。もしも降伏したあげく東京で処刑されたら、後世にのこるのは朝敵の汚名のみ。ひょっとしたら後醍醐《ごだいご》帝に弓を引いた足利尊氏《あしかがたかうじ》以来の、

「逆賊《ぎやくぞく》」

とまで評されるかもしれないのだ。のこされた家族はどうなるか。子々孫々はどうなるか。

そういう不安は、釜次郎にもないと言ったらうそになる。下谷三味線堀の組屋敷でいまごろ蝦夷地の消息をぴりぴり気にしているにちがいない老母こと、兄の妻てい、それに何より妻の多津。彼女たちの将来は、どのみち暗いものになるにちがいないのだ。

男たちは、なおも降伏の非を説いている。

くちぐちに釜次郎を非難している。釜次郎は吐き気をこらえ、じっと耐えるしかなかった。うつむいて目を閉じつつ、ふと、

(慶喜さんは、えらい人だ)

あの徳川幕府第十五代将軍の気持ちがはじめて理解できた気がした。

(鳥羽伏見での敗戦のあおりを食って大坂城に入ったとき、慶喜さんは、まわりがみんな徹底抗戦をとなえていた——俺もそのひとりだったが——にもかかわらず、同意するふりをして、ほとんど単身脱出した。以後はひたすら恭順、謹慎だ。あれは離れわざだった。城をまくらに討ち死にするより、そっちのほうが、ほんとうは百倍も勇敢さがいるんだな)

もし慶喜がここにいたら、彼だけは、この孤独をわかってくれるのではないか。釜次郎は、そんな気がしてならなかった。ふりかえってみれば、釜次郎は、ここまで実質的に徳

川幕府第十六代将軍というべき役割を演じてきたともいえる。だとしたら最後の征夷大将軍というべき釜次郎が根拠地を蝦夷地にかまえたというのは歴史のどういうふしぎさなのか。とにかく慶喜を同志と見なすのは、けっして誇大妄想ではないはずだった。

いや。

同志どころのさわぎではない。いまの釜次郎は、あのときの慶喜よりももっと困難な情況にあるのだ。慶喜はまだしも大坂から江戸へ、江戸から水戸へと逃げることができたけれど、釜次郎ははじめから蝦夷地へ自分を追いつめてしまっている。まさかロシアへ亡命することもできないし、

(雪隠詰《せっちんづ》めも、いいところだ)

釜次郎は、いっそう胸苦しさをおぼえた。

われながら病人のように息がほそくなっている。このまま窒息死するのではないかという恐怖感がにわかに激しくなったとき、

「もういい」

松平太郎の胴間声が、釜次郎を現世にひきもどした。

顔をあげ、目をあける。三人はすでに席を立ち、ぞろぞろ部屋を出て行こうとしていた。もはや榎本釜次郎は議論の相手とするに値せず、そんな目つきをみんなしている。

「待てっ」

釜次郎は、立ちあがった。息はもう止まっている。

「貴様ら。見ろっ」

金切り声をあげ、駆けだした。大鳥圭介をおしのけ、ふすまを前へ蹴りたおす。そうして畳廊下をつっきって跳びあがり、中庭に降りた。

釜次郎は、この日も洋装だった。

上着をぬぎ、シャツをぬぎ、腰のサーベルを鞘《さや》から抜いた。古くさい武家のならわしだとあれほど疎《うと》んじていた切腹を、釜次郎はあえてしようとしたのだった。

理由はわからない。これが男子一生の最期をかざる美しい儀式なのか、それとも単なる江戸っ子のやけっぱちにすぎないのか、それすらも判別がつかなかった。だいいち釜次郎の理性はもう吹っ飛んでしまっている。頭のなかも、目の前の風景も、ぐちゃぐちゃと極度に錯雑していた。ただひとつ明確に認識し得たのは、

（あいつ）

畳廊下に、大塚霍之丞がいることだった。命じられた見張りを忠実に実行しているのだろう。釜次郎はちょうどいいと思った。大塚はまだ二十代ながら実戦経験は誰よりも豊富、しかも胆力もそなわっている。何を命じられても狼狽することはないだろう。

「介錯《かいしゃく》！」

釜次郎はそう命令し、土の上にあぐらをかいた。大塚はただちに中庭へ降り、こちらへ

向かってくる。釜次郎はそのさまを満足とともに視界のすみに収めながら、

「む！」

サーベルを、左の脇腹に突き立てた。

……つもりだった。サーベルの切っ先は、しかしむきだしの腹のわずか手前で停止している。まるで時間が止められたようだった。力をこめても微動だにせず、一瞬、完璧な静寂が釜次郎を支配する。

どうしてなのか。それがわかったのは、大塚の、

「おやめください。総裁、おやめください」

悲痛なさけびを耳にしたときだった。大塚はどうやら素手で抜き身をつかんだらしく、血がつるつると銀色の刃をつたって釜次郎のほうへながれてくる。釜次郎は、

「死なせろ。死なせろっ」

刃を引いて大塚の指を落とそうとした。そこへ松平太郎が、

「ばかやろう！」

釜次郎の顔をぶんなぐった。釜次郎の体がふっとぶ。サーベルをもつ手がゆるむ。ふたたび起きあがったところへ背後から荒井郁之助と大鳥圭介がそれぞれ腕を一本ずつ取り、はがい締めのような恰好にした。釜次郎の手から剣が落ちた。からんと乾いた音が立ち、わずかな血のにおいが立つ。

「負けた。俺は負けた」

釜次郎は天に吼え、突っ伏して号泣した。

†

この切腹さわぎが、はからずも、三人に降伏を決意させた。

釜次郎の真意が通じたのだろうか。それとも総裁たる釜次郎がこうまで錯乱したのだから、共和国の将来にはもう、

「見こみは、ない」

とでも思ったのだろうか。

もっとも、釜次郎はじきに平静をとりもどした。その日の夜、予定どおり五稜郭内の兵をあつめて酒樽をひらくと、まるでおこりが落ちたように、こんなふうに情理をつくして演説したのだった。

「この五稜郭は、わが国無二の城郭だ。まだ五日や十日は保つだろう。しかしながら、このわずか一〇〇〇名の弱兵でもって六十余州の大敵を向こうにまわし、いたずらに諸君を犠牲にするのは、正しいこととは思われない」

「私は諸君にかわり、ひとり自刃しようとした。しかしこれは周囲の人間の抱き留めると

ころとなった。つらつら思い返してみると、自分ひとりの身を清くするよりも、むしろ諸君にかわって敵中へおもむき、甘んじて死をたまわるべきだろう。私は決めた。諸君もどうか戦意をひるがえして、熟慮の上、私の意に就いてほしい」

郭内は、騒然とした。

はじめはみな抗戦をとなえたが、しかし釜次郎ほか三人の首脳が「天子への帰順」を説き、日本国民がひとつになることの必要を説きつづけると、案外はやく粛然《しゅくぜん》とした。もう戦わずにすむという安堵ないし放心も、どこか作用したのだろう。

星が、しずかにまたたいている。

どこからか涕泣《ていきゅう》の声が聞こえはじめた。なかには故郷のものでもあるのだろう、ものがなしい調べの歌を吟《ぎん》じる者もある。釜次郎はときおり酒をふくみつつ、その声にじっと耳をかたむけた。箱館共和国軍最高指揮官としての最後の仕事はこれだった。ただ聞くことだけだった。

風が、吹いてきた。

なつかしい潮のかおりがする。が、海風にしては肌への当たりがやわらかく、生あたたかい。

（そうか。もう五月か）

釜次郎は、思いあたった。この蝦夷地にも、ようやく遅い春がおとずれたのだ。

†

翌日。

明治二年五月十七日。

午前七時きっかりに、榎本釜次郎、松平太郎、荒井郁之助、大鳥圭介の四人は馬に乗り、五稜郭を出た。はじめて軍艦八隻とともに品川沖を出航してから九か月後。箱館共和国建国から五か月後のことだった。

出むかえに来たのは、大野藩兵だった。

四人は彼らを護衛につけ、指定された降伏協議の場に向かった。協議の場は、五稜郭のほどちかく、亀田《かめだ》八幡宮裏手の新政府軍陣営。

相手方からは、代表者がふたり来た。

ひとりは増田虎之助《ますだとらのすけ》、肥前藩出身の海軍参謀。もうひとりは薩摩藩出身の、

「陸軍参謀、黒田了介であります」

その男は、そう言って頭をさげた。釜次郎は、

「ああ、あんたが」

ごく自然に破顔した。

黒田は独特の風貌《ふうぼう》をしていた。顔はむやみやたらと大きく、輪郭がきれいな四角をしている。にもかかわらず扁平《へんぺい》な印象がまるでないのだ。ごつごつしている。釜次郎は、どういうわけか初対面という気がしなかった。

この男はこののち黒田清隆と名乗り、明治新政府でもっぱら北海道開拓を指揮することになる。やがて内閣顧問をへて第二代内閣総理大臣に任ぜられ、枢密院《すうみついん》議長に任ぜられた。伯爵。西郷隆盛、大久保利通《おおくぼとしみち》なきあとの薩摩閥の領袖《りようしゆう》として圧倒的な権威を誇ることになる男だった。

降伏協議は、なだらかに進んだ。

まずは新政府側が五稜郭のあけわたしや武装解除などに関する具体的な手順を提案した。釜次郎はただ、

「了解した」

頭をさげるだけだった。ほかに何ができるだろう。もっとも、釜次郎は、

「私はともかく、わが軍一〇〇〇名の兵卒には何の罪もありませぬ。天朝にはくれぐれも寛典《かんてん》あらせられるようお取り次ぎくだされ」

と、これだけは何度か念を押したけれど、これもやはり言うたびに口調が哀願のひびきを帯びてしまうのは自分でもどうしようもなかった。釜次郎は、敗者だった。

黒田は、複雑な顔をした。

四角い顔いっぱいに同情の念をみなぎらせて、

「もしも開陽がしずまなんだら、われわれは、こうして会見することはなかったでしょうな」

「何です」

「榎本殿」

釜次郎は、ぎくっとした。

じつは内心そう思っていたからだ。釜次郎は、つかのま警戒心がゆるんでしまった。江戸っ子の地が出た。あたかも打てば響くように、頭よりも口のほうが先にうごいたのだ。

「その上さらに甲鉄を手に入れてたら、どうだったかねえ」

黒田の反応は、顕著だった。

とつぜん真剣な目をほそめたのだ。針のような目だった。と思うと、釜次郎の耳に口をちかづけて、

「お命は、きっとお助けしもす」

釜次郎は、息をのんだ。

ほとんど意味がわからなかった。ようやく声をしぼりだして、

「なぜ？」

「開陽ほどの巨大軍艦を自在にあやつる知識と経験。さまざまな来歴と事情をもつ旧幕兵

をとにかくも一大勢力にまとめあげた人間のご器量。いっときとはいえ蝦夷島全島を征服した胆力と実行力。何よりも、あの『海律』に感服しもした」

「あの二冊に？」

「はい」

黒田は小さくうなずくと、まるで釜次郎のほうが戦勝者であるかのような誠意まみれの口調になって、

「あの二冊は、榎本殿が、敵味方の立場にとらわれることなく皇国全体の利益をお求めになった何よりの証拠。そういうお方が刑場の露と消えるのは、軍艦を十隻うしなうよりも惜しむべきことです。はばかりながら拙者、いくらか中央の政府要人に顔がきく。微力をお尽くししもす」

釜次郎は、呆然《ぼうぜん》とした。

もとより生きのびることなど想像もしていなかった。実際、釜次郎はここで、

「よせよ。むりだ」

と答えている。いくら黒田がこれから東京で奔走しようと、いくら東京政府内に知人が多かろうと、見たところ釜次郎よりも四つか五つは年下ではないか。こんな若造に「逆賊の首魁《しゅかい》」たる釜次郎を無罪放免へみちびくような曲芸じみた芸当ができるとは思えない。

（俺の首は、やはり三条河原だな）

釜次郎はその陰惨な光景をあらためて脳裡に思いえがいたのだった。

が。

万が一、助命が成ったら。

万が一、

(死なないのなら)

釜次郎はほとんど恐怖を感じた。この戦争で死んだ者の霊はどう思うか。その家族はどう思うか。さだめし釜次郎を、

「裏切り者」

と呼んで呪《のろ》うにちがいないのだ。

しかも、このとき。

「かまさん!」

青空のどこかから、勝麟太郎(海舟)の声がきこえた。

いまごろは東京で旧幕府の代理人というような政治的立場に立ち、徳川慶喜の謹慎解除のためにあれこれ奔走しているはずの麟太郎の声。あの男は、ふりかえれば、そもそものはじめから釜次郎の共和国構想には反対だった。

この期におよんで日本人どうしが砲火をまじえるのは愚かしい、そんな理由からだった。なるほど一理も二理もあることだったが、それでも釜次郎がこの箱館へ向かうべく品

川沖を出航する直前、麟太郎は、ひそかに開陽をおとずれて、

「餞別だ。くれてやらあ」

木箱をひとつ、どんと置いて帰ったのだった。

箱のなかには、生のレモンが四十個入っていた。

レモンは高価な船来品なのだ。きっと横浜あたりで手に入れたのにちがいないが、そこに込められた意図はもちろん、紅茶や菓子にいい香りをつけて楽しめということではなかっただろう。船乗りにとって、このビタミンCを多量にふくむミカン科植物の果実は、何よりも壊血病《かいけつびょう》を予防する、貴重な、

「薬」

にほかならなかった。麟太郎自身、かつて咸臨を指揮してアメリカへ渡航したときには大いにお世話になったかもしれないのだ。

もっとも、今回の釜次郎には、遠洋航海の企図《きと》などはなかった。何しろ目的地は蝦夷地、ほんの数日で到着できる島なのだ。ことさら壊血病をおそれる理由はなかったし、そのことは麟太郎もじゅうぶんわかっていたはずだった。おそらく麟太郎は、こういう品物をおくることで、むしろ一種の共感をとどけたかったのだろう。釜次郎を激励したかったのだろう。それは共和国構想への賛成反対とはまったくべつの、海の男にしかわからない生死の交歓にほかならなかった。

（麟さん）

釜次郎は、なおも青空を見あげている。

見あげつつ、これから自分はその麟さんのいる東京へもどる、などとぼんやり思っている。もしかしたらあの人も、目の前の黒田了介とおなじように、

（この俺を、助けようと）

よけいなお世話だ。

釜次郎はそう思った。

しかしその反面、

（皇国全体、か）

これから日本はあたらしくなる。近代ヨーロッパの科学や技術をとりいれ、組織や制度をとりいれて、あたかも国そのものが一隻の巨大な軍艦であるかのような様相を呈する。すでに芽生えつつある国民意識がいよいよ統一の度を高めることは確実だ。

その軍艦の、無数の歯車の一枚になる。

そういう自分を想像したとき、釜次郎は、

「……ああ」

つい、声をあげてしまった。空はよく晴れていた。黒田がうなずいたような気がする。

釜次郎は、おのれの体内にもある無数の歯車が、そのなかの一枚が、ふたたびカチッと音

を立ててゆるやかに回転しはじめるのを感じた。

あとがき

ときどきパーティなどに行くと、

「門井慶喜さんって、すごいペンネームですね。第十五代将軍とおなじ。ご本名は何ですか?」

と聞かれることがある。私はそのたび、

「慶喜です。本名なんです」

と答えて相手をびっくりさせることになる。私の家は徳川《とくがわ》家とは何の関係もないのだが、父が歴史好きで、ことに幕末の本を読むのが好きだった。だから息子にこんな名前をつけたのだろう。

つけられたほうは、たまったもんじゃない。

織田信長《おだのぶなが》とか西郷隆盛《さいごうたかもり》とかいう誰もがみとめる大功績を挙《あ》げた英雄ならともかく、徳川慶喜など、毀誉褒貶《きよほうへん》がありすぎるじゃないか。徳川幕府史上もっとも聡明《そうめい》な将軍だったと言う人もあれば、鳥羽伏見《とばふしみ》の敗戦の第一報を聞いただけで脱兎《だっと》のごとく大坂《おおさか》城から逃げ出した天下一の臆病《おくびょう》者だと言う人もいる。弁舌たくみな政治家だと言う人もあれば、いやいや詭弁《きべん》家にすぎんと言う人もいる。どっちの慶喜がほんとうなのか。

どっちの慶喜に心を寄せればいいのだろうか。そんなふうに名前と理想のギャップに戸惑うのが、要するに、子供のころからの私の心の習慣にほかならなかった。アイデンティティの不安というやつだったかもしれない。私はしばしば父をうらんだ。どうして普通の名前をつけてくれなかったか。

もっとも、こういう心の習慣は、歴史家に必須《ひっす》のものではある。なぜならそれは会ったこともない過去の人物について徹底的にかんがえるということであり、そのために想像力のかぎりをつくして一つの時代に生きてみるということとおなじだからだ。或《あ》る意味、究極の感情移入だろう。私はそういう精神の練習を、ほとんど先天的にさせられてきたことになる。いくぶん大仰《おおぎょう》な言いかたがゆるされるなら、私にとって歴史とは、この世を生きるための切実な空想の対象だったのだ。私は、徳川慶喜という人物と学問的につきあう前に、まず文学的につきあった。

この心の習慣は、やがて思わぬ副産物を生じた。

徳川慶喜のほかにもうひとり、榎本釜次郎《えのもとかまじろう》（武揚《たけあき》）をも意識するようになったのだ。釜次郎が旧幕系の兵をまとめて蝦夷地《えぞち》（北海道）へわたり、新国家をおこし、その首長の座に就《つ》いたというのは、いわば、

「第十六代将軍」

のようなものだったからだろう。それに毀誉褒貶のはげしさでも、釜次郎はあの第十五

代将軍そっくりだった。最後の最後まで旧幕府への忠義をつらぬいた「武士のかがみ」と讃《たた》える人もあるかわり、敗戦以後はあっさりと敵であるはずの明治新政府に出仕して位《くらい》人臣をきわめた「武士の風上にも置けぬ」裏切り者だという人もある。

どっちの釜次郎がほんとうなのか。

とはしかし、私はこのときはもう思わなかった。思う以前に、そもそも納得がいかなかったのだ。榎本釜次郎という男をほめるにしろ、けなすにしろ、なぜ、

「武士」

という旧時代の封建《ほうけん》道徳をものさしにしなければならないのか。

そうではないか。釜次郎は単なる武士ではない。なるほど旗本《はたもと》出身ではあったけれども、長崎《ながさき》の海軍伝習所《かいぐんでんしゅうじょ》にまなび、築地《つきじ》の海軍操練《そうれん》所で教授をつとめ、あまつさえ三年半もの長いあいだオランダという文明先進国で留学生活をおくっているのだ。こんにちで言うなら釜次郎はまず何よりも科学者であり、技術者であり、しかも万国公法（国際法）にまで通じた法学者でもあった。彼ははじめから近世人じゃない、近代人だったのだ。

その近代人があんな大がかりな箱館《はこだて》戦争を起こしたとなれば、そこには何か合理的な理由があってしかるべきだろう。少なくとも「武士」の意地だの何だのという骨董品《こっとう》じみた道徳観念からではないはずだ。ならばその合理的な理由とは何か。かんたんなことだ。要するに釜次郎には、

「勝算があった」
ということなのではないか。勝てそうだったから出航した、ただそれだけの話なのではないか。
この疑問が確信に変わったのは、この小説の取材のため、江差《えさし》に行ったときだった。
江差の海には、いまでも、
「開陽《かいよう》」
がしずんでいる。崩壊直前の幕府がオランダに発注した、そうして受注したほうのオランダ人でさえそれまで造ったことがなかった超大型艦。もちろん日本では最大最強の軍艦だったわけだが、その艦内の遺品は、昭和五十年からの本格的な発掘調査により、すでに海の底から引揚《ひきあ》げられている。およそ三万二千点あまり。それらはふたたび陸《おか》の風に吹かれ、脱塩処理をほどこされ、いまでは一般財団法人開陽丸青少年センターにおいて保存・展示されているのだ(なおこの引揚げ事業は、わが国における水中考古学の嚆矢《こうし》となった)。私はそこで大砲や銃弾はもちろんのこと、
バターナイフ
投光器
三連滑車
シンバル

乳棒
ドアノブ
インク瓶

などなど、最新の近代文明をうかがわせる無数のものを目にして、しばしばため息がもれた。開陽はただの軍艦じゃない。それ自体がきわめて高度なオフィス機能をもち、研究機能をもち、教育、接客、娯楽などの機能をも兼ねそなえた、いわゆる、「近代建築」にほかならなかったのだ。軍用船舶であると同時に行政庁舎。おなじ時期の東京新政府がこれに匹敵するものをただのひとつでも所有していたかと考えると、私はどうしてもヒストリカル・イフを脳裡《のうり》から消し去ることができなかった。もしも開陽がしずまなかったら。もしもあのとつぜんの暴風雪に遭《あ》わなかったら。そう、釜次郎には、たしかな勝算があったのだ。

結局のところ、釜次郎は負けた。

開陽はしずみ、五稜郭《ごりょうかく》は陥落した。どうしてそうなってしまったのかに関しては本文で詳述したから繰《く》り返さないが、ここではただひとつ、釜次郎の目的が、ただ勝つことにはなかったことを強調しておきたい。ただ勝つためではなく、幕府復興のためでもなく、もっとはるかな高みに彼の理想はあったのだ。

その意味では、本作は、陰惨な敗戦の物語ではない。むしろ榎本釜次郎というこの何度もチャレンジをくりかえし、成功と失敗をくりかえし、どんな目に遭ってもあきらめることをしなかった男のいきいきとした夢追い物語といえるだろう。私はこの作品を綴《つづ》りつつ、しばしばふしぎな錯覚をおぼえた。あたかも少年といっしょに息せききって坂道をかけのぼっているかのような、いっそ少年に叱咤《しった》されているかのような、そんなこころよい疲れをともなう錯覚だった。

本作は、私の二冊目の歴史小説になる。

一冊目の『シュンスケ！』で長州《ちょうしゅう》の伊藤俊輔《いとうしゅんすけ》（のちの博文《ひろぶみ》）の青春時代につきあったときもそうだったが、小説という便利な装置を利用して史実の海へじかにもぐり込んでいくこの精神のスキューバダイビングは私をたまらなく魅了する。もちろん困難も多いのだが、それもふくめて、私は今後とも、ぜひ歴史小説を書きつづけたいと思っている。

さいわい私には、それにふさわしいペンネームが、いや本名がある。望んで得たものではないけれど、それでも私は、いまではこの名をくれた父にとても感謝しているのだ。ありがとう。もっとも、それを照れずに伝えられる年齢になったころには、父はもうこの世の人ではなかったけれども。

平成二十五年四月

解説――榎本武揚《えのもとたけあき》をかつてない手法で描き、歴史小説の在り方に一石を投じた傑作

日本大学教授・文芸評論家　小梛治宣《おなぎはるのぶ》

「かまさん」という本書のタイトルだけをみて、それが、箱館《はこだて》五稜郭《ごりょうかく》で薩長《さっちょう》主体の新政府に最後まで抵抗した榎本釜次郎《えのもとかまじろう》（武揚《たけあき》）を主人公とした物語だと即座に気付く人がいたら、相当の歴史（とりわけ幕末史）好きに違いない。榎本武揚ほどその残した足跡に比較して、影の薄い、したがって認知度の低い人物もいないのではなかろうか。箱館戦争での敗北を除けば、旧幕府時代も、明治になってからも、その経歴には非の打ちどころがない。オランダ留学、幕府海軍副総裁、箱館共和国総裁、ロシア派遣特命全権公使、初代逓《てい》信相《しんしょう》、文相、外相、海軍中将にして子爵《ししゃく》。敗軍の将としてはあり得べからざるような異例の重用《ちょうよう》のされかたが、榎本の評価に大きく影響したことは否《いな》めない。

例えば福沢諭吉《ふくざわゆきち》は、明治三十四年に『時事新報《じじしんぽう》』に寄せた「瘠我慢《やせがまん》の説」の中で、榎本をして箱館戦争での決死苦戦を〈天晴《あっぱ》れな振《ふ》る舞《ま》い〉と賞賛しながらも、だからこそ今は、〈その生活を質素にし、一切《いっさい》万事控えめにして、世間の耳目に触れざるの覚悟こそ本意なれ〉と戒《いまし》めてもいる。

また、明治三十七年三月十八日付『読売新聞』に掲載された「公開状百通　榎本武揚《ぶよう》に与《あた》ふる書」においては、〈旧幕のゼントルマンハ足下《そくか》によりて僅《わず》かに其《そ》の面影を存せるのみ。足下ハ旗下《はたもと》中の旗下也。江戸《えど》ッ児《こ》中の江戸ッ児なり。徳川《とくがわ》三百年の培養を経《へ》たる気風《きふう》を有し趣味を解す〉と大いに持ち上げたうえで、新政府に仕えたことを、〈竜頭蛇尾《りゅうとうだび》の江戸人士気風を備へたり〉と辛口な批評を加えてもいる。

いってみれば、箱館戦争を境にして、それ以前と以後とで、榎本武揚の人生もその評価も「武士のかがみ」から「裏切り者」へと大きく変転することになる。二つの貌《かお》をもって、二つの人生を生き抜いたのか、あるいは別の見方ができるのか。榎本自身は、その点について自ら生涯語ることはなかったという。私からみると、この毀誉褒貶《きよほうへん》の激しい、榎本武揚という人物は実に興味深い存在なのだが、彼を主人公に据《す》えた小説ということになると、きわめて少ない。司馬遼太郎《しばりょうたろう》『燃《も》えよ剣《けん》』や船山馨《ふなやまかおる》『蘆火野《あしびの》』など、箱館戦争が舞台の一部となる作品には、必ず登場はするが、あくまでも脇役である。安部公房《あべこうぼう》に『榎本武揚』というタイトルの長編があるにはあるが、これはドナルド・キーンが評することごとく、〈歴史小説というジャンルには縁が極めて薄い〉（中公文庫版、解説）作品といえる。

おそらく、榎本武揚を主役に据えた本格的な歴史小説として唯一《ゆいいつ》挙げることができるものといえば、佐々木譲《ささきじょう》の『武揚伝《ぶようでん》』（平成十三年）ではなかろうか。唯一ではあっても、新田次郎《にったじろう》文学賞を受賞した、この文庫で四巻からなる大作をもって榎本武揚伝は、極まったかのようにも思われた。

作者である門井慶喜は、そうした歴史小説の土壌の中に、思い切りよく一石を投じた。それが、本書に他ならない。もっとも、作者が歴史小説のジャンルに一石を投じたのは、本書が最初ではない。長州《ちようしゆう》の伊藤俊輔《いとうしゆんすけ》（博文《ひろぶみ》）の青春時代を描いた『シュンスケ！』（平成二十五年三月）が、その第一作であった。このタイトルからして型破りなものであるが、その内容も従来の、いわゆる歴史小説とはひと味もふた味も異なる「門井流歴史小説」だったのである。司馬遼太郎がそれまでの歴史小説の枠を超えた、独自のテイストをもった世界を創出したのと同様に、門井慶喜もまた、「わが道を征《ゆ》く」スタイルの「歴史小説」を生み出そうとしている、否、一作目からして生み出している。

例えば、伊藤俊輔が松下村塾《しようかそんじゆく》で吉田松陰《よしだしよういん》に初めて対面したとき。

〈（いやだな）

論理ではない。この吉田松陰という男が全身からただよわせる空気そのものが不快というか、生理的に受けつけられなかったのだ。（中略）

これはもう不快をこえて、完全に、

（狂人の相じゃ）

俊輔はそう決めつけた。〉（四六判五四～五五頁《ページ》）

これまで、弟子の目から見た松陰像を、これほど手厳しく描いた小説があったろうか。

だが、これがおそらく真実に近いのではなかろうか――俊輔の本音を読者は聴いた気がするのだ。『かまさん』にも言えることだが、歴史上の人物たちが、本音で語り、行動するからこそ、彼らの魅力がより引き出されてもくる。歴史という変えようのない歯車の動きの中での、彼らの、今からみればかなり滑稽《こっけい》にも思える、真剣な足掻《あが》きぶりに自らを同化させつつ、感動もしてしまうのである。また、尊王だの攘夷《じょうい》だの佐幕だのと、複雑怪奇で分かり難《にく》い幕末の世界へ、こんなにも気安く、合点《がてん》がいく形で、誘《いざな》ってくれる小説は、私の知るかぎり他にはない。歴史小説を読み慣れた読者にとっても、これまでの常識を打ち破ってくれる、目からウロコが落ちるような面白さがあるはずだ。もっとも、この「目からウロコが落ちる」快感を読者に味わわせてくれるという点は、作者のすべての作品に共通しているところである。私が作者の小説に注目したのは（そして愛読者になったのは）、美術探偵神永《かみなが》美有《みゆう》の活躍する一連の美術ミステリー（『天才《てんさい》たちの値段《ねだん》』、『天才までの距離《きょり》』）、さらには、直木賞候補作（第一五三回）となった『東京帝大《とうきょうていだい》叡古《えーこ》教授《きょうじゅ》』を読んで以来である。それらから体感した新鮮な驚きを歴史小説では、どんな形で提供してくれるのかと、多少の不安を抱いていたのだが、それも杞憂《きゆう》におわったわけだ。

さて、その『シュンスケ！』の二ヵ月後に公刊された、作者の二作目の歴史小説が本書である。これら二作は、ほぼ同時に初出連載されていたものなので、その思い切りの良さや意気込みは共通している。否、本作の方がさらにグレードアップしているといえるかもしれない。というのも、榎本釜次郎と作者との間には、「慶喜」という名前（第十五代将軍と同じ）に媒介された因縁があったからである。その詳細は、本書の「あとがき」に譲ることにしたいが、その「あとがき」の中で、作者はこうも述べている。

〈彼ははじめから近世人じゃない、近代人だったのだ。

その近代人があんな大がかりな箱館戦争を起こしたとなれば、そこには何か合理的な理由があってしかるべきだろう。少なくとも「武士」の意地だの何だのという骨董《こっとう》品じみた道徳観念からではないはずだ。ならばその合理的な理由とは何か。かんたんなことだ。要するに釜次郎には、

「勝算があった」

ということなのではないか。勝てそうだったから出航した、ただそれだけの話なのではないか。〉

〈釜次郎の目的が、ただ勝つことにはなかったことを強調しておきたい。ただ勝つためではなく、幕府復興のためでもなく、もっとはるかな高みに彼の理想はあったのだ。〉

（五五二～五五四頁）

こうした作者の言葉から、「目からウロコが落ちる」、その源泉が見えてくるはずである。釜次郎は「人望」と、彼がオランダ留学で得た当時の日本随一の西洋知識、そしてオランダ土産《みやげ》の軍艦「開陽《かいよう》」とを武器に、夢の実現に全力でチャレンジする。その夢とは、

〈近代国家を、俺がつくる〉ということだった。作者は、釜次郎にこう心の内で語らせる。
〈この俺が、一から近代国家をつくりあげる。江戸幕府にも京都朝廷にもつくれないだろう正真正銘の共和国を、蝦夷地《えぞち》に建設してやるんだ。そうして、その蝦夷共和国で、地球の七つの海を支配してやる。それが俺の、第三のみちだ〉(一〇七頁)

ここまでの野望を秘めた、しかも意気衝天《いきしょうてん》なる榎本釜次郎が「歴史小説」の中に登場したことは、かつてない。だが、『シュンスケ!』の伊藤俊輔と同様に、本書の釜次郎は本音で生き、行動しているのである。べらんめえ調でしゃべり、大ぶろしきを広げる釜次郎に最初は違和感を覚えていたかもしれない読者も、読み進むにつれて、その純真な夢の実現を応援したくなってきてしまう。べらんめえ調といえば、勝海舟《かつかいしゅう》が即座に思い浮かぶのだが、江戸育ちの旗本である釜次郎の口調もそうあってしかるべきなのだ。釜次郎をその「しかるべき」姿で描き切ったところに、本書の魅力も潜んでいるといえる。敗軍の将を主人公に据えた小説で、これほどまでに明るく、かついきの良い作品というのも、他にはない。そこもまた、従来の型を打ち破った「門井流歴史小説」ならではのものといえよう。

だが、釜次郎の近代人としての合理的な行動は、度々空回《たびたびからまわ》りを余儀《よぎ》なくされる。〈さむらいというこの旧時代の貴族には、ないしそれを気取《きど》る連中には、釜次郎の常識はまったく通用しない〉(一九三頁)からだ。ところが、「さむらい」の典型ともいえる、新選組《しんせんぐみ》の副長土方歳三《ひじかたとしぞう》が、釜次郎の軍団に加わることで、物語は俄然《がぜん》面白さを増してくる。
〈ここに、歴史の皮肉があった。純近代的人間である釜次郎の理想にもっとも近いくさをしたのは、純封建《ほうけん》的な、土方歳三という「時代おくれの」さむらいだった。〉（四〇八頁）

この両極端にある人物を、作者がどう描き分けているのか、そのあたりも、じっくりと味わっていただきたい。

ちなみに、作者は、本書のあと、その「時代おくれの」さむらいたちを主人公にした『新選組颯爽録《さつそうろく》』（平成二十七年）を上梓《じょうし》している。そのなかの、土方歳三も沖田総司《おきたそうじ》も、司馬遼太郎の『新選組血風録《けつぷうろく》』の彼らとは、まるで異質の人物であるかのようだ。なにしろ「よわむし歳三」であり、「ざんこく総司」なのだ。だが、そこに本音の彼らの姿がある。門井流で描かれる新選組は、実に新鮮なのだ。『かまさん』で、土方歳三の最期の場に居合わす安富才助《やすとみさいすけ》も、その冒頭の一編「馬術師範」に登場するので、本書と併《あわ》せて読んでみてはいかがであろうか。

ところで、釜次郎を作者は〈まじめの餡《あん》をいきの皮につつんで蒸《む》した酒まんじゅう〉と形容した。言い得て妙である。一方、司馬遼太郎は、土方歳三を介して、釜次郎をこう評している。

〈榎本は、楽天家である。

なるほど、かれが知りぬいている国際法によって外国との条約も結べるであろう、経済的にも立ちゆくだろうし、軍事的にもまずまず将来は本土と対等の力をもつにいたるかもしれない。（中略）

榎本は近藤《こんどう》に似ている、と思った。途方もない楽天家という点で。（そういう資質の男だけが、総帥《そうすい》がつとまるのかもしれない）〉（『燃えよ剣』／下　新潮文庫）

本書の「かまさん」は、単なる「楽天家」ではない。釜次郎の真の姿を、彼の青春の野望が挫折《ざせつ》する、その瞬間に臨場することで、存分に味わっていただきたい。「歴史小説」の面白さを再認識するはずである。

最後に、平成二十八年度上半期の第一五五回直木賞候補となった『家康《いえやす》、江戸《えど》を建《た》てる』（祥伝社）も、「目からウロコが落ちる」こと間違いのない傑作である。是非《ぜひ》一読されんことをお薦《すす》めする。

《取材協力》
一般財団法人開陽丸青少年センター
五稜郭タワー株式会社
箱館奉行所

（本作品は、平成二十五年五月に単行本として刊行されたものに、加筆・訂正したものです。）

切・り・取・り・線

一〇〇字書評

かまさん

購買動機（新聞、雑誌名を記入するか、あるいは○をつけてください）	
□（　　　　　　　　　　　　）	の広告を見て
□（　　　　　　　　　　　　）	の書評を見て
□ 知人のすすめで	□ タイトルに惹かれて
□ カバーが良かったから	□ 内容が面白そうだから
□ 好きな作家だから	□ 好きな分野の本だから

・最近、最も感銘を受けた作品名をお書き下さい

・あなたのお好きな作家名をお書き下さい

・その他、ご要望がありましたらお書き下さい

住所	〒				
氏名		職業		年齢	
Eメール	※携帯には配信できません	新刊情報等のメール配信を 希望する・しない			

この本の感想を、編集部までお寄せいただけたらありがたく存じます。今後の企画の参考にさせていただきます。Eメールでも結構です。

いただいた「一〇〇字書評」は、新聞・雑誌等に紹介させていただくことがあります。その場合はお礼として特製図書カードを差し上げます。

前ページの原稿用紙に書評をお書きの上、切り取り、左記までお送り下さい。宛先の住所は不要です。

なお、ご記入いただいたお名前、ご住所等は、書評紹介の事前了解、謝礼のお届けのためだけに利用し、そのほかの目的のために利用することはありません。

〒一〇一-八七〇一
祥伝社文庫編集長 坂口芳和
電話 〇三（三二六五）二〇八〇

祥伝社ホームページの「ブックレビュー」からも、書き込めます。

http://www.shodensha.co.jp/bookreview/

祥伝社文庫

かまさん　榎本武揚《えのもとたけあき》と箱館《はこだて》共《きよう》和《わ》国《こく》

平成28年10月20日　初版第1刷発行

著　者　門《かど》井《い》慶喜《よしのぶ》
発行者　辻　浩明
発行所　祥伝社《しようでんしや》
東京都千代田区神田神保町3-3
〒101-8701
電話　03（3265）2081（販売部）
電話　03（3265）2080（編集部）
電話　03（3265）3622（業務部）
http://www.shodensha.co.jp/

印刷所　図書印刷
製本所　図書印刷
カバーフォーマットデザイン　芥　陽子

 ISBN978-4-396-34255-5 C0193